LAURA WILSON

Im Dunkel der Angst

Buch

»Letzte Nacht hatte ich wieder diesen Traum. Ich bin auf dem Grund eines Sees und blicke durch die Scheibe eines Wagens in sein Inneres. Alles ist grün und schlammig, und hinter dem Steuer sitzt ein Skelett ...«

Sieben Jahre nach dem Selbstmord ihres Verlobten, des brillanten Komikers Lenny Maxted, lebt das ehemalige Playboy-Bunny Alice Jones zurückgezogen auf dem Land. Das Farmhaus in Oxfordshire, das sie allein bewohnt, ist still und abgelegen, ein Ort der Ruhe, wenn nicht sogar Einsamkeit. Doch in dem langen heißen Sommer des Jahres 1976 erhält Alice unerwarteten Besuch: Aus heiterem Himmel taucht Jack Flowers bei ihr auf, der ehemalige Partner ihres Verlobten. Alice hat ihn seit Lennys Beerdigung nicht mehr gesehen, aber ihre Überraschung und Wiedersehensfreude verwandeln sich schnell in unerklärliche Angst. Zur selben Zeit wird ein Wagen aus einem See in Wiltshire geborgen, der die menschlichen Überreste einer jungen Frau enthält. Einer Frau, die seit etwa sieben Jahren im Wasser gelegen haben muss und deren Identität Alice genau zu kennen glaubt. Und so kommt in den drückenden Sommertagen langsam ein lange zurückliegendes Verbrechen ans Tageslicht, das bislang weder aufgeklärt noch gesühnt ist – und das noch weitere Opfer fordern wird ...

Autorin

Laura Wilson ist Ende dreißig, studierte in Oxford und arbeitete mehrere Jahre als Sachbuchlektorin in einem englischen Verlag, bevor sie sich ganz dem Schreiben widmete. Ihr Debütroman »Ein kleiner Tod« wurde von Presse, Lesern und zahlreichen Schriftstellerkollegen wie Donna Leon, Frances Fyfield und Ruth Rendell enthusiastisch gefeiert und brachte der jungen Autorin über Nacht den Durchbruch. Laura Wilson lebt in Essex und schreibt mittlerweile an ihrem fünften Roman.

Von Laura Wilson bereits als Taschenbuch erschienen:

Ein kleiner Tod. Roman (44580) · Weg in die Nacht. Roman (44844) · Ein reines Herz. Roman (45144)

Laura Wilson

Im Dunkel der Angst

Roman

Aus dem Englischen
von Caroline Einhäupl

GOLDMANN

Die Originalausgabe erschien 2003
unter dem Titel »Hello Bunny Alice«
bei Orion, London

Umwelthinweis:
Alle bedruckten Materialien dieses Taschenbuches
sind chlorfrei und umweltschonend.

1. Auflage
Deutsche Erstveröffentlichung Januar 2004

Umschlaggestaltung: Design Team München
Umschlagfoto: Zefa/Svenja-Foto
Satz: deutsch-türkischer fotosatz, Berlin
Druck: GGP Media, Pößneck
Titelnummer: 45627
Redaktion: Werner Bauer
AB · Herstellung: Sebastian Strohmaier
Made in Germany
ISBN 3-442-45627-4
www.goldmann-verlag.de

Für all jene, die ihre Hunde
in Lincoln's Inn Fields spazieren führen –
und natürlich auch für die Hunde selbst

THE DAILY MIRROR
Montag, 18. Mai 1970

LENNY MAXTED TOT AUFGEFUNDEN

Abschiedsbrief: Bitte verzeih mir

Lenny Maxted, einst Englands Topkomiker, hat sich erhängt – nur drei Tage, nachdem er seine Verlobung bekannt gegeben hatte. Seine Verlobte fand die Leiche inmitten von Schlaftabletten und leeren Ginflaschen in einem Cottage in Wiltshire. Maxted, 40, war zu diesem Zeitpunkt bereits seit mehreren Stunden tot. Die Polizei glaubt nicht an Fremdeinwirkung.
Nach dem überwältigenden Erfolg der Serie *Bitte umschalten zu Jack und Lenny* wurde Lenny Maxted zusammen mit seinem Partner Jack Flowers einer der beliebtesten Komiker der Nation. Maxteds träge Art und sein oft gepriesenes präzises Timing waren der perfekte Kontrast zu Jack Flowers' explosionsartiger Vorstellung. Doch als er bei einem Gastauftritt in der Talkshow *Direkt gefragt* zusammenbrach, wurden die Zuschauer Zeugen seiner bislang in der Öffentlichkeit nicht bekannten persönlichen Tragödie. Der Moderator, Altmeister

Geoffrey Wallace, wurde heftig kritisiert, weil er den in Tränen aufgelösten Maxted auch noch ermutigte, den Zuschauern von seinem Alkoholproblem zu erzählen. Flowers kommentierte anschließend: »Lenny ist kein glücklicher Mann. Er ist überarbeitet und braucht eine Auszeit.«

Seit der Bekanntgabe seiner Verlobung mit Alice Conway, einer vierundzwanzigjährigen ehemaligen Hostess in einem Nachtklub, hatte man Maxted in der Öffentlichkeit nicht mehr gesehen. Er hinterließ einen Abschiedsbrief, der an Miss Conway adressiert ist, in dem er unter anderem schrieb: ›Ich liebe dich, bitte verzeih mir.‹ Donald Findlater, der Agent der beiden Komiker, sagte gestern Abend: »Ich weiß nicht, wie ich es Jack beibringen soll. Sie mögen künstlerisch nicht immer einer Meinung gewesen sein, aber sie waren die besten Freunde.« Jack Flowers befindet sich derzeit im Urlaub am Mittelmeer.

Maxteds Kampf mit der Flasche: Seite 5

Prolog

Maynard's Farm, Duck End, Oxfordshire
Donnerstag, 19. August 1976

Letzte Nacht hatte ich wieder diesen Traum. Ich bin auf dem Grund eines Sees und blicke durch die Scheibe eines Wagens in sein Inneres. Alles ist grün wie eine Ginflasche und schlammig, und hinter dem Lenkrad sitzt ein Skelett in einem Bunnykostüm. Die Hasenohren sitzen fesch am Schädel, Schlips und Kragen hängen um die Halswirbel, und der Körper steckt in dem Satinkostüm, es ist schwarz, die Farbe, die wir alle am liebsten wollten, weil sie schlank macht, und vor den Rippen sitzen zwei kegelförmige Schalen.

Von hinten nähert sich jemand und reibt mein Gesicht mit Seegras ab. Zuerst habe ich nichts dagegen, denn es ist angenehm, sinnlich sogar – aber dann fangen sie an, das Gras um meinen Kopf und meinen Hals zu wickeln, und ich kriege keine Luft und versuche, danach zu greifen, es wegzuziehen, aber ich schaffe es nicht. Ich beuge mich vor, um an die Scheibe zu klopfen, damit mir jemand hilft, aber ich komme nicht dran. Daraufhin werde ich nach unten gezogen und kann nicht entkommen, und ich glaube, ich muss sterben.

Dann wache ich auf, und die Laken haben sich um meinen Hals gewickelt. Ich fühle mich schuldig und kann das Gefühl nicht vertreiben. Weil ich genau weiß, wer es ist. Das Skelett in dem Auto.

Er hat den Lenny-Traum abgelöst, den, in dem ich seine Leiche finde. Seit ich vor drei Tagen den Zeitungsausschnitt in der Post fand.

1

WASSERLEICHE GEFUNDEN

> Der konstant niedrige Wasserstand führte gestern zu einem grausigen Fund: Aus einem See auf dem Gutshof Ivar Park in Wiltshire wurde ein Wagen mit menschlichen Überresten gefischt. Ein Polizeisprecher sagte, dass das Skelett noch nicht identifiziert sei und möglicherweise seit mehreren Jahren im Wasser gelegen habe.

Ich weiß nicht, wer ihn geschickt hat. Es war kein Brief dabei, nur der Zeitungsausschnitt, über den oben das Datum gekritzelt war: 14. August '76. Die Schrift kenne ich nicht. Abgestempelt in London. Kann jeder gewesen sein. Aber warum schickt jemand *mir* den Ausschnitt? Das ist es, was ich nicht verstehe.

Ich erinnerte mich an das Mädchen, das verschwunden war. Auch ein Bunny. Kitty. Lenny hatte mit ihr geschlafen. Gott bewahre, er war nicht der Einzige, bei weitem nicht. Es war im Sommer 1969, als es uns nicht so gut ging – sieben Jahre zuvor also. Ich dachte, ich hätte das alles weit hinter mir gelassen. Jedenfalls habe ich es versucht. Deswegen bin ich hierher gezogen.

Es hat überhaupt niemand bemerkt, dass Kitty fehlte. Was

eigentlich auch keine Überraschung war, denn auf der Party müssen über zweihundert Leute gewesen sein, und so weit ich mich erinnere, waren die meisten derart jenseits von Gut und Böse, dass sie wahrscheinlich nicht mal wussten, auf welchem Planeten *sie* selbst gerade waren, geschweige denn jemand anderes. Ich glaube, es hat ein paar Wochen gedauert, ehe von ihrem Verschwinden berichtet wurde, aber ich bin mir ziemlich sicher, dass die Polizei nie jemanden gefunden hat, der sie nach dieser Nacht noch einmal gesehen hat. Das haben jedenfalls alle gesagt.

Ivar Park ist in der Nähe der Salisbury Plain. Ein massives Gutshaus mit Ställen, einem Park, Wald, einfach allem. Und einem See. Mit Sicherheit gab es einen See. Kitty trug ihr Bunnykostüm. Wir durften es eigentlich nicht aus dem Klub mitnehmen, aber irgendwer – vielleicht sogar Lenny, denn er hat sie mitgebracht – muss dem Wachmann was zugesteckt haben, damit er ihre Tasche nicht kontrolliert. Ich weiß noch, wie sie die riesige Treppe in Ivar herunterkam und die Leute gelacht haben, aber mehr auch nicht.

Doch seltsam war es trotzdem, weil man niemanden fand, der Kitty mitgenommen oder gesehen hat, wie sie die Party verließ, und sie war nicht gerade eine graue Maus. In der Zeitung stand nichts über das Kostüm, aber nach so langer Zeit ist es wahrscheinlich verrottet, oder die Fische haben es gefressen. Ich nehme an, es wäre nie wieder aufgetaucht, wenn wir nicht eine solche Trockenheit gehabt hätten. Da draußen muss es jemanden geben, der wünscht, es wäre so.

Ehrlich gesagt, habe ich damals gar nicht so genau hingehört. Ich und Kitty waren nicht gerade das, was man Busenfreundinnen nennt, aber wie auch immer, unser Leben – unsere Welt, wenn man so will – war ziemlich frei und unbeschwert, und die Menschen kamen und gingen. Sogar Kittys

Mitbewohnerin dachte, sie wäre bei ihrem Freund, sie wusste nur nicht, wer es war. Auch nicht überraschend, denn Kitty war kein Kind von Traurigkeit, wenn Sie verstehen, was ich meine.

Wenn ich hätte raten müssen, hätte ich gesagt, sie hat sich irgendeinen reichen Borsenspekulanten geangelt und ist mit ihm auf Reisen gegangen. Man kommt ziemlich gut durch, wenn man seine Karten richtig ausspielt, und sie war immer recht gut darin, sich die Nummer eins auszugucken.

Ich *weiß* nicht, ob sie es ist. Da sind nur Überreste. Skelett. Aber anscheinend sollte ich es wissen – wer soll es also sonst sein? Ich mochte Kitty nicht. Aus gutem Grund, könnte ich hinzufügen, weil sie ein richtiges Miststück war. Mein Großvater hätte gesagt: »Die hat es faustdick hinter den Ohren«, und ich war ganz schön froh – nein, mehr als froh, ich war hocherfreut, als sie nicht in den Klub zurückkehrte. Aber so einen Tod würde man nicht mal seinem schlimmsten Feind wünschen. Schon der Gedanke ist unerträglich. Und jetzt geht er mir nicht mehr aus dem Kopf. Manche Dinge kann man einfach nicht ausblenden. Man versucht es, macht die Tür zu, aber sie sind immer da und warten darauf, dich anzufallen. Wie Lennys Tod. Als ich ihn gefunden habe. Ich meine, normalerweise denke ich an Lenny, wie er war, als er noch lebte, aber wenn ich nachts aufwache oder wenn ich nicht damit rechne oder so, dann ist alles wieder da.

Wenn sich der Tag jährt und in der Woche davor ist es am schlimmsten. Schon die Furcht, das Wissen, wie es sein wird. Jedes Jahr, wenn er näher kommt, denke ich, diesmal wird es besser, aber das wird es nie.

Ich bin in Lennys Körper reingelaufen. Es war ziemlich dunkel im Zimmer, und ich wusste nicht, was es war, doch als ich hochschaute, sah ich ein paar Sekunden lang nur diese hervorquellenden Augäpfel, die mich direkt anstarrten. Sein Kopf war aufgeblasen wie ein Ballon, dunkelrot, oben unter der Decke, und sein Körper hing wie ein Sack herunter. Er hatte es mit einem Gürtel getan. Einem breiten Ledergürtel. Aber das habe ich erst später erfahren, denn ich habe nur einmal hingesehen und bin sofort wieder rausgerannt. Der Mann, der bei mir war – der Taxifahrer –, hat die Polizei geholt. Er sagte, ich hätte geschrien, aber daran erinnere ich mich nicht. Ich erinnere mich nur an so ein stumpfes Gefühl – als müsste mein Verstand geschärft werden. Man hatte mir ein Beruhigungsmittel gegeben, und als ich später versuchte zu schlafen, waren ständig diese Augen da, die aussahen, als würden sie aus den Höhlen fallen. Und ich habe mir immer wieder gesagt: Das ist nicht mein Lenny. Mein Lenny ist tot.

Eigentlich habe ich Jeff deswegen geheiratet. Ich habe mir einzureden versucht, dass ich mein Leben meistere und darüber hinwegkomme, aber in Wirklichkeit konnte ich mich nicht von Lenny lösen oder wollte wenigstens das Gefühl von Nähe haben, das Leben, das ich mit ihm gehabt hätte. Irgendwie habe ich versucht, dieses Leben weiter zu leben. Erst als alles kaputtging, wurde mir klar, dass das der Grund war, und vielleicht ... oh, mag sein, dass ein Teil von mir immer wusste, dass es nicht funktionieren würde, aber nach dem, was mit Lenny geschehen war, war ich völlig fertig und brauchte jemanden, und er war *da*.

Ich meine natürlich nicht, dass ich jeden genommen hätte. Jeff sah super aus, war charmant und begabt – er ist Fotograf, darüber haben wir uns überhaupt kennen gelernt. Er erklärte, sich um mich kümmern zu wollen, und Gott weiß, das brauchte ich. Ich habe natürlich nicht so getan, als wäre er Lenny, aber ich glaube, etwas in der Art habe ich von ihm *erwartet*, was nicht fair war. Jeff hatte keinen sehr ausgeprägten

Sinn für Humor und war ein ziemlich verschlossener Mensch. Rau. Eher wie Jack als wie Lenny, wenn ich es jetzt bedenke. Er war auf eine Art schwierig, die ich nicht gewohnt war, und ich dachte, das heißt, dass er stark ist, weil Lenny so ... nicht schwach, aber ... nun, auf Lenny hat man aufgepasst.

Nicht nur die Frauen – jeder hat auf ihn aufgepasst, sogar Jack. Die Leute haben ihm jeden Gefallen getan, und weil er so bezaubernd und freundlich und schrecklich dankbar war, hatten sie das Gefühl, etwas Nützliches und Gutes zu tun. Er hat es natürlich ausgenutzt, es im richtigen Moment eingesetzt, aber manchmal war er wirklich ein hoffnungsloser Fall. Ich werde nie vergessen, wie ich ihn einmal bei dem Versuch, eine Dose Baked Beans zu öffnen, beobachtet habe, und da war er nüchtern. Aber der Punkt war, Lenny hatte einen Draht zu den Menschen und Jeff nicht. Nicht so. Er wollte den anderen immer etwas voraushaben, und ich habe das nie verstanden. Ich glaube, deswegen hatte er ständig Affären, ihm gefiel das Geheimnis besser als der eigentliche Sex. In der Lage zu sein, sich mit jemandem zu unterhalten und zu wissen, dass er es mit dessen Frau oder Freundin trieb und der andere keinen blassen Schimmer davon hatte. Ich habe mir immer wieder gesagt, dass es unwichtig ist – nicht die Affären, von denen habe ich erst nach ein paar Jahren erfahren – nein, einfach seine Art. Ich meine, man darf jemanden nicht verurteilen, nur weil er nicht jemand anderes ist, oder? Und wir hatten ein hübsches Heim und ein schönes Leben, nur dass es nie richtig zusammenpasste. Ich mache Jeff keinen Vorwurf, es war genauso meine Schuld. Schon der Zeitpunkt, abgesehen von allem anderen, war schlecht, denn wir haben nicht mal zwei Jahre nach Lennys Tod geheiratet, und ich war einfach noch nicht so weit.

Ich hatte mal einen Kalender mit Sinnsprüchen, und einer

lautete: »Das Leben wird nach vorne gelebt und im Rückblick verstanden.« Das stimmt doch, oder? Wenn man es überhaupt versteht. Langsam fange ich an, mich das zu fragen. Ich meine, ich habe Lennys Tod in Gedanken hundert Mal durchgespielt und nie irgendwelche Antworten gefunden. Außer dass ich versagt habe. Darauf läuft es immer hinaus. Es ist wie diese Worte, die man manchmal auf Grabsteinen sieht: *Wenn Liebe ihn hätte retten können, wäre er nicht gestorben.* Aber man kann Menschen mit Liebe nicht retten, oder? Es sollte so sein, und es geschieht in Büchern und so, aber nicht im richtigen Leben.

Das Cottage, in dem Lenny sich umgebracht hat, war auf demselben Besitz. Es gehörte dem Kerl, der die Party gegeben hat. Marcus' Vater war der Earl of Ivar. Er ist vor ein paar Jahren gestorben. Marcus meine ich, nicht sein Vater. An einer Überdosis Drogen. Er kann nicht älter als fünfunddreißig gewesen sein.

Der Zeitungsausschnitt ist aus dem *Mirror*. Das ist die Zeitung, die ich kaufe, wenn ich mir überhaupt eine kaufe. Und selbst wenn, komme ich selten dazu, sie zu lesen. Ich benutze sie nur für den Meerschweinchenstall. Mit dem Ausschnitt könnte man nicht mal eine Streichholzschachtel auslegen. Am besten werfe ich ihn weg, konzentriere mich wieder mehr auf den Alltag. Die Tiere versorgen, reiten – *mein Leben.*

In die Hände spucken und weitermachen, wie mein Großvater immer zu sagen pflegte.

Nicht leicht, wenn man meistens allein ist. Ich wünschte, es gäbe jemanden, mit dem ich reden könnte, dem ich vertrauen könnte, aber ich kenne eigentlich niemanden.

Ich dachte, ich wäre hier in Sicherheit, aber ich fühle mich nicht mehr sicher.

Ich habe Angst.

2

Seit ich hierher gezogen bin, habe ich versucht, nicht an die Vergangenheit zu denken, aber manchmal holt sie mich einfach ein. Schon bei Kleinigkeiten. Wie gestern, als ich nach einem Paar Socken gesucht habe und die Schublade nicht mehr zuging. Und als ich nach dem Grund suchte, klemmte ganz hinten dieses haarige, graue Ding. Ich dachte, es wäre eine tote Maus, doch als ich es mit Gummihandschuhen herausfischte, war es ein Hasenschwanz. Schmutzig und mit einem dicken, schwarzen Streifen, da wo er festgeklemmt gewesen war. Ich stand da, hielt ihn in der Hand und dachte, es kann nicht wahr sein, dass ich mal einen Job hatte, bei dem ich mir so ein Ding an den Hintern stecken musste.

Wehe, wenn man mit so einem Exemplar zur Bunny-Mutter gekommen wäre. Sie hat uns jedes Mal kontrolliert, ehe wir rausgeschickt wurden, hat geguckt, ob unsere Fingernägel lackiert waren, die Strümpfe keine Laufmaschen hatten oder Klopapier aus den Oberteilen schaute. Man wickelte es um die Hand, stopfte es oben rein, rückte es ein wenig zurecht und bingo: ein wunderbares Dekolleté, und es wirkte ganz echt. Die Kostüme wurden für jede angefertigt, aber es gab nur zwei verschiedene Körbchengrößen, 80D oder 85D, und die meisten von uns füllten sie ohne ein *bisschen* Unterstützung nicht aus. Wir haben auch alte Strumpfhosen oder überzählige Hasenschwänzchen benutzt. Als ich Lenny das erzählt habe, dachte ich, er stirbt vor Lachen. Richtig wild war er auf meinen Hasenschwanz. Er hat sogar einen in unserem Souvenirladen gekauft. Der klebte auf einer Plakette, und drunter stand: »Erwischt im Bunny Club« oder so was Ähnliches.

Der, den ich gefunden habe, war mein ganz spezieller. Auf

der Rückseite stand mein Name. Hab ihn immer mit nach Hause genommen, selber gewaschen und mit einer Hundebürste aufgefrischt, damit er richtig gut aussieht. Kann mir gar nicht mehr vorstellen, wie lange ich immer gebraucht habe, um mich fertig zu machen. Heute widme ich den Pferden mehr Zeit als mir – ganz selten benutze ich Wimperntusche, geschweige denn falsche Wimpern. Irgendwo sind wahrscheinlich noch ein paar Sets. Wenn ich daran denke, wie schrecklich das heute aussehen würde – wie zwei alte Spinnen, die über die Augenlider krabbeln. Tatsächlich – Generalbeichte – habe ich ein komplettes Kostüm behalten, als ich im Klub aufhörte. Das war ungezogen, weil sie uns nicht gehörten, aber ich wollte ein Andenken haben, und ich hatte über drei Jahre dort gearbeitet, weshalb ich fand, ich hatte es verdient. Weiß der Himmel, wo es jetzt ist, wahrscheinlich auf dem Dachboden, ich habe es seit Jahren nicht gesehen.

Lenny wusste nicht, dass ich ein Bunny war, als wir uns das erste Mal begegneten. Das war auf der Autobahn. Es handelte sich nicht um mein eigenes Auto, ich hatte es gewissermaßen ausgeliehen. Wenn ich geliehen sage, meine ich nicht gestohlen, weil ich es nachher wieder zurückgebracht habe, aber es gehörte diesem Typ namens James Clarke-Dibley, ein Stammgast im Klub. Das war 1967, ich hatte gerade angefangen, dort zu arbeiten. Jedenfalls war er ganz schön scharf auf mich. Hab ihn in einem Fotostudio kennen gelernt. Ich stand Modell für Badeanzüge oder so, und er kam herein und lud mich ein, mit ihm auszugehen. Ich bin einmal mitgegangen, aber dann konnte ich nicht mehr, weil ich abends im Klub arbeitete, und so wurde er dort Stammgast.

Er war steinreich – soviel ich mitbekommen hatte, gehörte seinem Vater praktisch halb Schottland – und sah ziemlich gut aus, aber wie auch immer, gebacken, gebraten oder frittiert, ich mochte ihn nicht besonders. Eine Regel im Klub war, dass man mit Gästen nicht ausgehen durfte, die benutzte ich als Entschuldigung. Doch er hat mir Fahrstunden bezahlt, und als ich den Führerschein hatte, besaß ich natürlich kein Auto, und er ließ mich immer mit seinem fahren, aber nur, wenn er dabei war. Ich sage Ihnen, wenn es mein Auto gewesen wäre, ich hätte mich nicht fahren lassen, niemals, ich bin nämlich gefahren wie eine Verrückte, und er hatte dieses wunderschöne, weiße Mercedes Cabriolet, das ein Vermögen wert gewesen sein musste.

Es war nach einer Party in seinem Haus. Ich war nach meiner Schicht hingegangen – natürlich in einem eigenen Kleid, nicht im Kostüm – und habe dort übernachtet. Nicht in seinem Bett. Das hätte er gerne gehabt, aber er war viel zu betrunken, um irgendwas dafür zu tun, und ich trinke nicht viel, so dass es mir gut ging und ich es mir einfach in einem kleinen Zimmer in einem der oberen Stockwerke gemütlich gemacht habe.

Am nächsten Morgen schliefen alle, die noch da waren, ihren Rausch aus, also bin ich auf Zehenspitzen runtergeschlichen und hab die Autoschlüssel aus seiner Jackentasche genommen. Ich dachte, ich könnte meine Mutter besuchen. Na ja, das war meine Ausrede, in Wirklichkeit wollte ich einfach mal allein mit dem Wagen fahren und sehen, ob ich es konnte.

Es war ein wunderschöner Tag im Juli. Der Himmel war leuchtend blau wie auf einer Postkarte, und ich flog mit offenem Verdeck dahin, meine blonden Haare wehten hinter mir im Fahrtwind, ich fuhr mit bloßen Armen, trug eine Sonnenbrille. Einfach perfekt. Ich kam mir vor wie ein Mädchen in einem Film. In meinem Kopf spielte Musik, ich spürte dieses süße Prickeln im Magen und auf den Schenkeln und fühlte mich so lebendig, so sexy und zu allem fähig.

Es war kaum jemand auf den Straßen unterwegs, und ich habe Vollgas gegeben, hundertfünfzig in der Stunde, es war mir egal, Hauptsache *schnell*. Ich fuhr in der mittleren Spur, als ich plötzlich diesen Wagen neben mir auftauchen sah, einen metallicblauen Aston Martin Coupé. Merkwürdig, dachte ich, warum überholt der nicht, schaute hinüber und sah diesen umwerfend aussehenden Mann hinter dem Lenkrad sitzen.

Schwarze Haare, gebräunte Haut, Sonnenbrille, der oberste Hemdknopf geöffnet, alles verschwommen, dann nickte er leicht und zog an mir vorbei. Okay, dachte ich, denn ich fasste es als Herausforderung auf, und beschleunigte. Hundertsechzig, hundertsiebzig, dann waren wir gleich auf, und ich konnte den Blick nicht von ihm abwenden. Beinahe fuhr ich einem alten Mann in einem Ford hinten drauf. Ich schrie und hielt die Hand vor den Mund, er zischte an mir vorbei, und als er sich umdrehte, um mich anzuschauen, sah ich, dass er lachte. Also scherte ich hinter ihm auf die Überholspur aus, verfolgte ihn und überholte ihn alsbald – wie ungezogen – auf der mittleren Spur. Er spielte dasselbe Spiel, schnitt jemanden, der natürlich ärgerlich hupte, und jetzt lachte ich. Dann schwenkte er vor mich, so dass ich scharf bremsen musste, um ihn nicht zu rammen. Wir spielten dieses Spiel eine Weile, winkten uns zu und lachten uns an, dann grinste er und deutete mit dem Arm auf den Straßenrand. Er schoss an mir vorbei auf die rechte Spur und zeigte an, dass er rausfahren würde, und ich folgte ihm ohne nachzudenken – ich tat es einfach. Er verließ die Autobahn, bog in eine Straße ein – und schon befanden wir uns auf einer dieser kurvigen Landstraßen, die von Bäumen und Hecken gesäumt sind, fuhren siebzig Stundenkilometer, ich direkt hinter ihm, beinahe an seiner Stoßstange klebend, während er alle paar Sekunden einen Blick in den Rückspiegel warf, um sich zu vergewissern, dass ich noch da war. Weiß Gott, was passiert wäre, wenn uns jemand entgegengekommen wäre, denn die Straße bot nur Platz für ein Auto, aber es ging gut.

Gerade als ich daran dachte, vielleicht ein bisschen langsamer zu fahren – es war schließlich James' Auto –, verschwand er um eine Kurve. Ich glaubte, ich hätte ihn verloren, doch dann sah ich das Heck seines Wagens in einen Feldweg einbiegen. Ich riss das Lenkrad so schnell herum, dass ich beinahe im Straßengraben gelandet wäre – vielen Dank, lieber Schutzengel –, und holperte durch schrecklich viele Schlaglöcher bis zu der Stelle, wo er angehalten hatte. Es war kein richtiger Bauernhof, nur eine alte Scheune, mit einer betonierten Stelle davor und Strohstapeln im Innern.

Ich fuhr direkt neben ihn und hielt an. Er stieg nicht aus, beugte sich nur ein wenig vor.

»Hallo.«

Er sah *wirklich* umwerfend aus. Ein bisschen älter als ich, mit vollen, derart schwarzen Haaren, dass sie beinahe blau wirkten, und einem süßen, großen Mund – breiten Schultern und muskulösen, braun gebrannten Armen – er hatte die Ärmel hochgekrempelt – und großen Händen. Ich musste ihn die ganze Zeit anschauen.

Er nahm die Sonnenbrille ab. Wunderschöne tiefdunkle Augen mit lauter kleinen Lachfältchen. »Sie werden jetzt aber nicht schüchtern, oder?«

»Nein …«

Es war wie im Film: zwei Sportwagen nebeneinander, glänzende Kühlerhauben in der Sonne, perfekte, leuchtende Farben, sein intensiver Blick. Ich hatte keine Ahnung, wer er war. Er und Jack hatten gerade ihre erste Serie im Fernsehen, aber ich kannte sie nicht, weil ich immer im Klub war, und damals las ich auch nie die Zeitung.

»Sie fahren ganz schön verwegen. Was können Sie noch?«

Ich sagte: »Ich weiß es, und Sie müssen es herausfinden«, rutschte über den Sitz, stieg auf der Beifahrerseite aus und rannte hinüber zur Scheune.

Das große Tor stand offen, und ich blieb gleich dahinter stehen, damit er mich sehen konnte. Ich wartete, bis er ausgestiegen war, dann streifte ich meine Schuhe ab und kletterte die Leiter zum Heuboden hinauf. Er jagte mir nach, doch ich war zu schnell. Haken schlagend und kichernd sprang ich über die Ballen, und die ganze Zeit lief in meinem Kopf dieser Film, er und ich, die Haare fielen mir ins Gesicht, und staubige Sonnenstrahlen fielen durch die Tür. Ich war richtig verliebt in das alles, in die ganze *Idee*. Dann fing er mich, hielt mich ganz fest, damit ich nicht zappelte, und küsste mich. Es war nicht das erste Mal für mich, aber es war das erste Mal, dass es etwas bedeutete. Nachher war ich so glücklich, dass ich nur da lag und lachte.

Er sagte: »Das hat dir wohl gefallen, wie?«

Ich sagte: »Ja, und dir auch.«

»Ja.« Und er lachte ebenfalls. Er suchte seine Zigaretten, und ich sagte: »Du wirst das ganze Heu in Brand setzen.«

»Es ist Stroh, kein Heu.«

»Das brennt genauso gut, oder?«

»Wer hat dir das Auto gekauft?«

»Niemand.«

»Erbettelt, gestohlen oder geliehen?«

»Geliehen.«

»Meins ist gestohlen.«

»Das glaube ich dir nicht.«

»Ich könnte dir ein Auto kaufen.«

»Auch das glaube ich dir nicht.«

»Du glaubst nicht viel, wie?«

»Ich glaube, dass ich mit dir hier bin.«

»Du bist nicht hier. Ich bin nicht hier. Wir sind nur ein Gedanke in Gottes Phantasie.«

»Dann hat Gott aber eine schmutzige Phantasie, findest du nicht?«

Er lachte, strich mir über die Haare und sagte: »Du solltest so etwas nicht tun.«

»Was?«

»Das, was du gerade getan hast. Ich könnte Gott weiß wer sein. Könnte alles Mögliche angestellt haben. Ich hätte dich umbringen können. Ich könnte dich jetzt umbringen.« Er wickelte meine Haarspitzen wie ein Seil um meinen Hals.

»Aber das tust du nicht, oder?«

Er ließ meine Haare los und küsste mich auf die Stirn. »Nein.«

Ich war so glücklich, dass es mir beinahe überhaupt nichts ausgemacht hätte, wenn ich auf der Stelle gestorben wäre, solange es nicht wehtat. Ich sagte: »Du hast vielleichtNerven, mir zu sagen, ich sollte das nicht tun. Wessen Idee war es denn?«

»Du warst diejenige, die hier hereingerannt ist. Du hast mich angestiftet.«

»Warum? Hattest du etwas anderes vor?«

»Ich wollte dir die Grundkenntnisse im Heumachen vermitteln.«

»Gerade hast du mir erklärt, es ist Stroh und kein Heu.«

Er lachte wieder und sagte: »Du fürchtest dich vor wenig, oder?«

»Vor was *sollte* ich mich denn fürchten?«

Er zog die Augenbrauen hoch, dann drehte er sich um und zog sich an. Er kletterte die Leiter hinunter, und ich dachte, er wollte draußen eine Zigarette rauchen, aber nach ein paar Minuten hörte ich seinen Wagen anspringen. Als ich endlich meine Kleider geordnet und meine Schuhe wiedergefunden hatte, waren alle Anzeichen seiner Anwesenheit verschwunden, bis auf Reifenspuren und einen Zettel hinter meinem Scheibenwischer: *Ich werde dich finden. xxx.*

Wehe, wenn nicht, dachte ich. Denn ich hatte gerade den schönsten Tag meines Lebens gehabt und kannte nicht einmal seinen Namen.

3

Das nächste Mal sah ich Lenny in der *Playmate Bar* im Klub, ungefähr einen Monat nach unserem »Zusammenstoß«. Es war Samstagnacht, rappelvoll, und ich schlängelte mich gerade mit einem vollen Tablett durch die Gäste, als jemand an meinem Schwanz zog. Ich erschrak und wirbelte herum, denn das war ein absolutes Tabu. Nur mit Mühe jonglierte ich das Tablett über meiner Schulter und ließ es beinahe fallen, auch war ich viel zu sehr damit beschäftigt aufzupassen, dass kein Glas herunterfiel, um herauszufinden, wer es gewesen war. Ich hörte die Männer hinter mir lachen, was mich ärgerte, aber ich würde ihnen nicht die Genugtuung gönnen, sie merken zu lassen, wie wütend ich war.

Gerade hatte ich alles wieder unter Kontrolle und wollte den Geschäftsführer rufen, als ich einen von ihnen sagen hörte: »Sieh mal einer an, was da aus dem Heuhaufen gehüpft ist.«

Ich wusste sofort, wer es war. Kaum hatte er das erste Wort gesagt, starrte ich ihn an.

Gute Manieren hin oder her, ich konnte mich nicht bremsen. Sie waren zu dritt: Donald Findlater und Jack, den ich damals noch nicht kannte, mit Lenny in der Mitte, und alle drei lachten sich schier kaputt.

Ich glaube, ich habe mich noch nie in meinem ganzen Leben so im Rampenlicht gefühlt. Mein Herz hämmerte, und ich war mir sicher, dass sie es alle sahen. Lenny grinste selbstgefällig, als wüsste er, dass ich nur noch an ihn gedacht hatte, was ja auch stimmte. Ich hatte die ganze Zeit über ihn nachgedacht. Er beugte sich vor, um meinen Namen zu lesen.

»Hallo, Bunny Alice.«

Ich sagte: »Wag es ja nicht, mich Bunny Alice zu nennen, sonst kippe ich dir das ganze Tablett in den Schoß, und es würde dir recht geschehen.«

Lenny sagte: »Aber das tust du nicht, oder?«

Genau das hatte ich geantwortet, als er in der Scheune gesagt hatte, er könnte mich umbringen, und ich fragte mich, ob er sich daran erinnerte. Aber ich war trotzdem noch ziemlich sauer und sagte: »Darauf würde ich nicht wetten«, und stolzierte davon.

Den Rest meiner Schicht ignorierte ich sie. Es war nicht allzu schwer, sie zu meiden, weil sie nicht zu meinem Service gehörten, aber ich war mir ihrer so bewusst, dass ich mich kaum länger als ein paar Sekunden auf meine Arbeit konzentrieren konnte.

Man musste das Tablett mit den richtigen Gläsern und der passenden Garnierung füllen – Oliven für die Martinis, einen Schuss Zitrone, wenn es ein trockener war, eine Cocktailzwiebel für einen Gibson, und manche Drinks bekamen eine Kirsche oder dies oder jenes –, ehe man sie zur Bar trug. Ich konnte die Reihenfolge, in der man die Bestellungen rufen musste, auswendig, ich weiß sie immer noch: Scotch, Canadian, Bourbon, Rye, Irish, Gin, Wodka, Rum, Kognak, Likör, geschüttelt, gerührt, gemixt – die Flaschen waren in derselben Reihenfolge angeordnet, man rief, und der Barkeeper schenkte ein, es sei denn, man hatte seine Gläser von rechts nach links angeordnet und er die Flaschen von links nach rechts, wenn Sie verstehen, was ich meine.

Wie auch immer, an jenem Abend war ich überall gleichzeitig, was nicht gut war, weil man immer rechts vom Barkeeper stehen musste. Die Barkeeper waren wie die Mafia. Viele von ihnen hatten auf Kreuzfahrtschiffen gearbeitet, sie waren sehr geschickt und erwarteten von uns das Gleiche. Wenn sie fanden, dass man nicht gut war, oder wenn sie jemanden nicht mochten, konnten sie einem das Leben zur Hölle machen. Normalerweise kam ich gut mit ihnen aus, aber an *dem* Abend – einer machte anscheinend eine Doppelschicht, weil er schon ein paar Drinks intus hatte, und er schrie mich immer wieder an: »Was ist denn in *dich* gefahren, du blöde Kuh?«

Das machte es noch schlimmer, und jedes Mal, wenn ich zufällig in Lennys Richtung schaute, schien er mich anzustarren, und ich wurde schrecklich unsicher.

In meiner Pause redete ich mit einem der anderen Mädchen, und als ich ihr erzählte, was passiert war, fragte sie mich: »Du weißt schon, wer die beiden sind, oder?«

Ich erwiderte, ich hätte keinen Schimmer, und sie sagte: »Lenny Maxted und Jack Flowers, genau die.«

Und ich sagte: »Wie, die beiden Komiker aus dem Fernsehen? Du nimmst mich auf den Arm«, weil ich dachte, so jemand würde in die VIP Lounge gehen, und ich glaubte ihr erst, als ein paar von den anderen es bestätigten.

Dann fragte ich, wer wer war, und als sie es mir sagte, wurde mir klar – die kleine Balgerei im Heuschober, das musste Lenny gewesen sein. Ich behielt die Details für mich, sagte nur »Ach wirklich?« oder so etwas, als wäre es keine große Sache. Ich ging wieder hinein und arbeitete weiter, und als ich mich irgendwann einmal zu ihnen umschaute, waren sie gegangen. Ich war erleichtert und enttäuscht gleichzeitig, aber ich dachte, na gut, das war das.

Doch das war es nicht, denn als ich um vier aus dem Klub kam, war da dieser Kerl in einem Auto. Ich konnte nicht gleich erkennen, wer es war, weil das Auto nicht unter einer Straßenlaterne stand, aber er hatte die Scheibe heruntergekurbelt, und als ich vorbeiging, lehnte er sich heraus. »Alice?«

Ich erkannte die Stimme sofort. Es war in Ordnung, weil wir am Hintereingang waren, den man nicht einsehen konnte, deshalb ging ich hinüber. Er war allein.

»Hallo.«

Ich sagte: »Du wartest wohl schon eine ganze Weile hier«, weil sie so gegen zwei gegangen waren.

»Steig ein, ich fahre dich nach Hause.«

»Nein, vielen Dank.«

»Bist du selber mit dem Auto da? Ein Rennen gefällig?«

»Nein.«

»Das wird bestimmt lustig. Ich lasse dich auch gewinnen.«

»Letztes Mal hast du nur gewonnen, weil ich dich gelassen habe. Wie auch immer, ich habe dir doch gesagt, dass es nicht mir gehört.«

»Hast es zurückgebracht, bevor er es gemerkt hat, wie?«

»Woher weißt du, dass es ein er war?«

»War es doch, oder?«

»Ja ... aber egal, ich finde, du könntest mir wenigstens deinen Namen sagen, jetzt, wo du meinen kennst.«

Er sagte nur: »Lenny.« Nicht: »Oh, du weißt nicht, wer ich bin?« oder so etwas, nur: »Lenny«, als wäre er vorbeigekommen, um einen Teppich zu verlegen oder so was. Das gefiel mir, obwohl er wahrscheinlich wusste, dass ich seinen Namen kannte.

»Hast du eine Karte?« Nur Klubmitglieder haben eine Karte. Sie durften einen Gast mitbringen, aber man musste sich die Karte zeigen lassen, ehe man die Bestellung entgegennahm.

»Erst seit kurzem.«

»Ich frage nur, weil ich dich noch nie im Klub gesehen habe.«

Nach einer Pause sagte er: »Hör mal, das neulich tut mir Leid.«

»Schon gut«, sagte ich. Na ja, was hätte ich sonst sagen sollen. Aber so leicht würde er mir nicht davonkommen. »Ich nehme an, du hast deinen Freunden erzählt, was wir gemacht haben.«

Er sagte: »Nein«, und machte ein überraschtes Gesicht, aber ich dachte, spiel nicht den Unschuldigen, und sagte: »Der Hase im Heuhaufen – ich wette, da habt ihr alle mal wieder so richtig gelacht.«

»Nein!« Er sah ziemlich verletzt aus, aber irgendwas an der Art, wie sie im Klub gelacht und mich angeguckt hatten, hatte mich verunsichert, und nun wusste ich nicht, ob ich ihm glauben sollte.

»Sicher, dass ich dich nicht nach Hause fahren soll?«, fragte er.

»Ganz sicher. Danke.«

»Wie wär's mit einem Abendessen? Würdest du mit mir essen gehen?« Er klang beinahe demütig, als erwartete er, dass ich ihm einen Korb gebe. Das fand ich süß. Das und die Tatsache, dass er mindestens zwei Stunden gewartet hatte, und deshalb sagte ich ja.

Dann holte er seinen Kalender hervor, fing an ihn durchzublättern und fragte, kannst du da, wie wär's da, und ich sagte, nein, da bin ich im Klub, oder nein, da habe ich schon was vor. Meistens stimmte es, aber ich wollte ihm auch zeigen, dass ich nicht allzeit bereit war, wenn Sie verstehen, was ich meine.

Schließlich fanden wir einen Termin, und Lenny schrieb

ihn auf ein Stück Papier. Als er sich aus dem Fenster lehnte, um es in meine Tasche zu stecken, sprang ich fast einen Meter in die Höhe.

»Tu das nicht!« Die Leitung des Klubs wollte auf keinen Fall ihre Lizenz für das Glücksspiel verlieren, und wenn irgendjemand gesehen hätte, wie er mir direkt vor dem Klub etwas zusteckte, das wie ein Geldschein aussah, könnte er auf die Idee kommen, der Klub sei ein Bordell, und ihn anzeigen, was nicht besonders gut angekommen wäre.

»Willst du mich um meinen Job bringen?«

»Tut mir Leid, entschuldige ... nein, natürlich nicht.« Er hob die Hände, der Zettel klemmte zwischen zwei Fingern, als wollte er »Ich ergebe mich« sagen, und ich warf einen schnellen Blick die Straße hinauf und hinunter, ehe ich ihn mir schnappte und in die Tasche stopfte. Ich verabschiedete mich und machte mich auf den Heimweg. Jedes Mal, wenn ich mich umschaute, sah ich ihn unbeweglich in seinem Wagen sitzen und mir nachschauen, und die ganze Zeit hielt ich das kleine Stück Papier in meiner Tasche fest umklammert.

Ich habe es immer noch. In einer Schuhschachtel unter meinem Bett, in der ich meine Schätze aufbewahre. Zwar schaue ich selten hinein, aber es ist schön, sie zu haben. Kleinigkeiten, wie etwa Geburtstagskarten von meinem Großvater, mein Ehering aus der Ehe mit Jeff und Lennys letzte Zeilen an mich. Die er geschrieben hat, bevor er sich umgebracht hat.

4

Ich war aufgeregt wegen des Essens. Wir gingen ins *Mirabelle*, Lenny hatte bestimmt gedacht: *Na dann wollen wir mal Eindruck schinden.* Aber ich war mit James Clarke-Dibley schon mal dort gewesen, deswegen haute es mich nicht um. Wen ich allerdings nicht erwartet hatte, war Jack Flowers. *Erfahren* habe ich es erst, als der Oberkellner – immer lächeln – uns am Fuße der Treppe empfing – Lenny hatte mich zu Hause abgeholt, deswegen kamen wir zusammen – und sagte: »Hier entlang, Sir. Mr. Flowers ist bereits da.«

Also gingen wir zu unserem Tisch, und da saß Jack und hatte es sich bereits bequem gemacht. Es war offensichtlich, dass er bleiben würde und dass Lenny ihn erwartet hatte, denn er sagte: »Du bist mal wieder Erster«, und Jack erwiderte: »Nur, was den Tisch betrifft«, und beide lachten. Von wegen verletzt und nichts erzählt, dachte ich, sagte aber nichts und setzte mich.

Tatsächlich habe ich, glaube ich, nicht mehr als zehn Worte gesagt, solange wir im Restaurant waren, weil Lenny und Jack, kaum dass wir bestellt hatten, anfingen, ihre Show abzuziehen. Ich saß zwischen ihnen, mein Kopf flog hin und her wie bei einem Tennismatch, und das halbe Restaurant schaute zu, obwohl alle so taten, als merkten sie nichts, schließlich war das *Mirabelle* keine Kneipe, in der man jemanden um ein Autogramm bat.

Lenny hatte uns vorgestellt. »Das ist Jack. Ich weiß, ihr werdet super miteinander auskommen, du bist genau sein Typ«, aber das war irgendwie … ich weiß nicht, es hörte sich an, als wäre ich kein Mensch, sondern ein neues Auto, das er sich gerade gekauft hatte. Darüber war ich zwar nicht gerade erfreut, doch es war aufregend, mit den beiden in diesem Luxusrestaurant zu sitzen, und ich habe es genossen, weil sie wirklich sehr witzig waren und ich meine ganz persönliche Show bekommen habe.

Ich weiß nicht mehr, was sie alles geredet haben. Das meiste ging zum einen Ohr rein und zum anderen wieder raus, weil sie über Leute sprachen, die ich nicht kannte, jedenfalls damals noch nicht, und es mir schwer fiel, mich zu konzentrieren, denn sie füßelten beide mit mir. Ich habe die ganze Zeit überlegt, wie der Abend wohl enden würde, besonders, als Jack anfing von seiner neuen Polaroid-Kamera zu schwärmen, wie gut man mit ihr doch sexy Fotos schießen könne. Das verunsicherte mich, also habe ich schließlich meine Füße fest unter meinem Stuhl verstaut und die beiden miteinander füßeln lassen. Es dauerte ungefähr zehn Minuten, bis sie es endlich merkten, und beide steckten den Kopf unters Tischtuch.

Jack sagte: »Ich dachte die ganze Zeit, deine Beine sind aber ein bisschen sehr haarig«, und ich antwortete: »Was hast du erwartet? Ich bin ein Hase.«

Jetzt lachten *sie*, und ich fühlte mich sicherer und fragte: »Wie habt ihr beiden euch überhaupt kennen gelernt?«

Wieder fingen sie an zu lachen. »Beim Militär«, beantwortete Lenny dann meine Frage. »Wir waren in so einem gottverlassenen Nest im West Country in einem Trainingscamp, Männer aus allen möglichen Regimentern, und da war dieser Oberleutnant, der den Krieg mitgemacht hatte und fand, wir seien ein richtiger Sauhaufen. Es stand uns bis zum Hals, und wir hatten die Nase voll von seinem Gebrüll und dem ganzen Mist.

Ständig hat er den verdammten Feueralarm ausgelöst. Er ließ die Sirene heulen, wir mussten alles stehen und liegen lassen und vor dem Wachhäuschen Aufstellung nehmen. Und zwar innerhalb von drei Minuten, aber das schaffte keiner, und es interessierte auch niemanden, so dass wir nach fünf oder zehn Minuten eintrudelten und er anfing, uns anzuschreien: ›Du bist ein Kretin! Was bist du?‹«, bellte Jack mit gepresster Stimme. Ich zog den Kopf ein, weil das ganze Restaurant uns anstarrte.

»Ich bin ein Kretin, Sir!«, schrie Lenny.

»Wie auch immer«, fuhr er, Gott sei Dank leiser, fort. »Wir hatten die Nase voll, und Jack – den ich damals noch nicht kannte – beschloss, etwas dagegen zu unternehmen.«

»Dieser Leutnant ist jeden Freitagabend in den Ort gegangen«, erzählte Jack. »Er trank ein paar Bier im British Legion Club, dann kam er zurück und löste den Feueralarm aus. Eines Abends hatte ich Wache, und ein paar von uns sind mit einem Brett aufs Dach geklettert und haben damit die Sirene lahm gelegt. Es war so ein Ding, das rotiert, um das Geräusch zu erzeugen, und wir haben diese große, dicke Planke durchgeschoben und mit einem Seil festgebunden, damit sie sich nicht mehr bewegen konnte ...«

»Und dann kommt der Leutnant zurück«, fuhr Lenny fort, »will den Alarm auslösen und nichts geschieht. Also klettert er am nächsten Morgen aufs Dach. Als er gesehen hat, was der Grund war, ist er durchgedreht. Schließlich hat Jack zugegeben, dass er es war. Na ja, das musste er, sonst hätten wir alle in der Scheiße gesessen, und er wanderte in den Bunker.«

»Bunker?«, fragte ich.

»Zur Strafe«, erklärte Lenny. »Danach gab es natürlich alle paar Minuten Feueralarm, und er hämmerte uns ein, dass es egal war, was wir gerade taten, wir hatten innerhalb von drei Minuten strammzustehen.«

»Wir wussten genau«, sagte Jack, »dass er immer Samstagmittag den verdammten Alarm auslöste, weil anschließend frei war und jeder so schnell wie möglich in den Ort wollte. Also meinte Lenny: ›Okay, wir ziehen uns ganz aus, wie zum Duschen, und lassen nur unsere Stiefel an. Und wenn der Alarm losgeht, rennen wir alle zum Wachhäuschen und stellen uns splitterfasernackt auf.‹ Innerhalb von zwei Minuten waren wir alle da, und der Leutnant trat vor die Tür, um uns zu inspizieren.«

»Er hat kein Wort gesagt«, fuhr Lenny fort, »aber man sah, wie seine Augen anfingen zu leuchten, und er befahl uns, Aufstellung zu nehmen, und ließ uns, nackt wie wir waren, die Straße hinunter zum Exerzierplatz marschieren, und natürlich waren die Quartiere der Truppenbetreuung auf der anderen Straßenseite, und die Mädels haben gepfiffen und gejohlt. Und dann hat der Mistkerl uns eine halbe Stunde lang gedrillt. Wahnsinn ...« Lenny wischte sich die Tränen aus den Augen. »So war das.«

»Lenny und ich standen nebeneinander in der Reihe, und er zwinkerte mir zu, und ich dachte, *netter Kerl*, weil ich gehört hatte, dass es seine Idee gewesen war. Wir schüttelten uns die Hand, und ich versprach, ihm einen auszugeben.«

»Ja, das war's eigentlich. Aber ich muss immer noch lachen, wenn ich daran denke, wie wir mit im Wind wehendem Geschmeide da standen, und der Kerl zuckt nicht mal mit der Wimper. Aber er war ganz in Ordnung, oder? Weißt du noch, wie wir bei seiner Pensionierung für ein Zigarettenetui gesammelt haben und er eine Rede geschwungen hat?«

»Klar«, sagte Jack. »Er hat es gut weggesteckt, das muss man ihm lassen ...« Er hob sein Glas, Lenny tat es ihm nach, und beide sagten: »Auf die Summe unserer Teile!« Ich hob ebenfalls mein Glas: »Auf die Summe eurer Teile!« Dann fragte ich: »Warum sagt ihr das?«

»Eigentlich ist es Blödsinn«, sagte Lenny. »Stammt von Don Findlater. Das ist unser Agent. Er erzählt den Leuten immer, das Ganze funktioniert nur so gut, weil wir besser sind als die Summe unserer Teile.«

Jack grinste spitzbübisch. »Don liebt Lenny. Ist richtig vernarrt in ihn.«

»Hör auf damit, Jack.« Lenny machte ein unbehagliches Gesicht. »Das will sie doch gar nicht wissen.«

»Keine Sorge«, erwiderte Jack. »Don weiß, dass Lenny normal ist, deshalb gibt er sich damit zufrieden, sich aus der Ferne nach ihm zu verzehren. Das gefällt ihm. Er ist die Sorte Schwuler, die nur eine Erektion kriegen, wenn sie dafür bezahlen. Denkt, es zählt nicht. Armer Kerl.« Jack verdrehte die Augen. »Er kommt nur deshalb mit uns in den Klub, weil er auf einen der Hilfskellner scharf ist.«

Es war das gemeinsame Bemühen um eine Verführung, obwohl sie mir keine Fragen über mich gestellt haben, was Männer oft tun, wenn sie einen ins Bett kriegen wollen. Tatsächlich hatte ich mehr und mehr den Eindruck, dass sie sowohl einander als auch mich beeindrucken wollten, was ich seltsam fand, und dass Lenny vor Jack mit mir angeben wollte. »Ist sie nicht klasse«, und so weiter. Ein bisschen hatte ich das Gefühl, zur Schau gestellt zu werden, aber irgendwie faszinierte es mich auch – warum auch immer.

Ich fand Jack immer attraktiv. Ganz objektiv betrachtet, sah Jack besser aus als Lenny, auf jeden Fall wirkte er sexy. Sie waren sich ziemlich ähnlich, beide groß und dunkel, doch Jack hatte so etwas Animalisches, schmale Augen und spitze Eckzähne, und etwas sehr Physisches, eine richtig starke sexuelle Präsenz. Mehr als Lenny, glaube ich, aber Lenny war derjenige, welcher, und mehr kann ich dazu nicht sagen. Ich weiß nicht, ob manche Menschen das mehr als einmal erleben, für mich jedenfalls war es das einzige Mal.

Kaum waren wir mit dem Kaffee fertig, sagte Lenny: »Wollen wir zu mir gehen?« Es war klar, dass die Einladung Jack einschloss, also suchte ich nach Ausflüchten und entschuldigte mich damit, dass ich früh raus musste. Sie fanden das natürlich nicht gut, bestanden aber nicht darauf, und Lenny sagte, dass er mich nach Hause fahren würde. Lenny und Jack gingen zur Garderobe, und ich sah die beiden auf der gegenüberliegenden Seite des Raumes stehen. Lenny sagte irgendwas, und Jack zuckte die Achseln. Dann schauten sie zu mir herüber, und ich musste so tun, als bemerke ich es nicht. Nach ungefähr fünf Minuten kam Lenny zurück. »Gehen wir«, sagte er abrupt. »Ich habe schon bezahlt.« *Autsch*, dachte ich.

Während der Heimfahrt sagte er kaum ein Wort, und ich dachte, diesmal hast du es wirklich vermasselt, jetzt hält er dich für eine Spielverderberin. Ich war mir sicher, dass er sich nicht bei mir melden würde, aber zwei Tage später, gerade als ich anfing darüber nachzudenken, dass es ein echter Fehler gewesen war, nicht mit zu ihm zu gehen, rief er an. Ich war so erstaunt, seine Stimme zu hören, dass mir absolut nichts einfiel, was aber gar nichts machte, weil er direkt zur Sache kam. »Willst du noch mal mit mir ausgehen? Jack wird nicht dabei sein.«

Ich sagte: »Ich wusste nicht, dass er letztes Mal dabei sein würde.«

»Aber du mochtest ihn, oder?« Es überraschte mich, wie besorgt er klang. »Ich wollte nur, dass du ihn kennen lernst, mehr nicht.« Wer's glaubt, wird selig, dachte ich, doch er klang so verletzt, dass ich kurz überlegte, ob ich da vielleicht etwas falsch verstanden hatte. Das machte mich ein bisschen verlegen, schließlich laufe ich nicht herum und denke, dass ich ein Geschenk Gottes für die Männer bin. Es entstand eine lange Pause, was mir peinlich war, weil ich das Gefühl hatte, er konnte hören, was ich dachte, deshalb sagte ich, sobald er ein Datum nannte: »Schön, wann immer du willst«, nur um dieses Telefongespräch zu beenden. Als ich sah, was ich da auf einen Zettel gekritzelt hatte, wurde mir klar, dass ich fragen musste, ob ich meine Schicht tauschen durfte. Ich kam überhaupt nicht auf den Gedanken, ihn anzurufen und etwas anderes auszumachen.

Irgendjemand hat mich mal gefragt, ob ich auch ja gesagt hätte, wenn Lenny nicht so berühmt gewesen wäre. Was mich natürlich ärgerte, weil ich doch beim ersten Mal gar nicht wusste, dass er berühmt war, oder? Und trotzdem gefiel er mir wie kein anderer. Aber ich glaube, das gehörte zu seiner Masche, allerdings habe ich das damals nicht gemerkt. Er hatte so etwas. Nun ja, es war eigentlich Macht, denn Lenny und Jack hatten beide viel Macht. Sie waren sehr erfolgreich, verdienten eine Menge Geld, und die Leute wollten mit ihnen zusammen sein und tun, was sie sagten.

Das ist mir ein paar Mal im Klub aufgefallen, wenn wichtige Leute kamen. Diese Männer, die reichen, die mächtigen – manche von ihnen nett und gut erzogen, manche richtig widerwärtig –, hatten alle eines gemeinsam: Sie glaubten, sie könnten jede haben. Ob sie das Mädchen mit Charme oder mit einem Fingerschnipsen ins Bett bekamen – im Klub taten sie das natürlich nicht, denn dort wurde streng kontrolliert –, sie benahmen sich, als würden sie ihnen auf dem Silbertablett serviert, mit einem Apfel im Mund und einer Feder am Hintern.

Wohlgemerkt, die letzten paar Jahre … ich weiß nicht, ob ich einfach nur die falschen Männer kennen gelernt habe, aber sie schienen alle zu *erwarten*, dass man mit ihnen ins Bett geht, der eine oder andere sogar, während ich noch mit Jeff verheiratet war, obwohl die Ehe eigentlich nur drei Jahre gehalten hat. Man *tat* es einfach, und das war ein permanenter Druck.

Es war so lächerlich, und die Hälfte der Männer hätte ich nicht mal genommen, wenn es um mein Leben gegangen wäre. Sie interessierten mich nicht, außerdem hatte ich nichts davon. Nach einer Weile fing ich an, darüber nachzudenken, was für eine Art Mensch ich werde, wenn ich das tue. Es erschien mir so ziellos, so als hätte ich keinen Kompass mehr. Ich driftete durchs Leben und hatte keine Ahnung, was ich tat und warum. Darum bin ich hierher gezogen.

Doch es fehlt mir – nicht so sehr der Sex – nun ja, ein bisschen –, es fehlt mir, mit jemandem *zusammen zu sein.* Ich meine, mit meinem Hund, den Pferden und so, das ist alles super, aber die Unterhaltung und … so was eben. Am Anfang dachte ich, wie wunderbar, endlich allein, nach allem, was geschehen ist. Aber mit so was wie diesem Zeitungsausschnitt wird einem plötzlich klar: Man ist ganz allein.

Wer auch immer ihn geschickt hat, weiß, wo ich wohne und dass ich auf dieser Party war, also weiß derjenige wahrscheinlich auch von Lenny. So schwierig ist es nicht, herauszufinden, dass ich Jeff verlassen habe und hier allein lebe. Ich habe mir hundertmal versucht einzureden, dass derjenige einfach vergessen hat, etwas dazuzuschreiben, aber es ist mir nicht gelungen.

Die Nächte sind am schlimmsten. Ich will diesen Traum nicht haben. Es klingt unsinnig, aber ich habe schreckliche Angst, dass etwas passieren wird, doch ich habe keine Ahnung, was.

Es liegt daran, dass jetzt alles wieder da ist, was damals zwischen Lenny und Kitty passiert ist, wie unglücklich wir waren, die Art, wie er gestorben ist. Es ist einfach … furchtbar. Ich war drauf und dran, gestern Abend eine Freundin in London anzurufen und sie zu fragen, ob ich eine Weile zu ihr ziehen kann, aber dann dachte ich an die Tiere – ich kann sie nicht allein lassen. Es gibt niemanden, der sich um sie kümmert, wenn ich nicht da bin. Ich sitze hier fest.

5

Der Ruhm gehörte zu Lenny, er war ein Teil von ihm, aber ich war nicht darauf aus, mir einen reichen Mann oder so was zu angeln. Damals wollte ich mich nur amüsieren. Das klingt hohl, ich weiß. Aber ich war zwanzig oder einundzwanzig, und ich dachte, darum geht es im Leben. Ich bin nicht nach London gekommen, weil ich reich und berühmt und die Größte werden wollte. Ich bin gekommen, weil es aufregend war und ich dazugehören wollte.

Eines der besten Dinge am Klub war, dass man sein konnte, wer man wollte. Wir kannten uns nur unter unserem Namen als Bunny, verstehen Sie, und das war nicht immer der echte. Keine durfte den gleichen Namen wie eine andere haben, und wenn es bereits einen Bunny mit deinem Namen gab, suchte man sich einen anderen aus. Ich begann mein Leben als Alison. Ich habe ihn nicht deswegen geändert, weil es noch eine Alison gab, sondern weil »Bunny Alison« nicht gut klang. Ich wählte Alice, weil es ähnlich klang, aber ein bisschen mehr Klasse hatte. Ich gewöhnte mich daran, dass mich jeder im Klub Alice nannte, und es gefiel mir, also stellte ich mich immer als Alice vor, wenn ich als Model arbeitete oder eine neue Freundin hatte, und dabei blieb es. Ehrlich, wenn morgen auf der Straße jemand Alison rufen würde, käme ich nie auf die Idee, dass ich damit gemeint bin. Der einzige Mensch, der mich noch Alison nennt, ist meine Mutter.

Ich glaube nicht, dass ich irgendjemanden im Klub mit Nachnamen kannte. Na ja, nur Susanne Palmer. Sie hatte eine kleine Rolle in einem Film aus den Hammer-Film-Studios, und ich fragte sie nach ihrem Nachnamen, damit ich im Abspann danach Ausschau halten konnte. Es war so eine Geschichte von Dennis Wheatly, und sie war ungefähr drei Sekunden lang als eine der Jungfrauen, die geopfert wurden, zu sehen, haha.

Ach ja, und Candy Knight, der Pornostar. Ich weiß nicht, ob das ihr richtiger Name war, aber sie war immer Candy, Bunny Candy. Als ich vor ein paar Wochen in London war, kam ich am Eros Cinema am Piccadilly vorbei, und da hing ein Plakat für eine von diesen schmierigen Komödien, in denen sie immer mitspielt. *Runter mit den Höschen* oder so was Blödes. Egal, da stand *Jacks* Name drauf. Ich traute meinen Augen nicht. Ich weiß, dass er in letzter Zeit nicht im Fernsehen war, aber ehrlich: Wenn Lenny noch da wäre, hätte er das nie gemacht. Da bin ich mir sicher.

Das heißt, wenn sie zusammengeblieben wären, denn Lenny hat meistens geschrieben. Sie haben zwar von Zeit zu Zeit mit anderen Leuten zusammengearbeitet, aber die Hauptarbeit haben die beiden gemacht. Sie verbrachten Stunden in Lennys Wohnung, redeten, warfen sich die Bälle zu und nahmen alles auf Tonband auf. Irgendwann ging Jack nach Hause zu Val, und Lenny setzte sich an die Schreibmaschine und verbrachte die ganze Nacht damit, ein Manuskript zusammenzuschustern, das dann die Grundlage für das Stück oder die Serie war. Es war wirklich so, wie Don Findlater gesagt hatte. Zusammen waren sie besser als die Summe ihrer Teile. Einfach *hervorragend*. Deswegen war ich so erstaunt zu sehen, dass Jack einen derartigen Schund machte.

Sonst kannte ich nur noch Bunny Kitty mit ihrem vollen Namen. Ihr richtiger Name war Gail McClintock. Im Klub dachte jeder, sie hätte das Handtuch geworfen, ohne jemandem Bescheid zu sagen, viele Mädchen taten das, aber später haben wir herausgefunden, dass sie nie ihre Papiere abgeholt hat. Ich habe gehört, dass ihre Mitbewohnerin eines Tages nach Hause gekommen ist und gesehen hat, dass ein paar von Kittys Sachen weg waren, aber das könnte auch ein Einbruch gewesen sein, denn es war nirgends ein Brief oder so was von ihr. Und das war's dann eigentlich auch schon. Jedenfalls soweit ich weiß.

Genau genommen wusste ich nicht viel über den Hintergrund von Kitty oder irgendeine der anderen Bunnys, weil man darüber eigentlich nicht redete. Die meisten fuhren wahrscheinlich an den Sonntagen nach Hause, aßen Roastbeef und Dosenpfirsiche und tranken Orangeade, wie ich bei Grandma und Granddad. Was ich meine, ist, dass man ein neuer Mensch sein und das alles hinter sich lassen konnte, wenn man erst mal im Klub arbeitete, und das Kostüm gab einem Selbstvertrauen, sogar Macht. Wohlgemerkt: Wenn diese Kostüme an bestimmten Stellen zwickten, unten an der Seite etwa, stachen sie ganz fürchterlich, und die *Füße* … Natürlich musste man der richtige Typ sein. Ich meine, man konnte nicht aus jedem Mädchen einen Bunny machen – es gab jede Menge, die den Kurs gar nicht schafften. Der Punkt ist, dass wir alle nur im Hier und Jetzt lebten und nicht über die Vergangenheit redeten. Als ich dort war, gab es das eine oder andere schicke Mädchen, aber ich fühlte mich nie herablassend behandelt. Soweit ich es verstanden habe, wollten sie sowieso nur die Familiennase noch ein bisschen höher tragen , aber natürlich wussten sie besser über die Drinks Bescheid und so. Ich meine, ich hatte noch nie Champagner oder Gin oder Scotch getrunken, ehe ich im Klub anfing. Ich weiß noch, wie ich zum ersten Mal in den Klub kam und mir nicht vorstellen konnte, dass es etwas Anspruchsvolleres auf der Welt geben konnte. Und dann lernte ich Blanche kennen, die Bunny-Mutter, sie war der Inbegriff von Perfektion und Glanz und all so was, und ich dachte, wahrscheinlich *wohnt* sie auch an so einem Ort. Mein Gott, wenn ich heute daran denke, ich war ja *so naiv*. Aber ich kannte nur den Wohnwagen meiner Mutter und die Doppelhaushälfte meiner Großeltern in Horsham. Alle meine Freundinnen aus der Schule hatten das Gleiche, nicht unbedingt den Wohnwagen, weil meine Mutter – na ja, sagen wir, sie war nicht ganz so wie die anderen Mütter. Zum Beispiel hatte ich keinen Vater. Am Anfang war mir das nicht bewusst, aber dann hörte ich ein paar Bemerkungen, und die Kinder in meiner Klasse redeten über ihre Väter – mein Vater macht dies, mein Vater tut das –, und ich dachte, wo ist *mein Vater*? Ich fragte sie, ich glaube, da war ich sieben, und sie sagte nur: »Oh, den kannst du vergessen, er ist tot.« Keine Ahnung, ob das stimmte, aber es hätte sein können, weil ich ein Kriegsbaby war. Ich glaube, viele Kriegsbabys wurden zur Adoption freigegeben, und ich weiß eigentlich nicht genau, warum es bei mir nicht so war, aber das könnte erklären, warum ich so oft das Gefühl hatte, ich müsste eine Prüfung bestehen, wenn Sie verstehen, was ich meine.

Ich weiß noch, wie meine Großmutter mir einmal erzählt hat, dass man in alten Zeiten nicht gleich alles kaufen musste, sondern Dinge »zur Ansicht« mitnehmen konnte. Ich meine nicht eine Lammkeule, sondern ein Kleid oder einen Hut, und wenn es einem nicht gefiel, brachte man es zurück. Ich hatte Mitleid mit den Sachen, wenn die Leute sie nicht wollten und sie zurück in den Laden mussten – ich war noch klein, aber ich glaube, das hatte etwas damit zu tun, dass ich mich selber wie ein Ansichtsexemplar fühlte.

Meine Mutter war immer ein schwieriger Mensch. Sie zieht es vor, allein zu leben, und sie mag Tiere lieber als Menschen, mich eingeschlossen, deshalb war ich die meiste Zeit bei meinen Großeltern. Mum kam nicht mit ihnen klar, also kaufte mein Großvater bei meiner Geburt einen Acker und stellte einen Wohnwagen drauf, und dort zog sie ein. Ein Haus konnte er sich für sie nicht leisten, und sie wollte sowieso lieber auf dem Feld wohnen, weil sie ein Schaf und eine Ziege hatte. Nicht wegen der Milch, es waren ihre Haustiere – die Ziege hatte ein Halsband und eine Leine, und sie ging immer mit ihr auf dem Weg spazieren. Ich glaube, das ist eine meiner frühesten Erinnerungen – ich pflücke Blumen und versuche, Maisy daran zu hindern, sie aufzufressen –, das und wie ich im Wohnwagen im Bett liege und höre, wie der Regen aufs Dach trommelt.

Eine Menge Leute um uns herum hielten Mum für verrückt. Es gab diese merkwürdig lustige Bemerkung über mich, dass ich im falschen Bett gezeugt sei, aber mein Großvater war der Stationsvorsteher und jeder mochte ihn, deshalb hieß es eher: »Armer Mr. Conway, seine Tochter ist ein bisschen seltsam«, und man fragte sich hinter vorgehaltener Hand, ob ich genauso werden würde. Ich kann nicht sagen, dass Granddad begeistert war, als ich ihm erzählte, was für einen Job ich hatte. Ich war nicht mit der Absicht nach London gezogen, ein Bunny zu werden – und das war auch besser so, denn wenn ich ihm das gesagt hätte, hätte er mich wahrscheinlich für den Rest meines Lebens in meinem Schlafzimmer eingeschlossen.

Eine meiner Freundinnen hatte mir die Anzeige für den Klub in *The Stage* gezeigt, sie wollte sich vorstellen und fragte mich, ob ich mitkommen wollte, und ich dachte, warum nicht? Ich fuhr zum Spaß mit, aber sie hatte erzählt, dass man gut verdiente, und auf dem Weg dorthin begann ich darüber nachzudenken, ob ich das nicht auch konnte, schließlich hatte ich schon ein wenig Erfahrung im Kellnern … Doch als wir drinnen waren, stand da dieses atemberaubende Mädchen, einfach umwerfend, und ich sagte: »Also, wenn die alle so aussehen, können wir gleich wieder kehrtmachen und nach Hause fahren«, doch meine Freundin sagte: »Quatsch«, und schob mich auf sie zu ... Viel mehr weiß ich nicht mehr. Man musste einen Badeanzug anziehen, es gab ein Bewerbungsgespräch, und ich glaube, das war es eigentlich schon.

Aber ich weiß noch, wie ich das nächste Mal meinen Großvater besuchen fuhr. Ich saß im Zug und konnte nichts anderes denken als: Wie um alles in der Welt soll ich es ihm sagen? In seiner Vorstellung war der Klub eine Art Bordell, und nichts, was ich sagte, konnte ihn vom Gegenteil überzeugen. Ich glaube, es lag hauptsächlich an meiner Mutter – die Schande, dass sie ein uneheliches Kind hatte, und er hatte Angst, dass mir das Gleiche passieren könnte, aber am Ende sagte er: »Nun, wenn du glücklich bist ...« Was eigentlich recht fortschrittlich für ihn war, denn ich weiß, dass er sich immer Sorgen um mich machte. Er wollte nie etwas über meine Arbeit wissen. Die einzige Frage, die er mir je gestellt hat, war, ob ich auch daran dachte, meine Lohntüte zu überprüfen. Ich habe nie gewagt, ihm zu erzählen, dass ich mehr Trinkgeld als Lohn bekam ...

Und er sagte keinem der Nachbarn etwas. Als ich das erste Mal zu Besuch kam, war ich wild entschlossen, ihm zu zeigen, wie gut ich zurechtkam und dass ich auf mich aufpasste und so. Ich zog all meine neuen Sachen an, wollte richtig angeben, und schminkte mich, was ich zu Hause selten getan hatte, denn Horsham war nicht gerade eine Hochburg der Kultiviertheit. Die anderen Mädchen hatten mir Tipps gegeben, und ich hatte mir abgeschaut, wie sie sich zurechtmachten, und natürlich war ich damals stark geschminkt, ich sah richtig künstlich aus

Wie auch immer, ich fuhr zu meinem Großvater, lief in dieser Aufmachung auf das Haus zu, stand auf der Veranda, fühlte mich wie der Kaiser von China und hörte, wie jemand sagte: »Nun schau sich einer das an. Jetzt wissen wir, *was* sie in London macht ...« Es waren Mrs. O'Shea und Mrs. Cooper, die weiter oben in der Straße wohnten. Granddad riss mir beinahe den Arm aus, als er mich ins Haus zerrte.

»Was hast du mit dir gemacht?«

Ich schrumpfte innerlich, doch ich wollte ihm zeigen, dass ich immer noch derselbe Mensch war, deshalb sagte ich, ich sei gekommen, um ihm im Garten zu helfen, wie ich es als Kind immer getan hatte. Ich hatte nichts dabei, um mein Kleid zu schützen, also wickelte Granddad mich in ein Stück Sackleinen, aber es muss schmutzig gewesen sein, denn als ich es abnahm, war mein Kleid voller Dreck. Meine Großmutter schnalzte mit der Zunge.

»Warum lässt du sie so etwas machen, Bert? Sie hat sich ihr neues Kleid verdorben. So etwas wächst nicht auf den Bäumen, weißt du?« Als wäre ich sechs Jahre alt.

Aber Granddad zwinkerte mir nur zu und sagte: »Wenn du mich fragst, sieht es so besser aus.« Das Kleid war aus einer dieser Boutiquen in der King's Road, mit Rüschen und grellbunt, so dass es mit dem Dreck nicht mehr so schrill wirkte. Plötzlich dachte ich, du alter ... *was auch immer*, das hast du mit Absicht getan. Ich hätte wahrscheinlich wütend auf ihn sein müssen, doch ich war viel zu sehr damit beschäftigt, mir das Lachen zu verkneifen.

Schade, dass Granddad jetzt tot ist, denn er hätte all das hier geliebt – die Hühner und den Gemüsegarten. Auch könnte ich seinen Rat gut gebrauchen. Allerdings bin ich froh, dass er vor Lenny gestorben ist. Er kam immer gut mit Lenny aus und hätte das Geschmiere in den Zeitungen verabscheut, aber er fehlt mir. Grandma nicht, bei ihr hatte ich immer das Gefühl, dass ich ihr lästig bin. Wohlgemerkt, aus ihrer Sicht war die Zeit der Kindererziehung vorbei, und dann kam ich daher. Mir erzählte sie, Mum tauge nicht zum Muttersein, immer ließ sie mich allein im Wohnwagen und vergaß, mich zu wickeln, also hatte sie die Sache übernommen.

Ich habe einen Film von den beiden, den Lenny gedreht hat. Er wollte die 16-mm-Kamera testen, die er sich gerade gekauft hatte. Er dauert nur ein paar Minuten, aber er zeigt Granddad, wie er im Garten nach seinen Wicken sieht, und dann sieht man Grandma aus der Hintertür kommen und mit ihrer großen Schneiderschere Blumen schneiden. Granddad hasste Schnittblumen, es gab keine einzige Vase im Haus, und normalerweise ließ er niemanden an seine Blumen im Garten. Ich habe nie herausgefunden, ob es ein Vorschlag von Lenny war oder ob sie es mit Absicht getan hat, um Granddad auf die Palme zu bringen. So oder so, Granddad sagt jedenfalls nichts. Dann trottet Mums alter Spaniel Tinker ins Bild und wedelt vor Granddad mit dem Schwanz, und er schaut auf, um nachzusehen, ob Mum auch kommt. Sie steht offenbar außerhalb des Bildes, denn er sagt etwas und winkt, doch sie kommt nicht näher. Und mehr war es eigentlich nicht.

Irgendwo oben muss Lennys Projektor sein, aber ich weiß nicht, wie man ihn bedient. Und ich würde sowieso nur anfangen zu weinen, wozu also. Typisch Mum, dass sie nicht ins Bild kam, nicht mal, um Granddad eine Freude zu machen. Er wollte nett zu ihr sein, doch sie ließ es nicht zu. Sie ist wie Grandma, anderen Menschen gegenüber ganz verschlossen. Im Film sieht man, dass Grandma nicht einmal aufschaut, als der Hund ins Bild kommt und Granddad anfängt, mit Mum zu reden.

Nicht, dass ich meiner Mutter je besonders nahe war. Ich habe versucht, sie öfter zu besuchen, weil sie gesundheitlich nicht auf dem Damm ist, obwohl ich mehr und mehr den Eindruck habe, dass es sie eigentlich gar nicht interessiert. Sie will nicht herkommen und mich besuchen, weil sie ihre Tiere nicht allein lassen will.

Ehrlich gesagt begann ich mich langsam zu fragen, ob meine Besuche die Mühe überhaupt wert sind, doch als ich sie das letzte Mal sah, habe ich ihr von der Farm erzählt, und da sagte sie plötzlich: »Ich habe mir schon oft überlegt, ob du wohl mal so wirst wie ich.« Als ich sie fragte, was sie damit meinte, sagte sie: »Nun ja, du bist jetzt ungefähr sechsundzwanzig, nicht wahr?«

»Dreißig.«

»Ach wirklich? Ich hatte schon mit sechsundzwanzig genug. Du musst ein Spätentwickler sein.«

»Genug von was? Wovon redest du?«

Wir saßen uns am Tisch im Wohnwagen gegenüber, und sie machte eine Handbewegung in Richtung Fenster. »Menschen. *Männer.*« Und ich dachte plötzlich, sie hat Recht. Aber dann sah ich sie an, wie sie da saß, gekrümmt wie eine Vogelscheuche, in ihrer Jacke, die mit Hundehaaren übersät war, und ich dachte: *Ich will nicht so sein wie du.* Also sagte ich: »Wie kannst du nur hier leben wollen? Jedes Mal, wenn es regnet, läuft das Wasser die Wände herunter.« Ich habe ihr oft genug Geld für die Reparatur angeboten, doch sie nimmt es nicht.

»Es ist alles in Ordnung.«

»Der Wohnwagen fällt auseinander.«

»Es ist schön. Mir gefällt es. Egal, was andere Leute denken, eins habe ich gelernt: Tiere sind die einzigen Lebewesen, die dich nicht im Stich lassen.«

Ich bin nie richtig entspannt in Gegenwart meiner Mutter, und ich finde es eher schwierig, mit ihr zu reden, aber ich dachte, zum Teufel damit, sie wird nicht jünger, deshalb fragte ich: »Hat mein Vater dich im Stich gelassen?«

»Oh, das ist alles Gerede. Er hat nichts damit zu tun. Oder mit dir. Er war kaum richtig da, als du gezeugt wurdest, geschweige denn später.«

»Was meinst du damit?«

»Er war betrunken.«

»Warum hast du nicht …«

»Er war verheiratet. Verheiratet und betrunken. Egal, ich bin gern allein.«

»Du klingst wie Greta Garbo.« Sie zuckte mit den Schultern. »Du hast nie viel auf das Gerede von anderen Leuten gegeben, oder?«

»Du trägst ein bisschen dick auf für jemanden, der mit einem Hasenschwanz am Hintern gearbeitet hat.«

»Du hast mir nie gesagt, dass du damit nicht einverstanden warst.«

»Ich war weder dafür noch dagegen. Es ist dein Leben. Komm, es ist Zeit, nach den Tieren zu sehen. Mach dich jetzt lieber auf den Weg.«

Sie schob die Katze von ihrem Schoß und hielt mir die Tür auf. Ich hätte gerne weiter geredet, aber ich wusste, dass sie es nicht wollte, deshalb stand ich auf und ging die Stufen hinunter. Als ich mich umdrehte, um mich zu verabschieden, stand sie mit ihren beiden Jack-Russell-Terriern an der Tür und stülpte sich Plastiktüten über die Schuhe, um sie gegen den Dreck zu schützen. Sie wirkte so unabhängig, dass ich dachte, sie braucht mich nicht, deshalb fragte ich aus einem plötzlichen Impuls heraus: »Willst du, dass ich dich wieder besuchen komme? Ich frage nur, weil ich nicht sicher bin, ob du mich hier überhaupt haben willst, mehr nicht.«

Sie machte ein überraschtes Gesicht. »Natürlich will ich dich hier haben. Ich freue mich immer auf deine Besuche.«

Das hättest du mir eher sagen sollen, dachte ich. Als ich aber später noch einmal darüber nachdachte, wurde mir klar, dass sie auch einsam sein musste. Mir erschien sie immer wie eine Art unbezwingbare Festung – nein, das ist das falsche Wort, weil ich ja hier bin. Früher dachte ich immer, mein Vater sei die große Liebe ihres Lebens gewesen. Nicht, dass sie das je gesagt hätte, ich hatte es mir einfach vorgemacht, es gehofft, aber er hätte wenigstens ein umwerfender junger Soldat sein können, nicht irgendein verheirateter Lustmolch mittleren Alters, der nachts durch die Straßen streunt, wie sie es darstellt. Es klingt jedenfalls nicht so, als hätte sie ihn besonders gemocht. Sie hat gesagt, dass er tot ist, so dass ich ihn sowieso nicht suchen könnte, selbst wenn ich wollte. Aber ich will es gar nicht.

Vor kurzem habe ich mich gefragt, ob die Leute mich so sehen. Unabhängig. Ich habe viel darüber nachgedacht, warum ich hierher gezogen bin. Alle meine Freunde dachten, ich wäre verrückt geworden. Ständig riefen sie an und fragten, ob es mir gut ging, so allein. Doch jetzt lebe ich schon fast neun Monate hier, und ich glaube immer noch, dass es die richtige Entscheidung war. Ohne Eustace wäre ich allerdings einsam.

Der Tag, an dem ich ihn bekam, war einer der seltsamsten Tage meines Lebens, und glauben Sie mir, ich kenne genug solcher Tage aus meiner Zeit mit Lenny. Ich wollte einen Streuner oder einen Hund, den niemand haben wollte, also ging ich ins Tierheim und lief die Käfige ab, und all diese wunderbaren Hunde kamen ans Gitter gerannt, wedelten mit dem Schwanz, machten Männchen und versuchten, meine Hand abzulecken. Am liebsten hätte ich sie alle genommen. Aber erst ganz am Ende war ein Hund, der sich nicht von der Stelle rührte. Ein Basset, braunweiß. Er lag ganz hinten im Käfig auf dem Bauch, die Hinterbeine ordentlich angelegt, wie eine Zuckermaus, die großen, knubbeligen Vorderpfoten rechts und links der Schnauze, die gewaltigen, samtenen Ohren auf dem Boden ausgebreitet wie zwei Schüsseln mit Soße. Die Augen hatte er geschlossen, doch er muss mich gehört haben, denn er schaute mich unter seinen Augenbrauen heraus an, streckte sich, gähnte ausgiebig und schlenderte gemächlich in Richtung Gitter. Ich dachte, er wollte mich begrüßen, aber er legte sich einfach wieder hin und drückte seine Nase genau auf den Türspalt, so als wollte er mit seinem ganzen Körper darauf zeigen. Dann seufzte er, und es klang wie: »Du hast dir wirklich Zeit gelassen.«

Sie meinten, ich sollte mit ihm spazieren gehen, um herauszufinden, ob er mir gefiel, doch ich wusste bereits, dass ich ihn mit nach Hause nehmen würde, weil *er* sich mich ausgesucht hatte, und ich würde ihn nicht enttäuschen. Wir waren ungefähr die Hälfte des kleinen Weges gegangen, als er stehen blieb und mich aus diesen riesigen, ernsten Augen ansah. Das erinnerte mich an Granddad. Ich weiß nicht, was mit unserer Seele geschieht, wenn wir sterben, aber wenn es so etwas wie Wiedergeburt gibt ... Die Daten stimmten jedenfalls überein. Deshalb habe ich ihn Eustace genannt – das war Granddads zweiter Name.

Lenny hat dieses Haus ein paar Monate vor seinem Tod gekauft. Wir wollten zusammen hier leben. Ich hatte mir Häuser angeschaut, während er in den Staaten einen Film drehte, und sobald ich Maynard's Farm gesehen hatte, wusste ich: *Das ist es.* Es musste einmal ein blühender Hof gewesen sein, aber der Farmer, dem er gehörte, hatte sich längst zur Ruhe gesetzt. Seine Frau war schon seit dreißig Jahren tot, und er hatte das meiste Land verkauft und das Anwesen herunterkommen lassen. In einigen Schlafzimmern hatte er sogar die Dielen herausgebrochen, um sie zu verheizen. Aber es war ein großes Haus – fünf Schlafzimmer –, und es hatte einen Garten, Ställe und eine vier Hektar große Koppel.

Alles war ziemlich baufällig, doch es schien, als wäre ein Traum Wirklichkeit geworden; an der Vorderseite und der großen Eingangstreppe aus Eiche rankten Glyzinien, die Steinmauern im Garten und die wunderschöne alte Scheune waren mit Efeu bewachsen. Ich verliebte mich auf der Stelle in das Haus und wusste, dass es Lenny auch gefallen würde. Er war immer noch in den Staaten, doch ich rief ihn an, und sobald ich ihm den Namen des Dorfes, Duck End, nannte, sagte er: »Klar, kauf es.« Aus Duck End wurde sofort Duck Arsch und später die Abkürzung D. A.

Das erste Wochenende, das wir dort verbrachten, war wie zelten, weil das Haus total chaotisch war, mit Pfützen auf dem Boden und Tapeten, die in Klumpen von den Wänden fielen. Es war einfach alles hinüber. Im Esszimmer, das im vorderen Teil des Hauses liegt, der georgianisch ist, der Rest ist im Tudorstil gebaut – eigentlich sind es zwei Häuser, die aneinander gebaut sind –, waren die Wände mit braunem Sackleinen bespannt, aus dem lauter kleine Nadeln herausschauten, mit denen das Sackleinen befestigt war. Als wir sie nacheinander herauszogen, entdeckten wir, dass es alte Grammophonnadeln waren, hunderte davon, und darunter verbarg sich eine wunderschöne alte Wandbespannung aus kobaltblauer, mit einem Wasserzeichen versehener Seide. Sie war sehr alt und an manchen Stellen völlig zerfetzt, doch Lenny sagte: »Sie ist wunderschön, wir behalten sie«, also entfernten wir sämtliches Sackleinen und aßen dort bei Kerzenlicht zu Abend. Lenny hatte einen Lieblingstrinkspruch, den er immer ausbrachte: »Ein echter Freund kriegt bei uns Wein und Sekt, ein falscher wird erschossen und verreckt.« Er war so glücklich, dass er sich tatsächlich einmal nicht betrank. Üblicherweise war es so, dass ich ihn völlig weggetreten auf dem Sofa fand, wenn ich aus dem Klub kam.

An jenem Abend machte ich uns ein Bett auf dem Wohnzimmerboden zurecht. Es gab keinen Strom, deshalb nahmen wir den großen silbernen Kerzenleuchter mit, legten uns auf meine Matratze und ließen alle Fenster offen, weil es so warm war. Es war Mai, glaube ich. Wir kicherten und redeten und liebten uns, und ich dachte, ja, ich habe wirklich gedacht: *Jetzt fängt es richtig an*. Ich glaubte, wenn wir hier leben konnten, weit weg von London, würde Lenny glücklich sein, und ich konnte ihm helfen, damit es ihm besser ging. Na ja, ich war romantisch. Ich glaubte an die Liebe. Wie kann man so blöd sein? Denn ich hatte keine Entschuldigung. Da nicht mehr.

Das erste Mal versprach er mir, mit dem Trinken aufzuhören, wenn ich bei ihm einzog. Ich glaubte ihm, aber nach einigen Monaten waren wir wieder am Anfang. Dann sagte er, es läge an der Wohnung, also suchten wir ein Haus. Auch das funktionierte nicht, und er behauptete, es läge am Leben in London, und es würde ihm gut gehen, wenn er einen ruhigen, friedlichen Ort fände. Deshalb wollte er dieses Haus.

Aber es war nicht nur das. Er machte auch andere Menschen für alles verantwortlich. Er hatte eine Liste mit Namen, die am Kühlschrank hing. Er nannte sie seine Erschießungsliste, und ab und zu strich er einen Namen durch und ersetzte ihn durch einen anderen. Die Hälfte der Leute kannte ich nicht, aber die Liste hielt ihn nie davon ab, mit ihnen zu reden – die üblichen Geschäfte halt – und sie zum Abendessen einzuladen. Ich achtete panisch darauf, dass sie nicht in der Küche auftauchten und die Liste »Menschen, die es verdienen, erschossen zu werden« mit ihren mit schwarzem Kugelschreiber darauf gekritzelten Namen zu Gesicht bekamen. Auch mein Name stand einige Male dort. Ich habe es nie unter die ersten zehn geschafft, aber Jack war ein Dauerkandidat, seit sie aus den Staaten zurück waren. Er hatte allerdings keine Chance, zum Abendessen eingeladen zu werden – zu der Zeit stritten sie sogar über die Uhrzeit.

Selbst danach dachte ich immer noch, Lenny brauchte nur genug Liebe, um gesund zu werden, und dass ich ihn retten konnte, wenn ich ihn nur bedingungslos liebte und ihm Sicherheit gab. Ich muss verrückt gewesen sein, denn damit machte ich es ihm nur leichter zu trinken. Aber ich fühlte mich schuldig, weil ich glaubte, dass ihre Trennung zum Teil an mir lag. Lenny hatte nie mit mir darüber geredet, und Jack schwor immer, kein Wort gesagt zu haben – über uns, meine ich –, aber ich bin mir nicht sicher.

Die Wandbespannung, oder was davon noch übrig ist, gibt es immer noch. Ich habe sie nie entfernt, weil sie Lenny gefiel und es das einzige Mal war, dass er einen Kommentar zur Einrichtung abgegeben hat. Er hat mir das Haus hinterlassen. Geld natürlich auch, sonst könnte ich hier nicht leben. Die meisten Renovierungsarbeiten waren abgeschlossen, bevor er starb, aber es war einfach zu früh, und ich konnte es nicht ertragen, hier allein zu sein. Ich wollte es nicht verkaufen, weil es Lenny gehört hatte, deshalb behielt ich es. Dann heiratete ich Jeff und wohnte in London und kam selten hierher. Ich bin erst letzten November richtig eingezogen.

Es war *unglaublich* kalt. Eine Woche nach meinem Einzug ging der Boiler kaputt, und ich fror vierzehn Tage lang, weil es eine halbe Ewigkeit dauerte, bis der Installateur das Ersatzteil bekam. Wahrscheinlich war es draußen wärmer als drinnen. Ich schlief in all meinen Kleidern und Eustace dicht neben mir als Wärmflasche, sonst wäre er auch erfroren. Manchmal bin ich nachts aufgewacht und habe so gefroren, dass ich dachte: *Was zum Teufel tue ich hier eigentlich?* Aber wenn ich morgens aufwachte und noch einmal darüber nachdachte, wusste ich, dass ich nicht wegwollte. Zum einen wollte ich nicht nach London zurück, und zum andern war es meine Entscheidung gewesen, und ich wollte, dass es klappte. Auf eine gewisse Art war es wie mit dem Job als Bunny, etwas, das ich für *mich* tat. Sonst war ich immer diejenige, die ausgewählt wurde, von Lenny, von Jeff, sogar von dem Hund. Bei Lenny und Eustace hatte ich natürlich nichts dagegen. Jeff war zwar nicht gerade so toll, aber wie gesagt, es war eigentlich nicht seine Schuld.

Auch er war älter als ich, ungefähr zehn Jahre. Ich weiß: ältere Männer, der Vater, den ich nie hatte, etwas in der Art würde der Psychiater sagen. Alles, was ich dazu sagen kann, ist, wenn es das ist, was sie bei ihren Vätern suchen, glaube ich offen gesagt nicht, dass ich diejenige bin, die das Problem hat. Aber es ist leicht, das Leben eines anderen zu betrachten und sich mit vorgefertigten Antworten über das Wie und Warum zu produzieren. Ich weiß nicht, ob sie in meinem Fall stimmen oder nicht, und ehrlich gesagt ist es mir auch egal.

Lenny und ich verstanden uns auf Anhieb. Er führte mich in *The Ark* aus und bestellte *Bœuf en Daube* für uns beide – damals habe ich noch Fleisch gegessen – und gleich zwei Flaschen Wein. Am Anfang fühlte ich mich ein wenig unbehaglich, weil ich nicht sicher war, wohin das alles führen würde – was eigentlich lächerlich war, wenn man bedenkt, dass wir was miteinander hatten, ehe wir uns einander überhaupt *vorgestellt* hatten –, aber ich hatte halb erwartet, Jack dort zu sehen, und das Ganze hatte so etwas, Sie wissen schon: Was will dieser bekannte Komiker mit mir, worüber sollen wir reden? Was eigentlich ungewöhnlich für mich ist, denn ich bin von super Typen angebaggert worden und habe einige von ihnen stehen lassen. Aber … na ja, ich würde nicht so weit gehen zu sagen, ich war in Lenny verliebt, da noch nicht. Sagen wir einfach, ich wusste bereits, dass das, was geschehen würde, viel bedeutete.

Als wir das Restaurant betraten, konnte ich nicht aufhören, seinen Kopf anzustarren. An einer Seite waren zwei große Haarbüschel herausgeschnitten. Im Taxi hatte ich es nicht bemerkt, aber es sah bizarr aus, der ganze Kopf voller schöner, welliger schwarzer Haare, und direkt über dem Ohr klafften zwei kahle Stellen. Ich wollte nichts sagen, ich dachte, bestimmt hat er das für irgendeinen Film oder so etwas gemacht, aber er war offensichtlich etwas unsicher, denn er fasste sich immer wieder an den Kopf.

Schließlich sagte er: »Entschuldige die Haartracht. Ich hoffe, du hast nichts dagegen, mit mir so in der Öffentlichkeit gesehen zu werden, aber ich habe sie mir versengt.«

»War es eine Gasflamme?«, fragte ich.

»Nein, nichts dergleichen. Ich wurde in der Tat von einem brennenden Dildo am Kopf getroffen.«

Ich dachte, er macht einen Witz, und sagte ganz ernst: »Jedem das Seine. Verdirbt allerdings die Frisur.«

»Nein, das stimmt. Er wurde über einen Zaun geworfen.«

»Einen *Zaun*?«

»Ja, einen Gartenzaun. Jack und Val haben ein Haus in Cuffley, mit einem riesigen Garten, und nebenan wohnt eine Frau, fünfundachtzig Jahre alt und komplett aus Tweed, eine Stütze der Gesellschaft. Wie auch immer, es war der einundzwanzigste Geburtstag ihrer Enkelin, und irgendjemand hat ihr dieses Ding geschenkt. Sie hat es ausgepackt und damit herumgewedelt. ›Hey, seht euch das an‹, aber plötzlich hat sie begriffen, was es ist. Das alte Mädchen hatte keine Ahnung. Sie haben versucht, ihr weiszumachen, es sei ein afrikanisches Kultobjekt, aber sie war ein bisschen in den afrikanischen Kolonien herumgekommen und glaubte ihnen nicht, weil es aus Gummi war, und afrikanisches Zeug ist offensichtlich immer aus Holz. Schließlich kam sie ihnen auf die Schliche und sagte: ›Oh, so etwas kommt mir nicht ins Haus, ich bringe es augenblicklich auf die lange Koppel und verbrenne es.‹ Was sie auch tat, und zwar in einer Tonne, in der Gartenabfälle verbrannt werden. Sie holte einen großen Benzinkanister, schüttete ihn über das Ding und warf ein Streichholz hinein.

Tja, und wir spielten ganz sorglos Tennis, als uns plötzlich eine übel riechende Rauchwolke einhüllte und dieses große, schwarze Ding aus dem Nichts angeflogen kam und mich am Kopf traf. Die Rauchentwicklung war außer Kontrolle geraten, und die liebe Alte hatte Panik bekommen, das Ding über den Zaun gehievt und Fersengeld gegeben. Jack rannte zum Zaun und sah, dass sie trotz Gehstock wie ein Wiesel zum Haus rannte. Er raste zum Grill, um eine Zange zu holen, hob das Ding hoch, erkannte, was es war, bellte: ›Herrgott noch mal‹ und marschierte geradewegs zum Haus und klingelte.

Val löschte mich, indem sie ihre Strickjacke in den Fischteich tauchte und um meinen Kopf wickelte, dann eilten wir hinter Jack her, denn von nebenan war schreckliches Geschrei und Gebrüll zu hören, und Val war überzeugt, dass er der alten Dame etwas angetan hatte. Wir kamen gerade rechtzeitig, um zu sehen, wie er den Dildo in einen Sektkübel steckte – sie tranken Champagner. Die Enkelin hatte sich auf dem Klo versteckt, und die Frau war in einem fürchterlichen Zustand, rannte würgend herum und riss die Fenster auf, weil es so stank.

Zuerst leugnete sie alles, aber ihre Gäste wussten natürlich Bescheid, und da stand ich mit der nassen Jacke um den Kopf und tropfte auf den Axminsterläufer.

Jack sagte: ›Madam, Sie sollten wenigstens den Anstand besitzen, Ihre lasterhaften Bedürfnisse zu unterdrücken, bis Sie in der Privatsphäre Ihres Schlafzimmers sind‹, und natürlich sagte sie: ›Wie können Sie es wagen‹, und ihr Sohn sagte: ›Unterstehen Sie sich, so mit meiner Mutter zu reden‹, so dass Jack sagte: ›Nun, sie ist diejenige, die brennende Dildos nach Fremden schmeißt, nicht ich.‹

Das regte sie nur noch mehr auf, weil sie Friedensrichterin ist und die Leute sie normalerweise mit gnädige Frau anreden und ihr Tee anbieten und all das, und da kommt Jack daher und erzählt ihr, sie sei pervers.

Als sie es dann zugab, tat er so, als glaubte er ihr nicht. Val war das Ganze schrecklich peinlich. Sie sagte später, sie fürchtete, die alte Dame würde umkippen und einen Herzinfarkt bekommen, und man würde Jack dafür verantwortlich machen, deshalb begann sie zu vermitteln und bot an, den Stein des Anstoßes zu entfernen.

Wir mussten Jack praktisch aus dem Haus tragen, und er schrie Val immer wieder an: ›Warum hast du es auf dich genommen, das Ding wegzuschaffen? Ich will ihre schwelenden ehelichen Hilfsmittel nicht in meinem Mülleimer haben. Warum wirft sie das Ding nicht in ihren eigenen? Was ist, wenn die Leute von der Müllabfuhr es finden? Wir werden sie dafür bezahlen müssen, dass sie schweigen. Ich sehe schon die Schlagzeile vor mir: Jack Flowers' scharfe Liebesnacht bringt Sexspielzeug zum Schmelzen …‹

Er zwang Val, das Ding in so viel Zeitungspapier einzuwickeln und zu verkleben, dass wir es kaum in die Mülltonne bekamen. Später hat sie mir erzählt, dass er unbedingt wissen wollte, an welchem Tag die Müllabfuhr kommt. Damit er sich hinter dem Vorhang verstecken konnte, um sich zu vergewissern, dass sie die Tonne leerten, ohne hineinzusehen … Ist mit dir alles in Ordnung?«

»Ja … bestens … entschuldige …« Ich musste so lachen, dass ich kaum sprechen konnte.

Als ich endlich wieder Luft bekam, sagte ich: »Du sagtest … *Val* … Ist das Jacks Frau?«

»Ja, warum?«

»Er benimmt sich nicht so, als wäre er … Bist *du* verheiratet?«

»Nein … *Nein*! Du brauchst gar nicht so die Nase zu rümpfen. Du glaubst mir kein Wort, oder?«

»Zum Teil. Ich will dich was fragen. Als du mit mir im *Mirabelle* warst und Jack auch da war …«

»Ja-a?«

»Wolltest du, dass wir alle drei zusammen im Bett landen?«

»*Zusammen*?« Lennys Gesichtsausdruck war so unbezahlbar, dass ich wieder lachen musste.

»Was sonst?«

»Na ja, also …« Er sah mich nicht an.

»Das meintest du doch … meintet ihr beide, oder? *Ménage à trois?*«

»Nicht gleichzeitig! Nur, du weißt schon …«

Ich schüttelte den Kopf. »Du musst es mir schon erklären.«

»Eher … abwechselnd.«

Ich sagte: »Oh, ich verstehe, immer abwechselnd«, ganz ironisch. »Werft ihr eine Münze, wer zuerst darf?«

Lenny machte ein verlegenes Gesicht, dann fing er an, sich zu verteidigen, und sagte: »Du wärest überrascht, wenn du wüsstest, wie viele Frauen auf solche Sachen stehen.« Und dann nannte er die Namen einiger bekannter Schauspielerinnen und eines Models. Ich kannte sie natürlich nicht persönlich, der Name einer der Schauspielerinnen überraschte mich allerdings, denn sie macht immer einen so prüden Eindruck und spielt sehr geradlinige Rollen. Bei der anderen wäre ich vielleicht selbst drauf gekommen, wenn ich darüber nachgedacht hätte.

»*Wirklich*? Stimmt das?«

»Na ja, sie haben doppelt so viel davon, oder? Doppelt so viel Aufmerksamkeit, doppelt so viel …«

»Ich kann es mir vorstellen, du musst es nicht weiter beschreiben. Was hast du davon?«

Lenny dachte einen Augenblick nach und sagte dann: »Wahrscheinlich eine alte Gewohnheit. Als wir auf Tournee waren … Wir waren immer pleite und mussten uns ein Zimmer teilen, also haben wir zusammengelegt und ein Mädchen ausgeführt anstatt zwei, aber wir haben nie … nicht beide. Hast du das schon mal gemacht?«

»Was gemacht?«

»Mit zwei Männern gleichzeitig geschlafen?«

Ich sagte: »Nein, willst du es ausprobieren?«

»Mit zwei Mädels würde ich es tun.« Er verdrehte die Augen. »Zwei Typen und ein Mädchen klingt für mich ein bisschen schwul.«

Lenny war ganz anders als im *Mirabelle*, und ich ertappte mich dabei, dass ich ihm alles über … na ja, alles Mögliche erzählte. Es war etwas ganz anderes, als immer nur nickend dazusitzen, ja, ja, ach, wie interessant, während irgendein Mann mich zu Tode langweilt. Oder es zumindest versucht. Ich aß kaum etwas, war viel zu sehr mit Reden beschäftigt, und dann kam der Kaffee, und Lenny begann, mir von seinem Vater zu erzählen.

»Er hat nie viel geredet, weil er ein Problem hatte, er vergaß immer die Bezeichnungen für alles Mögliche, und wenn er wütend wurde, war es noch schlimmer. Das Beste war, als ich einberufen wurde. Ich dachte, man könnte sich die Einheit aussuchen, was auch stimmte, aber die meisten landeten bei der Infanterie. Ich erklärte meinem Vater, ich wollte zur Marine, und er schaute mich an, sein Mund begann zu arbeiten, und dann sagte er: ›Was willst du denn bei denen? Da geht's doch nur ... um ... Wein, Weiber und Wichsen!‹

Er meinte Wein, Weib und Gesang. Das werde ich nie vergessen – Wein, Weiber und Wichsen. Zum Totlachen.«

»Was hat dein Vater gemacht?«

»Er hat in einer Chemiefabrik geputzt. Dort wurde viel mit Phosphor gearbeitet, und man bekam mehr Geld, wenn man diese Bereiche putzte, weil es gefährlich war. Wenn man Phosphor nicht feucht hält, ist er leicht entflammbar, und sie mussten damit im Trockenen arbeiten. Alle Arbeiter mussten Haare und Kleider nass machen, ehe sie anfingen, und nach der Arbeit mussten sie duschen und die Kleider wechseln.

Mein Dad war total verrückt nach Cowboyfilmen. Gott weiß, warum. Ich glaube nicht, dass der alte Knabe jemals in seinem Leben auf einem Pferd gesessen hat, geschweige denn eins geküsst hat. Aber wenn es im Rialto einen Western gab, setzte er Himmel und Hölle in Bewegung, um ihn sich anzusehen.

Eines Abends gab es einen Film mit Tom Mix. Das Problem war nur, dass er um sechs anfing und mein Vater nicht wusste, wie er es rechtzeitig schaffen sollte. Schließlich beschloss er, das Duschen wegzulassen und sich, so nass wie er war, aufs Fahrrad zu schwingen. Er trat wie ein Verrückter in die Pedale und schaffte es gerade noch, seinen Platz mitten in der ersten Reihe einzunehmen, wo er immer saß, weil er schlechte Augen hatte.

Er schaute sich also den Film an, und natürlich wurden seine Kleider langsam trocken. Auf dem Höhepunkt des Films steht Tom Mix hinter den Felsen, einen Arm um die Hüfte des Mädchens gelegt, und ballert rum, und die Rothäute schießen mit brennenden Pfeilen auf ihn ... Du kannst dir wahrscheinlich denken, was als Nächstes passiert ist. Dads Kleider waren von kleinen Phosphorteilchen übersät, die anfingen sich zu entzünden. Nicht alle auf einmal, sie flammten eher auf wie Streichhölzer. Die Kamera war so positioniert, dass es aussah, als schössen die Indianer ihre Pfeile direkt in den Zuschauerraum, und genau an der Stelle ging Dads Arm in Flammen auf.

Natürlich dachten die Zuschauer, der Film wäre Wirklichkeit geworden, alle schrien, und es gab eine panische Flucht aus dem Kino. Dad lief hinterher und schrie: ›Wasser, Wasser!‹ Einige Stellen an seinen Kleidern waren noch feucht, aber an seiner Jacke und der Hose züngelten immer wieder Flammen auf, je mehr sie trockneten, und all diese Leute warfen nur einen Blick auf ihn und … keine Ahnung, ob sie glaubten, es wäre Zauberei, jedenfalls ergriffen alle die Flucht.

Irgendwann kam er zu einer Metzgerei, und der Inhaber überschüttete ihn eimerweise mit Wasser, aber es reichte nicht. Am Ende rief der Metzger einen Drogisten an: ›Wir haben hier einen Mann, der ständig in Flammen ausbricht, können Sie herkommen und ihn löschen?‹«

An der Stelle entstand eine Pause, und ich saß da, die Hand vor den Mund geschlagen, und dann sagte Lenny: »Du hast schon wieder diesen ungläubigen Blick.«

»Nein, nein, das ist es nicht … aber … dein Vater, hat er sich denn nicht verbrannt?«

Lenny runzelte die Stirn. »Weißt du was, ich glaube, das hat mich noch nie jemand gefragt. Die meisten glauben, es ist eine lustige Geschichte, und belassen es dabei.«

»Tut mir Leid. Aber was war jetzt? Hat er sich verbrannt?«

»Ja, an den Armen. Aber es war nicht übermäßig schlimm, denn sie haben ihn problemlos wieder zusammengeflickt. Mach nicht so ein besorgtes Gesicht, Bunny Alice. Weißt du was, warum gehen wir nicht zu mir und vergessen das Ganze?«

Und das taten wir. Es war wunderbar. Nicht ganz so aufregend wie das erste Mal, langsamer, aber in mancher Hinsicht sogar besser. Lenny küsste mich mitten auf den Bauch, und dann sagte er: »Jetzt werde ich herausfinden … was genau ich tun muss … damit du rot wirst.« Niemand hat das je zuvor mit mir gemacht, und es war wundervoll.

Nachher sagte ich, dass ich Hunger hätte, und wir gingen hinunter in die Küche. Ich machte Toast mit Sardinen, und Lenny fand im Kühlschrank eine Flasche Champagner, wir nahmen alles mit nach oben ins Bett und aßen dort. Anschließend leckten wir uns die Finger ab – eigentlich leckten wir einander gegenseitig die Finger ab –, und ich sagte: »Du hast es übrigens nicht geschafft.«

»Was?«

»Dass ich rot werde.«

»Nun, wenn es beim ersten Mal nicht klappt …«

»Wie wäre es mit einem Sardinenkuss?«

»Wir riechen bestimmt wie zwei Katzen, die gerade eine Mülltonne inspiziert haben.«

»Wenn in Comics eine Mülltonne vorkommt, zeichnen sie doch immer Fischgräten, oder? Immer sehr groß … so groß wie … eine Katze …«

»Alice?«

»Mmm …?«

»Sei still.«

Das zweite Mal war noch besser. »*Jetzt* wirst du rot«, rief Lenny triumphierend.

»Werde ich nicht.«

»Wirst du doch. Siehst du?« Er reichte mir einen ganz kleinen Spiegel.

»Gar nicht. Den hast du wohl einem Wellensittich stibitzt, wie? Hast du das kleine Glöckchen auch mitgenommen?«

»Ha, ha.« Lenny nahm ihn mir aus der Hand und versuchte, seine kahle Stelle darin zu sehen. »So schlimm ist es gar nicht, oder? Wir drehen nächste Woche.«

»Kannst du dich nicht so hinstellen, dass die Kamera es nicht erfasst?«

»Ich kann wohl kaum die ganze Zeit nur mein Profil zeigen. Nicht die ganze Show über. Vielleicht können wir irgendetwas damit machen.«

»Du meinst, mit der Geschichte?«

»Mein liebes Kind, kannst du dir vorstellen, was geschehen würde, wenn einer von uns im Fernsehen eine Geschichte über einen Dildo erzählen würde? Wir wären auf der Stelle arbeitslos, und der Moralapostel der Nation, Mrs. Whitehouse, säße uns im Nacken.«

»Ich bin nicht dein liebes Kind. Ich bin zweiundzwanzig.«

»So alt schon? Das hätte ich nie gedacht.«

»Hör auf, dich über mich lustig zu machen. Wie alt bist du?«

»Vierunddreißig.«

Er schaute wieder in den Spiegel. »Wenn es zum Schlimmsten kommt, kann ich mir immer noch einen Fiffi beschaffen.«

»Häh?«

»Einen Fiffi. Eine *Perücke*, du Dummchen. Sie fallen sowieso bald alle aus. Das war bei meinem Dad genauso.« Er hörte auf, in den Spiegel zu grimassieren, und schaute mich an.

»Er hat uns erzählt, dass er seine Arme in ein Wasserbecken tauchen musste, während man den Phosphor abkratzte, und dann haben sie ihn in einen abgedunkelten Raum gesteckt, um zu sehen, ob seine Arme noch leuchten, so erkennt man eine Phosphorverbrennung – sie leuchtet im Dunklen. Muss eine echte Qual gewesen sein. Der Phosphor hat ihn umgebracht, nachdem er ihm so viele Jahre lang ausgesetzt war. Hat ihn vergiftet.«

»Oh, Lenny …«

Eine Woche später erfuhr ich aufgrund irgendeiner Bemerkung von Jack, dass Lenny mich hinsichtlich seines Alters angelogen hatte. Er war nicht vierunddreißig, sondern siebenunddreißig.

Aber es war mir egal, denn ich hatte mich bereits in ihn verliebt.

6

Eigentlich wollte ich Unkraut jäten, nachdem ich die Tiere versorgt hatte, doch stattdessen verbrachte ich den Nachmittag mit einem Sonnenbad. Ich habe keine Ausrede, denn es war in letzter Zeit so heiß, dass ich so braun geworden bin wie sonst nicht mal in den Ferien. Ich ziehe immer alles aus; und jeder unerwartete Besucher kann sich also satt sehen, doch das ist mir egal.

Als ich mit Jeff verheiratet war, habe ich mich immer oben ohne auf dem Dach seines Ateliers gesonnt, bis er eines Tages zu mir heraufkam, um mit mir zu reden, und den Kerl mit dem Fernglas entdeckte, das in der Sonne blinkte. Ich fand es witzig, stand auf und winkte dem Typ, aber Jeff drehte durch und zerrte mich praktisch die Treppe hinunter. Er verlor ständig den Halt, weil ich von all der Sonnenmilch so glitschig war und mich wand wie verrückt. Am Ende musste er mich loslassen, und ich rannte den Flur entlang direkt in einen Mann von einer Werbeagentur, einen seiner besten Kunden. Da habe ich gemerkt, dass Jeff eigentlich keinen Sinn für Humor hat, weil er sich eine Woche lang weigerte, mit mir zu sprechen. Doch schließlich musste er zugeben, dass es gut fürs Geschäft gewesen war, denn danach gab ihm der Kunde noch mehr Aufträge.

Ich versuchte zu lesen – Harold Robbins –, aber es war sinnlos, denn ich wollte auf dem Rücken liegen, und ich lese so langsam, dass ich vergessen habe, was am Anfang passiert ist, wenn ich halb durch bin, also gab ich auf und dachte darüber nach, wie es wäre, wenn mein Leben eine andere Richtung genommen hätte. Nicht nur mit Lenny, sondern wenn ich gut in der Schule gewesen wäre und einen Abschluss gemacht hätte. Ich wäre gern Krankenschwester für Tiere geworden oder … keine Ahnung, irgendwas mit Tieren. Ich hätte ganz gut sein können, aber ich war auf der Hauptschule, und da wurde man nicht besonders gefördert. Damals habe ich nie daran gedacht, dass man Prüfungen braucht, und meine Noten waren sowieso immer so schlecht, dass die Lehrer gedacht hätten, bei mir ist eine Schraube locker, wenn ich gefragt hätte, ob ich bleiben kann.

Aber eigentlich habe ich nichts dagegen. Wie ich schon sagte, ich mag anders aussehen, als ich bin, aber ich habe nichts dagegen, das zu sein, was ich bin, solange es sinnvoll ist. Das ist etwas, was ich an Lenny nie verstanden habe: Er brachte Millionen Menschen zum Lachen, und sie beteten ihn an, aber er wollte nicht der sein, der er war. Er war sehr … wie sagt man? Sich selbst beobachtend. Selbstkritisch, das ist es. Viel mehr als Jack. Sowohl was die Arbeit als auch was ihn selbst betraf. Ich meine, Jack fing einfach an, tat seine Arbeit und war fertig, und das war's. Lenny war nie zufrieden. Er machte sich immer Notizen, wie er etwas verbessern könnte, und Jack ließ ihn einfach machen. Wenn er etwas für eine gute Idee hielt, sagte er: »Super, machen wir«, aber er mischte sich eigentlich nie ein. Lenny hatte immer das Gefühl, er musste alles erst mal testen, so als ... ach, ich weiß nicht. Als versuchte er irgendwie, sicherzugehen, dass es echt war.

Ich habe immer zu ihm gesagt: »Sei nicht dumm, ich liebe dich, weil du *du* bist«, und er sagte: »Wie kannst du nur.«

Manchmal kam mir der Gedanke, dass er sich nur so benahm, damit ich genug von ihm bekam und ihn verließ und er sagen konnte: »Siehst du, ich wusste, dass du mich nicht wirklich liebst.«

Aber ich dachte, es läge an mir, deshalb versuchte ich, die perfekte Freundin zu sein, doch je mehr ich es versuchte, desto schlimmer wurde er. Schließlich gab ich auf. Wenn ich heute zurückblicke, denke ich, es läuft alles auf eines hinaus: Entweder man ist der Typ, der glücklich sein kann, oder man ist es nicht. Und wenn man es nicht ist, kann das ganze Land über deine Witze vor Lachen brüllen, es ändert kein bisschen. Jawohl. Nur rauf auf die Couch, Doktor Alice ist gleich für Sie da.

Aber so wollen die Leute die Komiker haben. In der Seele unglücklich. Der Tod von Tony Hancock ist Lenny richtig nahe gegangen. »Armer Teufel«, sagte er immer wieder. »Armer Teufel.«

Dann wedelte er mir mit der Zeitung vor der Nase herum und sagte: »Das wollen die Leute. So sollen wir sterben.«

Ich entschloss mich, den vertrödelten Nachmittag wieder gutzumachen und in der Küche das Zaumzeug der Pferde zu putzen. Dort mache ich alles. Die Küche und das Badezimmer sind die einzigen Räume, die ich im unteren Stockwerk benutze, es sei denn, ich habe Gäste. Ich brauche die anderen Zimmer nicht, weil die Küche so groß ist und außer dem Küchenzeug auch ein Tisch und ein Sofa drinstehen.

Seit einer Woche schob ich das Reinigen des Zaumzeugs

schon vor mir her, aber eigentlich war es sehr befriedigend. Ich hörte Radio, Eustace schnarchte auf dem Teppich, und ich setzte gerade das zweite Zaumzeug wieder zusammen, als es an der Tür klingelte. Eustace sprang auf und schoss in die Diele, wobei er wie immer beinahe auf dem Läufer ausrutschte. Ich fasste ihn am Halsband, ehe ich die Tür öffnete, weil es für die meisten Menschen nicht unbedingt zu einem herzlichen Willkommen gehört, von einem Hund abgeschleckt zu werden. Deshalb beugte ich mich hinunter, und das Erste, was ich sah, war ein Koffer, und dann, daneben, Beine und Füße. Männlich.

»Keine Angst, er beißt nicht«, sagte ich automatisch, als Eustace nach vorne drängte, um die Schuhe zu beschnüffeln. Ich konnte mich nicht aufrichten, weil ich ihn sonst hätte loslassen müssen, so dass ich durch die Haare nach oben schielte und Beine, den Schritt einer Hose, eine Brust, einen Hals sah, und dann –

»Hallo, Bunny Alice.«

Es war Jack! Mit einem Strauß Rosen stand er unter der Lampe auf meiner Veranda.

7

»Was machst du denn hier?«

»Deine Bräune bewundern.«

Ohne eine Miene zu verziehen. Vielleicht ein paar Falten mehr, aber er sah so gut aus wie eh und je. Oder sogar noch besser. Es haute mich total um, und ich war sprachlos.

»Komm doch herein.« Eustace hatte angefangen, missbilligende leise Bellgeräusche zu machen, was er immer dann tut, wenn er nicht weiß, ob er bellen soll oder nicht. Deshalb ging ich mit Jack schnell in die Küche und machte meinem Vierbeiner die Tür vor der Nase zu, ehe er sich entscheiden konnte.

»Was war *das* denn?«

»Mein Hund. Warum ..., ich meine, was machst du hier?«

»Dich besuchen natürlich. Ich dachte, ich bleibe ein paar Tage, wenn es dir recht ist.«

Er sah mir direkt ins Gesicht. Ich musste zuerst wegschauen, es war erbärmlich. Total nervös war ich, und er merkte es.

»Ich kann mich nicht erinnern, dich eingeladen zu haben«, sagte ich und versuchte mich zusammenzureißen.

Jack streckte mir die Blumen entgegen, als hätte ich nichts gesagt.

»Die habe ich dir mitgebracht.«

»Nett von dir«, sagte ich mechanisch.

»Also dann. Wohin?«

Ich beobachtete Jack, wie er sich in der Küche umschaute, und sah sie mit seinen Augen: das schmutzige Linoleum, das Geschirr im Spülbecken, der Sattel auf dem Sessel, Hundehaare auf dem Sofa, und mich selbst, barfuß, in einem schmuddeligen T-Shirt und der Jeans, die über den Knien abgeschnitten war. Ein Wassertropfen aus dem Abtropfgestell im Schrank über der Spüle landete auf seinem Kopf.

»Was ist das, was da hängt?«

»Ein Gurt.«

»Oh. Was für ein Gurt?«

»Ein Sattelgurt. Wie bist du hergekommen?«

»Mit dem Zug. Das Taxi hat mich am Tor abgesetzt. Ich dachte, ich bleibe ein paar Tage. Du kannst bestimmt ein bisschen Gesellschaft gebrauchen. Ich habe mir Sorgen um dich gemacht, hier draußen so ganz allein.«

Ich starrte ihn an.

»Jack, wir haben uns seit Lennys Beerdigung nicht gesehen.«

»Du hast nicht ein einziges Mal an mich gedacht, oder?«, fragte er vorwurfsvoll.

»Doch, natürlich habe ich an dich gedacht«, sagte ich zurückhaltend. »Erst neulich habe ich mich gefragt, ob du …«

Um mich abzulenken, ließ ich den winselnden Eustace herein, der es sich auf dem Sofa bequem machte und augenblicklich einschlief.

»Du musst nicht so tun als ob, Alice. Es gibt jemand anderen, oder?«

»Was soll das heißen, jemand anderen?«

»Einen anderen Mann.«

»*Einen anderen Mann*? Selbst wenn, glaube ich nicht, dass …«

»Es war ein *Witz*, Schätzchen.«

»Das klang aber nicht so.«

»War es aber. Du hast nie gerne die Gefühle anderer Menschen verletzt, wie? Bist du deshalb vor all den Jahren mit mir ins Bett gegangen?«

»Nein! Hör auf, Jack! Ich verstehe nicht, was …«

Jack fiel mir ins Wort. »Lenny hat dieses Haus gekauft, nicht wahr?«

»Ja.«

Zu meiner Bestürzung füllten sich meine Augen mit Tränen. Ich wandte den Kopf ab, war jedoch nicht schnell genug.

»Schon gut, Schätzchen. Jetzt bin ich ja da.« Als hätte ich ihn gebeten zu kommen. Ehe ich antworten konnte, sagte Jack: »Macht er das immer?«

»Wer?«

»Dein Hund. Lässt er seinen Arsch immer so über die Sofakante hängen, wenn er schläft?«

»Immer. Jack, ich weiß nach wie vor nicht …«

»Sieht so aus, als ob er gleich abrutscht, findest du nicht? Ich verstehe nicht, wie das bequem sein soll. Wie heißt er?«

»Eustace. Jack, warum bist du eigentlich hier?«

»Ich bin hier, weil ich dich sehen will. Eigentlich. Und London ist wie ein verdammter Hochofen. Egal, wenn ich schon mal hier bin, könntest du mir auch etwas zu trinken anbieten. Und gegen etwas zu essen hätte ich auch nichts.«

»Ich kann dir ein Käsesandwich machen, und ich glaube, ich habe noch etwas Scotch …«

Ich legte die Rosen ins Spülbecken und begann, Sachen aus dem Kühlschrank zu holen. »Cheddar?«

»Egal. Ein hübsches altes Haus ist das.«

Er ging zum Tisch und nahm eine Trense in die Hand, während ich mich aufs Brotschneiden konzentrierte. »Ich möchte das nicht im Mund haben. Hast du ein Pferd?«

»Zwei. Gurke?«

»Warum nicht. Wo ist der Schnaps?«

»Oh, entschuldige. Schau mal in dem Schrank in der Ecke.«

Jack steckte den Kopf in den Schrank und tauchte mit einer älteren Flasche Johnny Walker wieder auf. Ich hatte gehofft, er würde sich hinsetzen, doch er lehnte sich an den Küchentresen und sah mir zu. »Du bist immer noch umwerfend. Ein wenig zerzaust, aber umwerfend.«

»Danke. Weiß Val übrigens, dass du hier bist?«

»Und immer noch zynisch. Du hast mir noch keinen Kuss gegeben.«

»Stimmt.«

Ich sagte es so belanglos wie möglich und wandte den Blick nicht vom Schneidebrett.

»Ich habe viel an dich gedacht.« Jack legte eine Hand auf meinen Arm, und ich sprang hoch. Ich konnte einfach nichts dagegen tun. Er ließ meinen Arm los und bepustete seine Fingerspitzen, als hätte er sich verbrannt. »Puh! Du warst zu lange allein. Das merkt man deutlich.«

»Tut mir Leid. Es ist nur …«

»Früher hast du nie so reagiert. Ganz im Gegenteil, soweit ich mich erinnere.«

Ich holte tief Luft. »Jack, bitte nicht.«

»Na gut.« Er deutete auf den Brotlaib. »Was ist das? Ein Hundekuchen?«

»Brot. Ich habe es gebacken.«

»Gebacken? Was glaubst du, wozu es Supermärkte gibt?«

Er betrachtete den feuchten Ziegelstein, den ich für ihn zubereitet hatte. »Nicht gerade ein Leckerbissen, oder?«

»Tut mir Leid. Wenn ich es dünner schneide, fällt es auseinander.«

Jack pulte ein Stückchen von der obersten Scheibe, kaute und machte ein überraschtes Gesicht. »Nicht schlecht. Auf jeden Fall schmeckt es *braun*.«

»*Weiß* Val, dass du hier bist?«

»In gewisser Weise.«

»Und welche Weise ist das?«

»Na ja, sie weiß, dass ich nicht zu Hause bin, also muss ich woanders sein, aber es kümmert sie nicht, wo ich bin.«

»Ich wette, es kümmert sie doch. Hattet ihr Streit?«

Er schüttelte den Kopf. »Eigentlich nicht. Die Sache ist die: Sie ist zurzeit mit ihren Gedanken woanders. Wegen Rosalie. Sie macht mal wieder Examen. Diesmal in Kunst. Sie und ihr Freund haben sich dieses so genannte Projekt ausgedacht, wo sie von jeder Seite im *Exchange and Mart*, dieser Tauschbörse, eine Sache kaufen. Dann machen sie Fotos davon und fotografieren die Leute, die sie verkaufen, und die Orte, wo sie herkommen. Überall steht Zeug rum, Kinderwägen, Betten,

Skistiefel, alles Mögliche. Es sieht aus wie am Set einer Sitcom. Es gibt auch ein Auto. Eine dreckige, alte Rostlaube. Val ist außer sich vor Wut. Nicht wegen Rosalie, wohlgemerkt. Sie sagt, es ist alles meine Schuld, weil ich ihr das Geld geliehen habe.«

»Und warum hast du es ihr geliehen?«

»Ich dachte, es wäre für Farben und so was. Ich habe zu Rosalie gesagt: ›Das ist keine Kunst, das ist Konsum‹, und sie hat geantwortet: ›Das ist der Punkt.‹ Am Ende stellen sie das ganze Zeug auf ein Fließband und filmen es, damit es so aussieht, als wären es Preise in einer Quizshow.

Dann habe ich Val gefragt: ›Wer will so etwas sehen? Lieber schaue ich mir das Testbild an.‹

Das Geld habe ich Rosalie nur geliehen, weil ich wollte, dass sie den Sommer über nach Hause kommt und nicht mit ihrem widerlichen Freund weiß Gott wohin trampt. Der Typ sieht aus wie ein Streuselkuchen, so viele Pickel hast du noch nie gesehen. Und er zieht sich an wie eine völlig irre Tunte.«

»Sie ist doch sicherlich alt genug, um selber zu wissen, was sie tut?«

»Ja, aber sie ist meine Tochter, und ich lasse nicht zu, dass dieser … *Troll* … sie misshandelt.«

»Alle Frauen sind die Töchter von irgendjemandem, Jack, ob du es glaubst oder nicht. Warum setzt du dich nicht?«

»Gleich.«

Ich nahm den Rosenstrauß, und während ich die Stiele von den unteren Blättern befreite, um sie besser in eine Vase zu bekommen, stellte Jack sich hinter mich – zu nah. Ich konnte seinen Atem spüren. Ich beugte mich über die Blumen und versuchte, ihn zu ignorieren. Er küsste meinen Nacken. Diesmal war ich vorbereitet. Ich sprang weder hoch noch bewegte ich mich, ich blieb einfach stehen und ließ ihn gewähren. Ich hatte nichts dagegen. Eigentlich war es sogar ganz schön, mal wieder von jemandem berührt zu werden, ich hatte Jack ja immer schon attraktiv gefunden, und es war gut – beruhigend –, jemanden dazuhaben, selbst wenn ich eigentlich nicht wusste, warum er gekommen war …

»Es tut gut, dich wiederzusehen«, murmelte er. »So gut …« Er legte die Hände auf meine Schultern. Ich lehnte den Kopf zurück und schloss die Augen, und plötzlich sah ich Lennys Gesicht vor mir, seine Augen blickten in meine Augen, als wäre er auf mir, kurz vor …

»Verspann dich nicht, Alice.«

»Tue ich nicht, es ist nur …«

Ehe ich mich versah, schossen Jacks Hände an meinen Armen herunter, und er packte meine Hände und verdrehte sie hinter meinem Rücken. »Wirst du dich jemals entspannen?«

»Jack, du tust mir weh.«

»Du wehrst dich.« Es klang, als hätte er Spaß.

»Natürlich wehre ich mich, verdammt noch mal«, sagte ich mit zusammengebissenen Zähnen.

»Freust du dich nicht, mich zu sehen?«

»Jack, *bitte.*«

»Sag, dass du dich freust, mich zu sehen.«

»Ich freue mich, dich zu sehen«, keuchte ich. »Und jetzt – lass los.«

Er ließ meine Hände fallen und trat zurück. Ich drehte mich um und fuhr ihn an: »Was hast du dir dabei gedacht? Das hat wehgetan.«

»Entschuldigung«, sagte er. Er sah nicht so aus, als meinte er es. Seine Stimme klang mechanisch, sein Blick war leer.

Ich schob mich an ihm vorbei zur Anrichte. »Du brauchst ein Glas.«

Jack nahm den Whisky und das Sandwich mit zum Tisch

und setzte sich, als wäre nichts geschehen. Ich folgte ihm mit einem Glas, dann widmete ich mich wieder den Rosen.

»Was ist los?«, fragte ich und hoffte, nicht so verschreckt zu klingen, wie ich mich fühlte.

»Ich habe versucht, den Text für ein Stück zu lernen, in dem ich spielen soll, aber bei all dem Krach – und dazu noch als *persona non grata* für Val – hielt ich es für besser, mein Lager woanders aufzuschlagen. Also sagte ich mir, warum besuche ich nicht meine alte Freundin Alice, sie ist bestimmt ganz einsam, so ganz allein da draußen.«

»Ein netter Gedanke, aber mir geht es gut. Ehrlich.«

»Du weißt, dass ich dich immer schon mochte, Süße. Du hast mir Leid getan. Ich habe von deinem wie heißt er gleich noch gehört. Deinem Mann.«

»Jeff Jones. Was ist mit ihm?«

»Wirst du zu ihm zurückgehen?«

Ich seufzte. »Wir sind geschieden.«

»Vernünftiges Mädchen. Einmal ein Ehebrecher, immer ein Arschloch, hör auf meine Worte.«

»Jack! Was du da sagst, ist scheußlich.«

»Tut mir Leid. Es ist nur, weil ich dich so mag, Schätzchen. Ich werde dir nicht im Weg sein. Ich kann mich in den Garten setzen. Und ich kann dir helfen, die Garben einzubringen oder was auch immer du tust. Es ist bestimmt nett, ein paar Tage auf dem Land zu verbringen.«

Ich gab auf. »Hör zu, ich bin müde. Du kannst über Nacht bleiben, und wir reden morgen früh weiter. Ich habe ein Gästezimmer. Ich hole Bettwäsche, während du isst.«

Jack schob das halb gegessene Sandwich beiseite.

»Ich komme mit. Ich bin es nicht gewohnt, solche Mengen zu kauen.«

»Na gut.«

Ohne nachzudenken beugte ich mich vor und wollte nach der Flasche Scotch greifen, um sie zurück in den Schrank zu stellen, doch Jack war schneller. Unsere Blicke trafen sich über der Flasche.

»Ich hätte nichts gegen ein zweites Glas«, sagte er und nahm mir die Flasche aus der Hand. Einen Augenblick später sagte er: »Keine Sorge, ich bin nicht … es geht mir gut. Es war ein langer Tag, mehr nicht.«

Ich antwortete nicht. Jack sah verärgert aus. »Alice, Herrgott noch mal … mir geht es gut.«

»Sicher?«

»Ja!«

Er versuchte nicht noch einmal, mich anzufassen, er saß einfach im Gästezimmer auf dem Sessel, goss sich Whisky ein und sah mir zu, wie ich das Bett bezog. Als ich fertig war, sagte er nur: »Gute Nacht, mein Schatz. Morgen kaufe ich dir ein geschnittenes Weißbrot.«

Ich nahm bewusst den Whisky wieder mit nach unten. Die Geschwindigkeit, mit der Jack an die Flasche gekommen war, die Art, wie sich unsere Hände in meinem Nacken berührt hatten, der Ausdruck in seinem Gesicht … Das alles erinnerte mich *so* sehr an Lenny. Jack war nie ein großer Trinker gewesen, soweit ich mich erinnern kann. Na ja, er trank, aber eher wie die meisten Menschen, nicht bis zum Exzess. Vielleicht bildete ich es mir ja nur ein.

Was soll's, dachte ich und goss mir einen ein. Ich nahm das Glas mit auf den Hof, lehnte mich an die Mauer zur Küche, hörte zu, wie Eustace unter der Hecke herumschnüffelte, und versuchte herauszufinden, wie ich mich fühlte. Verwirrt? Ja. Aber Angst hatte ich eigentlich keine. Nicht wie vorhin. Ich war eher … distanziert.

Vielleicht liegt es am Scotch, dachte ich und trank noch einen Schluck. Ich war das Trinken nicht gewohnt. Den Zeitungsausschnitt hatte ich wann bekommen? Am Montag. Und am Donnerstag taucht aus heiterem Himmel Jack hier auf. Vielleicht ist es ein Zufall, aber nach sechs Jahren ... Vielleicht hat er den Ausschnitt geschickt. Aber warum, wenn er sowieso vorhatte herzukommen? Warum hat er ihn dann nicht einfach mitgebracht?

Ich war mir nicht sicher, welche Gefühle ich Jack entgegenbrachte. Eine Mischung verschiedenster Empfindungen. Ihn in meiner Küche zu sehen hatte Lenny so überdeutlich zurückgebracht, dass ich das Gefühl hatte, er könnte jeden Augenblick zur Tür hereinspazieren, als wäre er überhaupt nicht tot, sondern hätte sich in die Kneipe verdrückt oder so. Es war irrational, aber ... Was? Jacks Lebendigkeit, seine Kraft, seine ... O Gott. Was mache ich hier?

Ich hatte Jack seit Lennys Beerdigung nicht gesehen. Zu schmerzlich. Er hatte wahrscheinlich über mich dasselbe gedacht. Und trotzdem fühlte ich mich, als wäre ich sechs Jahre lang im Koma gewesen und gerade erst aufgewacht. Immer mit der Ruhe, Alice, dachte ich. Mit Jack zusammen zu sein – mit Jack ins Bett zu gehen – würde Lenny nicht zurückbringen. Und so wie er sich in der Küche benommen hatte, seine Stimme hatte fast so geklungen, als wollte er mir wehtun. Und er hatte mir wehgetan. Nicht sehr, aber genug. *Das* hatte ich mir nicht eingebildet.

Trotzdem erregte er mich *immer noch*. Sinnlos, so zu tun, als wäre es nicht so. Ich hatte schließlich mit ihm geschlafen. Vor ewigen Zeiten. Er hatte angefangen, aber ich hätte schließlich nein sagen können? *Ich* hatte es auch gewollt, es war genauso meine Schuld wie seine. Er hatte mich getröstet, nach diesem schrecklichen Streit mit Lenny wegen des Nerzmantels, den er mir zum Geburtstag gekauft hatte und den ich mich weigerte anzuziehen. Es war das erste Mal gewesen, dass ich Lenny so rasend gesehen hatte, und es hatte mir Angst gemacht. Wütend tigerte er um mich herum, nannte mich eine undankbare Schlampe, sagte, ich sollte mich zum Teufel scheren, und seine Augen waren eiskalt gewesen, als er das sagte.

Jack war da gewesen, sie hatten an irgendwas gearbeitet, und er hatte angeboten, mich nach Hause zu bringen.

Wir gingen zu mir, ich war immer noch ziemlich außer mir, er gab mir einen Kognak, legte seinen Arm um mich, und eins führte zum anderen. Jack schwor heilige Eide, Lenny niemals zu erzählen, was geschehen war, und Lenny fragte nie. Aber ich hatte mich oft gefragt, ob er einen Verdacht hatte, und wenn ja, ob das ein Grund für ihren Streit gewesen war.

Plötzlich hatte ich wieder das Bild vor Augen: Jack, der meine Handgelenke hinter meinem Kopf festhält und mich auf dem Bett festnagelt. Er war so kraftvoll gewesen. Es gefiel mir, und das wusste er. Aber das war das einzige Mal gewesen. Ich hatte dafür gesorgt, dass es nicht noch einmal geschah. Weil ich nicht darüber nachdenken wollte, *würde* ich auch nicht darüber nachdenken. Ich leerte das Glas, rief Eustace ins Haus, machte die Lichter aus, ging nach oben ins Bett und schlief ein, der Hund zusammengerollt in meinen Kniekehlen.

Lautes, drohendes Knurren weckte mich. Ich setzte mich auf, knipste die Nachttischlampe an und sah Jack am Fußende meines Bettes stehen. Nackt und blinzelnd, mit offenem Mund, schlaffem Gesicht und wirrem Blick, als wäre er nicht richtig wach. Eustace fixierte ihn grollend wie ein Vulkan. Wie lange stand er schon da? Ich hatte ihn nicht hereinkommen hören, allerdings hatte ich auch nicht daran gedacht, die Schlafzimmertür zu schließen. Er kam an meine Seite des Bettes. Zitternd vor Entrüstung kletterte Eustace über meine Beine, um ihm die Grenze zu zeigen. »Was ist los, Jack?«

Jack machte einen Schritt auf mich zu. Eustace spannte die Vorderbeine an, warf das Kinn nach vorn und fing an zu bellen; meine Versuche, ihn zu beruhigen, ignorierte er einfach. Von Eustace in Schach gehalten, murmelte Jack: »Kann nicht schlafen … hast mir gefehlt … bitte …«

»Sei still, Eustace!«

Eustace bellte weiter.

»… hast gesagt, du vermisst mich …«

»Ich habe gesagt, dass ich an dich *gedacht* habe, Jack«, rief ich, »das ist nicht ganz dasselbe.«

»Ich habe dich nie vergessen. Bitte, Alice – verdammte Töle – lass mich …«

»Was willst du?«, rief ich über den Krach hinweg.

»… bei dir sein … kann es nicht ertragen … bitte, lass mich …«

»Geh einfach wieder ins Bett, Jack, um Himmels willen. Er wird nicht aufhören.« Jack wich, immer noch vor sich hin murmelnd, einen Schritt zurück.

Ich hörte: »Ich brauche …«, doch das Bellen war in ein Heulen übergegangen, so dass der Rest unterging.

»Jack, warum gehst du nicht wieder ins Bett, versuchst, ein bisschen zu schlafen, und wir klären das morgen? Du wirst dich erkälten, wenn du hier bleibst.«

Er wandte sich ab. Von hinten sah er kläglich aus, ein geschlagener Mann. Ich hatte Lenny ein paar Mal so gesehen, aber nie Jack. Fast – aber nur fast – wäre ich aufgestanden und ihm nachgegangen. Eustace folgte ihm bis zur Tür und legte sich quer über die Schwelle wie ein Polster gegen Zugluft. Nach all dem Radau lastete die Stille schwer wie eine Decke auf mir.

Seine Verletzlichkeit hatte mir Angst eingejagt. Das war nicht der Jack, den ich kannte. Die Geschichte in der Küche … ich weiß nicht. Irgendwie konnte ich damit besser umgehen. Das war schon eher der alte Jack … Aber das hier war anders. Schutzlos. So hatte ich ihn noch nie erlebt. Er war doch immer unerschütterlich gewesen, mit Nerven wie Drahtseile. Und total zuverlässig bei der Arbeit. Egal, was passierte, er war immer pünktlich, sorgte dafür, dass die Zuschauer etwas für ihr Geld bekamen, und schickte sie lachend nach Hause. Durch und durch professionell. Das sagte jeder über ihn.

Als er und Lenny *Zebras zum Frühstück* im *Fortune* spielten und Lenny total durchgedreht war, ging Jack Abend für Abend auf die Bühne und blödelte für ihn mit. Einmal hat er beinahe eine Stunde lang altmodische Stand ups gebracht, während Lenny sich in der Garderobe erbrach, weil er zu viel Antabus genommen hatte. Oder eher, weil er Antabus genommen und gleichzeitig getrunken hatte. Ich habe immer zugeschaut. Lenny wollte mich im Theater haben, deshalb arbeitete ich nachmittags – zitternd stand ich da und dachte, was wird diesmal passieren, aber Jack ließ sich nie etwas anmerken …

Doch jetzt stimmte irgendwas nicht. Irgendetwas war ganz und gar nicht in Ordnung. Diese Leere in seinem Gesicht in der Küche, als hätte jemand den Schalter in seinem Innern auf Aus gestellt. Und jetzt das hier. Vielleicht hatte ich Recht, und er trank doch. Oder nahm etwas anderes. *Drogen*?

Soweit ich sehen konnte, war er immer noch ziemlich gut in Form. Ob er wohl noch diese Schlankheitspillen nahm? Er klaute sie den Mädchen aus den Badezimmerschränken, genauso wie er Don Findlaters Sekretärin ständig Schokoladenriegel aus dem Schreibtisch geklaut hatte. So hat es angefangen. Dons Sekretärin hieß Araminta. Minty – wie Minze. Sie war allerdings eher wie eine alte Zitrone, aber sie hatte immer einen Vorrat an Schokoriegeln in einer Schreibtischschublade, weil sie und Don gern Süßes aßen. Minty war sauer auf Jack, aber sie war es leid, jedes Mal aufzupassen, wenn er reinkam, also schrieb sie *Fettwanst* auf einen Zettel und legte ihn statt der Schokolade in die Schublade.

Lenny fand das zum Brüllen, aber Jack war echt betroffen. Er bekam einen Komplex. Amphetamine halten wach, oder? Und dazu der Whisky ... Aber selbst wenn ... Ich würde die Hand nicht dafür ins Feuer legen, doch irgendwas war da noch.

Er ist total fertig, dachte ich. Ich kann ihn nicht einfach rausschmeißen. Und außerdem ... ich machte das Licht aus. Es war leichter, den Dingen im Dunkeln ins Auge zu sehen. Wenn Eustace nicht gewesen wäre ... Jack brauchte mich. Brauchte irgendjemanden. Und es war zwecklos, mir da was vorzumachen – ich auch. Jack hatte Recht, als er sagte, ich sei zu lange allein gewesen. Und was Val betrifft, Jack *ist* einfach chronisch untreu. Manche Männer sind so. Ihre Frauen akzeptieren es entweder oder gehen, und Val war geblieben. Wenn ich es nicht bin, dachte ich, ist es eine andere. Deswegen ist es nicht richtig, aber ...

Gar nichts von all dem ist richtig, dachte ich. Lennys Tod war nicht richtig. Anonyme Zeitungsausschnitte mit der Post zu bekommen ist auch nicht richtig. Was geschieht hier?

Morgen früh werde ich mit Jack reden. Wenn er seinen Kater los ist.

Es war stickig im Zimmer. Ich stand auf und ging zum Fenster, um es zu öffnen. An der Türschwelle hob Eustace kurz den Kopf und drehte sich dann auf die andere Seite. Ich hockte mich neben ihn und kraulte seinen Bauch. Das Haus war still. Nach ein paar Minuten begann Eustace sanft zu schnarchen, und ich ging zurück ins Bett.

8

Wieder ein wunderbarer Morgen. Glühend heiße Sonne, singende Vögel, blauer Himmel, braunes Gras. Ich ging auf Zehenspitzen über den Flur. Die Tür zu Jacks Zimmer stand einen winzigen Spalt offen, also steckte ich den Kopf hinein. Stehend k.o. Nachdem ich gebadet, mich angezogen und die Tiere gefüttert hatte, hatte ich fast das Gefühl, als wäre es ein ganz normaler Morgen, außer dass ich immer wieder dachte, vielleicht erinnert er sich nicht, vielleicht erinnert er sich und kommt nicht herunter, vielleicht ruft er einfach ein Taxi und geht.

Ich machte mit Pablo einen Ausritt, um Jack die Gelegenheit zu geben, zu verschwinden, ohne mir zu begegnen, falls er das wollte, aber als ich zurückkam, saß er auf einem Stuhl vor der Küche, trank Kaffee und sah hinter einer Sonnenbrille den Hühnern zu.

»Du hast mich mit diesem Monster allein gelassen«, sagte er und drehte seinen Daumen in Richtung Eustace, der sich auf dem Pflaster sonnte. »Ich dachte, er fällt mich an. Er hat mich die ganze Zeit angebellt und bedroht.«

»Er hört einfach gern seine eigene Stimme, das ist alles.«

»Nun, ich nicht. Ich habe Kopfschmerzen. Dieses trampelnde Ding da tut auch nicht gut.«

Pablo warf den Kopf hin und her, und Jack zog sich an die Küchentür zurück.

»Was hat er?«

»Nichts, ihm ist nur heiß.« Ich rutschte vom Sattel, und Pablo trottete zur Tränke.

»Du willst ihn doch nicht allein in der Gegend herumwandern lassen, oder?«

»Natürlich nicht. Er kommt auf die Weide zu dem anderen.«

Jack beobachtete mich, während ich Pablo absattelte und ihn mit dem Schwamm abrieb, dann folgte er uns zum Tor, wo mein guter, alter Grauer mit wie eine Hängematte durchhängendem Rücken, das Kinn auf seinem Lieblingspfeiler abgelegt, in der Sonne döste.

»Wie heißt das da?«

»Nelson. Er ist auf einem Auge blind.«

»Aber er hat noch alle vier Beine. Es sei denn, eins ist aus Holz.«

»Er lacht, wenn man ihn küsst. Schau mal.« Ich beugte mich vor und stieß mit den Lippen gegen Nelsons rosafarbene, haarige Nase. Sofort hob er den Kopf, warf die Lippen auf und zeigte die Zähne.

»Das ist Lachen?«

»Ja.«

»Vielleicht sollte ich anfangen, Pferden Witze zu erzählen. Menschen scheinen mich nicht mehr lustig zu finden.«

Wir lehnten Seite an Seite am Zaun und schauten über die Weide. »Wie hast du mich gefunden, Jack?«

»Hab im Telefonbuch nachgesehen. Ich war ganz überrascht, dass du drinstehst.«

»Von früher. Als ich dachte, ich würde hier wohnen. Aber wenn du meine Telefonnummer gefunden hast, warum hast du dann nicht einfach angerufen?«

»Ich hatte Angst, du würdest sagen, ich soll mich zum Teufel scheren.«

Ich sagte nichts.

»Hättest du?«

»Ich weiß nicht. Nein, hätte ich nicht.«

»Warum hast du diesen Wichser geheiratet?«

»Jeff? Ist er nicht.«

»Ist was nicht?«

»Was du gerade gesagt hast.«

»Sag es.«

»Nein.«

»Sei nicht so prüde.« Jack gab mir einen Stoß in die Rippen. »Sag es!«

»Hör auf, so kindisch zu sein.«

»Er hat dir viel Kummer gemacht, wie?«

»Kein Vergleich mit dir, Jack, glaube mir.«

»*Touché*. Aber mir kannst du es sagen. Das heißt, wenn du willst.«

»Oh, es ist …«

Das Absurde war, dass ich es beinahe wollte. Ich habe eigentlich nie mit jemandem über das gesprochen, was mit Jeff war, nicht einmal mit Freundinnen. Als ich ihn geheiratet habe, zwei Jahre nach Lennys Tod, wollte ich einfach zur Ruhe kommen. Sicherheit, Kinder, all das. Ein normales Leben. Aber irgendwie hatten wir beide nicht das Bedürfnis nach all diesen Dingen. Als ich Jeff sagte, dass ich über seine Freundinnen Bescheid wusste, sagte er: »Es überrascht mich, dass du so lange gebraucht hast«, als hätten wir eine Art Spiel gespielt.

Ich glaube, er war vor allem sauer, weil er entlarvt worden war, und mit Sicherheit war er nicht betroffen: Ich weiß noch, wie er in unserer Küche an der Spüle lehnte und sagte: »Komm schon, Alice, du kennst die Regeln.« Offensichtlich hatte ich sie nicht gekannt. Denn ich hatte gedacht, wir wären *verheiratet*, mit allem Drum und Dran, also hatte ich mit keinem anderen geschlafen, hatte es einfach nicht gewollt.

Eigentlich glaube ich, das war ein Teil des Problems. Ich hatte das Ganze für mich mehr oder weniger abgehakt. Ich meine nicht nur den Sex, obwohl der auch ziemlich im Leerlauf lief. Ich bin fast sicher, Jeff hat das nie bemerkt, er war nicht der Typ, aber ich glaube, er wusste, dass ich nicht mit dem Herzen bei unserer Beziehung war, und das muss wehgetan haben. Ja, er hat sich schlecht benommen, aber ich hätte ihn gar nicht erst heiraten dürfen. Jeff war nicht Lenny, und ich hätte nicht versuchen dürfen, so zu tun, als wäre er es.

Nicht, sagte eine leise Stimme in meinem Kopf. Erzähl Jack nichts.

»Es hat nicht funktioniert, das ist alles«, sagte ich. »Wir hatten nicht viel gemeinsam.«

»Da habe ich wohl einen Nerv getroffen, wie? Das wollte ich nicht.«

»Oh, doch, das wolltest du.«

»Sag so was nicht, Schätzchen. Manche Menschen sind einfach nicht füreinander bestimmt. Bis auf die Kinder hatten Val und ich auch nie viel gemeinsam. Weißt du, was sie einmal gemacht hat?« Jack grinste. »Sie hatte mir zum Geburtstag einen Kuchen gebacken. Ich kam spät aus dem Theater, und sie musste die Mädchen irgendwohin bringen, also hatte sie das Essen für mich auf dem Tisch stehen lassen, und in der Mitte stand dieses Ding auf einer Etagere. Ich habe es mir gar nicht richtig angeschaut und erst das andere Zeug gegessen, aber dann dachte ich, besser, ich esse ein Stück, weil der Kuchen echt super aussah, mit Zuckerguss und kleinen Blumen und so. Obendrauf hatte sie aber nicht *Happy Birthday* oder *Alles Gute zum Geburtstag* oder so was geschrieben, sondern *Du egoistisches Schwein*. Mit rosa Zuckerguss. Perfekt, wie aus der Konditorei. Später hat sie mir erzählt, dass sie einen Kurs gemacht hat. Tortendekoration. Das ist Val. Keine halben Sachen.«

»Und was hast du getan?«

»Ihn gegessen natürlich.«

»Den ganzen Kuchen?«

»Nein, nur das Stück, wo *Schwein* stand, damit die Mädchen es nicht sehen. Hat besonders gut geschmeckt, das Stück.«

»Wann war das?«

»Vor Jahren. Als Val noch einen Sinn für Humor hatte. Wohlgemerkt, ich bin mir nicht sicher, ob sie mich jemals komisch fand. Sie hat immer diesen Max Bygraves bevorzugt.«

»Und als Nächstes erzählst du mir, dass sie dich nie verstanden hat.«

»Genau.«

»Na ja, ich verstehe dich auch nicht. Warum bist du wirklich hierher gekommen?«

»Habe ich dir denn gar nicht gefehlt, Alice?«

»Ich habe dir doch schon gesagt …« Ich schüttelte verwirrt den Kopf.

Jack deutete mit dem Kopf auf Pablo und Nelson. »Deine Pferde sind schwul.«

»Was?«

»Schau, der da knabbert am Hals des anderen.«

»Viele Pferde tun das. Es ist Freundschaft, mehr nicht.«

»*Jawohl.*«

»Wo wir gerade von Sex reden: Als ich das letzte Mal in London war, habe ich deinen Namen auf einem Plakat für einen Porno gesehen. Mit Candy Knight. Was sollte das denn?«

»Porno kann man das wohl kaum nennen, es war eine von ihren üblichen schmutzigen Komödien. Praktisch die einzigen englischen Filme, die im Moment Geld bringen. Um ehrlich zu sein, wusste ich gar nicht, worauf ich mich da eingelassen hatte.«

»Hast du denn das Drehbuch nicht gelesen?«

»Ich habe nie ein vollständiges Buch zu Gesicht bekommen. Deshalb hatte ich keine Ahnung, worum es ging, und sie wollten die ganze Zeit, dass ich lauter Mädels in gerüschten Dessous verhaue. Eigentlich war es recht zahm. Alfie Bass spielte mit, Herrgott noch mal. Und Irene Handl. Und Queenie Watts. Natürlich nicht bei denen, die versohlt wurden.

Das Ganze war eine Low-Budget-Produktion. Selbst wenn man den Text versaute, wiederholten sie die Szene nicht, weil sie es sich nicht leisten konnten.« Er kicherte. »Ich weiß gar nicht, warum du so zimperlich bist, Schätzchen. Du hast früher auch für Männermagazine Model gestanden.«

»Woher weißt du das? Nein, sag nicht, von Lenny.«

Jack grinste.

»Das war nur einmal. Gott, was für eine seltsame Geschichte. Aber das war etwas anderes, da ging es nur um Körper. Du hingegen hast Talent.«

»Da bist du aber die Einzige, die das denkt. Und es ist nicht *nur* ein Körper.« Wir gingen wieder in die Küche.

»Das erinnert mich an die Zeit, als wir im *Windmill* auftraten. Ist eine Ewigkeit her. Unvorstellbar, dass heute noch jemand dafür bezahlen würde. Jede Menge nackte Mädels.« Jack schüttelte den Kopf. »Diese Gauner wussten die Hälfte der Zeit gar nicht, dass wir da waren, so scharf waren sie auf die Mädels. Alle sind da aufgetreten: Jimmy Edwards, Hancock, Peter Sellers, sogar Morecamb und Wise, nur dass sie sich damals irgendwie anders nannten. Egal, was ist mit Frühstück? Ich konnte keinen Schinken finden.«

»Weil ich keinen habe. Ich bin Vegetarierin.«

»Tja, ich nicht. Und ich kann keinen Text lernen, wenn ich nur Kaninchenfutter kriege.« Jack ließ sich auf einen Stuhl am Tisch fallen und seufzte. »Hast du denn *gar nichts* Vernünftiges zu essen?«

»Meistens esse ich Toast.«

»Dieses selbst gebackene Zeug passt doch niemals in einen Toaster.«

»Aber unter den Grill.«

»Wenn das wirklich alles ist, dann fang lieber an.«

Ich legte das Brot unter den Grill und ging nach draußen, um die Milch hereinzuholen, ehe sie sauer wurde. Es war beunruhigend, wie sehr Jacks Besuch alles zurückbrachte. Und wie sehr ich immer noch auf ihn stand, obwohl alles in mir schrie: *Tu es nicht, nicht, nicht*. Ich dachte, bei Tageslicht sähe das anders aus, aber das tat es nicht. Ich holte ein paar Mal tief Luft, um einen klaren Kopf zu bekommen.

Hinter mir ertönte plötzlich ein Aufschrei und ein Krachen. Ich rannte zurück in die Küche. Jack stand am offenen Backofen und wedelte mit einem angeschmorten Topfhandschuh in einer Rauchwolke herum.

»Er ist verbrannt. Das ist lächerlich, verdammt noch mal. Wir sind doch keine Höhlenmenschen.«

»Ich mache neuen.«

»Wir müssen anständiges Brot kaufen. Und ich habe keine Zigaretten mehr. Hier muss es doch einen Laden geben, Himmelherrgott.«

Ich nickte. »Nach dem Frühstück. Eustace kann einen Spaziergang gebrauchen.«

»Wie weit ist es?«

»Eineinhalb Kilometer hin und zurück. Wird dir gut tun. Warum bist du eigentlich nicht mit dem Auto gekommen?«

»Hab meinen Führerschein verloren.«

»Oh.«

Mein Herz sank. Ich hatte es mir also *nicht* eingebildet.

»Im Dorfladen gibt es keinen Alkohol.«

»Herrje, Alice, es war einfach Pech, mehr nicht. Hätte jedem passieren können. Du klingst langsam wie Val.«

»Also hattet ihr doch Streit.«

»Eigentlich nicht. Sie war ein bisschen sauer auf mich, aber …« Er zuckte die Achseln. »Ich war ein paar Wochen weg. Arbeiten. Val ist es egal. Sie weiß, dass ich mich melde.«

»Und was war das für eine Geschichte über dieses Projekt deiner Tochter?«

»Nichts als die Wahrheit. So was kann man doch nicht erfinden, oder? Wie wär's jetzt mit Toast, wenn du mit deinem Verhör fertig bist? Ich hole schnell was.«

Ich stürzte mich auf das Brotmesser. Ein paar Minuten später kam Jack zurück und warf ein Kochbuch auf die Spüle. »Das habe ich dir mitgebracht. Eins von Vals. Es ist ganz gut«, fügte er hinzu, als er mein Gesicht sah, »sie benutzt es nicht mehr. Wenn ich mich recht erinnere, bist du keine besonders gute Köchin, aber das ist nicht schlimm, ich kann dir helfen.«

»Reizend. Wie lange willst du denn bleiben?«

Ich sah Jack an, dann fiel mein Blick auf den Hund, der sich zu meinen Füßen niedergelassen hatte. Beide hatten den gleichen niedergeschlagenen Ausdruck im Gesicht. Am liebsten hätte ich gelacht.

»Na gut«, sagte ich zu Jack. »Such etwas, worauf du Lust hast, und ich versuche, es heute Abend zu kochen, aber bedenke, dass wir nur einen Kramladen haben, kein Feinkostgeschäft.«

Als wir mit dem Frühstück fast fertig waren, kam mir ein Gedanke.

»*Warte mal* … Wieso hast du das Buch dabei, wo du doch seit zwei Wochen nicht zu Hause warst? Hattest wohl die ganze Zeit schon vor, hierher zu kommen?«

Jack machte ein verblüfftes Gesicht, dann sagte er: »Ah, jetzt weiß ich, was du meinst. Ich war auf einen Sprung zu

Hause, um ein paar Sachen zu holen. Val war nicht da.« Er sah verärgert aus. »Ich habe eine Nachricht für sie dagelassen.«

»Wie süß von dir. Was stand drauf?«

»Dass ich es satt habe, keinen Schritt tun zu können, ohne dass mich irgendeine bescheuerte Frau mit Fragen bombardiert.«

»Keine Panik. War nur eine Frage.«

»Ja, ja ...« Jack seufzte und blätterte weiter in dem Kochbuch. Eustace, der sein Frühstück bereits vertilgt hatte, schaute hoffnungsvoll zum Tisch. Ich fütterte ihn mit der Rinde von Jacks Toast. »War der Postbote da?«

»Mmm?«

»Während ich draußen war?«

Jack sah auf und schüttelte den Kopf. »Ich habe ihn nicht gesehen.«

»Du hättest es bemerkt. Eustace dreht durch, wenn er kommt.«

»Wie wäre es mit *Coq au vin*?

»Warum nicht. Das Gemüse dafür habe ich.« Ich verspürte keine große Lust, Fleisch zu kochen, aber Jack hatte offensichtlich das Gefühl, ohne nicht überleben zu können. Ich ließ ihn eine Einkaufsliste schreiben und ging nach oben, um mich umzuziehen.

Ich war gerade auf der Suche nach meinen Shorts, als ich merkte, dass irgendetwas in meinem Zimmer anders war. Ich habe diese große Holzkiste, in der ich Handcreme und solche Dinge aufbewahre, und normalerweise steht sie neben meinem Bett auf dem Boden, aber aus irgendeinem Grund stand sie jetzt auf der Kommode. Mein erster Gedanke war, dass ich sie dort am Morgen selber hingestellt hatte, aber ich konnte mich nicht daran erinnern – ich meine, ich konnte mich *wirklich* nicht daran erinnern, und das war ein bisschen merkwürdig. Mein Schlafzimmer ist nicht gerade der ordentlichste Ort im Universum, aber ich war mir ziemlich sicher, dass ich die Kiste nie auf die Kommode stellen würde, weil es so unmöglich aussah. Manche Dinge passen einfach nicht. Und so war es. Verrückt. Ich meine, Eustace spielt manchmal damit, wenn sie auf dem Boden steht, aber das hätte ich gemerkt, weil er die Watte herausholt und zerreißt, so dass es aussieht, als wäre ein Schneesturm durchs Zimmer gefegt. Als ich sie wieder auf den Boden stellen wollte, sah ich, dass darin ein totales Durcheinander herrschte, denn sie hat keinen Deckel, und obendrauf lagen lauter schmuddelige Sachen, zum Beispiel klebrige Lippenstifte, aus denen ich vor Jahren den letzten Rest mit einer Haarnadel herausgekratzt, sie aber nie weggeworfen hatte. Die Kiste sah aus, als wäre sie heruntergefallen, und jemand hatte einfach alles wild durcheinander wieder hineingeworfen. *Aber nicht ich.*

Jack war hier drin, dachte ich. Als ich mit Pablo reiten war. Hat meine Sachen durchwühlt. Aber was hat er gesucht? Hier ist nichts. Ich sah mich um. Jetzt, wo die Kiste wieder an ihrem Platz stand, war alles wie immer. Ich öffnete die Schubladen und fand nichts ungewöhnlich. Wäsche falten ist nicht gerade meine Stärke, ich werfe einfach alles in die Schubladen, deshalb würde ich wahrscheinlich gar nicht merken, wenn Jack in meinen Unterhosen gewühlt hätte.

Sein Gerede darüber, dass er mich vermisst hat und unbedingt wiedersehen wollte, war ja ganz nett, aber ich glaubte nicht, dass es ein spontaner Einfall war. Oder dass er die letzten zwei Wochen nicht zu Hause war, weil er gearbeitet hat. Vielleicht hatte Val ihn doch endlich rausgeworfen. Aber warum war er dann nicht einfach zu seiner derzeitigen Freundin gezogen? Seit ich Jack kenne, hat er immer eine in Reserve. Manchmal sogar mehrere. Aber wenn er plante, eine Weile zu bleiben, warum ärgerte er mich dann, indem er mein Schlafzimmer durchsuchte? Was hat er vor, überlegte ich. Ich kann damit nicht umgehen.

Ich zog die Shorts an und ging hinunter.

9

Auf dem Weg ins Dorf sagte ich: »Du warst in meinem Zimmer, nicht wahr?«

»Was?«

»Während ich reiten war. Du warst drin.«

»Nein, war ich nicht.«

Ich sah ihn an. Seine Augen waren hinter einer Sonnenbrille verborgen, und der Rest seines Gesichts gab nichts preis. »Wirklich nicht? Meine Sachen waren ganz durcheinander.«

»Das muss er gewesen sein.« Jack nickte in Richtung Eustace, der neben mir hertrottete.

»Nein.«

»Dann warst du es selber. Gib's zu, Süße, du bist nicht gerade eine super Hausfrau.«

»Ich war es aber nicht.«

»Du bist paranoid. Du warst zu lange allein.«

»Na gut, du warst es nicht. Aber … Hör mal. Hast du mir etwas mit der Post geschickt? Einen Zeitungsausschnitt?«

»Nein.« Jack schüttelte den Kopf. »Auch das war ich nicht.«

»Ich habe ihn vor ein paar Tagen bekommen. Es stand was über ein Skelett, das man in einem See gefunden hat, drin. In einem Auto.«

»Ach ja?«

»In Wiltshire. Das erinnerte mich an diese Party.« Ich

machte eine Pause, aber Jack sagte nichts. »Ich dachte, vielleicht warst du das. Es war merkwürdig, mehr nicht.«

»Welche Party meinst du?«

»Die in Ivar Park. Vor einer Ewigkeit.«

»Ich würde mir keine Gedanken machen. Wenn du wüsstest, was ich schon alles mit der Post bekommen habe. Es gibt eine Menge seltsame Menschen da draußen.«

»Dieser seltsame Mensch weiß, wo ich wohne.«

»Das ist kein Geheimnis, oder? Du stehst im Telefonbuch. Mach nicht so ein besorgtes Gesicht. Ich bin da, oder?«

»Ja, aber ...«

»Was aber?«

»Ich weiß auch nicht. Es ist einfach merkwürdig. Ich meine, wenn sie – wer auch immer das geschickt hat – dachten, ich hätte was damit zu tun, oder ...«

»Aber das hast du nicht, oder?«

»Natürlich nicht! Ich habe doch niemanden umgebracht. Und selbst wenn ich es wollte, würde ich denjenigen kaum ertränken ...«

»Stand das da drin? Dass sie ertrunken ist?«

»Nein, nur dass sie ein Skelett gefunden haben. Ich nehme an, sie können es nicht sagen. Und sie haben nicht geschrieben, dass es eine *Sie* ist.«

»Ach nein?«

»Du erinnerst dich doch, oder? Das Mädchen, das vermisst wurde. Kitty. Lenny kannte sie.«

»Wirklich?«

»Ja! Deswegen habe ich ihn verlassen, erinnerst du dich nicht mehr?«

»Dunkel. Damals war viel los. Lenny war fix und fertig, das weiß ich noch. Aber wer hat dir das Ding geschickt?«

»Keine Ahnung. Sonst würde ich ja nicht fragen.«

»Reg dich ab, man könnte denken, du hast einen Verfolgungswahn.«

»Ich habe es mir nicht eingebildet, Jack. Weder den Zeitungsausschnitt noch das Chaos in meinem Schlafzimmer.«

»Nun, es lohnt sich nicht, sich deswegen Sorgen zu machen. Wenn ich du wäre, würde ich keinen weiteren Gedanken daran verschwenden. Hat Lenny dir je erzählt, wie er mal einen Aufzugschacht hinuntergefallen ist?«

»Was hat das damit zu tun?«

»Hat er? Es ist eine super Geschichte.«

»Mmm – ich glaube nicht.«

»Also, wir waren im East End, um uns eine Travestieshow anzusehen, Dockyard Doris, lief schon seit Jahren, und landeten anschließend in einem indischen Lokal in der Brick Lane. Wir saßen oben, und es gab dort einen Essensaufzug, der aber leider kaputt war, deshalb stand ein Kind auf einem Stuhl in der Küche, und wir sahen immer wieder eine kleine braune Hand mit einem Currygericht aus diesem Loch auftauchen wie das Schwert Excalibur. Lenny ging hin, um einen Blick hineinzuwerfen, und natürlich hatte er schon ein paar Drinks intus ... Das Nächste, was ich sah, war sein Hintern in der Luft. Er war kopfüber hineingefallen. Hat den armen, kleinen Scheißer da unten beinahe umgebracht. Wir fanden ihn, alle viere von sich gestreckt, auf dem Küchenboden, überall Stuhlteile, und um ihn herum Beschwörungen murmelnde Kellner, die ihn mit Rosenwasser bespritzten ... Herrgott, war das komisch.«

Es klang einfach nicht richtig. Ich war mir sicher, dass Jack in meinem Zimmer gewesen war, und sicher, dass er sich besser an Kitty erinnerte, als er zugab. Rund sieben Jahre sind eine lange Zeit, aber er tat zu vage, zu ablehnend. Er wollte eigentlich gar nicht über Lenny reden, hatte die lustige Geschichte nur dazu benutzt, das Thema zu wechseln – es war eine Art, Menschen auf Abstand zu halten. Jack erzählte noch eine Geschichte über Lenny und dann noch eine. Ich hörte zu, nickte und lächelte und dachte: *Ich glaube dir kein Wort.*

Als wir bei unserem Dorfladen waren, wartete ich mit Eustace draußen, während Jack hineinging. Aus Langeweile griff ich nach dem *Mirror* auf dem Zeitungsständer und blätterte ihn durch. BETEN UM REGEN, DENNIS FÜHRT SCHLACHT GEGEN TROCKENHEIT, SKORPION IN DER POST – EHEMANN TERRORISIERT FRAU ... Aber ich fand nichts über Leichen in Seen.

Jack steckte den Kopf aus der Ladentür: »Warum liest du das Witzblatt?« Er entriss mir die Zeitung und stopfte sie zurück auf den Zeitungsständer. »Hast du Pilze?«

»Nein.«

»Dann hole ich welche.«

Er ging zurück in den Laden. Ich wartete einen Augenblick, ehe ich mir die Zeitung wieder nahm. VERGEWALTIGER IN SEX-SCHOCKER, WAS ALLE FRAUEN FÜRCHTEN VON MARJE PROOPS, SPAREN SIE ... Rein gar nichts.

Jack kam mit einer Plastiktüte wieder heraus. »Das ging schnell.«

Er schnappte sich die Zeitung aus meiner Hand. »Entschuldige, aber ich lese gerade.«

»Das solltest du nicht tun. Du verdirbst dir die Augen und stirbst, und was ist dann?« Es sollte wie die Ermahnung eines Kindermädchens klingen, aber es klang falsch, gezwungen, und seine Hände zitterten, als er versuchte, die Zeitung zusammenzufalten. Schließlich knüllte er sie zusammen und warf sie in den Papierkorb. Ganz oben entzifferte ich die Worte: LEICHE IN PORNOWOHNUNG GEFUNDEN.

»Schau, was du angerichtet hast.« Ich reichte ihm Eustaces Leine.

»Was hast du vor?«

»Ich werde die Zeitung bezahlen.«

Im Laden sagte Mrs. Brown: »Irgendwoher kenne ich Ihren Freund. War er nicht im Fernsehen? Kommt mir vor wie ein alter Bekannter.«

»Jack Flowers.«

»Genau! Ich wusste doch, dass ich ihn schon mal gesehen habe. Da war doch noch einer dabei?«

»Lenny Maxted.«

»Genau. Lenny Maxted. War mir ja immer zu hoch, was die so geredet haben. Ich mag's lieber, wenn ein bisschen Tanzen und Singen dabei ist.« Sie lehnte sich über den Tresen. »Er lässt Sie keinen Augenblick aus den Augen, was?«

»Wie bitte?«

»Na ja, er ist andauernd zum Fenster gegangen. Ich konnte mir beim besten Willen nicht vorstellen, was er da will. Verzeihen Sie, meine Liebe, aber ich dachte, Sie wissen schon, er ist vielleicht nicht ganz richtig im Kopf. Aber dann habe ich Sie da draußen gesehen.« Sie lächelte und sagte verschwörerisch: »Ist bestimmt schön für Sie, meine Liebe. Es ist nicht gut, allein zu sein. Nicht in Ihrem Alter.«

Mir fiel einfach keine Antwort ein, die nicht jede Menge weiterer Fragen nach sich gezogen hätte, deshalb nickte ich nur und hoffte, sie würde mich für schüchtern halten.

Als ich wieder draußen war, stand Jack immer noch neben dem Papierkorb und starrte hinein. Er musste in der Zwischenzeit die Zeitung umgedreht haben, denn statt der Porno-Überschrift war jetzt PICCADILLY KING SIZE NUR 45P. zu lesen. Er wirkte gereizt.

»Jack? Da steht doch nichts über dich drin, oder?«

»Nein. Herrgott, nimm den Hund und lass uns gehen.«

Er lief so schnell voraus, dass ich praktisch rennen musste, um mit ihm Schritt zu halten. In meinem Kopf ging alles durcheinander. Was sollte das Getue mit der Zeitung? Er hatte versucht, es als Witz darzustellen, aber er hatte verhindern wollen, dass ich sie las. Vielleicht, weil ich ihm von dem Zeitungsausschnitt erzählt hatte? Wie auch immer, es ergab einfach keinen Sinn: Woher wusste er, was in der Zeitung stand? Es war nicht die heutige, und ich habe keine abonniert, also konnte er es nicht gesehen haben. Es sei denn, er wusste bereits von der Geschichte mit Kitty, wenn es darum überhaupt ging, und fürchtete, ich würde noch mehr herausfinden.

In der Kurve blieb Jack stehen, um sich eine Zigarette anzuzünden, und schnippte das Streichholz in die Hecke. Ich sprang hinterher. »Bist du wahnsinnig geworden, du könntest einen Großbrand auslösen!«

»Tut mir Leid.« Er lächelte mich an. Es erinnerte mich an Lenny, damals beim ersten Mal im Heuschober. Er sah mich einen Moment lang an, dann sagte er: »Einen Penny für deine Gedanken.«

»Darf ich dich mal was fragen?«

»Nur zu.«

»Als … du und ich … Du hast doch Lenny nichts erzählt, oder?«

»Nein, Schätzchen.«

»Auch nicht, als ihr in Amerika wart, oder …«

»*So* ein Mistkerl bin ich nun auch nicht, Alice«, sagte Jack sanft.

Ehe ich antworten konnte, hörte man Hufe klappern, und ein schwarzes Shetlandpony mit wehender Mähne und schlenkernden Steigbügeln schwankte um die Ecke. Als es uns da mitten auf der Straße wie festgewachsen stehen sah, stoppte es so abrupt, dass es sich beinahe auf den Hintern setzte. Ich griff nach den herunterhängenden Zügeln. Mit wild rollenden Augen warf das Pony den Kopf in den Nacken und wich zurück.

»Ist ja gut.« Ich streichelte seine Nase. Es versuchte, mir ein Stück aus dem Arm zu beißen.

»Wo ist *das* denn hergekommen?«

»Muss den Boyles gehören.«

»Wem?«

»B-O-Y-L-E-S. Meine Nachbarn. Sie haben mehrere solche Ponys. Wahrscheinlich sind sie auch gleich hier.«

Wie aufs Stichwort hörte ich Schreien und das Klappern von Hufen, und drei weitere zottige Ponys, diesmal mit Kindern auf dem Rücken, erschienen im Galopp auf der Bildfläche.

»Wahnsinn«, sagte Jack und drückte sich gegen die Hecke. »Die Kavallerie.«

»Danke, Alice.« Trudy, die älteste Boyle, war vierzehn, sie trug ein orangefarbenes T-Shirt zu ihren leuchtend roten Haaren – und litt unglücklicherweise unter leuchtend roter Akne. Und das kastanienbraune Pony trug auch nicht gerade zur Farbgestaltung bei. Sie sah aus, als würde sie gleich in Flammen aufgehen. »Lee ist runtergefallen.«

»Ist das Ronnie oder Reggie?«, fragte ich sie. »Ich kann die beiden einfach nicht auseinander halten.«

»Hat er dich gebissen?«

»Er hat's versucht.«

»Dann ist es Ronnie. Wir wollten dich besuchen, Alice. Dad lässt ausrichten, dass am Montag der Schmied zu uns kommt, und er würde deine beiden auch beschlagen, wenn du sie rüberbringst.«

»Super. Sag ihm, ich werde da sein.«

Ein kleiner, völlig verstaubter Junge trottete um die Ecke und schlug mit seiner Reitgerte auf die Grasnarben am Straßenrand ein. »Da ist er«, sagte Trudy. »Komm schon, Lee, du Trottel.«

»Immer macht sie sich über mich lustig«, beschwerte sich Lee und nahm mir Ronnies Zügel ab. Das Pony zwickte ihn in den Arm. »Autsch! Verdammte Scheiße!«

Ich schaute ihn stirnrunzelnd an.

»'tschuldigung, Alice. Kannst du ihn noch mal halten?«

Ich schubste Ronnie, damit er von meinen Füßen ging. »Schnell, steig auf.«

Wir verabschiedeten uns und sahen ihnen nach, als sie davonritten. Jack sagte: »Mein Gott, das ist Norman Thelwells schlimmster Albtraum. Turnschuhe, keine Reitkappen, Ponys, die nach diesen Gangstern, den Kray-Zwillingen, heißen ...«

»Das kommt von ihrem Dad. Fred Boyle. Er hat für sie gearbeitet. Sagt *er*. Vielleicht waren es auch die anderen Schurken, die Richardsons. Jedenfalls, bevor er hierher kam.«

Leichen in Autos in Seen versenkt, dachte ich und fügte hastig hinzu: »Ist wahrscheinlich alles Unsinn.«

Jack zog die Augenbrauen hoch und sagte: »Ich bin froh, dass du nicht so pferdenärrisch bist, Alice.«

»Was meinst du?«

»Du weißt schon. Kantiges Gesicht, Riesenhintern. Wie diese Springreiter.«

»Die meisten sind Männer.«

»Ja, schon. Aber die haben auch breite Hintern«, sagte Jack, kam neben mich und legte eine Hand auf meinen Hintern. »Du allerdings nicht.«

Eustace zog mich schnüffelnd auf die andere Straßenseite, weg von Jack. »Fred Boyle leidet auch an der Krankheit der wandernden Hände«, sagte ich über die Schulter.

»Ach wirklich?« Kaum hatte Jack mich eingeholt, folgte Eustace, die Nase am Boden und unbeirrbar, im Zickzack einer neuen, unsichtbaren Spur. »Verdammte Töle. Das macht er mit Absicht.«

»Er hat uns doch völlig vergessen.«

»Was sollte das alles über letzte Nacht?«

»Also erinnerst du dich doch. Ich war mir nicht sicher.«

»Ich erinnere mich an dieses Ungeheuer, das sich aufgeführt hat wie der Hund von Baskerville. Du solltest ihn nicht in deinem Bett schlafen lassen. Es ist unhygienisch.«

»Aber schön.«

»Nicht so schön wie mit mir.«

»Wer sagt das?«

»Es war toll mit uns beiden, Alice.« Jack sah verletzt aus. »Weißt du nicht mehr?«

»Mmmm …« Ich tat so, als zermarterte ich mir das Hirn. »Es nützt nichts. Du musst mir helfen.«

»Wie, hier?« Jack holte mich ein und legte den Arm um mich. »Nichts lieber als das, aber findest du nicht, wir sollten warten, bis wir zu Hause sind? Nur falls der Ponyklub zurückkommt.«

»Der Ponyklub würde die Boyles nicht näher als eine Meile an sich heranlassen«, sagte ich.

Wieder nahm Eustace eine Fährte auf, zerrte mich vorwärts und brachte Jack aus dem Gleichgewicht.

»Ich habe mir nie viel aus Pferden gemacht«, sagte er. »Große, haarige Dinger. Komisch, wenn man bedenkt, dass mein Vater Buchmacher war.«

»Das wusste ich gar nicht.«

»Warum solltest du auch. Sid Flowers war sein Name. Er war nur auf der Rennbahn tätig, hatte keinen Laden oder so was. Ich habe immer gerne gespielt. Deswegen bin ich Mitglied im Klub geworden. – Dort gab es das beste Kasino. Und die aufreizendsten Mädchen natürlich.«

»Gehst du immer noch hin?«

Jack schüttelte den Kopf. »Nur noch Araber dort. Ganz London ist voll davon. Verdammte Schlappschwänze.«

Eustace versuchte, sich auf das Huhn in der Tüte zu stürzen, und Jack versetzte ihm einen Schlag auf die Schnauze. Er legte sich mitten auf die Straße und schmollte. »O Gott, jetzt wird er sich keinen Meter mehr bewegen.«

»Gut.« Jack fing an, mich zu küssen. »Es liegt an der Hitze«, murmelte er in meine Haare. »Als ich dich gestern Nacht gesehen habe ...« Ich entzog mich ihm, griff nach seiner Sonnenbrille, nahm sie ihm ab und trat einen Schritt zurück, um ihn anzusehen.

Sein Blick war nicht mehr leer oder verwirrt, nur noch verliebt. Der alte Jack. Ich kann Lenny nicht mehr wehtun, dachte ich. Ich hatte weder Angst, noch war ich paranoid oder so, nur ... na ja, ich wollte ihn. So einfach war das.

»Was ist?«, fragte er.

Irgendwo in meinem Hinterkopf sagte eine Stimme, dass es keine gute Art von Erregung war, aber ich war erregt.

»Was ist los, Alice?«

Ich zögerte, dann dachte ich, zum Teufel damit, und erwiderte seinen Kuss. »Nichts.«

Es war derselbe Effekt, den die beiden schon immer auf mich gehabt hatten. Lenny und Jack. Jack und Lenny. Ich konnte nichts dagegen tun.

»Du bist wunderbar. Was um alles in der Welt hat dich dazu gebracht, diesen Fotografen zu heiraten?«

»Weiß ich auch nicht mehr. Ach ja. Bei ihm gab's Sammelmarken.«

Er lachte und zauste meine Haare. »Du alberne Gans.«

»Komm«, sagte ich, »bevor wir einen Sonnenstich kriegen.«

10

Wir lagen nebeneinander, jeder den Kopf aufs Kissen gestützt, und starrten an die Decke. Ich wusste nicht, was ich sagen sollte.

»Das passiert schon mal.«

»Mir nicht. Niemals«, widersprach Jack.

»Oh, *Liebling*, es macht nichts.«

»Natürlich macht es was, verdammter Mist.«

»Es ist wahrscheinlich einfach zu heiß, mehr nicht.«

»Ich weiß nicht, was mit mir los ist.« Jetzt sprach er in dem gleichen verwirrten Tonfall wie vergangene Nacht, als er in mein Zimmer gekommen war.

Ich rollte mich auf die Seite und legte den Kopf auf seine Brust. »Als ich gesagt habe, dass ich mich nicht mehr erinnere – ich meine, an uns beide –, habe ich das nicht ernst gemeint. Das weißt du doch, oder?«

»Du musst deswegen nicht nett zu mir sein.«

»Bin ich nicht, denn es stimmt. Es war toll und wird wieder so sein.«

Ich spürte sein Kinn in meinem Haar, als er den Kopf schüttelte. »Ich bin am Ende, Alice.«

»Was steht an?«

Jack lachte bellend.

»Tut mir Leid. Ich meinte, was ist los?«

Er seufzte. »Dieser Film, nach dem du mich gefragt hast, *Lehrerschätzchen*. Ich wusste sehr wohl, um was es ging, und habe die Rolle nur angenommen, weil ich nichts anderes kriege. Es war der einzige Job, der mir im letzten Jahr angeboten wurde, der und noch so einer.«

»Was war das andere?«

»Das musst du nicht wissen.«

»Oh, doch.«

»*Wer hat den Größten.* Das war der Titel. Es ging um eine Blumen- und Gemüseshow. Lauter geile Landfrauen veranstalten einen Wettstreit, wer den größten Gartenkürbis zustande bringt, und da ist natürlich ein junger Sexprotz, der ihnen beim Gärtnern hilft. Der übliche, langweilige alte Quatsch, sie jagen ihn um die Karottenbeete, sein wackelnder Hintern zwischen Himbeersträuchern. Wie ich schon sagte, man will es gar nicht wissen.«

»Und was ist jetzt? Du hast gesagt, du lernst eine Rolle für ein Theaterstück.«

»*Charlies Tante.*« Er griff nach einem Buch auf dem Nachttisch und hielt es mir unter die Nase. »Bedien dich. Die Proben fangen nächste Woche an, dann geht's auf Tournee. Windsor, Brighton und noch ein paar Orte, danach kommt es nach Richmond und ins West End, wenn es überhaupt gut wird, was ich bezweifle.«

Ich drehte mich auf den Bauch und fing an, in dem Buch zu blättern. »Wer bist du?«

»Charlies Tante. Lord Fancourt Babberly.«

»Da musst du ein Kleid tragen.«

»Zu mehr bin ich heutzutage auch nicht fähig.«

»Ach hör auf ...« Ich drehte das Buch um und las den Text auf dem Einband. »Es klingt ganz lustig.«

Jack schwieg einen Augenblick lang, dann sagte er leise: »Ich glaube nicht, dass ich es machen kann.«

Ich setzte mich auf und sah ihn an. »Was meinst du?«

»Das Stück. Schon der Gedanke daran jagt mir Todesangst ein. Ich schaffe das nicht.«

»Warum nicht? Es ist doch ein gutes Stück, oder?«

»Ein sehr gutes. Zehnmal besser als der Mist, der sonst im

West End gespielt wird. Da hat Findlater ausnahmsweise mal Recht.« Jack seufzte. »Er sagt mir die ganze Zeit, ich bräuchte ein Comeback, als wüsste ich das nicht selber, und liegt mir mit *neuen Richtungen* in den Ohren. Er meint natürlich, dass das die Gelegenheit ist, zu beweisen, dass ich auch ohne Lenny jemand bin. Der Idiot ist jetzt seit sechs Jahren tot, und die Leute glauben immer noch, wir wären an der Hüfte zusammengewachsen. Als würde ich eine Leiche hinter mir herziehen. Das habe ich oft genug getan, solange er lebte.«

»Jack, bitte nicht.«

»Alice, ich habe ihn jahrelang mitgeschleppt.«

»Das ist nicht fair.«

»Zwei Jahre, mindestens. Weißt du, was er getan hat, Alice, als wir in den Staaten waren? Er ist mitten in der Nacht verschwunden, und man hat ihn völlig besoffen und torkelnd auf der Autobahn aufgelesen. Verdammt große Laster kamen direkt auf ihn zu, und er konnte sich kaum aufrecht halten. Und das passierte drei-, viermal in der Woche.

Ich bin ihm daraufhin immer nachgegangen. Ich glaubte, ich könnte mit ihm reden – weiß Gott, warum ich dachte, er würde mir zuhören. Ich stand auf der Straße, schrie mir die Seele aus dem Leib, wich wie ein Stierkämpfer den Autos aus bei dem Versuch, zu ihm zu kommen, und wenn ich es endlich geschafft hatte, ließ er mich nicht an sich ran. Ich meine, er stieß mich richtig weg, der Verkehr war ihm scheißegal. Er war an dem Punkt angelangt, an dem ihm alles egal war. Das Einzige, was ihn noch interessierte, abgesehen vom Trinken, war das Drehbuch. Er war wie besessen von einzelnen Sätzen, zeigte sie immer wieder allen möglichen Leuten am Set und fragte: ›Ist das komisch? Glaubst du, dass das lustig ist?‹ Egal ob es irgendein Elektriker oder eine Maskenbildnerin war. Was sollten sie sagen? Ich hätte ihm sagen können, dass es ganz und gar nicht komisch war, wenn man es richtig bedachte, sondern *tragisch*.

Die Hälfte der Zeit wusste er nicht, was er tat, sah nicht mal die Kamera. In der Nacht, ehe sie ihn feuerten, habe ich ihn nach einer Ewigkeit aufgespürt, ich stand irgendwo am Straßenrand und sah zu, wie er sich durch den Verkehr schlängelte, und ich dachte: Ich kann da nicht hingehen, ich habe eine Familie …«

Jack hielt inne und schloss die Augen, als wollte er die Tränen zurückhalten, dann sagte er schnell: »Ich habe ihn nur angeschrien. ›Mach schon‹, brüllte ich, ›bring dich doch um, es kümmert mich einen Dreck.‹ Sie haben ihn durch einen Komiker namens Bugsy Duffit ersetzt, einen Amerikaner alter Schule. Er war zwar nicht W. C. Fields, aber er war in Ordnung. Keine Ahnung, was aus ihm geworden ist. Wahrscheinlich nichts Besonderes.

Alle Szenen mit Lenny wurden nachgedreht, obwohl sie gewusst haben müssen, dass der Film ein Flop war, denn in Amerika ist er nie gelaufen, geschweige denn irgendwo anders. Ich funktionierte wie auf Autopilot. Es gab einen Punkt, da wusste ich nicht mehr, was ich sagte.«

Ich wusste, ich würde anfangen zu weinen, wenn ich über Lenny redete, deshalb sagte ich: »Aber wenn das ein gutes Stück ist, warum …«

»Herrje, Alice! Ich. Kann. Keinen. Flop. Brauchen. Kapiert?«

»Aber warum sollte es ein Flop werden?«

»Du hast ja keine Ahnung, wie es ist. Jede Nacht die gleiche Leier. Ich glaube nicht, dass ich das schaffe, das ist alles.«

Jack setzte sich auf, die Arme auf den Knien, so dass ich sein Gesicht nicht sehen konnte, und sagte: »Diese Kinder, die wir getroffen haben, hatten keine Ahnung, wer ich bin.

Vor fünf Jahren hätten sie mich sofort erkannt. Das da ...« Er versetzte *Charlies Tante* einen Schlag, »ist meine letzte Chance. Das weiß ich.«

»Na ja, vielleicht hast du ein besseres Gefühl, wenn du versuchst, den Text zu lernen. Ich kann dir helfen. Ich meine, wenn es dann leichter ist.«

Jack legte den Arm um mich. »Du bist süß.«

Bei seinen Worten merkte ich, wie sehr mir das gefehlt hat. Mit jemandem im Bett zu liegen, zu kuscheln, berührt zu werden. Plötzlich hatte ich ein Bild vor Augen: Lenny und ich nebeneinander im Bett, wie wir uns die unsinnigsten Wörter an den Kopf werfen und lachen und lachen. Und dann schieben sich andere Bilder davor, ohne dass ich es verhindern kann: Lenny, wie er in den frühen Morgenstunden die Treppe heraufpoltert, mit einer Alkoholfahne ins Bett fällt, anfängt zu fummeln, ohne zuzuhören, in der Annahme, dass ich es genauso will wie er, und dann nicht kann – wie es immer seltener geschah und schließlich ganz aufhörte und ich es vermisste, nicht weil ich gerne gewollt hätte, sondern weil es Kontakt bedeutete und – *und weil ich ihn so sehr liebte, und ich habe wirklich versucht, ihm keine Schuld zu geben, und wenn ich heute zurückdenke, habe ich wahrscheinlich alles falsch gemacht, aber ich wusste nicht, was ich sonst tun sollte ... Und als er tot war, dachte ich, es sei meine Schuld.* Ich schloss ganz fest die Augen und versuchte, die Tränen zurückzuhalten.

»Alice? Ist alles in Ordnung?«

»Was? Oh, entschuldige, ich war ganz woanders.«

»Sei ein gutes Mädchen und hol mir meine Zigaretten, ja? Sie sind in der Küche.«

»Na gut.« Ich war so froh, einen Grund zu haben, das Zimmer zu verlassen, dass ich aus dem Bett sprang und hinunterrannte, ohne mir die Mühe zu machen, etwas anzuziehen. Außer Eustace war niemand zu sehen, und der döste jenseits von gut und böse in der Diele. Er öffnete träge ein Auge, um zu schauen, wer da kam, dann schlief er weiter.

Eine Spur von hastig ausgezogenen Kleidern führte von der Küche bis zum Fuß der Treppe. Jacks Schuhe, seine Hose, meine Flipflops, meine Shorts, sein Hemd, mein T-Shirt erzählten eine kleine Geschichte über das, was geschehen war. Oder eher, was nicht geschehen war. Auf dem Tisch stand eine volle, braune Papiertüte mitten in der Sonne: Jacks Huhn und der Schinken. In der Hoffnung, dass beides noch genießbar war, stellte ich die Tüte in den Kühlschrank.

Jacks Hose lag an der Tür auf dem Boden, ich hob sie auf und tastete nach Zigaretten und Feuerzeug – nichts. Stattdessen fand ich einen Umschlag. Geöffnet. Neugierig zog ich ihn heraus und sah ihn mir an. Er war an mich adressiert.

11

Jack hatte gelogen. Auf meine Frage hatte er geantwortet, es wäre keine Post gekommen. Die Handschrift kam mir irgendwie bekannt vor, bloß wusste ich nicht, woher. Ich drehte den Umschlag um, doch es stand kein Absender drauf. Dann hörte ich ein Geräusch auf der Treppe. Jack kam herunter.

Ich hielt immer noch den Brief in der Hand. Wenn man nackt ist, kann man nirgendwo etwas verstecken, und in Jacks Hose konnte ich ihn nicht wieder schieben, falls er sie anziehen wollte, also ließ ich die Hose fallen, schoss durch den Raum und schnappte mir meine Shorts. Mir blieb keine Zeit mehr zum Anziehen, und ich stopfte den Brief gerade noch in eine der Seitentaschen bevor Jack in die Küche kam.

Ich hörte ihn hinter mir und wirbelte erschrocken herum. Er

musste wohl irgendwas gesagt haben, aber ich hatte es nicht verstanden, deshalb erklärte ich stockend: »Wie … ach ja, die Zigaretten. Nein, ich habe sie nicht gefunden. Hab nur schnell das Fleisch in den Kühlschrank gelegt. Wir haben es auf dem Tisch stehen lassen, in der Sonne. Ich wollte nicht, dass du eine Lebensmittelvergiftung bekommst.« Ich schnitt eine Grimasse.

Jack sah mich so seltsam an. Ich schnappte mir mein T-Shirt, bündelte es zusammen mit den Shorts und rannte aus der Küche, ehe er Gelegenheit hatte, noch etwas zu sagen.

»Bin in einer Sekunde wieder da!« Ich nahm drei Stufen auf einmal und schloss mich oben im Klo ein.

Meine Hände zitterten, als ich den Inhalt des Umschlags herauszog. Ein Zeitungsausschnitt flatterte auf den Boden. Ich hob ihn auf und sah die Überschrift: RÄTSEL: AUTO MIT LEICHE GEHÖRTE KOMIKER. Daneben war ein Foto von Lenny abgebildet. Ich las das Wenige, was darunter stand – WAR SELBSTMÖRDER EIN KILLER? –, und fiel mit einem Plumps auf die hölzerne Klobrille.

> Wie die Polizei berichtet, gehörte der Wagen mit den menschlichen Überresten dem toten Komiker Lenny Maxted. Das Rekordniedrigwasser führte letzte Woche zu dem grausigen Fund in einem See auf dem fünfzig Hektar großen Anwesen Ivar Park in Wiltshire. Ein Filmteam stieß während Dreharbeiten im Gutshaus auf den blauen Aston Martin DB 6. Der frühere Besitzer von Ivar Park, Viscount Deveraux, der nach dem Tod seines Vaters 1966 Graf von Ivar wurde, brachte sein Vermögen für Drogen und Partys durch. Lenny Maxted und Jack Flowers waren häufige Gäste.
>
> 1970 wurde Lenny Maxteds Leiche nach einer drei

Tage dauernden Orgie mit Drogen und Alkohol in einem Cottage auf dem Grundstück gefunden. Er hatte sich erhängt. Lenny war zum Zeitpunkt seines Todes erst vierzig Jahre alt. Nur zwei Monate vorher hatte er die Fernsehzuschauer in der TV-Show *Direkt gefragt* mit seinem Geständnis, er sei Alkoholiker, geschockt. Seinen Kumpels hatte der bemitleidenswerte Lenny erzählt, er hätte den Sportwagen verkauft – doch dieser war bis heute auf seinen Namen zugelassen.

Die Polizei hat die vermutlich weibliche Leiche noch nicht identifiziert. War ihr Tod ein Unfall infolge Trunkenheit und Drogenmissbrauch – oder war es Mord? Hat Schuld Maxted so nah am Ort des tragischen Geschehens in den Freitod getrieben?

Die Polizei ist auf der Suche nach Maxteds früherem Partner, Jack Flowers, um ihn im Zusammenhang mit dem grausigen Fund zu vernehmen.

Ivar Park House, das Schauplatz in einer Reihe von Horrorfilmen war, steht seit dem Tod von Marcus Deveraux 1973 leer. Deveraux starb an einer Überdosis Heroin – er war erst vierunddreißig.

Ich las den Artikel ein zweites Mal, dann ein drittes. Ich sage ›*lesen*‹, meine Augen bewegten sich über die Worte, aber ich verstand kaum, was sie bedeuteten. Nach dem Satz zu urteilen, stammte der Artikel aus einer Illustrierten, aber nirgends stand ein Name oder ein Datum. Ich drehte die Seite um und starrte dümmlich auf NEUES STIMULANS, DAS VERHÜTUNGSMITTEL, DAS HÄLT, WAS ES VERSPRICHT. Lenny hätte niemanden umbringen können. Er hätte es einfach nicht gekonnt.

Ich drehte den Ausschnitt wieder um und schaute ihn an.

Unfall. Mord. Vermutlich weibliche Leiche. Es musste Kitty sein. Sie waren zusammen zu der Party gegangen, nachdem ich ihn verlassen hatte, das wusste ich. In der Woche davor war ich bei Granddads Beerdigung gewesen. Ich war nur ein paar Tage weg, aber als ich zurückkam, fand ich ein paar von Kittys Kleidern auf unserem Bett, Sachen, die ich erkannte. Wir wohnten damals in einem ziemlich kleinen Haus in Chelsea. Lenny war nicht da, deshalb trug ich Kittys Sachen, Schuhe, Unterwäsche, alles eben, auf den Balkon und warf den ganzen Krempel über die Brüstung auf die Straße, dann packte ich einen Koffer und machte mich davon. Ich habe keine Nachricht hinterlassen.

James Clarke-Dibley nahm mich mit zu der Party. Ich wollte eigentlich gar nicht hingehen, aber er überredete mich, und ich tanzte die ganze Zeit mit ihm, um Lenny zu zeigen, dass es mir egal war, aber ich konnte an nichts anderes denken als an ihn und Kitty zusammen im Bett und fühlte mich hundeelend.

Ich schaute wieder auf die Zeitung. *Seinen Kumpels hatte der bemitleidenswerte Lenny erzählt, er hätte den Sportwagen verkauft.* Das hatte er mir auch erzählt, nachdem wir uns wieder versöhnt hatten. Er wäre ihm langweilig geworden, sagte er. Welchen *Kumpels* überhaupt? Mit wem hatte der Journalist gesprochen? Mit mir jedenfalls nicht. Ich hätte ihm sagen können, dass Lenny keiner Fliege etwas zuleide tun konnte. Er wurde manchmal wütend, rastete aus, aber jeder wird mal wütend, oder?

In der Zeitung klang es so, als wäre alles miteinander verwoben: die Leiche im Auto, das Trinken, der Selbstmord – aber das hätte ich *gewusst.* Genauso gut hätten sie über jemanden schreiben können, den ich nicht kenne, geschweige denn mit dem ich zusammengelebt habe. Ich meine, es gab verschiedene Lennys, das weiß ich: Lenny, den brillanten Komiker; Lenny, den Trinker, wütend und verbittert; Lenny, den

Lustmolch, der mit Jack um die Häuser zog. Seit sechs Jahren klammere ich mich an *meinen* Lenny, den freundlichen, lustigen Mann, in den ich mich verliebt hatte, und versuche, die anderen zu vergessen.

Plötzlich hatte ich das Gefühl, dass mir schlecht wurde, deshalb kniete ich mich auf den Boden und klappte die Klobrille hoch. Ich starrte in die Schüssel und wartete, dass der Anfall von Übelkeit vorbeiging. Lenny konnte doch niemanden *umgebracht* haben. Das wenigstens musste eine Fehlinformation sein, und wer auch immer mir den Ausschnitt geschickt hatte ... Mein Blick fiel auf die Seite auf dem Boden neben dem Podest. *Die Polizei ist auf der Suche nach Maxteds früherem Partner, Jack Flowers, um ihn im Zusammenhang mit dem grausigen Fund zu vernehmen.*

Wenn Jack vor der Polizei oder den Journalisten auf der Flucht war, warum war er dann hierher gekommen?

Und warum hatte er das Kochbuch mitgebracht? Was hatte er gesagt? Er war wegen eines Jobs unterwegs und nur zu Hause gewesen, um ein paar Sachen zu holen. Was für ein Job? Die Proben für das Theaterstück hatten noch nicht begonnen, das hatte er zumindest behauptet. Und dieser Film, mit dem Gemüse und so, der war letztes Jahr gewesen. Er war wütend geworden, als ich wegen des Buches nachgefragt habe. Er hatte versucht, mich daran zu hindern, vor dem Laden die Zeitung zu lesen. Und er hatte den Brief versteckt, und zwar *bevor* ich ihm von dem anderen Brief erzählt habe. Er musste die Handschrift erkannt haben. Vielleicht hatte er auch solche Ausschnitte mit der Post bekommen. Es würde mehr Sinn ergeben, wenn er etwas mit Kittys Tod zu tun hätte. Aber was hatte ich damit zu tun? Und er *hatte* mein Zimmer durchwühlt, *und* er trank. Ich schüttelte den Kopf. Nichts von all dem ergab einen Sinn.

Unschlüssig stand ich auf und wusch mir die Hände. Ruhig bleiben, sagte ich mir. Erneut betrachtete ich den Umschlag. Er war in London abgestempelt, genau wie der erste. Ich betrachtete die handgeschriebene Adresse und überlegte, was ich mit dem ersten Umschlag gemacht hatte. Weggeworfen? Ich wusste es nicht mehr.

Von der Tür kamen winselnde und kratzende Geräusche. Vorsichtig machte ich auf und ließ Eustace herein, der schwanzwedelnd zu mir aufsah, eine Pfote fest auf meiner Unterhose. Er protestierte nicht, als ich sie ihm wegnahm, trottete einfach zum Treppenabsatz und ließ sich dort mit einem Seufzer nieder, der klang, als ließe man bei einem Reifen die Luft raus. »Ja, ich weiß, ich bin langweilig«, sagte ich zu ihm. »Lass mich wenigstens noch was anziehen, dann komme ich runter.«

Jack saß in einem Liegestuhl unter einem Baum im Garten, *Charlies Tante* neben sich im Gras. Eustace rannte zu ihm und schnüffelte an seinen Hosenbeinen.

»Er gewöhnt sich langsam an dich.«

»Ja.« Er zog ein Päckchen Dunhill und ein Feuerzeug aus der Hosentasche. »Willst du eine?«

»Nein, danke.« Ich schob eine Hand in die Tasche meiner Shorts und berührte den Umschlag.

»Ich habe zu tun«, sagte ich, »und lasse dir deine Ruhe.«

In der Scheune war es kühl, und meine drei Meerschweinchen freuten sich, mich zu sehen. Ihr Fiepen und Quietschen hörte erst auf, als ich sie draußen in ihren Stall setzte. Ich sah ihnen ein paar Minuten zu, wie sie sich ihren Weg durch das Gras fraßen, und beneidete sie. Es war bestimmt schön, ein Meerschweinchen zu sein. Unkompliziert. Vorausgesetzt natürlich, man hatte ein gutes Zuhause.

Jack hatte den Umschlag nicht erwähnt, aber er musste bemerkt haben, dass er weg war. Es sei denn, er hatte vergessen, was er damit gemacht hatte, was gut möglich war, bei seinem Gemütszustand. Irgendjemand würde mich doch bestimmt anrufen. Jeder halbwegs vernünftige Journalist wäre längst hier, dachte ich. Um ehrlich zu sein, war ich ein bisschen sauer, obwohl ich eigentlich gar nicht genau wusste, warum, denn das Letzte, was ich wollte, war, mit einem Journalisten reden zu müssen.

Wenn man diese Geschichte in der Zeitung las, hätte man meinen können, ich hätte nie existiert, und ich war mit Sicherheit ein verdammtes Stück wichtiger für Lenny gewesen als diese verfluchte Kitty.

Natürlich konnte es sein, dass jemand angerufen hatte, während ich mit Pablo reiten war, und Jack war nicht drangegangen oder hatte ihnen gesagt, sie hätten sich verwählt oder so was. Ich ging zurück in die Scheune und konzentrierte mich ganz darauf, den Stall sauber zu machen. Dabei überflog ich die oberste Lage Zeitungen auf dem Stapel, ehe ich den Stall damit auslegte und frische Sägespäne darauf streute, aber nirgendwo stand etwas über ein Skelett, das in einem See gefunden wurde. Ich schaute aufs Datum: Dienstag, 10. August. Wahrscheinlich zu früh. Ich konnte mich nicht mehr an das Datum auf dem ersten Zeitungsausschnitt erinnern. Ein kurzer Blick in die Mülltonne müsste genügen, dachte ich, während ich frisches Heu aufschüttelte.

Ich weiß nicht, ob es etwas war, das ich in der Zeitung gesehen hatte, oder die Assoziation mit Tieren im Allgemeinen, jedenfalls fielen mir unvermittelt die Kamele ein. Kennen Sie das, wenn einem plötzlich etwas wieder einfällt und so lebendig ist, dass man nicht weiter arbeiten kann? So war das.

Lenny hatte einige Freunde, mit denen er oft trank: John Forbes, ein Mitarbeiter in der Show, war einer von ihnen, *er* hielt sich nur bis 1972, der arme Kerl, und dann gab es noch einige andere Saufkumpane. Eines Abends kam ich aus dem Klub nach Hause, und es war offensichtlich, dass er gerade den Marschbefehl gegeben hatte, denn die Wohnung war eine Müllhalde. Sogar im Schlafzimmer waren alle Schubladen aufgezogen, und meine Kleider lagen auf dem Boden. Solche Sachen sind mir in der Regel nicht wichtig, aber diesmal verlor ich die Geduld. Ich meine, ich war seit acht Stunden auf den Beinen, und das Letzte, worauf ich Lust hatte, war Hausarbeit. Wie auch immer, ich hatte einen richtigen Streit mit Lenny, habe ihn angeschrien: »Was ist hier los?« Die Wohnung sei ein Saustall und warum er nicht aufgeräumt habe und so weiter, und er bekam diesen listigen Ausdruck und sagte, ganz langsam, um zu beobachten, wie ich es aufnahm: »Na ja, es waren Kamele in der Wohnung …«

»Kamele?«

»Aus dem Zoo, sie wollten eine Sause machen. Sie sind ins Schlafzimmer eingebrochen.«

»Warum hast du sie nicht aufgehalten?«

»Es ging nicht, sie waren so ungestüm. Sie haben alle deine Kleider rausgerissen und sie anprobiert, dann gingen sie hinunter in die Läden, und die Leute sagten: ›Oje, sieh dir Alice an, sie hat sich gehen lassen, ist richtig aus dem Leim gegangen.‹«

»Woher weißt du, dass sie das gesagt haben?«

»Weil ich ihnen gefolgt bin. Ich musste in den Schnapsladen.«

Ich hatte geseufzt. »Warum überrascht mich das gar nicht?« Aber ich hatte gelacht und angefangen aufzuräumen.

John Forbes hat mich ein paar Tage später angerufen, um mir zu sagen, dass er sich an jenem Abend echte Sorgen um Lenny gemacht habe, weil Lenny es geschafft hatte, sich einzureden, ich hätte eine Affäre mit Gott weiß wem, und meine Kleider hätten deshalb auf dem Boden gelegen, weil er drauf und dran gewesen war, sie allesamt vom Balkon zu werfen, so wie ich es mit Kittys Sachen gemacht hatte, und dass sie alle Mühe gehabt hatten, ihn vom Gegenteil zu überzeugen.

Da begann ich daran zu zweifeln, dass Jack den Mund gehalten hatte. Es war kurz vor ihrer Reise in die Staaten. Zu der Zeit sprachen sie gerade noch das Nötigste miteinander, und als sie zurück waren – *vergiss es.* Don Findlater versuchte, sie in einem Restaurant zusammenzubringen, um die Sache zu klären, weil Lenny in dem Stadium nicht einmal mit Jack telefonieren wollte.

Ich hatte keine Ahnung, dass Jack da sein würde, dachte, nur Lenny und Findlater würden sich treffen. Deswegen hatte er darauf bestanden, dass ich mitkam, das weiß ich noch, weil er gesagt hat: »Du musst mitkommen, ich habe keine Lust, mir noch einen Abend lang von ihm die Hand tätscheln zu lassen und in schwuler Verzweiflung schier zu ertrinken.«

Wir trafen uns im *Biagi.* Lenny ging durch das Restaurant, erblickte Jack auf halbem Weg und bellte: »Ich werde nicht mit diesem Wichser an einem Tisch sitzen«, machte auf dem Absatz kehrt und verschwand. Alle hatten ihn gehört. Ich stand da wie erstarrt, zwischen all diesen Tischen, und jeder gaffte mich an, als hätte ich es gerufen. Ich wusste nicht, ob ich gehen oder bleiben sollte, aber dann sah ich Jack auf mich zukommen und dachte: Ich muss wenigstens hallo sagen.

Ehe einer von uns beiden auch nur ein Wort herausbringen konnte, kam ein Kerl geschäftig auf Jack zu und fing an, ihn zu beschimpfen, was das für eine widerwärtige Sprache sei, noch dazu vor seiner Frau und seiner Tochter und so weiter. Ich hatte das Gefühl, mich für Lenny entschuldigen zu müssen, denn der Mann hatte Recht, aber er ignorierte mich total. Er hörte einfach nicht auf, Jack zu beschimpfen, blähte sich immer mehr auf und sagte schließlich: »Wissen Sie, wer ich bin?«

Und Jack – wahrscheinlich wäre es ziemlich komisch gewesen, wenn das Ganze nicht so schrecklich gewesen wäre –, Jack sagte: »Nein, es tut mir aufrichtig Leid, aber ich habe nicht die blasseste Ahnung, wer Sie sind. Vielleicht weiß einer dieser reizenden Menschen ...« Und er fing an von Tisch zu Tisch zu gehen, den Leuten auf die Schulter zu klopfen und zu sagen: »Entschuldigen Sie, ich frage mich, ob Sie uns behilflich sein können. Dieser Mann dort hat vergessen, wer er ist. Sie wissen es nicht zufällig, oder?«

Er hörte nicht auf. Der Kerl kochte und sah aus, als würde er Jack jeden Moment eine verpassen, und all die anderen Gäste taten so, als würde nichts geschehen.

Das war die Nacht, in der Lenny sein Zigarettenetui nach mir warf. Er war fest davon überzeugt, dass ich bei diesem Arrangement meine Hand im Spiel hatte. Ich versicherte ihm immer wieder, dass es allein Findlaters Idee gewesen und ich genauso überrascht war wie er, Jack dort zu sehen, aber er wollte mir nicht glauben.

Es war so ein dummes Ding mit scharfen Kanten. Ich habe immer noch eine Narbe auf der Wange. Dem Notarzt erzählte ich, dass es ein Unfall war, was in gewisser Weise ja auch stimmte, aber er glaubte mir nicht.

Lenny gab auch dafür den Kamelen die Schuld. Ich versuchte, mit ihm darüber zu reden, versuchte sogar einen Witz daraus zu machen, wies darauf hin, dass Kamele nicht die richtigen Füße haben, um Zigarettenetuis durch die Gegend zu schmeißen, aber Lenny konnte den Tatsachen einfach nicht ins Auge sehen. Jedes Mal, wenn er betrunken war oder jemanden verärgert hatte oder einen Fehler gemacht hatte, waren es die verdammten Kamele.

Nur am Ende nicht. Am Ende gab er sich selbst die Schuld.

12

Dicht gefolgt von Eustace, ging ich zurück ins Haus und lief geradewegs nach oben in mein Schlafzimmer, wo ich mich auf den Bettvorleger kniete, den Bettüberwurf anhob und die Schuhschachtel herauszog. Lennys Abschiedsbrief lag ganz zuunterst, unter den Postkarten, die er mir aus den Staaten geschickt hatte. Immer hatte er die langweiligsten Bilder ausgesucht, die er finden konnte: Autobahntankstellen, *Service Stations*, wie sie in Amerika genannt wurden, oder welche von Restaurants mit Namen wie *McCrud's Diner*, auf denen grell bunte Speisen auf Plastiktabletts abgebildet waren.

Ich faltete den Zettel auseinander. Es ist komisches Papier, grau und leicht glänzend, wie das Papier, in das *Fish & Chips* eingewickelt werden. An ein paar Stellen hat Lenny so fest mit dem Kugelschreiber aufgedrückt, dass es gerissen ist.

Meine geliebte Alice,
bitte vergib mir, dass ich dich unglücklich gemacht habe. Es hat keinen Sinn mehr, ich weiß, ich kann nicht zurückkommen, die Verzweiflung und all das ist zu viel. Ich liebe dich.

Lenny

Gib nicht den Kamelen die Schuld, ich wollte es …

Die Handschrift ist kaum lesbar und wird immer mehr zu einem Gekritzel. Am Ende stehen fünf oder sechs Worte, die überhaupt nicht zu entziffern sind. Die Polizisten, die mich befragten, haben steif und fest behauptet, ich hätte mich verlesen und das Wort Kamel könnte da nicht stehen, und ich versuchte ihnen zu erklären, was es bedeutet, doch sie glaubten mir nicht, und wir hatten diese aberwitzige Unterhaltung, die sich nur im Kreis drehte. Ich war fix und fertig und kapierte erst hinterher, dass sie annahmen, »Kamele« sei ein Codewort für Heroin oder so etwas, und deswegen ihr Bestes taten, um mich in die Falle zu locken. Wenn es wahr gewesen wäre, hätten sie dazu vermutlich keine fünf Sekunden gebraucht, weil ich viel zu benommen war, um irgendwas zu erfinden, und ein Anwalt war nicht in der Nähe. Schließlich gaben sie auf. Wahrscheinlich haben sie beschlossen, dass ich genau so verrückt bin wie Lenny.

Gib nicht den Kamelen die Schuld. Vielleicht bedeutete es mehr, als ich gedacht hatte. Das, was ich am Ende nicht lesen konnte – hieß es, dass er versucht hatte, ihnen die Schuld zu geben, vor sich selbst leugnete, Kittys Tod verursacht oder sie umgebracht zu haben, oder *was*?

Die Verzweiflung und all das … Nein. Ich hatte Lenny geliebt. Ich hatte ihn so sehr geliebt. Er konnte niemanden umgebracht haben. Es war einfach unmöglich. Und warum überhaupt Kitty? Wenn es Kitty *war*. Es könnte ja auch jemand anders in Lennys Auto gewesen sein. Ist es nicht, sagte eine Stimme in meinem Kopf. Du weißt, dass sie es ist.

Vielleicht hatten sie gestritten, und sie war in seinem Wagen davongebraust und hatte einen Unfall gehabt, und niemand wusste etwas davon. Ein Unfall. Das könnte ich akzeptieren. Nur, dass Lenny mir erzählt hat, er hätte das Auto verkauft. Warum sollte er lügen? Ich wusste, dass er mit Kitty zu der Party gegangen war, er hatte kein Geheimnis daraus gemacht, warum also …? Vielleicht war er verwirrt gewesen, durcheinander. Nach seinem großen Auftritt mit Kitty hatte ich nicht viel von ihm gesehen, aber nüchtern war er nicht gewesen.

Das musste der Grund für seine Rückkehr nach Ivar gewesen sein. Er hatte mir gesagt, er wollte irgendwo hin, wo es ruhig war, um nachzudenken. Über seine Karriere, hatte er gesagt. Nach Amerika war er fest entschlossen, nicht mehr mit Jack zusammenzuarbeiten, aber das Problem war, dass er nie allein gearbeitet hatte. Das hatte keiner von beiden. Lenny versicherte mir immer wieder, dass er wunderbar allein zurechtkommen würde, aber in Wirklichkeit hatte er schreckliche Angst davor. Und er war einsam. Jack war sein bester Freund, sie hatten alles zusammen gemacht, und er vermisste ihn, obwohl er derjenige war, der ihn zurückwies. Ich versicherte Lenny immer wieder, dass er es allein super schaffen würde, aber was wusste ich schon? Er wollte glauben, dass er solo zurechtkam, doch ich denke nicht, dass er es wirklich glaubte, nicht in seinem tiefsten Innern.

Don Findlater war strikt gegen ihre Trennung. Er hatte Lenny zum Mittagessen eingeladen, um mit ihm über alles zu reden. Wieder im *Biagi* – ich war erstaunt, dass sie uns nach Lennys Auftritt überhaupt noch reinließen, aber Don musste es ausgebügelt haben, denn niemand machte auch nur eine Anspielung. Lenny hatte darauf bestanden, mich mitzuzerren, und als Findlater uns durch die Tür kommen sah – sein Gesicht! Lenny hatte an dem Tag schreckliche Laune, und Findlater funkelte mich immer wieder wütend an, als wollte er mich am liebsten mit seiner Gabel erstechen. Es war *furchtbar.*

Dann hatten sie dieses lächerliche Gespräch, bei dem Lenny behauptete, dass er eine Idee für eine eigene Serie hatte und selbst das Drehbuch dazu schreiben würde, Findlater ihm jedoch permanent erklärte, dass er weiter mit Jack arbeiten sollte, er hätte eine Tournee für sie und ein TV Special und so weiter. Ich saß da und hielt das alles für blanken Unsinn, denn wenn Lenny tatsächlich eine Idee für eine Serie hatte, hatte er mir nichts davon erzählt, und ich glaubte nicht, dass die Fernsehleute mit ihm zu tun haben wollten, nachdem er live gebeichtet hatte, dass er Alkoholiker war.

Dann fing Findlater wieder damit an, dass sie größer als die Summe ihrer Teile waren, und Lenny sagte: »Wenn du deine Teile zusammenzählen würdest, Don, würde was Falsches rauskommen, also warum verschwindest du nicht einfach?« Und das war's dann eigentlich, nur dass Findlater daraufhin richtig boshaft wurde und prophezeite, dass Lenny von Glück sagen könne, wenn er im Kindertheater in der Provinz auftreten dürfe. Danach stürmte er aus dem Lokal, überließ es uns, die Rechnung zu bezahlen, und Lenny saß da und bestellte einen Wodka nach dem anderen. Jedes Mal, wenn ich fragte, ob wir jetzt gehen könnten, schrie er mich an, so dass ich ihn schließlich sich selbst überließ. Einer der Kellner musste ihn mit dem Taxi nach Hause bringen lassen.

Lenny sagte, er würde es nicht mehr ertragen, wieder auf Tournee zu gehen. Ich versuchte ihm klar zu machen, dass er nicht in schäbigen Hotels oder sonstigen Kaschemmen auftreten musste, aber er wollte es nicht hören. Und wenn ich ehrlich bin, war ich die Letzte, die wollte, dass er durch ganz England tingelte, denn selbst damals träumte ich immer noch meinen dummen, kleinen Traum vom Leben auf dem Land.

Kurz danach fragte Lenny Marcus Deveraux, ob er das Cottage haben konnte, um dieses Drehbuch zu schreiben, von dem er geredet hatte. Bis heute weiß ich nicht, ob er wirklich eine Idee für eine Serie hatte, denn als ich seine Sachen sortiert habe, war nichts dabei, das aussah wie Notizen, oder ob er es nur aus einer Laune heraus zu Findlater gesagt und anschließend gedacht hatte, es wäre wohl besser, sich irgendwas auszudenken. Wie auch immer, zwei Tage später rief er mich aus der Dorfkneipe an, klang unglaublich betrunken und sagte, er hielte es nicht aus, und flehte mich an zu kommen, was ich tat.

Von außen fand ich das Cottage richtig hübsch, bis ich hineinkam und den Saustall sah. Kleider, leere Flaschen, Aschenbecher und all das. Man konnte den Fußboden nicht sehen. Wie Lenny es geschafft hat, das Cottage in achtundvierzig Stunden so zuzurichten, weiß ich nicht. Kaum dass ich angekommen war, hatte er mich gewissermaßen an das Sofa gefesselt und ließ mich nicht mal meine Tasche auspacken. Ich sagte immer wieder, dass ich aufräumen wollte, weil das Chaos mich wahnsinnig machte, aber Lenny hatte die Arme um mich gelegt, und jedes Mal, wenn ich versuchte aufzustehen, sagte er: »Ich will dich festhalten, ich will dich sehen«, und zog mich wieder aufs Sofa.

Er murmelte dauernd irgendwas in mein Ohr, hauptsächlich Sachen über Amerika, wie etwa das Filmstudio versucht hatte, Laurel und Hardy aus ihnen zu machen. Das meiste ergab ehrlich gesagt überhaupt keinen Sinn, und gelegentlich verfiel er in Schweigen und döste ein, aber sobald ich versuchte, seinen Griff zu lockern, wachte er auf und fing erneut an zu reden. Es war, als würde man auf ein Riesenbaby aufpassen. Schließlich war er damit einverstanden, dass wir ins Bett gingen. Ich war erschöpft, doch jedes Mal, wenn ich gerade am Einschlafen war, rüttelte er mich wach und redete weiter. Ich wünschte, ich könnte mich erinnern, was er alles gesagt hat, aber das meiste war zusammenhangloses Zeug, und ich hatte selbst damals keinen Schimmer, was er meinte. Irgendwann muss ich dann doch noch eingeschlafen sein, denn als ich am nächsten Morgen aufwachte, war das Erste, was ich sah, diese weit aufgerissenen Augen, die mich anstarrten, dann erst hörte ich seine Stimme und dachte, mein Gott, er hat die ganze Nacht nicht aufgehört.

Als er sah, dass ich wach war, sagte er: »Du hast mich allein gelassen. Du bist eingeschlafen.« Es klang vorwurfsvoll, aber ich dachte, es sei ein Witz, und erwiderte: »Dafür sind Betten da, wenn du dich erinnerst.«

»Nein, verdammt, ich erinnere mich nicht. Ich habe seit sechs Monaten nicht eine Nacht anständig geschlafen. Ich habe dich gebeten, hierher zu kommen und dich um mich zu kümmern, aber alles, was du kannst, ist umkippen.«

»Lenny, ich war völlig zerschlagen. Lass mich einen Tee kochen, deine Tabletten suchen und ...«

Er packte mich an den Haaren: »Du verlässt mich nicht!«

»Bitte lass mich los, du tust mir weh ... Ich werde dich nicht verlassen. Ich will doch nur einen Tee kochen, mehr nicht. Liebling, bitte lass los, es dauert nur einen Augenblick.«

»Ich komme mit.«

Lenny folgte mir auf Schritt und Tritt durch die Küche, während ich Wasser aufsetzte und versuchte, mich zurechtzufinden. So ging es die nächsten zwei Tage. Am Ende kam ich mir vor wie eine Schlafwandlerin; ich versuchte aufzuräumen, Lenny war immer ein paar Schritte hinter mir, stieß sich an den Möbeln, warf Sachen um, verschüttete seinen Drink und klammerte sich an meinen Kleidern, Haaren und Beinen fest.

Wir waren beide erschöpft, und ich hatte keine Ahnung, was ich machen sollte. Es gab kein Telefon im Cottage, und Lenny würde mich niemals lange genug aus den Augen lassen, damit ich eins suchen konnte. Ich dachte die ganze Zeit, irgendwann muss er doch mal schlafen, doch das tat er nicht. Ich sagte zu ihm: »Warum legst du dich nicht hin?«, und er beschuldigte mich, dass ich ihn aus dem Weg haben wollte, damit ich mich zurück nach London zu irgendeinem Liebhaber schleichen konnte, der nur in seiner Phantasie existierte.

Als er mich plötzlich von hinten um die Taille fasste und sozusagen in den Schwitzkasten nahm, brachte das das Fass zum Überlaufen. Wir verloren beide das Gleichgewicht, und ich schlug mit dem Kopf an den Rahmen der Schlafzimmertür. Plötzlich verstand ich, was es hieß, Sterne zu sehen. Er ließ mich immer noch nicht los. Ich versuchte seine Finger aufzubiegen, doch er quetschte mich an die Wand und redete unablässig völligen Unsinn an meinem Ohr. »Du darfst mich nicht verlassen, du weißt nicht, was geschieht. Du bringst Pech, Alice, seit ich dich kenne ... du bist zu gut zu mir, du machst mich hilflos ...«

»Du trinkst zu viel, das ist der Grund.«

»Du wolltest Jack immer mehr als mich.«

»Das ist nicht wahr, Lenny. Bitte lass mich los. Ich kriege keine Luft.«

»Ich liebe dich, Alice. Du solltest nicht in meiner Nähe sein, aber ich liebe dich.«

»Ich liebe dich auch, Lenny, aber ich kriege keine ...«

»Lügnerin!«

Er ließ mich mit einer Hand los, und ich versuchte mich umzudrehen, um ihn anzusehen, aber er war zu schnell. Es ist seltsam, an was man sich erinnert: Vor mir an der Wand war ein Lichtschalter in Brusthöhe, auf den muss ich hinuntergeschaut haben, denn im nächsten Moment verschwamm er vor meinen Augen, und mein Kopf wurde hoch- und zurückgerissen, als Lenny mich bei den Haaren packte, dann spürte ich, wie er mir mit der flachen Hand auf den Kopf schlug, und drehte gerade noch das Gesicht weg, um nicht mit der Nase an die Wand zu schlagen.

Der Schmerz explodierte, als mein Ohr sich an der Seite des Türrahmens verfing. Ich war sicher, dass ich mich übergeben würde. Mühsam presste ich die Hand vor den Mund, und ich muss ein würgendes Geräusch von mir gegeben haben, denn sein Griff lockerte sich. Eine Sekunde lang war Platz zwischen uns, und ich hechtete ins Schlafzimmer, schlug die Tür hinter mir zu und – ich weiß bis heute nicht, wie – schloss sie ab.

Ich hatte kaum Zeit, den Schlüssel umzudrehen, da warf sich Lenny mit aller Kraft gegen die Tür. Gott sei gedankt für alte Häuser, denn wenn die Tür aus Sperrholz gewesen wäre, hätte er sie in null Komma nichts gesprengt. Dann fiel ich auf Hände und Knie und würgte und würgte, während er mit den Fäusten an die Tür hämmerte und immer wieder rief: »Was hast du mir angetan?«

Ich muss neun oder zehn Stunden in dem Zimmer gewesen sein, und ich erinnere mich an jede Einzelheit: die gestrichene Holzdecke, die wie ein Ruderboot von innen aussah, mit den Balken, die sie wie Sitzbänke durchzogen (um einen von ihnen hat Lenny später den Gürtel geschlungen), der grüne Teppich, der nach altem Hund müffelte, kaum dass ich ihn gesaugt hatte, das große Bettgestell aus Messing, die berühmte chinesische Dame an der Wand. Es gab ein hübsches Fenster, drei Scheiben, zu schmal für mich, um hindurchzukommen, weshalb ich die Vorhänge zuzog, mich im Halbdunkel zurücktastete und an der Seite des Schranks gegenüber der Tür zusammenbrach. Ich hörte nicht auf zu zittern. Meine Kopfhaut fühlte sich an, als hätte Lenny die Hälfte meiner Haare ausgerissen, aber mein Gesicht tat nicht allzu weh. Erst als ich wieder in London war, sah ich die Blutergüsse, aber wahrscheinlich hatten sie sich da erst zu ihrer vollen Pracht entwickelt. Ein einziger Gedanke beherrschte mich: Wenn ich diesen Raum verlasse, wird er mich umbringen.

»Alice, es tut mir Leid. Bitte mach die Tür auf. Ich werde dir nichts tun, Liebling. Ich verspreche, ich tue dir nichts.«

»Nicht, solange du da bist.«

Ich hörte einen dumpfen Schlag und ein Scheppern. Er musste sich auf den Boden gesetzt haben, denn seine Stimme kam jetzt von weiter unten.

»Du hast gesagt, dass du mich liebst. Ich weiß, dass ich es nicht verdiene, ich weiß.«

»Ich liebe dich wirklich, Lenny.«

»Wenn du mich liebst, machst du die Tür auf.«

»Nein, Lenny, ich kann nicht. Ich *kann* einfach nicht ...«

»Nicht weinen, Liebling. Nicht mehr weinen. Komm raus und rede mit mir. Du bist so hübsch, so ein hübsches Häschen.«

»Nein, Lenny.«

Er schlug gegen die Tür. »Herrgott noch mal, hör auf, so kindisch zu sein. Oh, Scheiße.«

Es klang, als hätte er etwas verschüttet. »Bei Beschädigung des Inventars fünf Shilling extra. Solche Hinweise hingen immer in den Pensionen an der Tür. *Nasses Bett oder Matratze fünf Shilling extra.* Wir fragten, haben Sie denn hier viele Aphib ... Amphi ... diese hüpfenden Ficker ..., aber die dumme Kuh hat den Witz nicht verstanden. Jetzt lachst du, oder? Wenigstens habe ich dich zum Lachen gebracht. Mach die Tür auf, Liebling, ich tue dir nichts.«

»*Nein*, Lenny.«

Er donnerte wieder gegen die Tür. »Komm *raus*!«

»Lass mich einfach in Ruhe, Lenny.«

»Das alles ist allein deine Schuld.«

»Ich weiß nicht, wovon du redest. Geh weg, Lenny, *bitte*.«

»Ich sage dir, was du bist, Alice, du bist eine verlogene Schlampe, und es war deine Schuld. Ich zähle jetzt bis drei, und wenn du dann nicht die Tür aufmachst, wirst du es bereuen. Eins ...«

»Ich werde nicht mehr mit dir reden, Lenny.«

»Zwei ...«

»Ich werde nicht ...«

»Drei!«

Er fing erneut an, die Tür zu bearbeiten. Sie war zwar massiv, aber bei jedem Schlag schien die ganze Wand zu wackeln. Ich rollte mich auf dem Boden zusammen und hielt mir die Ohren zu.

»Alice, komm da raus!« Er hörte nicht auf – manchmal schmeichelte er mir, manchmal schrie er mich an. Hin und wieder ging er weg, holte sich was zu trinken, nur um dann weiterzumachen ... Ich sagte mir die ganze Zeit, irgendwann muss er einschlafen, das kann er nicht ewig durchhalten, aber es dauerte sehr lange.

Ich zog eine Decke vom Bett und wickelte mich hinein. Und dann muss ich eingedöst sein, denn als ich aufwachte, fühlte ich mich schrecklich, feucht und verschwitzt. *Aber* – alles war ruhig. Trotzdem wartete ich beinahe noch eine Stunde, ehe ich es wagte, den Kopf zur Tür rauszustecken. Lenny lag neben der Tür, mit dem Rücken an der Wand, die Füße ausgestreckt, den Kopf auf der Brust, und schien in einer anderen Welt zu sein.

Ich dachte, er wäre im Tiefschlaf, aber er musste irgendwas genommen haben, vermutlich alles durcheinander, denn nachdem ich meine Tasche geholt und meine Sachen eingesammelt hatte und gerade gehen wollte, drehte ich mich auf der Schwelle noch einmal um, um noch einen Blick auf ihn zu werfen, und da starrte er mir direkt ins Gesicht. Ich erschrak fürchterlich, aber ich hätte keine Angst haben müssen. Seine Augen waren zwar offen, doch sein Blick war glasig und leer, und sein Gesicht hatte diesen stumpfen Ausdruck. Kein Leuchten mehr. Ich glaube nicht, dass er mich überhaupt erkannte.

Das war das letzte Mal, dass ich ihn lebend gesehen habe.

13

Eigentlich wollte ich, sobald ich irgendwo in Sicherheit war, seinen Arzt anrufen, aber schließlich ließ ich es bleiben. Zum Teil, weil ich völlig durcheinander war, aber auch deshalb, weil, na ja, ich wusste, dass Lenny es mir nicht danken würde, wenn er in einer Klinik landete. Er war schon früher in einer Klinik gewesen und beinahe durchgedreht, und es hätte sowieso nicht funktioniert, denn man muss aus freien Stücken einer Behandlung zustimmen. Es nützt nichts, wenn man es nur macht, weil jemand anders es will. Aber um ehrlich zu sein, wollte ich einfach so weit weg von ihm wie nur möglich. Ich erwischte einen Bummelzug nach London, weshalb es ewig dauerte, aber bei jedem kleinen Bahnhof, den wir passierten, dachte ich: wieder ein paar Meilen mehr zwischen uns.

Vier Tage später war ich verlobt. Ohne es zu wissen. Ich war im Halbschlaf beim ersten Klingeln ans Telefon gegangen, es war eine meiner Freundinnen, die dieses Lied von Cliff Richard ins Telefon sang: »*Congrat-u-lations and celebrations, when I tell everyone that you're in love with me …*«

»Penny?«

»Mrs. Maxted, nehme ich an?«

»Penny, was soll das?«

»Du hast ihn dir endlich geschnappt!«

»*Was?*«

»Erde an Alice? Jemand zu Hause? Du. Hast. Ihn. Dir. Geschnappt. Lenny Maxted. Deinen Verlobten, schon vergessen?«

»Wovon redest du?«

»Ich hab's gerade in der Zeitung gelesen, Schätzchen. Du cleveres altes Mädchen. Wirklich gut. Ich wette, du hast einen *suuu-per* Ring, oder?«

So habe ich es erfahren. Lenny hatte die Zeitungen angerufen, oder Don Findlater, und *der* hatte die Zeitungen angerufen, oder *irgendwie*, jedenfalls war es die neueste Nachricht, und ich war entsetzt. Noch vor einem Monat, sogar vor einer Woche, wäre es wie ein Traum gewesen, der Wirklichkeit wird, aber jetzt stand ich nur da und dachte: Wie, zum Teufel, bin ich da reingeraten?

Dann rief Jack an.

»Lenny hat mir nichts gesagt.«

»Mir auch nicht.«

»Was soll das denn heißen? Du heiratest ihn doch, oder?«

»Er hat mich nicht gefragt. Eine Freundin hat mich angerufen und erzählt, dass sie es in der Zeitung gelesen hat.«

Auf der anderen Seite folgte ein langes Schweigen, dann fragte Jack: »Was will er damit bezwecken?«

»Ich habe keinen blassen Schimmer.«

»Hast du ihn gesehen?«

»Ja.«

»Geht es ihm gut?«

»Eigentlich nicht.«

»Verstehe. Hör mal, ich weiß zwar nicht, warum ich mir überhaupt die Mühe mache, es zu sagen, aber richte ihm doch bitte aus, er soll sich melden.«

»Das ist ein bisschen schwierig. Er hat da unten kein Telefon.«

»Er kann doch zu einer Telefonzelle gehen, oder?« Jack seufzte. »Vergiss es. Meinen Glückwunsch jedenfalls.«

»Danke.«

»Also … ich habe es aufgegeben, auf einen Anruf von ihm zu warten. Wenn er nicht mit mir reden will, dann eben nicht. Es ist verdammt lächerlich. Ach, vergiss es. Mach's gut, Alice.« Er legte auf. Danach versuchte ich, Marcus Deveraux in Ivar anzurufen, aber es meldete sich niemand.

Zwei Tage lang saß ich neben dem Telefon und wartete auf einen Anruf von Lenny, aber es riefen nur Freunde an. »Gratuliere, wann ist die Hochzeit? Gibt es eine große Party?« Ich hatte keine Ahnung, was ich ihnen sagen sollte. Auch Journalisten riefen an und wollten Einzelheiten wissen. Das Telefon stand auf einem kleinen Tisch mit einem Spiegel darüber, und ich hörte mich immer wieder sagen, wie glücklich ich sei, und wenn ich dann im Spiegel meine blauen Flecken sah, dachte ich: Das ist *Wahnsinn*.

Am dritten Tag gab ich es auf, Marcus erreichen zu wollen, und stieg in den Zug zurück nach Wiltshire. Ich hatte pfundweise Make-up aufgetragen, einen Schlapphut aufgesetzt und die größte Sonnenbrille, die ich finden konnte, aber selbst das verbarg die Blessuren nicht. Auf dem Weg starrten mich die Leute die ganze Zeit an, und als ich ausstieg, hatte ich eine ganz schöne Wut. Ich glaube, ich war noch nie in meinem Leben so wütend wie damals.

Am Bahnhof nahm ich ein Taxi; als wir beim Cottage ankamen, waren alle Vorhänge zugezogen, es war Mittag, und Lenny machte die Tür nicht auf. Ich bat den Fahrer, mich zum nächsten Pub zu bringen, um ihn zu suchen. Der Pub war voller Einheimischer, und als ich den Raum betrat – *Stille*. Nur Männer, bis auf das alte Schlachtschiff von Wirtin hinter der Bar, und als ich sie nach Lenny fragte, sagte sie: »O ja, *den* kennen wir«, und musterte mich von oben bis unten, als wäre ich eine Nutte oder so was. Dann rief einer der Gäste: »Keine Sorge, Kleine, ich nehme dich mit nach Hause«, und alle fingen an zu lachen und zu pfeifen. Ich konnte gar nicht schnell genug da rauskommen.

Der Taxifahrer sagte, weiter oben in der Straße gäbe es noch einen Pub, also fuhren wir dorthin, dieselbe Geschichte, dann fuhr er mich zu einem dritten, ungefähr eine Meile entfernt. Er musste bemerkt haben, wie erregt ich war, denn als ich aussteigen wollte, sagte er: »Sie bleiben am besten hier, meine Liebe. Ich werde reingehen. Wie war sein Name?«

»Lenny Maxted. Er ist groß und ...«

»Ach, der aus dem Fernsehen. Dachte ich's mir doch.«

»Warum?«

»Erst neulich hatte ich einen anderen Fahrgast aus London, der ihn gesucht hat.«

»Auch eine Frau?«

»Ein Mann. Vorgestern war das. Bat mich zu warten. Er war höchstens zehn Minuten da drin, dann habe ich ihn zurück zum Bahnhof gefahren. Ich habe nicht gesehen, wie Mr. Maxted die Tür aufgemacht hat, und der Kerl fragte mich: ›Was glauben Sie, wer da drin ist?‹ Ein eingebildeter Lackaffe war das. Ich sagte: ›Keine Ahnung‹, schließlich hätte es jeder sein können, das habe ich auch gesagt, darauf erklärte er: ›Es ist nur Lenny Maxted, wie finden Sie das?‹ Ganz schön eingebildet, wie gesagt. ›Und warum besuchen Sie ihn?‹, fragte ich ihn, nur um etwas zu sagen, aber er antwortete: ›Oh, darüber kann ich nicht reden.‹ Mir war völlig schleierhaft, was das Gerede sollte.«

Der Fahrer zögerte einen Augenblick, dann fuhr er fort: »Ich sage Ihnen das nicht gerne, meine Liebe, aber ich hatte das Gefühl, es könnte etwas mit Drogen zu tun haben. Er hatte diesen komischen Blick. Sprach Cockney. Nicht dass das … Na ja, ich will nicht unken, aber er war ein bisschen, Sie wissen schon, ein Geschäftemacher, das ist das Wort, das ich gesucht habe. Sagt man heute nicht mehr, wie? Das kennen Sie natürlich nicht mehr … Ich bin gleich wieder da.«

Er ging in den Pub und schüttelte den Kopf, als er wieder herauskam. »Haben ihn nie gesehen. Vom Cottage hierher ist es allerdings auch ein ganz schöner Spaziergang, besonders, wenn man schon ein paar Drinks intus hat.«

»Macht nichts. Vielen Dank. Können Sie mich zurück nach Ivar fahren, zum Haupthaus?«

»Na klar. Schauen Sie nicht so besorgt – wir werden ihn schon finden.«

Aber wir fanden ihn nicht. Marcus war auch nicht da. Ein ganz junger Mann in einem hübschen Anzug, aber mit rohen Gesichtszügen öffnete uns, und das Erste, was er mich fragte, ehe ich ein Wort sagen konnte, war: »Ist Marcus bei euch?«

»Nein, ich hatte gehofft …«

»Wo ist der Mistkerl dann?«

»Ich habe keine Ahnung. Wissen Sie, wo Lenny ist?«

»Lenny?«

»Maxted. Er wohnt zurzeit im Cottage.«

»Nicht noch jemand. Ich bin kein beschissener Butler, Schätzchen. Seit Sonntag hält mich dieses Arschloch auf Trab, also verpisst euch.«

Er schlug die Tür zu.

Ich stieg wieder in das Taxi. »Fehlanzeige. Können Sie mich bitte wieder zum Cottage bringen?«

»Sie wollen auf ihn warten?«

»Ich weiß es nicht.«

Die Leute sagen oft, dass sie eine Vorahnung hatten, wenn es um Selbstmord geht, aber ich hatte so etwas nicht. Ich dachte, ich würde Lenny bewusstlos auf dem Boden liegend finden, und war wütend auf ihn, deswegen habe ich das alles getan, weil ich wollte, dass er sich zusammenreißt und die Sache mit Jack in Ordnung bringt.

Die Haustür des Cottage war abgeschlossen. Ich ging zum Hintereingang, doch auch der war abgeschlossen. Der Fahrer kam hinter mir her.

»Kein Glück?«

Ich schüttelte den Kopf. »Ich bin mir sicher, dass er da drin ist. Ich könnte durchs Küchenfenster einsteigen, aber dazu muss ich die Scheibe einschlagen.« Ich glaube, er wollte widersprechen, aber etwas in meinem Gesicht musste ihn zurückgehalten haben, denn er sagte: »Na gut, es ist Ihre Entscheidung, meine Liebe, aber es wird dem Besitzer nicht gefallen ...«

Ich hob einen Stein oder etwas Ähnliches auf, und er sagte: »Lassen Sie mich das machen. Sie tun sich nur weh.« Ich weiß noch, dass er seine Strickjacke auszog – sie hatte Lederflicken an den Ellbogen – und vorsichtig um den Stein wickelte, bevor er die Scheibe einschlug, und dann brach er sorgfältig alle Glassplitter heraus, so dass ich hineinklettern konnte, ohne mich zu schneiden. Ich bezahlte ihn, und er sagte: »Ich hoffe, Sie wissen, was Sie tun«, und hielt den Vorhang beiseite, während ich durch das Fenster krabbelte – nicht ganz einfach in hochhackigen Stiefeln – und auf der anderen Seite in die Küche sprang.

Selbst mitten am Nachmittag war es ziemlich duster, weil alle Vorhänge zugezogen waren. Die Tür zum Wohnzimmer stand offen, aber auch dort war es dunkel. Plötzlich hatte ich Angst hineinzugehen. »Alles in Ordnung da drinnen, meine Liebe?«

»Ja. Ich suche nur einen Lichtschalter.«

»Gut. Ich verschwinde dann.«

Beim Vortreten stieß ich mit der Hüfte an etwas Großes mit Ecken – den Küchentisch. Unwillkürlich wich ich zurück und lief direkt in eine Ansammlung leerer Flaschen, die über den Boden rollten wie Kegel. »Lenny?«

Stille. Die Wohnzimmertür stand offen. Die Dunkelheit war dicht, fast schon bedrohlich, und ich traute mich nicht hineinzugehen, falls … was? Ich weiß es eigentlich nicht. Vielleicht *war* es ja eine Vorahnung, aber ich war viel zu verschreckt, um mich zu bewegen, also tastete ich die Wand im Zimmer neben der Tür weiter nach einem Lichtschalter ab, und dann fiel mir wieder ein, dass er neben der Tür zum Schlafzimmer war. »Lenny?«

Ich schlüpfte durch die Tür und schob mich tastend an der Wand entlang. Irgendwie musste ich jedoch den Lichtschalter verpasst haben, denn als ich die Hand ausstreckte, griff ich ins Leere. Die Schlafzimmertür war offen – das überraschte mich, und ich stolperte. Gleich darauf stieß ich mit Gesicht und Hals gegen etwas Weiches, Sperriges, Stoff, aber unter der Oberfläche fest, kalt – *ein Körper* –, und dann schaute ich hoch und sah seine Augen.

In dem Augenblick muss ich angefangen haben zu schreien, denn ich erinnere mich daran, dass der Taxifahrer – er hatte gewartet, um sicherzugehen, dass alles in Ordnung war – mich wieder aus dem Fenster hinausbugsierte und zum Polizeirevier brachte. Von dem, was danach passierte, weiß ich nicht mehr viel: Man wickelte mich in eine Decke, ich sah das Blut an meinen Knien, man gab mir gesüßten Tee, und eine Polizistin mit netten Augen wies mich an, stillzuhalten, während sie meine Hände mit Jod betupfte, und dann das Verhör, das sich immer wieder im Kreis drehte, meine Unfähigkeit, das Geschehene zu begreifen …

14

Ich stand auf und putzte mir die Nase. Lenny war in Ivar Park gestorben. Genau wie Kitty. Es war sein Auto in dem See. *Gib nicht den Kamelen die Schuld.* Jack wusste etwas. Auf jeden Fall mehr, als er zugeben wollte. Und er versteckte sich.

Ich war Lenny davongelaufen. Ich war jung, aber trotzdem hatte ich versagt, oder? Wenn ich bei ihm geblieben wäre … *Jack brauchte meine Hilfe.*

Vielleicht hatte er auch einen Zeitungsausschnitt bekommen und deswegen die Handschrift erkannt. Aber wenn er Hilfe von mir wollte, warum fragte er dann nicht? Warum verstellte er sich? Vielleicht konnte er nicht. Er benimmt sich fast, als wäre er zwei verschiedene Personen, dachte ich. Da ist einmal der alte Jack, und andererseits das Getue um *Charlies Tante*, das Gerede, dass er es nicht konnte, beinahe, als hätte er schon aufgegeben. Rücksichtslos, das war es. Er war am Ende der Straße angekommen, und es war ihm *gleichgültig*, was passierte. »Ich verstehe es nicht«, sagte ich zu Eustaces Hinterteil, das unter dem Volant herausschaute, »und ich glaube, ich *will* es auch nicht verstehen.«

Ich war ganz schön verwirrt. Warum hatte Lenny nicht einfach gewartet, dachte ich wütend. Ich weiß, dass es so nicht funktioniert, Menschen begehen Selbstmord, wenn sie so verzweifelt sind, dass Warten keine Option mehr ist, aber … Eustace schlängelte sich unter dem Bett hervor und setzte sich neben mich. »Du hast Wollmäuse in den Ohren«, sagte ich zu ihm. »So kannst du nicht runtergehen.«

Wenn ich anfing zu weinen, würde ich nicht mehr aufhören können, das wusste ich, also beugte ich mich hinunter und nahm Eustace in den Arm, um die Tränen zu unterdrücken. Er wand sich in meinen Armen, hasste es, so zusammengequetscht zu werden, dann befreite er sich aus meinem Griff, setzte sich mit zusammengekniffenen Augen vor mich und kratzte sich mit dem Hinterlauf am Ohr.

Ich schob die Schachtel weit unter das Bett und ging wieder in die Scheune. Als wir dort ankamen, zitterte ich immer noch ein wenig, war mir aber eigentlich sicher, dass ich nicht wieder weinen würde. Jack hockte neben dem Stall und beobachtete die Meerschweinchen.

»Lenny muss dir doch von dem Film erzählt haben, den wir in den USA gedreht haben.«

»Nein, er hat nie darüber geredet.«

»Also, du weißt doch, dass er *Weiße Kaninchen* hieß, oder? Ein Gag war, dass die beiden Zauberer zwei Kaninchen in ihrer Wohnung hielten, das stand im Drehbuch, aber diese vermehrten sich ständig, was nicht im Drehbuch stand, und bei jedem Innendreh waren es ein paar mehr. Am Ende waren sie auf dem Teppich und den Möbeln und überall. Das war vielleicht das Lustigste an dem ganzen Film, allerdings wuselten sie überall am Set herum und haben alles voll gekackt. Einmal habe ich mich beinahe auf eins draufgesetzt. Das Ganze war ein Albtraum. Irgendein heller Kopf im Studio hatte die Idee, man könnte den Slapstick wieder beleben. Hat allerdings nie daran gedacht, uns zu fragen, ob wir das können. Ich glaube, sie haben sich das Ganze nie angesehen. Wir wussten von Anfang an, dass es ein Desaster werden würde.« Jack schüttelte den Kopf.

»Wenn du willst, kannst du sie füttern.«

Ich holte den Eimer mit den Karotten. Die Meerschweinchen hörten das Klappern und kamen quiekend an das Drahtgitter gerannt.

»Sie beißen doch nicht, oder?«

»Jack, das sind Meerschweinchen, keine Löwen.«

Vorsichtig steckte er eine Karotte in den Käfig. Sofort herrschte Ruhe.

»All diese Tiere sind doch eigentlich ein Ersatz für Kinder, oder?«

»Sind deine Kinder ein Ersatz für Tiere?«, konterte ich.

Jack sagte nichts darauf. Ich konnte sein Gesicht nicht sehen. Er war einen Augenblick lang still, dann stand er auf, ohne mich anzusehen, und machte sich auf den Weg zurück ins Haus. Verärgert rief ich ihm hinterher: »Teil nicht aus, wenn du nicht einstecken kannst!«, doch irgendetwas am Anblick seiner Schultern hielt mich zurück: dasselbe wie gestern Abend, dieses müde, geschlagene Hängenlassen. Es erinnerte mich an Lenny.

Und trotzdem war ich wütend. Dumme Hausfrauenpsychologie. Ein Körnchen Wahrheit steckte allerdings drin: Meine Beziehungen zu Menschen hatten nicht geklappt, also hatte ich mir eine Familie aus Tieren gemacht. Wie meine Mutter.

Es tat weh. Vergiss es, dachte ich. Ich werde ihm nicht nachlaufen. Soll er doch versauern. Also blieb ich einige Stunden draußen. Es gab eine Menge zu tun, doch ich konnte mich einfach nicht konzentrieren. Um halb sieben fütterte ich die Pferde, dann ging ich mit einer Hand voll Lorbeerblätter und Thymianzweigen sowie einer Plastiktüte, die von zusammengeknülltem feuchtem Zeitungspapier, Sägespänen und Meerschweinchenkot überquoll, zurück in die Küche.

Bei den Mülltonnen blieb ich stehen, hob den Deckel der ersten und fing an, nach dem Briefumschlag zu suchen, in dem der erste Zeitungsausschnitt gewesen war. »Was verloren?« Als ich mich umdrehte, lehnte Jack an der Hauswand.

Er hatte sich gewaschen und umgezogen und sah richtig zufrieden aus.

»Nein, ich mache nur sauber. Hier …« Ich reichte ihm die Kräuter, ließ die stinkende Tüte obenauf in die Mülltonne plumpsen, drückte sie ein bisschen nach unten und klappte den Deckel zu. Peng, vorbei die Chance, irgendwas zu finden, dachte ich.

»Ich nehme ein Bad, in Ordnung? Dann fange ich an zu kochen. Ungefähr in einer halben Stunde.«

»Schön.«

Beim Vorbeigehen traf mich ein Hauch von Jacks Atem. Er hatte einen getrunken. Oder zwei.

»Was ist?«, fragte er gereizt, als er meinen Blick auffing.

Ich antwortete nicht. »Hab's dir doch gesagt, Alice«, rief er mir nach. »Ich bin nicht wie Lenny.«

O doch, das bist du, dachte ich, als ich in der Badewanne saß.

Anschließend holte ich ein langes Kleid aus dem Schrank auf dem Treppenabsatz, das ich seit Jahren nicht getragen hatte. Vor dem großen Spiegel an der Tür blieb ich stehen. Jack rumorte unten in der Küche, ich hörte ihn reden. Was er sagte, verstand ich zwar nicht, aber ein konstanter Sprechrhythmus drang an mein Ohr, als deklamierte er ein Gedicht. Einem plötzlichen Impuls folgend, zog ich die Schuhe aus, drehte mich um und stieß die Tür zu seinem Zimmer auf.

15

Ich ging zum Fußende des Bettes und schaute auf Jacks Koffer hinunter. Das Hemd, das er getragen hatte, lag zerknittert daneben. Ich setzte mich auf die Bettkante und stupste es mit dem Fuß weg. Darunter lagen eine Haarbürste und eine braune Glasflasche mit Tabletten. Ich kannte das Medikament nicht. Ich machte den Koffer auf. Es gab eine leere Kommode im Zimmer, doch er hatte nicht ausgepackt.

Vorsichtig hob ich einen Stapel zusammengelegter Kleider an. Noch eine Flasche mit Pillen. In den Seitentaschen zwei weitere. Ich kannte auch von diesen Medikamenten keines, aber jede Wette, dass es Beruhigungs-, Aufputsch- oder Schlaftabletten waren. Oder alles zusammen. Das würde wenigstens sein Benehmen erklären. Abwechselnd himmelhoch jauchzend und zu Tode betrübt, und dazu der Alkohol ... Doch es war mehr als das. Irgendetwas anderes. Kitty? Warum ging er nicht einfach zur Polizei, wenn es ein Unfall war? Da steckte mit Sicherheit mehr dahinter. Etwas Schlimmeres. Aber was?

Auf der anderen Seite des Koffers, unter Jacks Waschbeutel, fand ich eine rechteckige Schachtel. Ein brauner Pappkarton, zu klein für Schuhe. Und unter dem Bett schaute ein klobiger Schuhbeutel hervor. Graugrün. Mein Blick fiel auf ein Namensschild, das am Rand eingenäht war. Musste wohl mal der Turnbeutel einer seiner Töchter gewesen sein.

Ich öffnete die Schachtel. Drinnen war, eingebettet in Seidenpapier, eine Art grauer Kanister. Er sah aus, als wäre er aus Metall. Er hatte einen Schraubverschluss und einen flachen Boden und erinnerte mich an die Plastikbehälter mit Süßigkeiten im Dorfladen, nur kleiner.

Einen Moment lang lauschte ich – Jacks Stimme klang jetzt lauter, zuversichtlicher –, dann legte ich den Deckel wieder drauf und hob die Schachtel vorsichtig aus dem Koffer. Sie war nicht schwer. Auf einer Seite war ein weißes Schild: ENFIELD KREMATORIUM. Es war eine Urne!

Den Bruchteil einer Sekunde lang dachte ich: *Lenny*? und

ließ die Schachtel beinahe fallen, wusste ich doch, dass das nicht sein konnte, denn wir hatten Lennys Asche am Grabstein seiner Eltern verstreut. Ich las den Rest auf dem Schild.

KREM. NR.: 25489
DATUM: 15.05.1976
NAME DER/DES VERSTORBENEN: Susannah Meredith Flowers

Susannah ist Jacks älteste Tochter. Oder war.

Und ich hatte ihn gerade gefragt, ob seine Kinder ein Ersatz für Tiere waren. *Super*. Ich stellte die Schachtel wieder an ihren Platz und ging in mein Zimmer.

Warum hatte er nichts gesagt? Ich versuchte, mich daran zu erinnern, worüber wir geredet hatten, als er ankam. Er hatte über Rosalie gesprochen. Und Val, allerdings nur, weil ich sie erwähnt hatte. Nach Susannah hatte ich nicht gefragt. Um ehrlich zu sein, konnte ich mich nicht an ihren Namen erinnern, bis ich ... O Gott, wie gedankenlos! Aber sein Auftauchen und – ach, *einfach alles* – hat mich so aus der Fassung gebracht. Wie alt mag sie gewesen sein? Vierundzwanzig? Fünfundzwanzig? Krankheit, Autounfall, Drogen ...? Sie war der Grund, warum sie geheiratet hatten. Das hatte Lenny mir erzählt. Kaum war er mit dem Militärdienst fertig, tauchte Vals Vater auf. »Meine Tochter hat einen Braten im Ofen. Sie heiraten sie, sonst ...« Also hatte er sie geheiratet.

Ich kannte Val kaum, aber sie hat mir immer Leid getan. Sie hatte das große Haus und allen Komfort, aber sie saß da draußen in Hertfordshire fest, und Jacks Leben spielte sich in London ab, was ihm natürlich nur recht war, doch sie musste sich ziemlich ausgeschlossen gefühlt haben. Seine Töchter hatte ich nur einmal getroffen, als Lenny und ich mit Jack und den

Mädchen in Hampstead Heath zum Picknick gewesen waren. Ohne Val. Ich glaube, er musste an dem Wochenende auf sie aufpassen, weil sie im Krankenhaus war.

Damals fuhr er einen Bentley, einen riesigen, blauen Schlitten, mit dem Lenny ihn immer aufzog, und darin kamen sie angefahren, mit einem Picknickkorb voller Leckereien von Harrods oder so. Sie waren Teenager. Susannah muss ungefähr sechzehn gewesen sein, aber beide wirkten jünger. Sie waren sehr still und wunderschön angezogen in kariertem schottischen Leinen, die eine blau, die andere rosa; kleine Gastgeberinnen, die das Essen herumreichten und hinterher alles wieder aufräumten. An viel mehr erinnere ich mich nicht.

Sie schienen Jack nicht besonders gut zu kennen. Es war, als wären sie nicht sehr vertraut mit ihm, wenn das das richtige Wort ist. Ich hatte jedenfalls den Eindruck, dass er nicht viel Zeit mit ihnen verbrachte. Es war eher eine ernste Angelegenheit, denn auch Lenny machte keine Späße mit ihnen.

Als ich Lenny kennen lernte und er mir die Geschichte erzählte, wie er bei Jack und Val war und die Nachbarin den brennenden Dildo über den Gartenzaun warf, nahm ich an, dass er viel Zeit dort verbrachte, doch ich glaube nicht, dass er und Val besonders gut miteinander auskamen. Er sagte nie ein böses Wort über sie, aber sie mochten sich offensichtlich nicht besonders. Ich glaube, Jack war es egal. Er sprach nie über seine Familie. So viel wie über Rosalie und ihr Kunstprojekt hatte ich ihn noch nie erzählen hören. Wahrscheinlich trennt er die beiden Hälften seines Lebens genau.

Lenny hat mir auch erzählt, dass Jack gerne verheiratet war, weil es ihm die perfekte Ausrede dafür lieferte, mit keiner anderen etwas Ernstes anfangen zu müssen. Er meinte, Jack sah es so, dass das Schlimmste bereits geschehen war – er saß in der Falle. Und solange er verheiratet und sozusagen *im Nest* blieb, konnte es nicht wieder passieren. Wenn eine seiner Freundinnen mehr wollte, wenn sie schwanger wurde, sagte Jack, sie musste das Baby abtreiben, weil Val in eine Scheidung nicht einwilligte – keine Chance.

Ich ging hinüber zum Spiegel. Wer ist jetzt der Hobbypsychologe, dachte ich. Er wird es mir schon erzählen, wenn er will. In der Zwischenzeit: *Kochen*. So ungefähr das Letzte, worauf ich Lust hatte, aber … Ich legte Lippenstift auf. Und Rouge. Sogar Wimperntusche. Ich war wie benommen. Eine schreckliche Geschichte. Arme Susannah. Kein Wunder, dass Jack in einem solchen Zustand war. Kinder sollen nicht vor ihren Eltern sterben, es muss andersherum sein. Vielleicht konnte er mit Val nicht darüber reden. Solche Dinge können Ehen zerstören, oder? Armer Jack. Kein Wunder, dass er die Flucht ergriffen hat.

Ich ging nach unten. *Charlies Tante* lag auf dem Küchentisch. Eustace räkelte sich, alle viere von sich gestreckt, auf dem Teppich, und Jack saß, einen Drink in der Hand, auf dem Sofa und beugte sich hinunter, um ihm den Bauch zu kraulen.

»Okay, *Coq au vin* ist im Anmarsch.«

Das Huhn war ein großer, toter Klumpen in meiner Hand. Kaum hatte ich es aus dem Kühlschrank genommen, drehte sich Eustace um, trottete zu mir herüber und ließ sich sabbernd und schwerfällig auf seinem Hinterteil neben mir nieder. Er konzentrierte sich hingebungsvoll auf das Fleisch. Ich nicht. Ich hätte mich nicht darauf einlassen sollen, dachte ich. Ich werde es verderben. Ich mühte mich mit dem Messer ab und grub meine Finger in das Fleisch, in dem Versuch, Stückchen von dem Kadaver zu lösen. Bei dem Gedanken, dass irgendjemand tatsächlich irgendwas davon in den Mund stecken, kauen und runterschlucken würde, wurde mir ganz anders.

Unter der dicken, weißen Haut schimmerte rosafarbenes Fleisch, Brust, Schenkel, Beine. Plötzlich hatte ich ein Bild von Bunny Kitty vor Augen, wie sie ertrunken im Auto sitzt, ihr Busen in dem engen Kostüm wie zwei prall gefüllte Kissen, ihr rosiges, gesundes Dekolleté, das sich erst bläulich, dann faulig grün verfärbt, während sie da tot hinter dem Lenkrad festgeschnallt ist. Saß sie überhaupt da? Hinter dem Lenkrad? Hatte ich das gelesen oder bildete ich mir nur ein, dass sie auf dem Fahrersitz saß? Konnte man überhaupt noch *wissen*, wo sie gesessen hatte?

Ich starrte auf das entbeinte Huhn. Lösten sich die Knochen nicht? Es ist nur Fleisch – Gewebe –, das uns zusammenhält; driften die Knochen nicht einfach auseinander, wenn alles andere weggefault ist? Ich stellte mir die Knochen ihrer Beine vor, einen Haufen Stöckchen im Fußraum, den Brustkasten, wie er neben dem Schädel auf dem Sitz lümmelt …

Geschockt ließ ich das Messer fallen und rannte, die Hände vor den Mund gepresst, zum Spülbecken.

»*Alice*!«

Ich drehte mühsam den Kopf um und sah Jack auf mich zukommen. Er schien zu schwanken.

»Musst du dich übergeben?«

»Schon vorbei. Es geht mir gleich wieder gut.«

Er massierte meinen Nacken. Überdeutlich konnte ich den Whisky riechen. »Zu viel Sonne, du dummes Mädchen. Setz dich lieber hin.«

»Mir geht's gut, wirklich.«

»Komm her.« Er fasste mich mit einer Hand am Hinterkopf und zog mich zu sich, die Finger in meinem Haar verhakt. Ich schüttelte ihn ab und tauchte unter seinem Arm durch.

»Erst will ich wissen, ob du deinen Text gelernt hast.«

»Herrgott –«, setzte Jack an, hielt jedoch abrupt inne. »Wenn du willst, kannst du mich abhören. Während du Zwiebeln schälst. Und wenn ich eine Belohnung bekomme.«

»Gut.« Ich trug die Schüssel mit dem Gemüse zum Tisch, setzte mich, schlug das Stück auf und lehnte es gegen einen Kerzenleuchter. »Welche Seite?«

»Vierzehn.«

»Hier steht: *Er geht, spricht und bewegt sich wie ein Mann und versucht niemals, eine Frau zu sein. Er hat kein effeminiertes Gehabe*. Ich hab dir doch gesagt, es ist keine Travestienummer.«

»Ich merke, du bist Expertin.« Jack stellte sich einen Stuhl mir gegenüber hin, setzte sich und knallte eine Flasche Glenfiddich auf den Tisch. Sie war bereits zu einem Drittel leer. »Ich hab das verdammte Stück gelesen, weißt du?«

»Ja, das weiß ich. Wo hast du den her?«

Jack funkelte mich triumphierend an. »Ganz hinten in deinem Eckschrank. Du hast ihn vor mir versteckt, nicht wahr, Bunny Alice? Und all seine Freunde und Verwandten mit ihm.«

Das kalte, hohle Gefühl in meinem Magen war so schrecklich vertraut. Ich zwang mich, ruhig zu bleiben.

»Ganz ehrlich, Jack, ich hab im Lauf der Zeit einfach vergessen, was da drin ist. Hast du sie gestern Abend nicht gesehen?«

»Nein, denn gestern Abend wurde ich mit Johnnie Walker abgespeist.«

»Den du selber aus dem Schrank geholt hast, schon vergessen? Hör mal, wenn du vor Mitternacht essen willst, lass mich jetzt kochen.« Ich griff nach einer Zwiebel und beugte mich vor, um beim Schälen in *Charlies Tante* zu lesen.

Jack schenkte sich einen Vierfachen ein und schwenkte das Glas. »Lies weiter.«

»Gut. Dieser Lord erscheint mit einer großen Reisetasche am Fenster und klettert hinein. Jetzt du.«

Jack fing an, seinen Text herunterzuleiern. »*Wo um alles in der Welt bist du? Wollte ein paar Fläschchen Schampus ausborgen. Frag mich bloß, wo er den aufbewahrt ...*«

Ich hörte zu, schälte, hackte und gab den Einsatz. Er beherrschte den Text erstaunlich gut, wenn man bedachte, wie viel er getrunken hatte, und hatte ziemlich viele Seiten gelernt.

Ich stand auf, um das Huhn anzubraten, und nahm *Charlies Tante* mit. Jack folgte mir. »*How do you do, Sir Francis*? Bist du mal Danny Watts begegnet?«

»Das steht hier nicht.«

»Ich weiß, aber erinnerst du dich an einen Typ namens Danny Watts?«

»Nein. Was hat das damit zu tun? Jetzt habe ich die Stelle verloren. Ach ja, hier. *How do you do?*«

»Ich bin Charlies Tante aus Brasilien – wo die Affen herkommen.«

»Hey, du hast mir über die Schulter geguckt!«

Jack wich mit einem dümmlichen Gesichtsausdruck zurück.

»Hast du die ganze Zeit gemogelt und verkehrtherum mitgelesen?«

»Ein *bisschen* kann ich schon. Ein paar Seiten.« Er leerte seinen Whisky. »Kann ich dir irgendwie helfen?«

»Du kannst den Wein holen. In dem Regal unter der Treppe ist welcher, aber du kriegst nichts davon. Er kommt in die Sauce.«

»Wir brauchen zum Essen etwas zu trinken, Alice.«

»Dann hol zwei Flaschen.«

Jack ging hinaus und kam ein paar Minuten später mit einem zufriedenen Gesicht und zwei Flaschen Rotwein zurück. »Die beiden dürften passen.«

Er öffnete sie und nahm eine mit zum Tisch, wo er sich noch einen ordentlichen Whisky eingoss. Als er die Flasche wieder auf den Tisch stellte, war sie nur noch halb voll. Er fing meinen Blick auf und explodierte. »Sei nicht so verdammt spießig. Was ist los mit dir? Bietet man den Leuten nicht normalerweise einen Drink an, wenn sie zu Besuch kommen? Nächstes Mal bringe ich mir selber etwas mit.«

»Ach, in einem großen Lieferwagen?«

»Rede nicht so mit mir, du Provinzschlampe.«

Das Kochbuch flog an die Wand über meinem Kopf und krachte mitten auf den Herd, wo es die Bratpfanne von der Gasflamme katapultierte. Eine blaue Flamme schoss hoch.

»Es brennt!« Ehe ich an die Topfhandschuhe kam, taumelte Jack an mir vorbei, schnappte mit den Fingerspitzen nach dem Kochbuch, schrie: »Aaaaaaah, Scheiße, Scheiße!«, raste zum Spülbecken und warf es hinein. Ein Platschen, ein Zischen, dann Stille. Wir sahen uns an und fingen an zu lachen.

Tränen standen in meinen Augen, und Jack erging es nicht viel anders. Schwankend standen wir vor dem Herd, klammerten uns aneinander, fuchtelten mit den Armen und rangen um Atem. Jack presste vornübergebeugt seine verbrannten Hände unter die Achselhöhlen. »Wahnsinn, das tut weh.«

»Halte sie einstweilen unter den Wasserhahn«, sagte ich lahm. »Ich muss aufs Klo.«

Kaum hatte ich die Küchentür hinter mir zugemacht, hörte ich auf zu lachen. Es war lustig gewesen, aber ich hatte solche Szenen so oft mit Lenny erlebt, hysterisch kichernd, aber krank vor Angst, dass er plötzlich durchdreht. Ich erinnerte mich an das letzte Gespräch mit einem seiner Ärzte. Dieser hatte mir erklärt, dass Lenny innerhalb eines Jahres tot sein würde, wenn er nicht aufhörte zu trinken, und er hatte gesagt: »Ich gebe Ihnen einen guten Rat: Verlassen Sie ihn. Sie können ihm nicht helfen. Sie sind jung und hübsch. Retten Sie sich selbst.«

Retten Sie sich selbst. Ich hatte seinen Rat nicht befolgt, oder?

»Und wie ist es diesmal?« Ich schaute in den Spiegel. Mein Spiegelbild senkte den Blick und antwortete nicht.

Die Tochter dieses Mannes ist gerade gestorben, dachte ich. Wie kann ich ihn da rauswerfen.

Ich seufzte. »Das bin ich dir schuldig, Lenny«, sagte ich laut. »Ich werde mich um Jack kümmern. Hilf mir nur. Hilf mir, das durchzustehen.« Als ich mich vom Spiegel abwandte, hatte ich plötzlich die Vision einer dunklen Haarsträhne, einer glänzenden Schulter und eines zu einem durchtriebenen Lächeln hochgezogenen Mundwinkels, als hätte jemand neben mir gestanden und ich nur eine Sekunde lang einen Blick aus dem Augenwinkel von ihm oder ihr erhascht. Kitty. Ich holte tief Luft, dann trocknete ich mir die Hände ab und ging zurück in die Küche.

16

Jack saß wieder am Tisch, *Charlies Tante* in der ausgestreckten Hand, mit der anderen presste er das Glas an die Brust. Er sah aus, als hätte er Schwierigkeiten, die Buchstaben zu erkennen. Ich fischte das Kochbuch aus dem Spülbecken. »Wirf es weg«, sagte Jack. »Reiß nur die eine Seite raus.«

»Wie geht's deiner Hand?«

»Werd's wohl überleben.« Er ließ das Buch aus der Hand auf den Tisch fallen. »Geben wir es auf, Alice.«

Ich zuckte die Achseln. »Gut. Wenn du mogelst, hat es sowieso keinen Sinn.« Ich wandte mich ab, um die Bratpfanne zu retten.

Jack seufzte. »Die Leute wollen mich nicht im Kleid auf der Bühne herumtänzeln sehen, Alice. Sie wollen etwas Ernsthaftes. Politik. David Hare, Howard Brenton. Leute, die ›ficken‹ auf der Bühne sagen. Irgendwas *Gewagtes*, womit sie beim Spaghettifressen vor ihren Mittelklassefreunden angeben können.«

»Ich kenne Howard ... wie war sein Name? ... nicht mal. Und außerdem kannst du nicht sagen, dass alle so schweres Zeug wollen, ich meine, nimm doch mal *No Sex, please – We're British*.«

»*No Sex, please – We're British*?« Seine Stimme klang hoch, äffte mich nach. »Du hast doch keine Ahnung, oder?«

»Nicht von Theater«, sagte ich so ruhig wie möglich. »Ich war ganz selten im Theater.«

Jack starrte mich zornig an. »Das ist ja für dich kein Problem, du musst schließlich nicht zwei Monate lang durch das Land tingeln und sagen: ›Ich bin Charlies Tante aus Brasilien, *wo die beschissenen Affen herkommen*.‹« Er knallte sein Glas auf den Tisch.

»Stimmt«, gab ich zu, »aber ich bin auch keine Schauspielerin.«

»Ich auch nicht, du dumme Kuh! Ich werde da draußen *sterben*. Du weißt, Alice – was wir im Theater immer gemacht haben. Zweimal pro Abend. Wir konnten *alles* machen, und jetzt schau mich an. *Guten Abend, meine Damen und Herren, ich bin Jack Flowers, und ich kriege ihn nachts nicht mehr hoch, geschweige denn zweimal.*«

Er leerte sein Glas. Ich rannte zur Whiskyflasche, aber Jack war schneller, schnappte sie sich, wiegte sie in seinen Armen und betrachtete sie, als wäre sie ein Baby. »Na *komm.*« Ich streckte die Hand nach der Flasche aus. Jack hob den Kopf und schüttelte ihn langsam mit einem Ausdruck des Triumphes in den Augen. »O nein, das wirst du nicht tun, Bunny Alice.« Er drehte sich auf dem Stuhl um und wandte mir den Rücken zu. Ich nahm statt des Whiskys den Rotwein – sinnlos, aber irgendetwas musste ich tun – und stellte ihn neben mich auf die Arbeitsplatte.

Nachdem ich auch die restlichen Essenssachen vorbereitet hatte, ließ ich das Ganze auf dem Herd vor sich hin köcheln und setzte mich Jack gegenüber. Die Whiskyflasche stand auf dem Boden neben seinem Stuhl. Sie war beinahe leer. Ich beugte mich vor und streckte die Hand aus. Jack ergriff sie.

»Rede mit mir«, sagte ich. Er ließ sich zur Seite fallen, legte das Gesicht auf den ausgestreckten Arm und schaute mich unter den Augenbrauen heraus an. Aus traurigen, blutunterlaufenen Augen mit dunklen Rändern. »Was ist los?«

Jack seufzte. »Ich habe nicht die leiseste Ahnung. Hatte ich noch nie.«

»Das ist nicht wahr.«

»Ist es doch.« Er zögerte, und ich dachte, jetzt erzählt er mir von seiner Tochter, aber er sagte: »Weißt du noch, Alice, wie wir das erste Mal …« Er schlug die Augen nieder.

»Lenny hatte den Pelzmantel für dich gekauft und war an die Decke gegangen, weil du dich geweigert hast, ihn anzuziehen. Du hast geweint.«

Er lächelte in Gedanken an irgendeine Erinnerung. »Lennys Mum. Er hatte ihr erzählt, was passiert war, sie war zu der Zeit bereits in einem Heim und ein bisschen neben der Spur, und sie sagte zu ihm: ›Vielleicht hättest du ihr einen von diesen *stimulierten* Pelzmänteln schenken sollen.‹« Jack schnaubte und kämpfte gegen ein Lachen an.

Wieder heftete er seinen Blick auf mich. »Aber was ich über uns gesagt habe, über das erste Mal, das *war* doch gut, oder?« Er klang beinahe flehend.

»Was du oben gesagt hast …« Sein Daumen rieb Kreise in meine Handfläche.

»Ja«, sagte ich. »Das meinte ich ernst.«

»Ich liebe dich, Alice.«

»Du bist betrunken, Jack.« Ich entzog ihm meine Hand.

»Nein, ich weiß, aber du warst anders als die anderen. Du warst etwas Besonderes. Wir wollten beide … habe dich geliebt.« Er richtete sich auf und sah mich vorwurfsvoll an. »Er wollte nicht teilen.«

»Was soll das heißen, *er wollte nicht teilen*, Jack? Ich bin ein Mensch, keine … keine … elektrische Eisenbahn.«

»Wir haben alles geteilt«, sagte er. Bockig, wie ein Kind.

»Wirklich? Habt ihr euch auch Val geteilt?«

»*Val*?« Jack setzte sich auf. »Val, meine Frau?«

»Ja, Val, *deine Frau*. Wie viele Vals kennst du noch?«

»Natürlich nicht.« Er machte ein angewidertes Gesicht.

»Oh, also Val nicht. Nur all die anderen. Dann ist es ja gut. Ich kann es einfach nicht fassen, dass ich hier sitze und mir das anhöre. Offensichtlich ist dir nie in den Sinn gekommen, dass *ich* zu dem Thema auch eine Meinung haben könnte.«

»Nun, das hast du ja gezeigt.« Wieder dieser triumphierende Blick. »Ich habe dich nicht gezwungen, oder?«

»Nein, aber …« Verwirrt schaute ich auf den Tisch. »Das meinte ich …«

»Du wolltest es, Bunny Alice. Genauso sehr wie ich.« Er lehnte sich auf dem Stuhl zurück und versuchte, mit den Fingern nach mir zu schnipsen. »Komm her.«

Sein Gesichtsausdruck war es, der mich auf die Palme brachte. Verschlagen, eingebildet, arrogant – alles auf einmal.

Und die Art, wie er offensichtlich davon ausging, dass ich ihn immer noch unwiderstehlich fand, obwohl er voll wie eine Haubitze war. Und weil das, was er gesagt hatte, stimmte. Ich *hatte* es gewollt, genauso sehr wie er, und das wusste er.

»*Halt einfach die Klappe*! Ich hab's satt. Entweder erzählst du mir jetzt, was los ist, oder du … verschwindest einfach. Klar?«

Jack starrte mich an. »Ich weiß gar nicht, warum du plötzlich so hysterisch wirst.«

»Pass auf«, sagte ich so ruhig wie möglich. »Ich kümmere mich jetzt um das Essen, denn wenn du nicht bald etwas isst, fällst du von diesem Stuhl da, und ich muss dich vom Boden aufsammeln. Ich weiß nicht, warum du hier bist. Ich weiß nicht mal, ob *du* weißt, warum du hier bist oder warum du mein Zimmer durchsucht oder meine Post versteckt hast, denn ich weiß verdammt genau, dass du das getan hast, doch im Augenblick ist mir das völlig egal. Wir essen zusammen, und morgen früh fährst du wieder, und das war's.« Ich riss die nächstbeste Schublade auf und holte Messer und Gabeln heraus.

Jack zog sich auf die Füße und torkelte auf mich zu, die Scotchflasche in der Hand. »Du hast damit angefangen, Alice«, sagte er. Seine Augen blitzten. »Es war zuerst deine Idee.«

Ich hatte das Gefühl, als hätte mir jemand einen Schlag in die Magengrube versetzt.

»Lenny hat es mir erzählt«, sagte er. »Es war deine Idee war.«

Das Glas in seiner Hand verschwamm in der Luft, als er den Arm hob. Ich bin nicht ganz sicher, was danach passierte. Ich weiß, dass ich das Besteck nach ihm geworfen und die Hände vors Gesicht geschlagen habe, dann gab es einen Krach, und als Nächstes sah ich durch die Finger, wie Jack seitwärts stolperte und praktisch auf Eustace fiel, der zurückschoss und mit dem Geschirrschrank kollidierte. Der Schrank geriet ins Wackeln und Teller flogen herunter. Wir bewegten uns erst wieder, als Stille eingetreten war.

Jack murmelte irgendwas von einer Zigarette, und ich erwiderte irgendwas, aber ich habe keine Ahnung mehr, was. Es kostete mich enorme Mühe, nicht zusammenzuzucken, als er über mich hinweg die Flasche auf den Tresen stellte. Er verschätzte sich jedoch in der Entfernung, und die Flasche zersplitterte zu unseren Füßen.

»Gute Arbeit, sie war sowieso fast leer«, sagte ich. Die Worte klangen zu fröhlich, zu dumm.

»Lenny hat gesagt, es war deine Idee«, wiederholte Jack, als hätte ich ihm widersprochen. »Er hat es mir *erzählt.*«

»Was, zum Teufel, meinst du damit? Ich habe keine Ahnung, wovon du redest. Herrgott, setz dich einfach da hin und lass mich die Schweinerei hier wegmachen.«

Während ich mich hinunterbeugte, um Kehrschaufel und Besen aus dem Schrank zu holen, hörte ich hinter mir eine Flasche klirren. Als ich mich umdrehte, saß Jack wieder am Tisch und schenkte sich ein Glas Rotwein ein.

»Weißt du, wie ich erfahren habe, dass er tot ist, Alice? Durch eine Schlagzeile.«

»Aber Don Findlater hat doch bestimmt …«

»Wir waren auf einer Jacht. Er konnte mich nicht finden.« Jack schüttelte den Kopf. »Eine Schlagzeile in einer verdammten Zeitung.«

»Versuch etwas zu essen.« Ich stellte einen Teller mit *Coq au vin* vor ihn und holte Besteck. Er aß und trank ein paar Minuten lang nachlässig, bekleckerte sein Hemd mit dunkler Sauce und wischte mit dem aufgeknöpften Ärmel durch eine Rotweinlache auf dem Tisch, dann schob er den Teller weg.

»Du isst ja gar nichts.«

»Ich habe keinen Hunger, Jack.«

»Dann hör auf, mich anzuglotzen. Ich bin kein Affe im Zoo.«

»Wenn du willst, gehe ich weg.« Ich stand auf und setzte mich mit Eustace aufs Sofa. Jack aß noch ein bisschen, dann schob er endgültig den Teller von sich. »Es tut mir Leid«, sagte er. »Ich wollte nicht – du weißt schon. Ich war sauer, mehr nicht. Hab mich hinreißen lassen. Egal, jedenfalls geht's mir jetzt viel besser. Lass uns doch einen Spaziergang machen.«

Ich warf einen Blick auf meine Armbanduhr. Viertel nach elf. Der Pub hatte zu. Wenn wir aus dem Haus gingen, war er wenigstens eine Weile von der Alkoholquelle weg. Ehrlich gesagt – gemeinsame Geschichte hin oder her – war ich an dem Punkt angelangt, wo es mir egal war, was passierte, Hauptsache, ich wurde ihn am nächsten Morgen wieder los.

Jack ergriff die Weinflasche und sah mich erwartungsvoll an. »Gläser?«

»Du hast schon eins.«

»Und woraus willst du trinken?«

»Na gut.« Ich nahm ein sauberes Glas aus dem Schrank.

Eustace beobachtete mich, machte jedoch keine Anstalten, uns zu folgen.

Ich schlug den Weg ins Dorf ein, Jack neben mir. Erstaunlich, wie sicher er sich auf den Beinen hält, dachte ich, wenn man bedenkt, wie betrunken er ist.

Es war recht warm draußen und hell, denn der Mond war beinahe voll, und es war kaum bewölkt. Bis auf ein gelegentliches Rascheln war es still, und wir sagten beide nichts, bis die Kirche hinter den Bäumen auftauchte. Jack lachte. »Zum Beichten ist es wohl ein bisschen spät, wie?«

»Ich weiß nicht, Jack. Ist es das?«

»Ich habe nicht … ach, vergiss es.« Er ließ eine rauchige Parodie auf einen Schulchor vom Stapel: » Lo-bet den Herrrren …!«

Ich zog ihn am Ärmel und versuchte, ihn zum Schweigen zu bringen, aus Sorge, dass er die Leute in den umliegenden Häusern wecken würde. Aber er hörte von allein auf. »Was ist das?«, zischte er. »Da hinten, *was ist das*?« Er zeigte auf die Stelle, wo der Weg in die Hauptstraße einmündete. Ein Mädchen stand dort. Im orangefarbenen Schimmer der Straßenlaterne an der Ecke war sie gut zu erkennen: jung und schlank, mit langen Haaren, die ihr über den Rücken fielen, die Hände in den Taschen ihrer Jeansjacke.

»Es ist ein Geist«, flüsterte er.

Überrascht entdeckte ich echte Furcht in seinen Augen. »Sie ist wahrscheinlich eine Tramperin. Keine Sorge.«

»Alice, *du weißt es nicht*. Alles ist viel näher, als dir bewusst ist. Um Himmels willen, lass uns von hier verschwinden.« Jack wandte sich ab und fing an, am Riegel des Tors zum Friedhof herumzufummeln. »Das bringt Pech. Ein Omen. Ich will sie nicht sehen.«

Wir liefen den Weg zwischen den Grabsteinen entlang. »Lass uns was trinken.« In der Nähe der Kirche gibt es eine Bank, die um den Stamm einer großen Eiche gebaut ist. Dorthin setzten wir uns. Ich ließ mir ein Glas Wein von ihm einschenken, allerdings nicht, weil ich trinken wollte, sondern damit die Flasche leer wurde, und da ich nicht in dieselbe Richtung schaute, war es leichter, nur so zu tun, als würde ich trinken, und den Wein auf die Erde zu schütten.

»Du bist doch sonst nicht abergläubisch«, sagte ich.

»Ich habe mal eine Geschichte gehört. Eine Tramperin, jung, wie die da drüben, wurde umgebracht, und seither steht ihr Geist an der Stelle, wo sie eine Mitfahrgelegenheit bekommen hat, und jeder, der sie mitnimmt, hat einen Unfall. Die Fahrer sterben immer.«

»Wie ist sie ums Leben gekommen?«

Jack antwortete nicht.

»Klingt wie ein schlechter Horrorfilm.«

»Woher willst du das wissen? Es könnte wahr sein.«

»Ja, das könnte es.« Ich wandte den Blick nicht von der Mauer des Mausoleums der Familie Selwood und sagte: »Sie könnte in einem Auto auf dem Grund eines Sees geendet haben, oder?«

Nur die Bäume raschelten. Jack murmelte etwas.

»Ich hab dich nicht verstanden.«

Er beugte sich vor. Ich dachte, er müsste sich übergeben, doch er vergrub das Gesicht in den Händen. »Susie, meine Tochter. Sie ist tot.«

»Das tut mir Leid, Jack.«

»Sie wollte nichts essen. Val hat alles versucht, ihre Lieblingsessen gekocht … Sie wollte einfach nicht … Zweimal war sie im Krankenhaus, in einer Spezialklinik, aus der man erst entlassen wird, wenn man zugenommen hat. Wir dachten, es funktioniert, aber sie konnte sich so auf die Waage stellen, dass es aussah, als wöge sie mehr.«

Er sah auf. »Wir wussten es nicht, Alice. Und als sie wieder nach Hause kam und Val mir sagte, sie hätte wieder angefangen zu essen, nicht viel zwar, dachte ich, es sei wieder normal, weil Mädchen doch immer auf irgendeiner Diät sind, oder? Die Hälfte liegen lassen. Alle Mädchen. Frauen. Du tust es auch. Seit ich dich kenne, tust du das.«

Ich dachte an die große Waage der Bunny-Mutter, so eine, auf der man Kartoffelsäcke wiegt, und daran, wie ich bei Anproben die Luft angehalten und den Bauch eingezogen habe, damit die Nähte nicht kneifen, denn man merkte sofort, wenn man ein paar Pfund zugenommen hatte. »Wir haben Pillen genommen. Das weißt du, du hast sie immer geklaut.«

Jack machte ein schockiertes Gesicht. »Ich habe sie nie mit nach Hause genommen. Was Susie hatte, war etwas ganz anderes. Eine Krankheit. *Anorexia nervosa*.«

»Ich glaube, ich habe darüber gelesen, aber … Es tut mir so sehr Leid für dich, Jack.«

»Val hat einen Eimer in Susies Schrank gefunden. Sie hat sich nach dem Essen den Finger in den Hals gesteckt, deswegen hat sie nie … und es wurde immer schlimmer.«

»Hast du denn nicht gemerkt, dass sie nicht zunimmt?«

»Man konnte es nicht sehen. Sie trug doch immer nur so weite Sachen. Und ich war viel weg. Arbeiten.«

»Aber du hast gesagt, der einzige Job …«

»Ich habe nicht dort gewohnt. Sieh mich nicht so an. Val ging es gut, das Haus ist bezahlt. Ich brauchte einfach ein bisschen Zeit für mich.«

»Wann bist du ausgezogen?«

»Hmmm … Zweiundsiebzig.«

»*Vor vier Jahren*?«

»Starr mich nicht so an, Alice. Val hat mir schon genug Ärger gemacht, da musst du nicht auch noch auf mir rumhacken. Es ist ja nicht so, dass ich sie nie besucht habe. Und danach habe ich die Wohnung verkauft und bin zurückgekommen. Val wollte es so. Sie hatte eine schwere Zeit hinter sich. Susie wog achtundzwanzig Kilo, als sie starb.« Er seufzte. »Zuerst hat Val Rosalie dafür die Schuld gegeben, hat gesagt, sie hätte ihr mit ihren dauernden Diäten Flausen in den Kopf gesetzt. Dann sagte sie, es wäre meine Schuld. Behauptete, Susie wollte meine Aufmerksamkeit. Sie hätte doch zum Telefon greifen können. Wusste … wusste doch, wo ich war. Was Val gesagt hat … sie fühlt sich schuldig. Herrgott, sie ist ihre Mutter, nicht ich … sie hätte etwas tun müssen. Rosalie weigert sich, mit mir zu reden. Kein Wort. Ich habe ihr das Geld gegeben. Für das Kunstprojekt …«

»Jack?« Schwankend hob er den Kopf und berührte den Stamm der Eiche. Ich legte eine Hand an seine Wange und drehte seinen Kopf zu mir. Er wirkte so verwirrt, dass er mich womöglich gar nicht wahrnahm. Ich strich ihm übers Haar. »Komm. Es ist Zeit, nach Hause zu gehen.«

»Nein!« Seine Hand schoss hoch und griff nach meiner. »Erst, wenn sie weg ist.«

»Wer?«

»Das Mädchen. *Da drüben.*«

»Soll ich hingehen und nachsehen?«

»Nein. Lass mich nicht allein.«

»Ich bin doch gleich wieder da.« Es war unmöglich, sich seinem Griff zu entziehen. »Jack, ich kann nicht, *bitte …*«

»Nein! Ich will es nicht.«

Ein paar Minuten saßen wir schweigend da. Jacks Kopf fiel auf meine Schulter, aber er ließ mich nicht los. »Es ist bedeutung … bedeutungslos. Was Lenny immer gesagt hat … wenn es einen … du weißt schon, da oben irgendwo … muss wie eine … eine Kraft sein. Elektrizität. Keinen Grund … warum Dinge geschehen. Zufall. Keinen … verfluchten … *Sinn.*«

Mein Handgelenk fühlte sich an, als wäre es in einem Schraubstock gefangen. »Wo ist der Wein, Jack? Warum trinkst du nicht noch ein Glas?« Die Flasche stand auf dem Boden, und Jack ließ meine Hand los, um nach ihr zu greifen. Blitzschnell stand ich auf. »Warte hier.«

Ich hörte ihn etwas murmeln, das wie Schlampe klang, aber er versuchte nicht, mich aufzuhalten. Als ich zurückkam, lag er mit angezogenen Knien auf der Bank, die leere Flasche in der Faust. »Alles in Ordnung, sie ist weg.«

»Wartet … auf dem Weg …«

»Nein. Ich habe nachgesehen. Lass uns nach Hause gehen, okay?«, sagte ich und versuchte, ihn hochzuziehen.

Er grinste anzüglich: »Oh, du bist ja so stark …«

»Im Schleppen von Mehlsäcken«, sagte ich. »Komm schon.«

»Sei sanft mit mir.«

»Ach, sei ruhig, Jack. Beweg dich!«

»Morgen früh wirst du keinen Respekt mehr vor mir haben.«

»Ich habe *jetzt* keinen Respekt mehr vor dir. *Steh auf.*«

»Warte.« Er torkelte hinter den Baum, erbrach sich und wischte sich den Mund mit dem Ärmel ab, als er wiederkam. »Besser.«

»Gut.« Auf dem Weg war Jack kleinlaut. Ich überlegte die ganze Zeit, wie um alles in der Welt ich ihn zu Hause die Treppe hochbringen sollte, aber als wir dort waren, ließ er sich Schuhe und Hose ausziehen und auf dem Küchensofa ins Bett bringen. Ich deckte ihn mit einem Damasttischtuch zu – das einzige, das groß genug war – und wollte gerade nach oben gehen, als er murmelte: »Bleib bei mir.«

»Nein.«

»Bitte, Alice. Ich will nicht allein sein.«

»Nein. Auf gar keinen Fall.«

Jack streckte die Hand aus. »Ich werde dir nichts tun. Will dir nur was erzählen.«

»Na gut.« Ich setzte mich neben ihn. »Aber mach schnell. Ich bin müde.«

»Über meinen Vater. Als ich klein war. Er hatte aus einem alten Besenstiel Schachfiguren für mich geschnitzt. Hat Wochen gedauert. Er hat gerne mit den Händen gearbeitet, dann war er beschäftigt, aber manchmal bekam er diese düsteren

Stimmungen, dann wollte er mit niemandem reden, sondern saß nur da und starrte stundenlang ins Feuer.

Man wusste nie, wann es passieren würde, es überkam ihn einfach, und dann war es, als wären Mum und ich nicht mehr da. Man konnte nicht mit ihm in einem Zimmer sein, deswegen hielten wir uns in der Küche auf, aber an diesem einen Abend haben wir um die Ecke geschaut, und da sahen wir, wie er Sachen ins Feuer wirft, ein Ding nach dem anderen, und zuschaut, wie sie verbrennen. Meine Mutter flüsterte mir zu, ich soll hineingehen und nachsehen, was er macht, denn er konnte ein bisschen unberechenbar sein, wenn er so war, und das machte sie nervös, für den Fall, dass er es ihr in die Schuhe schieben würde, verstehst du. Ich bin auf Zehenspitzen zu seinem Stuhl geschlichen, und er hatte die Schachfiguren auf dem Schoß und warf sie in die Flammen. Erst die Bauern, dann die Türme und die Läufer, dann die Springer, die Könige und die Damen ... Hörte erst auf, als alle verbrannt waren. Es war das Einzige, was er je für mich gemacht hatte, aber er hat nie gesagt, warum er sie verbrannt hat.« Jack schloss die Augen. »Ich habe seit Jahren nicht daran gedacht. Alice, hörst du mir zu?«

»Ja.«

»Ich weiß, dass ich nicht besonders gut zu Val oder den Mädchen war, aber ich habe nie ... ach, ich weiß nicht. Keine Ahnung, warum ich dir das erzählt habe. Nur ... Bleib bei mir, Schätzchen.«

Ich ließ seine Hand los und stand auf. »Es tut mir Leid, aber ich muss ins Bett. Allein. Endgültig.«

»Okay«, sagte er demütig. »Mir tut es auch Leid. Bis morgen.«

»Weiß Gott, was das jetzt wieder sollte«, sagte ich zu Eustace, der in der Diele auf mich wartete. Er bedachte mich mit einem unheilvollen Blick und stürmte die Treppe hinauf an mir vorbei ins Schlafzimmer. Bevor ich mich auszog und die Vorhänge zuzog, klemmte ich einen Stuhl unter die Türklinke, dann ging ich ins Bett. Gleich darauf stand ich noch einmal auf und holte ein Nachthemd aus der Kommode. Eins von diesen aufgebauschten Dingern mit Spitze und *Broderie anglais*. Darin fühlte ich mich irgendwie ein bisschen sicherer.

Als ich mich dann wieder hingelegt hatte, landete Eustace mit einem lauten Plumps neben mir. Ich spürte eine schwere Pfote auf dem Bauch, gefolgt von seinem Kinn. Seine Augen leuchteten im Dunkeln. Ich streichelte seinen Kopf. »Dann verzeihst du mir also?« Er gähnte.

Jack war nie depressiv gewesen, jedenfalls soweit ich mich erinnerte, aber er war schon immer ein Choleriker. Ich dachte, die Leute übertreiben, wenn sie von seinen Wutanfällen erzählten, bis ich einmal erlebte, wie er in einem Studio total durchdrehte. Er drohte, dem Produzenten ein Mikrofon in den Arsch zu rammen, wenn dieser nicht auf der Stelle irgendein technisches Problem lösen würde, und wir waren alle davon überzeugt, dass er es ernst meinte.

Wann war das? Sie hatten ein Album aufgenommen, Sketche, und Lenny saß abgelenkt in einer Ecke und redete mit niemandem. Ich dachte, das wäre normal – ein Kater –, aber … Es war ihr letztes gemeinsames Album, *Jack und Lenny in Aspik*. 1969 muss das gewesen sein. Ostern? Vor der Party in Ivar jedenfalls. Da kamen Jack und Lenny noch gut miteinander aus, anders als nach ihrer Rückkehr aus den Staaten. Ich versuchte mich zu erinnern, wann es angefangen hatte, schief zu laufen. Lennys Trinkerei trug dazu bei, aber er trank schon eine ganze Weile.

Obwohl ich mir Sorgen machte, was Jack Lenny wohl über uns erzählt haben könnte, hatte ich den Grund für ihren

Streit nie richtig verstanden, denn wenn es nur darum gegangen wäre, hätte Lenny etwas gesagt. Ich hatte angenommen, dass es etwas mit ihrer Arbeit zu tun hatte, wahrscheinlich gingen sie sich gegenseitig auf die Nerven – jede Beziehung hat ihre Krisen –, aber ich hatte nicht mit Lenny darüber gesprochen. Er schien es nie zu wollen, und ich hätte ihm sowieso keinen Rat geben können. Ich meine, es war nicht meine Welt, so wie der Klub nicht seine war. *Die Polizei ist auf der Suche nach Maxteds früherem Partner, Jack Flowers …*

Ich schloss die Augen, und Kittys Gesicht tauchte vor mir auf, grünliches Fleisch und wie Seegras umherschwimmende Haarsträhnen. Sie beobachtete mich mit diesem wissenden Lächeln. *O Gott, was geschieht hier*?

Zusammengerollt starrte ich dumpf auf den Kissenzipfel, bis mir bewusst wurde, wo ich den Namen Danny Watts schon einmal gehört hatte. Als Jack mich gefragt hatte, ob ich ihm schon mal begegnet war, hatte nichts bei mir geklingelt, *weil ich ihm nicht begegnet war*. Aber ich hatte seinen Namen gesehen. Am Kühlschrank. Auf einer von Lennys Listen. *Menschen, die es verdienen, erschossen zu werden.* Schiefe Großbuchstaben auf liniertem Papier, herausgerissen aus einem Kalender. Wer war er? Kein Verwandter. Kein Freund, soweit ich wusste. Ein Kritiker? Der Name klang irgendwie nicht richtig. Ein Kritiker hätte einen – na ja, *schickeren* Namen. Schauspieler? Regisseur? Kein Komiker – das wüsste ich.

Beunruhigt setzte ich mich im Bett auf.

Danny Watts. DannyWattsDannyWattsDannyWatts.

Irgendwo war Lennys Adressbuch. In einer Kiste auf dem Speicher. Wer Danny Watts war, das würde allerdings auch da wohl nicht drinstehen. Vielleicht hatte er Tabletten verkauft. Ich könnte so tun, als wäre ich süchtig oder so, und …

»*HIMMELHERRGOTT!*«

Ein Krachen, so laut, dass ich vor Schreck zusammenfuhr. Eustace floh aus dem Bett, als hätte ihm jemand einen Tritt versetzt, und rannte knurrend zur Tür. Ich umschlang zitternd meine Knie, schloss die Augen und fing an, bis zehn zu zählen – *eins – zwei – dr* Wieder ein Krachen. Ein Bersten und dann ein Geräusch, als wäre etwas gegen die Wand geflogen, auf dem Boden gelandet und zerbrochen. Kein Glas. Plastik? *Das Telefon, o Gott, nicht das Telefon*. Dann herrschte Stille. Ich hörte nur noch mein Herz schlagen.

17

Ich weiß nicht, wie lange es dauerte, bis ich mich bewegte – im Nachhinein gesehen wahrscheinlich nur eine halbe Minute, aber ich hatte das Gefühl, es dauerte viel länger und kostete schrecklich viel Kraft, doch schließlich wagte ich mich aus dem Bett, löste den Stuhl unter der Türklinke und schlängelte mich an Eustace vorbei, der, ganz außer sich, weil er hinunterwollte, angefangen hatte zu jaulen und auf dem Holzboden zu scharren. »Du bleibst hier«, flüsterte ich. »*Bitte*. Bleib. Hier. Ich bin gleich wieder da.«

In der Küche brannte Licht. Jack stand mit düsterem Gesicht, torkelnd wie ein sturzbetrunkener Boxer, unter der Lampe, den Hörer in der Faust und den Rest des Telefons zerstört zu seinen Füßen. Er hatte es aus der Wand gerissen.

Ich zögerte eine Sekunde lang, dann hechtete ich zur Hintertür. Sah Jack einen Schritt auf mich zu machen. Sah Blut auf seiner Stirn. Schlängelte mich an ihm vorbei, während er versuchte, mich festzuhalten, und ins Leere griff. Riss an der Klinke – *Gott sei Dank, nicht abgeschlossen* – und rannte über den Hof auf die Straße.

Telefonzelle. Auf dem Dorfanger. Vorbei an der Kirche, am Pfarrhaus, an Häusern, einem Hoftor. Steine. Füße, Schmerzen – muss zur – Telefonzelle. Ich riss die Tür auf. *Lass sie nicht zerstört sein*. Gut. Jack – folgt mir nicht – Ruhig – bleib ruhig. Geld – o Gott, kein Geld – Polizei – umsonst – Aber die Polizei würde sagen … geht sie nichts an – Jack hatte mich nicht geschlagen – oder – ich hätte es herausgefordert – Wen anrufen? Warte. Erst mal Luft holen. Denk, *denk nach* … Wechselgeld … Ich steckte die Finger in den Schlitz und … zwei Pence. Danke, lieber Gott. Ich starrte die Münze in meiner Hand an. Der Ärmel meines Nachthemds war zerrissen. Ich erinnerte mich nicht, dass es passiert war.

Wen konnte ich anrufen? Mum hat noch nie ein Telefon gehabt. Jeff? Der Betonboden fühlte sich wie Sandpapier unter meinen Fußsohlen an. Ich fing an zu zittern. Ja, Jeff. Gut. 0–1–4–3–5–4–8–6–1. Komm, mach schon, geh ran. Jeff war schon immer ein Nachtmensch. Wenn er zu Hause war. Aber dann war höchstwahrscheinlich jemand bei ihm, und er würde nicht ans Telefon gehen. *Bitte, Jeff, ich bin's* … Dann hörte ich ein Klicken und eine Stimme, und einen Moment lang dachte ich, es wäre Jeff, und fing an zu sprechen, aber die Stimme hörte nicht auf zu reden, und ich begriff, dass es der Anrufbeantworter sein musste. Ich wollte gerade auflegen, da sagte die Stimme, ich könnte eine Nachricht hinterlassen.

»Jeff, hier ist Alice. Es tut mir Leid, aber –« Es piepte, dann wieder Ruhe. »Bist du noch da? Entschuldige, ich weiß, dass du nicht wirklich *da* bist. Ich weiß nicht, ob du das hier hören wirst, aber hier ist Alice. Ich weiß, das habe ich schon gesagt, aber es ist nur … hör mal, tut mir Leid, aber ich bin ein bisschen in Schwierigkeiten, und ich wusste nicht, wen ich anrufen soll. Nur … es ist Jack … Jack Flowers, Lennys Partner, er ist hier, und er ist … ich glaube, er wird verrückt. Ich habe anonyme Briefe mit der Post bekommen, Zeitungsausschnitte. Ich bin in einer Telefonzelle, mein Telefon ist kaputt, Jack hat es kaputtgemacht, deshalb kannst du nicht anrufen. Ich meine … ich weiß eigentlich nicht, was ich rede, wirklich, nur … ich bin ein bisschen durch den Wind, und … Hör mal, ich muss jetzt Schluss machen, weil … die Tiere und alles, aber …«

Ein langes Piepen. Ich konnte nicht noch mal anrufen – kein Geld mehr. Jetzt wird er denken, dass ich endgültig reif für die Klapsmühle bin. Er hat ja schon immer gesagt, dass ich spinne.

Ich legte auf, rutschte an der Wand herunter und setzte mich auf den Boden. Was jetzt?

Val. Sie weiß nicht einmal, wo Jack ist. Ich hätte sie zuerst anrufen sollen. Sie musste krank vor Sorge sein, wenn sie in der Zeitung gelesen hatte, dass die Polizei mit ihm sprechen wollte. Nein, das konnte ich ihm nicht antun. Oder Val, wenn man es genau nimmt. Jack hatte schon genug Schwierigkeiten. Und außerdem, seine Karriere – was davon übrig war, und … *Und Lenny.* Ich wollte nicht, dass man sich an ihn, na ja, eigentlich an beide, nur wegen so einer schrecklichen Geschichte erinnerte. Nach Lennys Tod war es schlimm genug. Leute, die er kaum gekannt hatte, behaupteten, seit Jahren seine besten Freunde zu sein, und erzählten den Zeitungen Sachen über Alkohol und Drogen und wie er sein Talent verschwendet hatte. Ich wollte, dass man sich an ihn erinnerte, weil er die Menschen zum Lachen gebracht hatte, denn das war es, was zählte. Der Rest ging niemanden etwas an. Und die Frau in dem Auto – Kitty, oder wer auch immer sie war –, nun, sie war tot, oder? Die Polizei würde sie sicherlich identifizieren können, man würde ihre Eltern benachrichtigen, und dann konnte man sie begraben und … na ja, das war die Hauptsache. Dazu brauchten sie Jack nicht.

Ich stand auf und wählte die Nummer der Vermittlung,

hoffte, dass sie mich zur Auskunft durchstellen würde – was sie tat – und dass Jack und Val im Telefonbuch standen – was sie taten. 0–7–0–7–8–7–9–2–6–4. Gut. Ein R-Gespräch.

Ich wählte wieder die Nummer der Vermittlung, im Geiste immer wieder Jack und Vals Nummer wiederholend. »Mein Name ist Rosalie«, sagte ich zu der Frau, betend, dass Rosalie nicht zu Hause bei Val war. »Ich bin ihre Tochter.« Ich wartete, kreuzte die Finger, während die Telefonistin ihre Arbeit machte, und dann …

»Sprechen Sie bitte.«

»Danke. Hallo?«

Ich erinnerte mich an Vals Stimme, sanft und ein wenig lispelnd. »Hallo? Rosie, um Himmels wil …«

»Nein … Nein, hier ist nicht … Entschuldigung, und es tut mir Leid, dass ich so spät störe …«

»Wer ist da?«

»Ich weiß nicht, ob du dich an mich erinnerst, ich heiße Alice, Alice Jones. Leider habe ich kein Geld bei mir, und es ist ein bisschen …«

»Wie kommst du darauf, dass ich dir irgendetwas zu sagen hätte?«

»Es ist nicht … ich meine, das glaube ich auch nicht, aber es geht um Jack, er ist …«

»Ich will es nicht wissen. Du hast vielleicht Nerven, mich anzurufen.«

»Bitte, Val. Jack ist in einem schrecklichen Zustand.«

»Nun, *Mrs.* Jones, du hast dein Bett gemacht, oder? Und wie man sich bettet, so liegt man.«

»Ich bin nicht …«

Sie legte auf.

Ich trat aus der Telefonzelle, riss die herabhängende Spitze vom Ärmel meines Nachthemds und trug sie zum Abfalleimer. Ich hatte Val nur ein paar Mal bei irgendwelchen Essen getroffen, aber sie wusste, dass ich Lennys Freundin gewesen war. Jedenfalls eine von ihnen. Schwarze Locken, graue Augen, spitze Nase, elegant. Sie hatte mich an das Bild einer Hexe in einem Kinderbuch erinnert.

Das letzte Mal habe ich sie bei Lennys Beerdigung vor sechs Jahren gesehen, doch am Telefon hatte sie sofort gewusst, wer ich bin, obwohl ich mich mit Jeffs Familiennamen gemeldet habe. Und sie war nicht überrascht gewesen. Als ich Jack erwähnte, sagte sie, sie wollte nichts wissen, was seltsam ist. Es sei denn, sie wusste es bereits. Dass er hier ist, meine ich. Obwohl ich davon eigentlich gar nichts gesagt habe. Oder doch? Ich konnte mich nicht erinnern. Wie auch immer, warum sollte er ihr das sagen? Er war immer wie besessen darauf bedacht gewesen, die beiden Hälften seines Lebens zu trennen. Man sagt, dass die Ehefrauen es immer als Letzte erfahren, aber sie musste einfach irgendeine Ahnung haben. Und sie wusste offensichtlich auch, oder nahm es zumindest an, dass ich mit ihm geschlafen hatte. Sie muss mir gegenüber empfinden wie ich Kitty gegenüber, dachte ich. Das konnte ich ihr nicht verübeln. Wenn ich mit Jack verheiratet wäre, würde ich nicht nur mich verdächtigen, sondern jede Frau auf diesem Planeten. Arme Val. Wohlgemerkt, wenn Kitty je »arme Alice« zu mir gesagt hätte, hätte ich sie eine Heuchlerin genannt, und das mit Recht.

Kopfschüttelnd sah ich an mir hinab. Mein Nachthemd war staubig und zerknittert, und der weiße Baumwollstoff wirkte ganz grau im Mondlicht. Wie ein Leichentuch – das schon eine Weile unter der Erde gelegen hatte. Ich sah wahrscheinlich auch so aus. Meine Füße verfärbten sich langsam blau.

Ich machte mich auf den Weg zurück zur Farm. Am Tor blieb ich stehen. Was zum Teufel tue ich hier, dachte ich. Retten Sie sich selbst, hatte der Arzt gesagt. Er meinte damit vor

Lenny, aber es lief auf dasselbe hinaus. Jack konnte mir etwas antun. Er hatte gesagt, er würde mir nichts tun, aber ich hatte den Ausdruck in seinem Gesicht gesehen, als ich in der Küche an ihm vorbeigerannt war. Als er, die Scotchflasche schwingend, auf mich zu gekommen war, hatte er auch so *böse* ausgesehen, und im nächsten Augenblick hatte er sich ganz zerknirscht entschuldigt. Morgen früh erinnert er sich wahrscheinlich gar nicht mehr daran, dachte ich. So war es bei Lenny immer gewesen, und der konnte ziemlich gemein sein, wenn er getrunken hatte. Wir hatten dann die schlimmsten Streits, und wenn ich ihn an die Dinge erinnerte, die er gesagt hatte, war er zutiefst betroffen, schwor, dass er es wieder gutmachen würde, und flehte mich an, ihn nicht zu verlassen.

Retten Sie sich selbst. Ich sah zu meinem Auto hinüber. Der Schlüssel war in meiner Tasche in der Küche. Jack auch. Ich hörte ein Schnauben vom Feld. Pablo. Und Eustace wartete im Schlafzimmer auf mich. Ich konnte sie nicht im Stich lassen. Ich hatte keine Wahl. *Dies ist mein Zuhause. Ich kann sonst nirgendwo hin.*

Alles war dunkel. Ich kann es nicht riskieren, ihn aufzuwecken, dachte ich und ging um das Haus herum. Das Wohnzimmerfenster stand einen Spalt offen, deshalb raffte ich mein Nachthemd, kletterte hinein, schlich durchs Zimmer, zog vorsichtig die Tür auf und trat leise in die Diele, wo ich stehen blieb und angestrengt auf irgendwelche Geräusche aus der Küche lauschte. Stille. Ich ging auf Zehenspitzen die Treppe hinauf. Wenn man auf die richtigen Stellen trat, knarrte sie nicht. Ich schloss die Tür, klemmte den Stuhl wieder unter die Klinke, kletterte – schmutzig, wie ich war – ins Bett und versuchte nicht daran zu denken, was passieren würde, falls Jack beschloss, mir Gesellschaft zu leisten. Wenigstens ist Eustace da, dachte ich, als der Hund auf mich draufkletterte und mich mit der Nase stupste. Nach ein paar Minuten rollte er sich zusammen und begann zu schnarchen. Vals Worte kamen mir wieder in den Sinn: *Du hast dein Bett gemacht, oder? Wie man sich bettet, so liegt man.* Das hatte ich jetzt. Mich gebettet, meine ich. Plötzlich fiel mir wieder ein, was Jack gesagt hatte – *Es war zuerst deine Idee.* Dass wir miteinander geschlafen hatten? Nun, das konnte er nicht meinen, denn das war nicht meine Idee gewesen. Ich meine, klar hatte ich es getan, aber er war zu mir gekommen, nicht ich zu ihm.

Du hast mit allem angefangen, hatte auch Lenny gesagt. Im Cottage in Ivar. *Das alles ist allein deine Schuld,* hatte er durch die Tür geschrien. War es das, was er gemeint hatte? Hatte Jack ihm erzählt, ich hätte ihn verführt? Nein, es musste etwas anderes sein. Aber was? Ich drehte mich auf den Rücken und starrte an die Decke. *Was* hatte ich angefangen? *Was* hatte ich getan?

18

Ich war erschöpft, konnte aber nicht schlafen, nicht mit Jack unten in der Küche. Merkwürdig, dass es Lenny war, über den ich die ganze Zeit nachdachte, und nicht Jack. Ich glaube, das lag daran, dass – na ja, das letzte Mal *war* ich davongelaufen, und vielleicht wäre alles anders gekommen, wenn ich den Mut gehabt hätte, dort zu bleiben. Aber ich hatte Angst gehabt. Ich meine *echte* Angst. Ich dachte wirklich, Lenny würde mich umbringen.

Manchmal schaue ich zurück – immer noch – und frage mich: Wie konnte all das passieren? Es ist leicht, heute hier zu sitzen und zu sagen, wenn dies, wenn das, aber damals – er *verfiel* einfach. Ich hätte aufmerksamer sein müssen, aber ich war so aufgeregt wegen des Hauskaufs, und ich dachte, jetzt wird alles so, wie ich es mir erträumt habe. Wir würden renovieren und den Garten in Ordnung bringen, uns einen Hund anschaffen und vielleicht sogar eine Familie gründen. Ehrlich, ich stellte mir das Ganze so vor wie in einer Anzeige für Frühstücksmüsli, nicht wie richtiges Leben. Eigentlich lebte ich in einem Traum. In meinem Kopf war alles wunderbar, und die Probleme würden sich einfach in Luft auflösen.

Derart optimistisch war ich gewesen, dass ich nicht gesehen hatte, wie schlimm es wirklich um Lenny stand. Er hörte nicht auf, über die Amerikaner herzuziehen und was für Schweine sie waren, weil sie ihn gefeuert hatten, und warum es nicht der richtige Film war und warum Jack an allem schuld war, denn schließlich hatte er die Sache ja eingefädelt. Ich wusste nicht, was ich darauf erwidern sollte, denn bevor sie losfuhren, hatte sich Lenny genauso darauf gefreut, hatte gesagt, es sei ihre große Chance, international bekannt zu werden. Aber ich dachte, ich könnte sein Lamentieren übergehen, es würde sich schon alles finden, sobald wir das Haus hatten, und ich habe einfach nicht begriffen – natürlich habe ich es nicht *begriffen*, ich wusste ja nicht einmal die Hälfte von allem …

Und es gab andere Geschichten: Lenny trank mehr und mehr, er war bei einer Reihe von Ärzten gewesen, hatte Tabletten genommen, aber nichts von all dem änderte irgendwas. Er drehte sich im Kreis. »Willst du denn nicht aufhören?«, habe ich ihn immer gefragt. Er sagte, doch, und ich glaubte ihm – wie konnte ich ihm auch *nicht* glauben? –, aber ich denke nicht, dass er es ernst meinte. Es war beinahe so, als akzeptierte er, dass er mit dem Alkohol sozusagen auf Kollisionskurs war, und niemand, schon gar nicht ich, konnte etwas daran ändern. Fatalismus. Das ist das richtige Wort.

Ich dachte, es läge an mir, weil ich nicht – wichtig *genug* für ihn war, um mit dem Trinken aufzuhören. Aber wenn er Schuldgefühle wegen der Ereignisse auf der Party hatte, wenn das tote Mädchen Kitty war … *Gib nicht den Kamelen die Schuld.* Sollte heißen, es war seine Schuld. Etwas in der Art hatte in der Zeitung gestanden. Ich stand auf und suchte auf dem Boden nach meinen Shorts. Der Zeitungsausschnitt war noch in der Tasche. Ich knipste das Licht an. *Hat Schuld Maxted so nah am Ort des tragischen Geschehens in den Freitod getrieben?*

Es war, als wäre die Welt stehen geblieben. Wie durch nassen Zement watete ich wieder ins Bett. *Seinen Kumpels hatte der bemitleidenswerte Lenny erzählt, er hätte den Sportwagen verkauft … Die Polizei ist auf der Suche nach Maxteds früherem Partner …*

Ich legte mich auf den Rücken. Mein Körper fühlte sich so schwer an, als könnte jeden Augenblick das Bett unter ihm zusammenbrechen. Mir reicht es, dachte ich. Bitte, lieber Gott, lass mich einfach einschlafen. Ich will nicht mehr über all das nachdenken.

Danach muss ich wirklich eingeschlafen sein, denn ungefähr eine Stunde später weckte mich etwas. Das Haus knarzt manchmal, aber das kenne ich. Es war eher eine Bewegung, allerdings nicht sehr nah. Ich konnte nicht erkennen, ob es von oben oder von unten kam. Ein Kratzen oder Schaben. Große Mäuse mit großen Füßen, dachte ich töricht. Etwas polterte auf den Boden.

Jack? Ich setzte mich im Bett auf. Nichts mehr. Das Haus war wieder still, und Eustace weilte immer noch unter den Scheintoten. Vielleicht waren es wirklich Mäuse. Jack musste längst im Tiefschlaf sein. Er war nicht aufgewacht, als ich durchs Fenster hereingeklettert war, und bei der Menge, die er intus hatte … Meine Gedanken wanderten zu dem, was der

Taxifahrer in Ivar über den eingebildeten Kerl gesagt hatte, den er zum Cottage gefahren hatte. Drogen, das war es, was er gesagt hatte. War das Danny Watts gewesen? Er hatte definitiv auf Lennys Liste gestanden, und Jack hatte mich gefragt, ob ich mich an ihn erinnere. Ich wusste, ich würde nicht mehr schlafen können. Lennys Adressbuch war irgendwo auf dem Speicher. Ich konnte genauso gut hinaufgehen und nachschauen. Alles war besser, als hier zu liegen und sich Sorgen zu machen.

Ich stand auf und schob den Stuhl von der Türklinke weg. Eustace setzte sich auf und sah mich mit schief gelegtem Kopf an, als wollte er mich etwas fragen. »Du bleibst hier«, sagte ich. »Ich bin gleich wieder da.«

Die Taschenlampe in der Hand, ging ich auf Zehenspitzen über den Flur. Um auf den Speicher zu kommen, musste ich die Haupttreppe hinunter, die Diele und das Esszimmer durchqueren, um dann über das zweite Treppenhaus nach oben zu gelangen, wobei eine Menge knarrender Dielen zu umschiffen waren. Ich kam mir in meinem eigenen Haus wie ein Einbrecher vor, aber ich wusste ja nicht, wozu Jack in der Lage war. Wenn er eingeschlafen war, wollte ich ihn keinesfalls wecken.

Der Speicher ist voller Kisten und Koffer. Hauptsächlich Lennys Sachen, eine Menge Gerümpel, mit Tüchern gegen den Staub geschützt. Die nackte Glühbirne ist schwach und staubig und leuchtet nicht bis in die Ecken, und es ist schon ohne den Garderobenständer mit Lennys Hüten und Mänteln, die aussehen wie ein Haufen hohler Männergestalten, gruselig genug. Immer wieder warf ich über die Schulter einen Blick darauf, während ich zu den Kisten ging. Ich glaubte zu wissen, in welcher das Adressbuch lag, aber da war es natürlich nicht, und ich fand es erst in der sechsten.

Als ich es endlich in der Hand hielt, waren meine Fingerspitzen grau vom Staub, meine Füße schmutzig, und mein Nachthemd sah aus wie ein Putzlappen. Ich nahm das Adressbuch und schaute mich noch ein letztes Mal um.

Granddads Sessel stand verloren in der hintersten Ecke – blauer Brokat, von dem die Paspeln abfielen. Der Sitz hing durch, und unten kam die Füllung raus. Unbrauchbar, aber ich behielt ihn, weil es sein Lieblingssessel gewesen war. Der Schonbezug musste runtergerutscht sein, oder ... *Moment mal.* Da waren doch noch andere Sachen gewesen, noch mehr Kisten und ... wo waren sie? Ich bilde es mir nicht ein, dachte ich, Jack sucht tatsächlich etwas. Er war auch hier oben.

Eigenartig. Ich konnte mich nicht erinnern, Licht unter der Wohnzimmertür gesehen zu haben, als ich die Haupttreppe hinuntergeschlichen war, aber als ich auf dem Rückweg durch die Diele ging, war es definitiv da. Mit klopfendem Herzen stand ich im Dunkeln und überlegte, was ich tun sollte. Hören konnte ich nichts. Ich setzte den Fuß auf die erste Stufe – einen Tick zu weit, denn sie knarrte.

»Alice?«

Nicht bewegen!

»Ich weiß, dass du da draußen bist.«

Nicht antworten!

»Komm und rede mit mir, mein Schatz. Ich bin einsam.«

»Ich wollte mir nur ein Glas Wasser holen«, plapperte ich.

»Nein, wolltest du nicht. Komm schon.«

»Jack, ich bin müde. Wir können morgen früh reden.«

»Ich will dir etwas zeigen.«

»Das habe ich schon mal gesehen«, sagte ich, in der Hoffnung, dass er lachen würde.

Er tat es nicht. »Sieh zu, dass du hier reinkommst.«

»Hat das nicht Zeit?«

»Nein. Muss ich erst kommen und dich holen?«

Ich schlich auf Zehenspitzen zur Wäschetruhe, öffnete vorsichtig den Deckel ein ganz klein wenig, damit ich das Adressbuch hineinschieben konnte, ohne dass die Blumenvase ins Rutschen kam, und schloss ihn mit angehaltenem Atem, so sanft es mir möglich war. Dann ging ich in normalem Tempo zum Wohnzimmer und machte die Tür auf.

Das Erste, was ich auf der gegenüberliegenden Wand sah, war ein Viereck mit sich bewegenden schwarzen und weißen Schatten. Der Film war grobkörnig, Streifen wanderten über das Bild. Zuerst konnte man nur schwer erkennen, was da passierte, ich sah lediglich ein kriechendes Gewirr aus blassen Schatten. Wie viele? Mehr als zwei. Männlich und weiblich. Flecken und Störungen flimmerten über die Leinwand, während sich Schenkel, Waden, Hinterbacken und Bäuche aneinander rieben.

Der Film lief ohne Ton, nur das Summen des Projektors war zu hören. Im Zimmer war es düster und verraucht. Jacks Sessel stand ein paar Meter von mir entfernt, und ich konnte nur seinen Kopf und eine herunterhängende Hand mit einer Zigarette sehen. Ich verrenkte den Kopf und erkannte den Projektor hinter der Tür. Lennys. Vom Speicher. Mitten auf der Anrichte.

»Komm rein und setz dich.« Jack klang völlig nüchtern.

»Du willst einen *Pornofilm* anschauen?«

»Warum nicht? Es ist deiner.«

»Nein, ist es nicht. Ich schaue mir so einen Quatsch nicht an.«

Jack drehte sich um und sah mich an. »Ich weiß, Schätzchen, aber es ist wichtig.«

»Wichtig? Jack, es ist halb drei Uhr morgens, und das ist ein Porno und nicht mal ein besonders guter, wenn ich richtig sehe.«

»Bitte, Alice.«

Am besten tue ich ihm den Gefallen, dachte ich, denn morgen früh verschwindet der Mistkerl.

Ich quetschte mich hinter dem Sessel durch und setzte mich auf den Teppich vor dem Kamin, so weit weg von ihm wie möglich. Er hatte es nicht geschafft oder sich nicht die Mühe gemacht, seine Hose wieder anzuziehen, und sich das Damasttischtuch, mit dem ich ihn zugedeckt hatte, wie einen Sarong um die Taille gewickelt.

Ich spürte, dass er mich beobachtete, also starrte ich angestrengt auf die Leinwand, ohne wirklich zu sehen, was da vor sich ging. Und das war nicht schwer, weil es sich eigentlich nur um ein großes Puzzle mit abgerundeten Kanten aus beweglichem Fleisch handelte. Man konnte nicht erkennen, was wem gehörte. »Wie irgendjemand so etwas aufregend finden kann, geht über meinen Horizont«, maulte ich. »Dann schon lieber …« Ich hielt inne, denn plötzlich gab es einen Ruck, und die Kamera, die offensichtlich gerade am Fußende des Bettes abgestellt worden war, war auf den Rücken und den Hintern eines Mannes gerichtet, der eine Frau bumste, die auf allen vieren vor ihm kniete – seine Hände umklammerten ihre Hüften, um tiefer einzudringen. Aus irgendeinem Grund erinnerte mich das an das Stoßmich-Ziehdich aus Doktor Dolittle, und ich fing an zu kichern, aber dann beugte sich der Mann vor, und da kam auf Knien das Gesicht der Frau zwischen Männerbeinen ins Bild, Männerhände hielten ihren wippenden Kopf … »O *Gott*!« Ich rappelte mich auf. »Jack, halt es an. Mach aus. Bitte mach es einfach aus!«

Er rührte sich nicht. Wie hypnotisiert starrte er auf den Film – auf sich selbst.

»Das ist Lenny, nicht wahr? Der andere Mann … es ist Lenny.«

»Ja.«

»Du *Schwein*. Ich weiß nicht, warum du versuchst, mich zu beschämen, aber es ist dir gelungen. Ich hoffe, jetzt bist du zufrieden.« Ich wollte zur Tür.

Er sprang hoch, um mich aufzuhalten. Ich versuchte, ihn zu schlagen, zu kratzen, irgendwas, aber er hielt meine Handgelenke fest.

»Lass mich los.« Ich spuckte ihn an. »Ich hasse dich.«

»Alice, warte. Ich weiß, wie es aussieht, aber es ist nicht ...«

»Nein, das weißt du nicht. Du weißt gar nichts.« Wir kämpften stumm und verbissen, während der Projektor weiter surrte. Voller Verzweiflung senkte ich den Kopf und versuchte, ihn in die Hand zu beißen.

»Hör auf damit, Alice! Na gut, ich weiß gar nichts, aber du musst hier bleiben und den Schluss ansehen.«

»Warum? Damit du es mir richtig unter die Nase reiben kannst? Hör zu, ich weiß, dass Lenny mir nicht immer treu war, aber deswegen musst du nicht ...«

»Alice, sei still. Beruhige dich.«

»Warum sollte ich?«

»Weil ich dich sonst schlage.«

»Oh, bitte tu dir keinen Zwang an. Du hast mir gestern Abend schon beinahe mit der Flasche den Schädel zertrümmert, da macht einmal mehr auch keinen Unterschied. Lass – mich – los!« Ich schüttelte meine Arme hin und her, in dem Versuch, mich zu befreien, doch er ließ nicht los.

»Alice, ich warne dich, wenn du dich nicht benimmst, *werde* ich dich schlagen, und es wird wehtun.«

Ich funkelte ihn zornig an. »Komm schon, hör mir nur einen Moment zu. Es tut mir Leid, dass ich dich aufgeregt habe. Das wollte ich nicht. Es war krass, das weiß ich, und ich habe gesagt, dass es mir Leid tut, aber du musst den Schluss sehen.

Danach kannst du mir eine runterhauen oder mich ein Arschloch nennen oder tun, was du willst. In Ordnung?«

»In Ordnung.«

»Noch mal. Und schau mich diesmal an.«

»Ich habe gesagt: *in Ordnung.*«

»Du bleibst hier, wenn ich dich loslasse?«

»Ja.«

»Versprochen?«

»*Ja.*«

»Na schön.«

Er ließ meine Handgelenke los und wickelte sich die Tischdecke wieder ordentlich um die Taille. »Und jetzt *schau hin.*«

Noch mehr Nahaufnahmen. Kleckse und Sternchen flimmerten über einem sich windenden Knoten aus Beinen, Hüften, Körpern, schwarz behaarte Finger – Jacks – flach auf einer Brust, ein Handgelenk mit einer Uhr – Lennys – auf dem Bauch einer Frau, lange Finger mit lackierten Nägeln streichelten seinen Arm.

»Wer ist sie, Jack?«

Ich hätte nicht fragen müssen. Eine Sekunde später lösten sich die Körper voneinander, und plötzlich füllte der Nacken einer Frau das Bild aus, dunkles Haar fiel ihr über die Schultern, dann kam ihre Hand ins Bild und strich es mit einem Schwung zurück, während sie den Kopf drehte – und da war sie. Ich hätte es mir denken können. Mit verschmierten Lippen und einem glitzernden, triumphierenden Lächeln schaute sie direkt in die Kamera: Bunny Kitty.

19

Dann war sie verschwunden. Der Film lief aus, und die losen Enden schlugen gegen den Projektor, während die Spule weiterlief. Jack ging hinüber, stellte den Projektor ab, dann sah er mich an. Stille. Nur der Ventilator surrte.

»Kann ich jetzt gehen?«

»Alice?« Er machte Anstalten, auf mich zuzugehen. »Komm her.« Er breitete die Arme aus, als wollte er mich umarmen, wobei ihm das Tischtuch von den Hüften rutschte.

Ich starrte ihn einen Augenblick lang an und sagte dann: »Ich gehe in die Badewanne.«

»Alice, warte …«

»Lass mich in Ruhe. Und zieh deine Hose an. Du siehst lächerlich aus.«

Er folgte mir nicht. Ich ließ Badewasser ein, schrubbte mich mechanisch ab und wusch mir die Haare – ein halbes Dutzend Mal? Ich weiß es nicht mehr. Das Wasser war grau und eklig, aber ich wollte nicht raus. Dieser Ausdruck auf Kittys Gesicht, ich sah ihn beinahe vor mir über den Wasserhähnen schweben, einen körperlosen Kopf mit einem selbstgefälligen Grinsen. Wie die Katze in Alice im Wunderland, die verschwindet, aber ihr Grinsen bleibt. So zufrieden mit sich.

Ich war nicht naiv, was Lenny betraf. Ich meine, er sah gut aus und war lustig, und es gab jede Menge Gelegenheiten. Ich habe ihn nie für einen Heiligen gehalten, aber ich habe ihm immer verziehen. Irgendwie gefiel es mir sogar, denn bei der Versöhnung war er immer richtig süß, brachte mir Blumen und Geschenke mit, und ich dachte jedes Mal, wenn er je *aufhört*, es mir zu erzählen, dann ist es Zeit, sich Sorgen zu machen.

Es kommt mir vor wie ein anderes Leben. Manchmal schaue ich zurück und frage mich, ob das wirklich ich war. Aber wenn man jemanden liebt, handelt man anders. Ich meine, von Lenny habe ich mir so viel gefallen lassen, aber als ich herausfand, dass Jeff, mein Mann, mich betrog, und zwar fast vom ersten Tag an, zuckte ich nur mit den Schultern, na gut, das war's dann. Ich wusste, dass er es nicht wert war, um ihn zu kämpfen.

Wegen Kitty war ich allerdings richtig sauer. Ich komme nach Granddads Beerdigung in die Wohnung und finde überall verstreut ihre Sachen, das war *schrecklich*, und bei dem Gedanken, dass sie in unserem Bett zusammen waren, wurde mir ganz schlecht. Danach waren wir für zwei Monate getrennt. Ich zwang ihn, alles neu zu kaufen. Bett, Bettwäsche, alles, ehe ich einwilligte, zurückzukommen. Das war nach der Fernsehshow mit Jack. Er rief an und fragte mich, ob ich sie gesehen hatte und ob ich mit ihm essen gehen würde. Den ganzen Abend über legte er sein bestes Benehmen an den Tag. Tat sogar so, als trinke er nur Tomatensaft, obwohl ich wusste, dass das nicht stimmte, und ab dann lief es wirklich gut. Aber es war schwer zu verzeihen. Auch weil ich wegen Granddad so durcheinander war und weil Lenny es mir nicht gesagt hatte, ich fand einfach diese Unterhose unter dem Kopfkissen und Schminke im Bad. Und weil es *Kitty* war. Wenn ich sie hinterher in der Garderobe im Klub traf, hatte sie immer dasselbe Lächeln auf dem Gesicht. So selbstzufrieden. Gegen meinen Willen stellte ich sie mir immer wieder zusammen vor, und jedes Mal bekam ich eine Gänsehaut. Ich wusste nicht, ob er sich immer noch mit ihr traf. Er stritt es ab, und ich glaubte ihm, aber *jetzt* ... Vielleicht hat er gelogen.

Wann hatten sie diesen Film gemacht? Und *wo*? Man konnte von dem Zimmer nicht viel erkennen. Ich überlegte. Abgenutztes Linoleum auf dem Boden, ein schmuddeliges Bett, und ich hatte einen Blick auf ein Bord mit Schaltern und eine Art Plastikstreifen – das Ende eines Fliegenfängers – an der Tür gesehen. Wahrscheinlich ein Stundenhotel. Ich stellte mir Jack und Lenny vor, wie sie mit einem schmierigen Kerl einen Handel machten, Kitty, die, nur aus Kurven und Beinen bestehend, in einem Minirock hinter ihnen schwebte, während Geldscheine den Besitzer wechselten, Lenny, der auf ihren Hintern starrte, als sie ihm voraus ein düsteres Treppenhaus in Soho hinaufwackelte. Jack, der auf dem Treppenabsatz ungeduldig zu fummeln anfing, während der schmierige Kerl die Tür aufschloss, Kitty gegen die Wand stieß ... abgenutzte Tapete, abblätternde Farbe, seine Hand unter ihrem Rock, und dann ...

Die Vorstellung war unerträglich, beinahe schmerzhaft. Echter, körperlicher Schmerz. Ich griff nach dem Bimsstein und schrubbte verbissen meine Schienbeine damit ab. »O Gott, ich hoffe – dass – du – das in dem Auto bist – Kitty – ich hoffe es von ganzem Herzen – wirklich – das – tue – ich«, bis meine Beine ganz rot und rau waren und wehtaten. Dann warf ich den Bimsstein durchs Badezimmer und brach in Tränen aus. Die Erinnerung an alles, wie unglücklich ich war, am Boden zerstört, die Arbeit im Klub, nachdem ich Lenny verlassen hatte, dieser selbstgefällige Ausdruck, wenn wir nebeneinander vor dem Garderobenspiegel standen, wie unsere Blicke sich kurz trafen, während wir uns schminkten und die Ohren befestigten. Dieser *Blick*, selbst mit einer Haarnadel zwischen den Zähnen ... Kitty, die Katze, schleckte die Sahne auf ... Ich bekam keinen Bissen runter, ich konnte nicht schlafen, und jedes Mal, wenn ich zur Arbeit ging, musste ich *ihren* Anblick ertragen. »Ich hoffe, dass du es bist, Kitty, du hast es verdammt noch mal verdient.«

Ich wischte mir mit dem Waschlappen die Augen ab. Natürlich schwor Lenny, dass er sie während unserer Trennung nicht gesehen hatte, außer bei der Party, zu der er sie mitgenommen hatte. Er hätte alles gesagt, schließlich wollte er mich zurückhaben. Er hatte mich schon eine ganze Weile bearbeitet, und natürlich war ich längst überredet. Nicht, dass ich es ihn merken ließ. Ich hielt mich ja für so clever, Fräulein Superschlau geht es ganz cool an. – Einmal die Kontrolle haben. In jenen ersten Wochen, nachdem wir wieder zusammen waren, dachte ich sogar, *unglaublich*, dass ich ihn dazu gebracht habe, mit dem Trinken aufzuhören. Gott, war ich dumm.

Eines ist allerdings sicher, dieser Film – er musste vor unserer Versöhnung entstanden sein, denn da war Kitty schon verschwunden. Auch wenn wir eigentlich im Klub nie zusammen arbeiteten – sie war normalerweise in einem der Souvenirläden –, wollte ich meine Schicht tauschen, damit ich sie nicht sehen musste, doch dann dachte ich: Warum zum Teufel soll ich *ihretwegen* mein Leben ändern? Ehrlich gesagt *hätte* ich wahrscheinlich getauscht, weil die Atmosphäre so schrecklich war, aber das ging nur zwei Wochen lang so, dann tauchte sie eines Tages nicht mehr auf, und das war's.

Ich habe im wahrsten Sinne des Wortes *gebetet*, dass sie nicht wiederkommt. Und ich war nicht die Einzige. Es gab viele Leute, mit denen sie nicht auskam, deswegen hatte niemand schlaflose Nächte, als sie wegblieb. Aber für mich war es toll, denn es hieß, dass ich meine Arbeit wieder genießen konnte. Ich meine, ich habe schon ein paar Sachen gemacht, auf die ich nicht besonders stolz bin, aber nicht vor der Kamera, Herrgott noch mal. Na ja, jedenfalls nicht soweit ich weiß. Und sie wusste es sehr wohl. Wahrscheinlich war es ihre Idee? Ziemlich töricht, wie ich finde, denn wofür soll es gut sein. Ich meine, das ist nicht gerade ein Film, den man seinen Enkelkindern zeigt, oder?

Wenigstens hatte Lenny sie nicht geküsst, jedenfalls nicht in dem Teil, den ich gesehen hatte. Das hätte ich wirklich nicht ertragen. Ich schlang die Arme um die Beine und legte den Kopf auf die Knie. Das kann alles nicht wahr sein, sagte ich mir, es ist zu furchtbar.

Jack muss eine Kopie von dem Film haben, dachte ich. Er hatte ihn offensichtlich schon mal gesehen, sonst hätte er nicht gewusst, was es war. Vielleicht war es ja seine Idee gewesen, und er hatte Lenny dazu überredet, seine Kamera zu installieren. Vielleicht war es ja auch gar nicht das erste Mal gewesen?

Mir war richtig schlecht. Warum hatte Jack mir den Film gezeigt? Glaubte er, dass mich das *anmachte*? Bei der Vorstellung wurde mir so übel, dass mein Magen zu revoltieren begann. Der Gedanke, mit ihm in einem Haus, geschweige denn in einem Zimmer zu sein, war unerträglich.

Dann fiel es mir wieder ein. Wie er mir gestern in die Augen geschaut hatte, als ich im Bett herunterrutschte, und sagte: »Nein, Alice, es hat keinen Sinn, es hat keinen Sinn, ich kann nicht.« Wie er im Film Kittys Kopf nach unten schob und grinste ... wie ich ihn berührt habe, ihn *getröstet* habe, ja sogar ... Dieses geschäftige Knäuel aus Körpern ... O Gott, Schluss damit. Hör auf, *daran zu denken*. Ich wollte Jack nie wieder sehen, niemals. Es war, als hätte er eine Grenze überschritten. Das ist es, dachte ich. Der letzte Strohhalm. *Und ich stehe wieder ganz am Anfang*. So müde, dass ich kaum existiere. Nicht dass ich früher viel war, ohne Ohren und das Kostüm.

Liebe, dachte ich. Da war immer die Liebe.

Und wo hat sie mich hingebracht? Ich fühlte mich, als hätte ich hundert Jahre nicht geschlafen. Es wurde schon hell. Viertel nach sechs. Ich zog mich aus der Badewanne, wickelte mich in ein Handtuch und ging nach oben, um mir etwas anzuziehen. Als ich wieder nach unten kam, war es immer noch ruhig im Haus. Die Küchentür war zu, ebenso die Tür zum Esszimmer, aber die Wohnzimmertür stand einen Spalt offen. Ich hatte keine Ahnung, hinter welcher, wenn überhaupt, Jack sich verborgen haben mochte, auch hatte ich nicht gehört, wie er nach oben gegangen war; allerdings lief die ganze Zeit das Wasser, so dass ich es sowieso überhört hätte. Auf Zehenspitzen ging ich auf dem Teppich hin und her und blieb immer wieder stehen, um zu lauschen. Totenstille. Schließlich blieb ich vor der Wohnzimmertür stehen, holte tief Luft und gab der Tür einen leichten Stoß mit den Fingerspitzen.

Jack war nicht da. Ich knipste das Licht an – die Vorhänge waren nach wie vor zugezogen – und sah, dass der Projektor immer noch auf der Anrichte stand. Der Film war nicht drin, aber auf dem Teppich lag eine runde, flache Dose, auf deren Deckel *Eastman Kodak* eingraviert war und auf der ein Streifen Klebeband klebte. Als ich ihn aufhob, entdeckte ich ein mit Filzstift geschriebenes Datum darauf: *19/8/69*. 19. August 1969. Lenny hatte geschworen, dass er sie während unserer Trennung nicht gesehen hatte, und zu dem Zeitpunkt waren wir getrennt. Muss kurz vor der Party gewesen sein. Er *hatte* mich angelogen. Kein Wunder, dass Kitty so selbstzufrieden ausgesehen hatte. Was für ein *Miststück*.

Wütend riss ich die Dose auf. Die schwarze Filmspule lag drinnen. Ich brachte es nicht über mich, sie anzufassen. Ich hatte so sehr versucht, nur gute Erinnerungen zu bewahren, die schönen Erlebnisse, die wir zusammen hatten, aber in diesem Moment konnte ich mich an kein einziges erinnern. Es war, als sähe ich es aus einem anderen Winkel, und alles schien schmutzig, verdorben und billig, und ich hatte ihm nichts bedeutet und … »Warum hast du mir das angetan, Lenny?«

Ich schloss die Tür und kniete mich vor den Kamin. Im Korb war nicht viel Reisig oder Papier, aber es würde reichen. Gerade als ich mich vorbeugte, um die Streichhölzer vom Couchtisch zu nehmen, hörte ich, wie der Riegel hochgehoben wurde.

»Geh weg!«, bellte ich. »Ich meine es ernst, Jack! Bleib mir vom Leib!«

Nach einer kurzen Pause fiel der Riegel wieder herunter. Zitternd zündete ich ein Streichholz nach dem anderen an und warf sie ins Feuer, dann griff ich nach der Dose und schüttelte die Spule in die Glut. Ich saß da und sah zu, wie sie aufflammte und zu einem Nichts zusammenschrumpfte. Es dauerte nicht lange.

Als ich aufstand, erblickte ich mein Gesicht im Spiegel über dem Kaminsims. Es hatte keine Ähnlichkeit mit mir, war irgendwie schief. Eine Augenbraue schien viel höher als die andere zu sitzen. Die Haut unter meinen Augen war geschwollen und verzogen. Ich hatte vergessen, mir das Gesicht zu waschen, und die Schminke, die ich am vergangenen Abend aufgetragen hatte, war in kohlrabenschwarzen Rinnsalen in den Falten erstarrt. Mit dem Saum meines T-Shirts probierte ich, sie abzuwischen. Besser, aber der harte Blick war erschreckend. Ich versuchte ein Lächeln. Das wirkte noch schlimmer, falls das überhaupt möglich war.

»Scotch«, sagte ich zu der Frau im Spiegel. »Scotch, Canadian, Bourbon, Rye …« Sie fing an zu weinen. »Irish, Gin, Wodka, Rum, Kognak …« Immer weiter redend, wandte ich mich ab und verhaspelte mich beinahe. »Liköre, Cocktails, mit Schuss, mit Sahne, Bier, Wein, einen aufs Haus.« Ich wiederholte die Reihenfolge, in der die Bestellungen aufgegeben wurden, fortwährend, während ich nach draußen ging, die Hühner fütterte, das Heu für die Pferde holte, prüfte, ob genug Wasser in der Tränke war, und all die anderen Dinge tat, die ich normalerweise tue. Wahrscheinlich murmelte ich nur leise vor mich hin, aber in meinem Kopf hallten die Worte laut und deutlich wider, fast so, als wollte ich damit eine Mauer bauen, um das Bild der drei zusammen im Bett nicht hineinzulassen.

Um Viertel nach acht hatte ich nichts mehr zu tun. Eustace stürmte schwanzwedelnd in der Hoffnung auf Frühstück vor mir her in die Küche. *Charlies Tante* lag auf dem Tisch, und die Überreste des Telefons waren auf dem Fußboden verstreut, aber kein Jack weit und breit. Doch er war hier gewesen. Die Tür zur Diele stand auf.

Als ich mich bückte, um das kaputte Telefon aufzuheben, sah ich aus dem Augenwinkel die Ecke der Wäschekommode, und Lennys Adressbuch fiel mir wieder ein. Ich warf das Telefon in den Müll, schlüpfte in die Diele, holte es und floh zurück in die Küche. Watts, Watts, Watts ... unter *W* stand nichts. D für Danny? Diane ... Debby ... Denise ... Keine von ihnen hatte anscheinend einen Nachnamen. Ich überflog die Seite. Daisy ... Donna ... Bingo! *Danny W.* Eine Adresse in der Ledbury Road. Notting Hill Gate. London W II.

Ein lautes Krachen über meinem Kopf schreckte mich auf. Dielen knarrten. Ich schob das Adressbuch in eine Schublade der Kommode und begann, die Reste des *Coq au vin* für Eustace zum Frühstück zu entbeinen. Wieder ein Krachen. Ich hielt den Atem an und schloss ganz fest die Augen. *Komm. Nicht. Runter. Komm. Einfach. Nicht. Runter.*

Haltet die Welt an, dachte ich, ich will aussteigen. Ich werde ihm eine Nachricht auf dem Küchentisch hinterlassen und schreiben, dass er verschwinden soll, und dann gehe ich wieder ins Bett.

Gerade suchte ich nach einem Stift, als ich den Postboten

hörte. Eustace raste nach draußen, um ihn anzubellen, und Ted gab ihm einen Keks, den der Hund ausspuckte.

»Reizend! Das hast du nun davon, mehr gibt es heute nicht.« Er gab mir einen Umschlag.

»Danke. Ted ...« Ich hielt inne, weil ich mir nicht sicher war, was ich eigentlich sagen wollte.

Er schaute mich erwartungsvoll an. »Wollten Sie mich etwas fragen?«

»Nein, nur ... Nein, schon gut. Eigentlich nicht.«

»Warten Sie mal ... Alles in Ordnung?«

»Ja, ich bin nur müde.« Ich lächelte ihn an.

»Sicher?«

»Es geht mir gut. Ehrlich.«

»Okay. Dann bis morgen.«

»Ja. Wiedersehen.«

Ich stand an der Tür und sah ihm nach. Kurz erwog ich, ihm nachzulaufen, aber ich wusste einfach nicht, was ich sagen sollte. Ich meine, ich kannte den Mann kaum über ein Guten Morgen hinaus, und es wäre nicht fair, ihn mit hineinzuziehen. Ich wollte einfach nur ... mit jemandem reden, aber dann dachte ich: Wo soll ich anfangen? Es ist alles so irre, und er würde wahrscheinlich denken, dass ich ... ich weiß nicht. Verrückt bin oder so was. Oder mir alles nur ausdenke. Ihn vielleicht sogar auf den Arm nehmen will, und das brauchte ich wirklich nicht. Wie auch immer, er hatte seine Arbeit zu tun. Ich kann später immer noch ins Dorf gehen, dachte ich. Muss ich sowieso, wegen des Telefons. Wahrscheinlich gibt es eine Warteliste. *O Gott*. Das ist mir jetzt zu viel. Schlafen, schlafen, schlafen.

Ich wollte gerade mit dem Brief nach oben gehen, als mir wieder einfiel, dass Jack dort war, also ging ich stattdessen ins Wohnzimmer. Das Feuer war ausgegangen, und inmitten eines Aschehäufchens war nur noch die geschwärzte Spule übrig geblieben. Ich warf einen Blick auf die Schrift – vertraut –, dann hakte ich den Finger in den Falz und riss den Umschlag auf. Zeitung. Große, schwarze Schlagzeile. LEICHE IN PORNOWOHNUNG GEFUNDEN. Eine halbe Seite mit einem unscharfen Foto eines hohen Reihenhauses.

LEICHE IN PORNOWOHNUNG GEFUNDEN ... Gestern Morgen. Eine zerknüllte Zeitung in der Mülltonne vor dem Kramladen. Natürlich. Jack wollte nicht, dass ich die Zeitung sehe. Ich war hineingegangen, um sie zu bezahlen, und als ich wieder herauskam, war die Schlagzeile nicht mehr zu sehen.

»Was ist das?«

20

Ich erschrak beinahe zu Tode, als Jack plötzlich in der Tür stand. Er hatte sich umgezogen. Ein malvenfarbenes Hemd, verkehrt geknöpft, hing über der Hose unter einem verknitterten Leinenjackett.

»Nur eine Rechnung.« Ich stopfte den Umschlag und den Zeitungsausschnitt in meine Jeanstasche. »Ich möchte, dass du jetzt gehst«, sagte ich. »Du kannst ins Dorf laufen und von dort ein Taxi rufen.«

»Du hast den Film verbrannt, nicht wahr?« Er nickte in Richtung Kamin.

»Ja. Jack, hör mir zu. Ich will, dass du gehst.«

»Das hat Val auch getan.«

»*Was*? Du hast ihn *Val* gezeigt? Du hast ihn *wirklich* deiner Frau gezeigt? Wie konntest du nur?«

Er machte den Mund auf, sah mich an, und schloss ihn wieder.

»Wie tief kann man noch sinken, Jack? Willst du mir weismachen, sie hat es *genossen*? Ich glaube es einfach nicht. Du schämst dich nicht einmal, oder? Du Schwein. Du widerwärtiges, durch und durch verdorbenes *Schwein*! Du bist egoistisch und gemein und scherst dich einen Dreck um deine Mitmenschen, nicht einmal um deine Frau, solange du nur einen Kick bekommst. Es überrascht mich, dass sie dich nicht umgebracht hat. Ich hätte dich gekillt. Wie konntest du das tun? Du bist … du … mir fehlen die Worte. Du ekelst mich an. Verschwinde aus meinem Haus und meinem Leben und komm nie wieder. Verstanden?«

»Lenny war auch dabei. Schon vergessen?«

»Versuch nicht, Lenny vorzuschieben, Jack. Er hatte wenigstens so viel Anstand, mir den – den *Schund* nicht zu zeigen. Er hat sich zumindest so geschämt, dass er …«

»Das tue ich auch.«

»Eine merkwürdige Art, mir das zu zeigen.«

»Du verstehst immer noch nicht, Alice.«

»Das kannst du laut sagen! Ich verstehe nicht, wie ihr mit dieser Hure einen flotten Dreier haben könnt, das auch noch filmen und mit nach Hause nehmen und … Was war das, Jack, eine Sondervorstellung für die grüne Witwe? Samstagabend vor dem Heimkino? Hast du ihr auch eine Schachtel Pralinen mitgebracht? Sehr richtig, ich verstehe es nicht. Aber vielleicht bin ich einfach zu dumm, um es zu kapieren, weil es mich richtig umhaut, wie du …«

Ich hielt inne. Die Worte, die ich hatte sagen wollen, hingen zwischen uns in der Luft.

»Wie ich mit mir leben kann?«, fragte Jack. Er gab mir sein Taschentuch. Ich schnappte es mir und putzte mir die Nase.

»Alice, du musst mir glauben. So war es nicht.«

»Ach wirklich? Wie war es dann? Hat man dir eine Pistole an den Kopf gehalten? Himmelherrgott, Jack, du bist jemand anders, ja, das bist du. Als Val gesagt hat … kein Wunder, dass sie es gar nicht wissen wollte. Ich kann deinen Anblick nicht ertragen.« Ich schüttelte sprachlos den Kopf.

»*Was hast du gesagt?*«

»Nichts. Vergiss es. Geh einfach.«

Ich wandte mich zum Gehen, doch Jack packte mich am Arm und riss mich zu sich herum. »Nein, was hast du gerade über Val gesagt? Du hast mit ihr gesprochen, oder?«

»Nimm deine Hände weg.«

»Hast du mit ihr gesprochen?«

»Jack, ich warne dich, lass los.« Ich versuchte, ihn wegzustoßen, aber er packte auch noch meinen anderen Arm und schrie mich an: »Sag schon!«

Ich zuckte unwillkürlich zusammen, wollte ihm aber zeigen, dass ich keine Angst vor ihm hatte, deshalb sagte ich: »Und wenn ich mit ihr geredet habe?«

»Sie weiß nicht, dass ich hier bin.«

»O doch, sie weiß es«, sagte ich triumphierend. »Ich hab's ihr gesagt. Gestern Abend. Im Dorf ist eine Telefonzelle. Und jetzt lass *los*.« Ich versuchte, ihn abzuschütteln, doch er packte nur fester zu.

»Du dumme, *dumme* Gans. Wer noch?«

»Niemand.«

»Wer *noch*?«

»Nur Jeff. Sonst niemand.«

»Wer? Oh, dein Ex. Hast du die Polizei angerufen?«

»Nein.«

»Lüg mich nicht an, Alice.«

»Ich lüge nicht. Ich habe überlegt, ob ich die Polizei anrufen soll, aber ich hab's nicht getan, okay?«

Er schaute mich eindringlich an, in dem Versuch, herauszufinden, ob ich die Wahrheit sagte.

»Komm schon, Jack. Wenn ich sie angerufen *hätte*, wäre sie längst hier. Das war gestern Abend.«

Er sagte nichts.

»Oder?«

»Val. Sie wird es ihnen sagen.«

»Nein, wird sie nicht. Ich habe es auch nicht getan, oder?«

»Nein, aber ...« Die Welt und mein Kopf explodierten. Es klopfte an der Hintertür, Eustace ging los wie ein Maschinengewehr, bellte und donnerte gegen die Paneele, und Jack schlug mir so hart ins Gesicht, dass ich das Gleichgewicht verlor und über den Couchtisch stolperte.

Ich wankte, meine Wange haltend und den Krach kaum hörend, zum nächsten Sessel und setzte mich. Mein Gesicht brannte wie Feuer. Sogar mein Augapfel fühlte sich kochend heiß an, als würde er jeden Augenblick aus seiner Höhle springen. Wie betäubt sank ich vornüber, als Eustace sich für einen Moment beruhigte und ich eine Mädchenstimme hörte: »... nicht da«, und ein Junge antwortete etwas.

Jack legte den Finger auf die Lippen.

»Nicht die Polizei«, flüsterte ich. »Die Boyles.« Er schaute mich verständnislos an. »Trudy. Das Mädchen, das wir gestern getroffen haben. Auf dem Weg.«

»Was will sie?«

»Woher soll ich das wissen?« Wie eine alte Frau hievte ich mich auf die Füße. Mein Gesicht schmerzte, und meine Beine fühlten sich an, als gehörten sie nicht zu mir, als wären die Schenkel weggeschmolzen. Ich wollte zur Tür gehen, doch Jack zog mich zurück. »Sei leise.«

»Warum?« Ich befreite meinen Arm und rief: »Bin gleich da«, so laut ich konnte.

Trudy antwortete: »Kein Problem«, und dann: »Können wir den Ponys was zu trinken geben? Sie stehen auf dem Weg.«

»Bedient euch. Ich komme sofort.«

»Was hast du vor?«, zischte Jack und hielt mich wieder fest.

»Lass – mich – in – Ruhe!« Ich rammte ihm den Ellbogen in den Magen und stolperte in die Küche. Eustace kam verwirrt zu mir getrottet, weil da draußen Leute waren, die mit ihm spielen wollten, und ich sie nicht hereinließ. »Schon gut, ich komme.« Ich folgte ihm zur Tür und wollte sie gerade öffnen, als ich, sehr ruhig, Jacks Stimme hinter mir hörte.

»Beweg dich nicht.«

Ich ignorierte ihn und schob den Riegel zurück. »Ich meine es ernst, Alice. Mach diese Tür nicht auf.«

»Herrgott noch mal …« Ich schaute mich um. Er stand an der Tür und hatte irgendwas in der Hand. Ich wandte mich ab, drehte mich aber unwillkürlich noch einmal um.

Er zielte tatsächlich mit einer Waffe auf mich.

21

Ich fing beinahe an zu lachen, denn sie sah aus wie eine Spielzeugpistole. Er musste sie in der Tasche gehabt haben, aber der Anzug war so verknittert, dass ich die Beule nicht bemerkt hatte.

»Soll das ein Witz sein?«

Er schüttelte den Kopf. »Du wirst jetzt genau tun, was ich dir sage, Bunny Alice, denn wenn du es nicht tust …«

Er kam ein paar Schritte auf mich zu und blieb stehen. Alles schien plötzlich stehen zu bleiben, und mein Gehirn fühlte sich an wie ein großer, leerer Raum. Irgendwann hörte ich ein metallisches Klicken, sah seinen Daumen etwas herunterdrücken, wie ich es aus Filmen kannte. Der Hahn. Er hatte die Pistole entsichert.

Die Waffe – und Jack – kamen näher. Eustace hüpfte hin und her, weil er unbedingt wollte, dass ich die Tür öffnete. Ich sah zu ihm hinunter, dann auf die Waffe und in Jacks Gesicht. Erkannte schlagartig, welcher Gedanke ihm jetzt durch den Kopf ging, und sprang – zu langsam – vor, um Eustace zu schützen. Jack war schneller. Er fasste nach Eustaces Halsband und zog ihn rückwärts zu sich. Das Knurren des Hundes wurde zu einem Würgen, als Jack das Lederhalsband drehte, um seinen Griff zu verstärken.

»Nein, Jack, bitte!«

»Halt den Mund.«

Eustace scharrte auf dem Steinboden, wollte weglaufen, während Jack den Lauf der Waffe in seinen Hinterkopf bohrte. Verängstigt und flehend schaute der Hund mir in die Augen.

»Es ist gut, Süßer, es ist gut«, flüsterte ich. »Jack, sieh ihn dir an. Das kannst du nicht tun. *Bitte*, er ist alles, was ich habe.« Ich bekam die Worte kaum heraus.

Jack sah zu mir auf. »Die ist echt«, sagte er. »Wenn du nicht …«

»Alles, was du willst. Tu ihm nur nicht weh.«

»Alice, geht es dir gut da drinnen?«

Jack nickte in Richtung Tür. »Sag ihr, dass du kommst.«

»Entschuldige, Trudy, ich bin gleich bei dir …«

Jack sagte: »Setz deine Sonnenbrille auf.«

Ich sah mich in der Küche um. »Wo …«

»Da, auf der Anrichte. Mach schon. Okay, steck nur kurz den Kopf raus, und sag ihr, du hast Kopfschmerzen – Migräne – und dass du kein Licht verträgst.«

»Aber wenn …«

Eustace jaulte auf, als Jack ihm einen heftigen Stoß mit der Waffe versetzte. »Tu es!«

»Okay, okay, ich gehe ja schon. Bitte lass …«

»Warte. Sag ihnen, sie sollen eine Zeitung holen. Auf dem Tisch liegen fünfzig Pence. Gib sie ihnen. Sie können sie durch den Briefkastenschlitz stecken und das Restgeld behalten. Kapiert?«

Ich nickte.

»Dann hol das Geld.« Eustace fing wieder an zu würgen, als Jack ihn hinter die Tür zerrte, sich neben ihn hockte, eine Hand am Halsband, und ihm mit der anderen Hand die Waffe an den Hinterkopf hielt. Der Hund legte sich zitternd auf den Boden.

Jack beäugte mich kritisch. »Gut, reiß dich zusammen. Putz dir die Nase. Dein Gesicht könnte auch ein Taschentuch vertragen. So ist es besser. Und jetzt mach die Tür auf, genau wie ich es dir gesagt habe, und denk erst gar nicht darüber nach, Alice, ich meine es ernst. Ich bringe ihn um.«

Ich nickte. Mit großen, verängstigten Augen sah Eustace zu mir hoch. »Alles wird wieder gut«, sagte ich so sanft wie möglich zu ihm, dann wandte ich mich ab und öffnete die Tür.

Trudy und Lee Boyle standen nebeneinander davor, von zwei nervös wirkenden Ponys flankiert.

»Entschuldigt, dass es länger gedauert hat. Ich fühle mich nicht besonders wohl.«

»Was ist denn mit dir passiert?«, fragte Trudy.

Lee machte ein wissendes Gesicht. »Kater.«

»So ungefähr.«

»Hast du gespuckt?«

»Lee *-ee* …« Trudy verdrehte die Augen. »Lass es. Wir sollen dir von Dad ausrichten, dass der Schmied am Montag nicht kommen kann. Dafür kommt er Freitag.«

»Dein Telefon geht nicht«, sagte Lee. »Dad wollte anrufen.«

»Ja, es ist kaputt. Danke, dass ihr gekommen seid.«

»Kein Problem. Hast du eine Cola?«

»Leider nicht. Nur Wasser.«

»Nee …« Lee schüttelte den Kopf. »Schon okay. Komm, Trude.«

»Könntet ihr mir einen Gefallen tun? Mir eine Zeitung aus dem Laden holen? Ich gebe euch das Geld.«

Ich hielt ihnen das 50-Pence-Stück entgegen. »Wenn ihr wollt, könnt ihr den Rest behalten. Kauft euch eine Cola dafür.«

Lee steckte die Münze in die Tasche. »Echt nett, Alice. Was willst du?«

»Wie?«

»Welche Zeitung?«

»Ach ja, richtig.« Jack hatte nichts gesagt. »Den *Mirror*, wenn es noch einen gibt. Oder den *Express*. Ist mir egal.«

»Alles klar«, sagte Trudy. »Du siehst aus, als ob du ins Bett gehörst.«

»Ja, stimmt, danke.«

Ich wollte die Tür schließen, aber Lee sagte: »Ted hat uns erzählt, dass der Typ, mit dem du gestern im Dorf warst, früher im Fernsehen war.«

»Ja, das stimmt.«

»Mein Dad kennt alle berühmten Leute. Als wir in London waren, ist er immer in ihren Häusern gewesen und so.«

»Das ist schön«, sagte ich lahm. Hinter der Tür hörte man ein heftiges Scharren, gefolgt von würgenden Geräuschen.

»Ist das dein Hund?«, wollte Trudy wissen. »Hört sich ein bisschen komisch an.«

»Hat er auch einen Kater?«, fragte Lee. »Trinkt er Bier?«

»Wer, Eustace?«

»Ja, wie der Hund im Pub. Der trinkt Bier, ich hab's gesehen.«

»Hast du nicht«, sagte Trudy. »Du warst noch nie im Pub.«

»War ich wohl. Ich hab gesehen, wie er ein ganzes Glas getrunken hat.«

»Lügner.«

»Hört mal, ich schaue lieber mal nach Eustace. Steckt die Zeitung einfach durch den Briefschlitz.«

Trudy sah mich prüfend an. »Ist wirklich alles okay mit dir, Alice?«

»Ja, ehrlich. Ich brauche nur ein paar Stunden Schlaf, dann geht's mir wieder gut.« Ich lächelte sie an. »Eigene Schuld. Macht das Tor zu, wenn ihr geht, ja?«

»Klar. Bis dann.« Eilig schloss ich die Tür, nahm die Sonnenbrille ab und legte die Hände vors Gesicht. Ich sah Jack durch die Finger mit Eustace auf dem Boden sitzen. Der Hund jaulte und wollte zu mir, doch Jack ließ das Halsband nicht los. »Wenn sie weg sind«, sagte er.

Wir lauschten den klappernden Geräuschen im Hof, hörten, wie das Tor zufiel, dann Lees Stimme: »Tschüs, Alice«, und schließlich das Donnern der Hufe auf der ausgetrockneten Erde, das sich langsam entfernte, bis es ganz verklungen war.

»Sie sind weg.«

»Schlaues Mädchen.« Jack ließ den Hund los und stand auf. Eustace raste auf mich zu, und ich setzte mich auf den Boden und umarmte ihn. »Alles okay, Baby, alles okay. Ich lasse nicht zu, dass er dir was tut. Jack, bitte nimm die Pistole runter. Er zittert am ganzen Körper.«

»Da ist er nicht der Einzige.« Jack steckte die Pistole in die Tasche. »Kann ich was zu trinken haben?«

Ich schaute durch den Raum, dann zu Eustace, der das Kinn auf mein Knie gelegt hatte. Der Schrank schien weit weg zu sein.

»Ich will nicht … Du …«

»Er wird's aushalten.« Jack setzte sich an den Tisch. »Ich rühre mich nicht von der Stelle. Mach schon, sei ein Schatz und finde was Anständiges zu trinken für mich.«

Ich rappelte mich auf und ging, Eustace an meine Fersen geheftet, durchs Zimmer. Dabei hatte ich ständig das Gefühl, auf einem Drahtseil zu laufen. Ich betrachtete die staubigen Reste in Lennys Hausbar. *Scotch, Canadian, Bourbon, Rye …* Wie konnte ich es schaffen, den Alkohol in den Ausguss zu schütten, ohne dass Jack es merkte? *Irish, Gin, Wodka, Rum …* »Kognak?« Ich hielt die Flasche hoch.

»Gute Idee«, sagte Jack, als wäre es ein Vorschlag von mir gewesen. »Nimm dir auch einen«, fügte er hinzu. »Du siehst aus, als könntest du es gebrauchen.«

Ich schenkte uns beiden einen ein und setzte mich aufs Sofa. Kurz darauf plumpste Eustace neben mich. »Das ist besser, nicht wahr«, sagte ich. Ich streichelte ihn. Er rollte sich zusammen und beobachtete Jack wachsam.

»Prost!« Jack hob das Glas. »Du warst klasse, Alice. Ich bin überrascht, wie gut du lügen kannst.«

Schweigend saßen wir die nächsten Minuten da und tranken. Der Kognak brannte in meiner Kehle. Jack holte Zigaretten hervor, zündete zwei an und reichte mir eine. Meine Angst fing an, sich in Wut zu verwandeln. Wie konnte er so ruhig sein, so lässig, nach dem, was er gerade getan hatte? Ich hatte Mühe, meine Stimme unter Kontrolle zu halten. »Warum tust du das, Jack?«

»Keine Ahnung. Ich bin fix und fertig. Tut mit Leid, Alice, aber als du gesagt hast, dass du mit Val geredet hast, dachte ich …«

»Ich habe gesagt, es ist nicht die Polizei. Ich habe es *dir gesagt.*«

»Ich … ich habe Panik gekriegt, das ist alles.«

»Was machst du mit einer Pistole?«

»Oh, es ist nur … du weißt schon.«

»Nein, Jack, ich weiß *nicht*. Man fuchtelt nicht mit einer tödlichen Waffe herum und behauptet, es sei nichts. Du hättest mich umbringen können, oder einen von uns. Es ist gefährlich, Herrgott noch mal.«

»Ich hab dir doch gesagt, ich bin am Ende.« Er griff nach der Flasche. »Willst du noch einen?«

»Nein. Du musst zur Polizei gehen, Jack.«

»Ich kann nicht.« Jack goss Kognak in sein Glas und leerte es in einem Zug. »Dazu ist alles schon zu weit gegangen.«

»Was ist zu weit gegangen? Hör mal, nichts von alledem hat irgendetwas mit mir zu tun, und ich …«

»O doch, das hat es, Bunny Alice. Du bist ein Teil davon, ob es dir gefällt oder nicht.«

»Nein, hat es *nicht*. Es ist allein dein Problem, und du musst damit klar kommen. Mir kannst du dafür keine Schuld geben. Mir ging es gut, Jack, ich habe mein Leben genossen, und dann kommst du daher. Ich habe dich nicht eingeladen, und dann … das alles … und …« Ich spürte, wie sich meine Augen mit Tränen füllten, deshalb stellte ich mein Glas ab und suchte in meiner Tasche nach einem Taschentuch.

»Hey!« Jack stand auf. Eustace schoss vom Sofa und raste in die Diele.

»Du hast ihn erschreckt.«

»Keine Sorge. Er ist ein *Hund*, verdammter Mist.«

»Ich liebe ihn.« Tränen brannten in meinem Gesicht. Ich wischte sie mit dem Handrücken ab.

»Weiß ich. Was hast du mit meinem Taschentuch gemacht?«

»Oh, es ist da drüben.« Ich deutete mit dem Handgelenk zur Anrichte. »Auf dem … der Dingsda.«

»Ach ja.« Er holte es und setzte sich neben mich. »Bitte sehr. Na also. So ist es besser, oder?«

»Nein.« Ich schluchzte ins Taschentuch. »Nein, verdammt noch mal, das ist es nicht.«

»So schlimm ist es nun auch wieder nicht.« Ich spürte, wie Jack seinen Arm bewegte, und beugte mich vor, um zu verhindern, dass er ihn um meine Schultern legte.

»Wir gegen den Rest der Welt, Alice.« Er stand auf, ging zum Fenster, zog die Vorhänge zu und setzte sich wieder. »Ist das nicht gemütlich?«

»Gemütlich?« Ich starrte ihn an.

Er lächelte mir zu. »Ich könnte hier leben. Ich könnte mich sogar irgendwann an deinen alten Hund gewöhnen.«

»Wovon redest du da? *Hier leben*? Du hast mich gerade mit einer Pistole bedroht, schon vergessen?«

»Ja, aber ich würde nie ... das weißt du doch.«

»Wirklich nicht?«

»Alice, du kennst mich. Ich werde manchmal wütend, aber ...«

»Du hast es ernst gemeint. Wie vorhin auch schon.«

»Hey, komm schon.« Meine Schultern verspannten sich, als er den Arm um mich legte. Mein ganzer Körper schmerzte. »Küss mich.«

»Nicht, Jack.«

»Schon *gut.*« Er bewegte sich nicht. Ich glaubte nicht, dass er die Pistole nicht benutzen würde, und wollte ihn nicht aufregen, damit er sie nicht wieder aus der Tasche zog, deshalb bewegte ich mich auch nicht.

»Warst du wirklich glücklich?«, fragte er.

»Wann?«

»Stimmt es, was du vorhin gesagt hast? Dass du dein Leben genießt.«

»Ja.«

»Bist du sicher?«

»Na ja, ich bin gut zurechtgekommen, und das war ...« Ich wischte mir die Augen ab. Jack zog mich an sich, so dass mein Kopf an seiner Brust lag, und verstärkte seinen Griff, damit ich nicht abrutschte. Mein ganzer Oberkörper war unbequem verdreht, und sein Leinenjackett kratzte an meiner zerschrammten Wange. Er legte mir die Finger seiner freien Hand unters Kinn und drehte meinen Kopf zu sich hoch. »Tut mir Leid, dass ich dich geschlagen habe. Tut es sehr weh?«

»Ich werd's überleben.«

Keine gute Wortwahl. Ich warf einen Blick auf die Beule in seiner Jackentasche. Leider die falsche Seite. Vielleicht, wenn es die andere Tasche gewesen wäre. Plötzlich fragte ich mich, ob die Waffe immer noch entsichert war. Konnte sie einfach losgehen, wenn er dagegenstieß oder so was?

»Ich habe deine ganze Jacke nass gemacht.« Ich entzog mich ihm, doch er ließ meine Schulter nicht los.

»Ein paar Tränen wird es schon aushalten. Na komm, wisch dir die Tränen ab. Wir müssen nachdenken.«

»*Wir*? Du brauchst *Hilfe*, Jack.«

»Du *kannst* mir helfen, Alice.« Er strich mir übers Haar. »Du hast so ein großes Herz. All die Tiere, um die du dich kümmerst ... da ist doch bestimmt auch noch Platz für mich?«

»Jack ...« Ich versuchte, mich ihm zu entziehen, aber er ließ nicht los.

»Nein, schon gut, schon gut. Na komm, erzähl mir, was du zu deinem – zu Jeff gesagt hast.«

»Er war nicht da.«

»Hat er eines von diesen Dingern, die Anrufe aufzeichnen?«

»Nein«, log ich.

»Gut. Was ist mit Val?«

»Nur – dass du wütend warst, mehr nicht.«

»Wie klang sie?«

»Sauer. Sie wollte nicht mit mir reden.«

»Das ist kein Wunder. Sie hatte schon immer was gegen dich.«

»Warum? Sie kennt mich doch kaum.«

Ich spürte, wie Jack die Achseln zuckte. »Weiß der Himmel.«

Ich überlegte. Im Sitzen war es unmöglich, die Waffe zu erwischen, ohne dass es auffiel, und ich konnte ihm wohl kaum auf Schritt und Tritt durch die Küche folgen, wenn er aufstand. Trotzdem hätte ich dann eine größere Chance. Und wenn er ein paar Drinks intus hatte, würde er es noch weniger merken. Ich wusste, dass es gefährlich war, aber mir fiel nichts Besseres ein.

Sein Glas war leer. Er wird mich nicht daran hindern, aufzustehen und ihm nachzuschenken, dachte ich.

»Noch einen Kognak?«, fragte ich und entwand mich seinen Armen.

»Warum nicht?«

Ich reichte ihm die Flasche und setzte mich an den Tisch. Jack füllte sein Glas auf und klopfte neben sich aufs Sofa. »Komm wieder her.«

»Gleich.«

»Val hat den Film verbrannt, weißt du? Im Ofen.« Er grinste. »Ich habe ihr gesagt, sie soll ihn anzünden und über den Zaun schmeißen. Rache für den Dildo, den die alte Tweedziege zu uns rübergeworfen hat. Eine klasse Geschichte, wirklich.«

»Ich kenne sie. Lenny hat sie mir erzählt.«

»Ach ja richtig, das hat er. War euer erstes Date, oder? Liegt schon eine ganze Weile zurück.«

»Woher weißt du das?«

»Weil er es mir erzählt hat, Bunny Alice. Er hat mir erzählt, wie lustig es war und wie du gelacht hast und wie süß du warst, als du dich über seinen Dad so aufgeregt hast. Das war natürlich auch eine tolle Geschichte.«

»Es war *furchtbar*. Das Zeug hat ihn am Ende umgebracht.«

»Wen umgebracht?«

»Seinen Vater. Der Phosphor oder was das war.«

»Hat er dir das erzählt?«

Ich nickte. »Berufskrankheit.«

»Lennys Vater ist gestorben, weil seine Leber kaputt war«, sagte Jack. »Er war Al-ko-ho-li-ker, Schätzchen. Wie sein Sohn.«

»Aber warum ...?«

Jack verdrehte die Augen. »Mitgefühl. Funktioniert jedes Mal.«

»Ich meine später.«

Jack machte ein nachdenkliches Gesicht. »Meine Vermutung ist, dass er seinem Vater ein bisschen Würde lassen wollte. Wollte sich nicht so an ihn erinnern. Und wahrscheinlich lag es an der Art, wie sein Vater gestorben ist. Er war in der Küche, als ihn der Schlag getroffen hat, verstehst du, ist mit dem Kopf in den Hundenapf gefallen, in den mit dem Wasser. Sie hatten einen ziemlich großen Hund, und es war eine von diesen Plastikwaschschüsseln. Du weißt schon, wo das Wasser eine Handbreit hoch steht. Er ist ertrunken. So hat man ihn gefunden: mit dem Gesicht nach unten im Hundenapf. Ich meine, was für eine Art zu sterben.«

»Das hätte er mir doch erzählen können.«

»Nein.« Jack zuckte die Achseln. »Das erinnerte ihn alles

zu sehr an sein Zuhause, war zu nah. Ich meine, was hätte er sagen sollen? ›Wenn ich groß bin, ersäufe ich mich in Marinade wie Papa?‹ Wo sind meine Zigaretten?«

Er stand auf und begann singend in der Küche umherzuwandern: »*Keine Ahnung, wohin er geht, aber wenn er ankommt, bin ich froh. Ich trete in Vaters Fußstapfen – Ja! – Ich folge dem lieben Dad, oho.* Gott, dieses Haus ist ein Saustall. *Wo – sind – meine – verdammten – Zigaretten*!«

»Weiß ich doch nicht. Wo du sie liegen gelassen hast.«

»Oben.« Er sah mich mit scharfen Augen an und schüttelte den Kopf. »O nein, Bunny Alice, das wirst du nicht tun. Wo ich hingehe, wirst du auch hingehen.« Seine Hand glitt in die Tasche. *Die* Tasche.

»Komm. Du zuerst.«

Wir gingen nach oben. In seinem Zimmer herrschte ein ziemliches Chaos: schmutzige Kleider, Aschenbecher, leere Gläser und Pillenflaschen lagen überall auf dem Boden verstreut. Die Bettdecke war zurückgeschlagen und das Laken ganz zerknittert und schmuddelig. Susies Urne lag neben dem Kopfkissen. Ich betrachtete Jack in seinem verknautschten Anzug und sah ihn vor mir, wie er, vollständig angezogen, mit der Urne im Arm, auf seiner Seite des Bettes lag. Unerträglich. Dann fiel mein Blick auf den grünen Schuhbeutel, der leer an einem Haken hinter der Tür hing. Vielleicht war die Waffe da drin gewesen.

Die Zigaretten lagen auf der Kommode. Jack nahm sie und stopfte sie in die Tasche – die andere Tasche –, dann schaute er aufs Bett. »Warte.« Er griff nach der Decke, zog sie über die Urne und stopfte sie fest.

»Soll ich dir helfen?«

Ich dachte, er hätte mich nicht gehört, doch nach einer Weile sagte er: »Nein, lass es. Geh.«

Wir gingen wieder hinunter in die Küche. Ich setzte mich an den Küchentisch und stützte den Kopf in die Hände, während Jack einen weiteren Kognak trank, herumwanderte und völlig grundlos Dinge anhob und wieder hinstellte. *Tu etwas*, sagte eine leise Stimme in meinem Kopf. *Du bist auf dich allein gestellt. Niemand wird dich retten. Tu etwas*. Aber was? Ich war erschöpft.

Jack setzte sich mir gegenüber und beugte sich vor, die Arme auf dem Tisch. »Lenny hat von dir geschwärmt, weißt du. Wohlgemerkt, das tat er beim ersten Mal immer. Oh«, sagte er theatralisch, »ich vergaß. Es war ja gar nicht das erste Mal, oder? Ich glaube, euer erster Beischlaf fand in einem Heuschober statt. Sehr passend, wie ich immer fand.«

»Jack«, sagte ich mit zusammengebissenen Zähnen. »Das ist nicht *fair*.«

»Das kannst du laut sagen, Bunny Alice. Siehst du, ich kenne all deine kleinen Geheimnisse.«

»Hör auf.«

»Es war alles deine Idee, weißt du.«

»Unsinn.« Ich sah auf. »Du sagst immer wieder, dass alles meine Schuld ist oder meine Idee war, und ich habe keinen blassen Schimmer, wovon du redest.«

»Weißt du nicht mehr? Dein erstes Date mit Lenny – nachdem du eingeführt worden warst, meine ich. Du hast es vorgeschlagen.«

»Ich habe was vorgeschlagen?« Noch während ich das sagte, hörte ich Lennys Stimme in meinem Kopf. *Hast du das schon mal gemacht? Mit zwei Männern gleichzeitig geschlafen*? Und ich hatte gesagt – o Gott – ICH HATTE GESAGT: *Nein, willst du es ausprobieren*? »Ich weiß nicht, wovon du redest«, wiederholte ich.

»Das weißt du *sehr wohl*!«

»Nein!« Ich hatte es nur *gesagt*, mehr nicht. Ich hatte es nicht *tun* wollen. Es war nur eine Unterhaltung. Die Menschen sagen die ganze Zeit Dinge, oder nicht, und das heißt nicht …

»Ich dachte nur, du und Lenny, du weißt schon, die Art, wie ihr eure Freundinnen geteilt habt, und ich wusste nicht … Ich dachte, das meinte er damit, aber er war richtig geschockt, als ich es gesagt habe. Es sollte kein Vorschlag sein, nur … Herr im Himmel! Wenn ich gewusst hätte, dass es eine so große Sache werden würde, hätte ich den Mund gehalten.«

»Du hast dich mit deinen eigenen Waffen geschlagen, Schätzchen. Du hast uns die Idee in den Kopf gesetzt.«

»Du brauchst mich nicht, um dir Ideen in den Kopf zu setzen, Jack. Und was das Filmen angeht, das habt ihr euch ganz allein ausgedacht.«

»Haben wir nicht.«

»Sag bloß. Dann bist du also rein zufällig mit zwei anderen Leuten und einer Filmkamera im Bett gelandet? Das kannst du deiner Großmutter erzählen.«

»Wir wussten nicht, dass wir gefilmt werden.«

»Wofür hast du die Kamera gehalten?«, fragte ich. »Einen Kleiderständer?«

Jack seufzte. »Wir konnten sie nicht sehen.«

»Verstehe ich nicht.«

»Ein durchsichtiger Spiegel. Der älteste Trick der Welt.«

»Dann wart ihr gar nicht … dann …« Eine Woge der Erleichterung durchlief mich – bis mir dieses breite, triumphierende Grinsen wieder einfiel. »Kitty wusste Bescheid, oder?«

Jack nickte nachdrücklich mit weit offenen Augen. »Ja, *sie* wusste Bescheid.«

22

Ich starrte ihn an. »Du meinst, sie … Oh, Jack. *Nein.*«

»O doch. Sie hat uns richtig geleimt.«

»Lenny hat nie … kein Wort. Ich hatte keine Ahnung.«

»Sie hat uns gedroht. *News of the World, Sunday People …*«

»Das würden die nie bringen.«

»Und wie die das bringen würden. Wir traten damals im Fernsehen auf, wenn du dich erinnerst. Zur besten Sendezeit.«

»Dann habt ihr ihr Geld gegeben?«

»Wir hatten keine Wahl.«

»Habt ihr es Findlater gesagt?«

»Nein.«

»Aber er hätte es verstanden, oder? Ich meine, das war doch immer *deren* Risiko, oder, dass irgendjemand es herausfindet, und er war euer Agent. Er hätte doch bestimmt gewusst, was man tun muss, einen Anwalt nehmen, eine einstweilige Verfügung oder … keine Ahnung, irgendwas hätte er tun können.«

Jack räusperte sich. »Wir haben darüber geredet.«

»Aber du hast gerade gesagt …«

»Nein, ich meine, Lenny und ich. Wir haben darüber geredet. Wir wollten es ihm sagen.«

»Und warum habt ihr es nicht getan? *O Gott, Jack … Nein …*«

Mein Magen war schneller als mein Verstand. Ich wusste, ich war kurz davor, mich zu übergeben.

Ich katapultierte mich durch die Küche, eine Hand auf dem Mund, beugte mich über das Spülbecken und erbrach. Kognak und Galle. Widerlich.

Keuchend krümmte ich mich und war mir bewusst, dass Jack mich beobachtete.

»Alles noch heile?«, fragte er, als ich mich gefangen hatte.

»Gerade noch«, sagte ich zittrig.

»Hier.« Jack bot mir sein Kognakglas an. »Spül dir den Mund aus.« Doch ich schüttelte den Kopf und steckte das Gesicht unter den Wasserhahn. Als ich mich aufrichtete, stand er mit einem Handtuch neben mir.

Erleichtert ließ ich zu, dass er mich zum Tisch zurückführte; er setzte sich mir wieder gegenüber. Ich kannte die Antwort, aber ich musste fragen, musste es ihn sagen hören.

»Es ist Kitty in dem Auto, nicht wahr?«

»Alice …« Jack schaute seine Hand an, die sich Zentimeter für Zentimeter meiner näherte. Kurz rieb er mit den Fingerknöcheln meinen Unterarm, dann hörte er auf.

»Sie ist es, oder?«

Er starrte unverwandt auf seine Hand, und ich zog meinen Arm weg. »Mach dir gar nicht erst die Mühe, mich anzulügen, Jack, ich weiß, dass es Lennys Wagen war. Das stand in der Zeitung. In dem Teil, den du vor mir zu verstecken versucht hast.«

Ein langes Schweigen folgte.

»Sag es mir.«

»Ja.«

»Und jetzt sag mir, dass es ein Unfall war.«

Jacks Hand kroch wieder auf meinen Arm zu. Sie sah aus wie ein haariger Krebs. Ich schloss ganz fest die Augen. »*Bitte*, sag mir einfach, dass es ein Unfall war.«

Nach einem Augenblick sagte Jack hölzern: »Es war ein Unfall.«

»Danke.« Ich stand auf. »Ich koche uns einen Tee.«

Jack war ständig hinter mir, während ich den Kessel füllte,

das Gas anzündete und Tee in die Kanne löffelte. Ich konnte mich nicht konzentrieren. Jedes Mal, wenn ich mich umdrehte, war er da und blockierte den Weg, so dass ich um ihn herumgehen musste.

Und in meinem Kopf herrschte Chaos. Es musste ein Unfall gewesen sein. Immer wieder dachte ich, Lenny muss betrunken gewesen sein. Kitty hat sie herausgefordert, sie hat es getan, nicht er. SIE, er konnte nichts machen, das Auto muss außer Kontrolle geraten sein und ... Vielleicht war er ja gar nicht in dem Auto, vielleicht hatte sie es genommen, geklaut. So wird es gewesen sein, das hätte ihr ähnlich gesehen.

Aber Lenny war mit ihr zu der Party gegangen. Obwohl sie sie erpresst hatte, WAR ER MIT IHR ZU DER PARTY GEGANGEN. Warum? Warum hatte er das getan? Es ergab keinen Sinn. Nichts ergab einen Sinn. *Gib nicht den Kamelen die Schuld.* Das hatte er geschrieben. O Gott. *Es muss ein Unfall gewesen sein*, schrie es in meinem Kopf. *Es muss so sein, weil ich es so will.*

Wieder tauchte plötzlich Kittys Gesicht vor meinem inneren Auge auf, wie sie einen sexy Blick über die Schulter wirft, lockend und spottend zugleich, und dieses *Lächeln* ...

»Scheiße!« Ein Becher rutschte mir durch die Finger, fiel auf den Boden und zerbrach.

»Lass mich das machen«, sagte Jack. »Und du setzt dich hin.«

Ich sank auf den Stuhl neben der Anrichte.

»Du frierst ja.« Er zog den Überwurf vom Sofa und legte ihn mir um die Schultern. Einen Augenblick später drückte er mir einen Becher in die Hand. »Drei Stück Zucker«, sagte er. »Du hast einen Schock. Trink.«

Mühsam versuchte ich, Hände und Mund zu koordinieren, während mir der Tee über das Kinn lief und aufs T-Shirt tropfte. Nach ein paar Schlucken gab ich auf. Jack hielt mir eine seiner Zigaretten hin. »Willst du eine?«

»Warum nicht?« Er zündete sie für mich an und reichte sie mir. Nach einer Weile sagte ich: »Wusste Val Bescheid?«

»Ja. Ich wollte ihr den Film nicht zeigen. Sie hat mich gezwungen. Sie konnte es einfach nicht fassen, dass wir darauf hereingefallen sind.«

»Da ist sie nicht die Einzige.«

»Ich weiß.« Rauchend, die Asche ins Spülbecken schnippend, stand Jack da und sah mich an. Ich hatte keine Ahnung, was er dachte.

»Wenn das stimmt«, sagte ich langsam, »wenn Val dich gezwungen hat, ihr den Film zu zeigen, warum musstest du ihn dann auch mir zeigen? Ich meine, du bist doch hergekommen, um Lennys Kopie von dem Film zu holen, oder? Deswegen hast du mein Zimmer durchsucht, oder?«

Jack schwieg.

»*Oder?*«

»Ja«, sagte er ruhig. »Ja, so ist es.«

»Nachdem sie das Auto gefunden hatten, wolltest du auf Nummer sicher gehen. Deswegen bist du eigentlich gekommen, oder? Von wegen mich wiedersehen wollen. Aber warum hast du nicht danach *gefragt*? Du hättest mir erzählen können, es ist etwas anderes – Mitschnitte, irgendwas. Ich hätte dir geglaubt. Die Dose war nicht beschriftet.«

Jack wandte sich ab und starrte aus dem Fenster. »Ich weiß es nicht. Das alles ist so ein *Chaos*. Als ich oben auf dem Speicher nach dem Film gesucht habe, hatte ich nicht vor, das verdammte Ding anzuschauen. Ich wollte es nur loswerden, und als ich den Projektor gefunden habe, wollte ich immer noch nicht … während ich ihn aufgebaut habe, wusste ich nicht, *warum* ich es tue, und dann bist du heruntergekommen …«

Jack ließ Wasser über seinen Zigarettenstummel laufen, warf ihn ins Spülbecken, drehte sich um und sah mich an. »Ich war wütend, Alice. Ich wollte dich bestrafen.«

»Wofür?«

Jack schaute kopfschüttelnd auf den Boden. »Ich war eifersüchtig. Du und Lenny, es war so ... Ich hatte nichts dergleichen in meinem Leben, und die Art, wie er, keine Ahnung, seine ganze Zeit mit dir verbringen wollte, und wenn er nicht mit dir zusammen war, redete er von dir. Ich konnte ihn nicht dazu bringen, sich auf das zu konzentrieren, was wir taten, und ... Ach, was weiß ich. Wir haben immer viel über Mädchen geredet, aber es gehörte dazu, es war nicht *alles*. Ich habe dir gesagt, es war die Art, *wie* er über dich redete, die anders war.«

»Wie meinst du das?«

»Also, zum einen erzählte er mir ständig, was du *gesagt* hast.«

»Wie über den flotten Dreier, meinst du.«

»Nicht nur das. Aber zu der Sache mit Kitty ...« Jack wandte sich ab, um sich eine neue Zigarette zu nehmen, und ich verstand den Rest des Satzes kaum. »... habe ich ihn überredet. Ich dachte, dann ist es wieder wie in alten Zeiten.«

Sprachlos starrte ich ihn an.

»Das Komische war ... nachher hat er dir die Schuld dafür gegeben, nicht mir. Er sagte, wenn du ihn nicht verlassen hättest ...«

»Ich habe ihn verlassen, weil ich Kittys Slip unter meinem Kopfkissen fand, als ich nach Hause kam, und ich konnte es nicht mehr ertragen!«

»Das meine ich nicht. Du warst selten da ...«

»Mein Großvater lag im *Sterben*, Jack. Was sollte ich machen? Ihn nicht besuchen?«

»Nein, natürlich nicht, aber Lenny war einsam. Er kam allein nicht zurecht, das weißt du. Und ich nehme an … gut, ich habe ihn ermutigt. Ich habe mich manchmal, na ja, oft mit Kitty getroffen, und sie mochte Lenny. Sie hatte ihn ein paar Mal gesehen, und … du weißt schon …« Jack zuckte mit den Schultern. »Es sollte ihn nur ablenken. Es war schön, dass es wieder so war wie früher«, sagte er abwehrend, »dass wir ein bisschen Spaß hatten.«

»Spaß!«, spie ich hervor, »ein bisschen *Spaß*! Herrje, wenn ich daran denke … die Daten … du musst das alles geplant haben … während mein Großvater … das begreife ich nicht.«

Plötzlich war ich auf den Beinen und schrie ihn an: »Warum hast du *das* getan?« Und ehe ich mich versah, traf ihn mein Becher mitten auf der Brust und zerschellte auf dem Steinboden. Jack bückte sich und hob die Scherben auf. Auf seinem Hemd breitete sich ein dunkler Fleck aus. Ich lehnte mich an die Anrichte und sah ihm schweigend zu.

»Wenn das so weitergeht, müssen wir bald aus der Pferdetränke trinken.« Er richtete sich auf und warf die Scherben in den Müll.

»Ich musste ihn überreden«, sagte er und inspizierte seine Finger auf eventuelle Porzellansplitter, »und dann habe ich Kitty angerufen, und sie war so scharf, so …«

»Warum seid ihr nicht einfach bei Lenny geblieben?«

»Er wollte nicht, und meine Wohnung kam gar nicht in Frage. Kitty sagte, sie wüsste nicht, ob ihre Mitbewohnerin da sei, aber sie kannte eine Wohnung, die wir benutzen konnten …«

»Das kann ich mir denken.«

»Wir haben es einfach ihr überlassen. Sie hat alles organisiert. Herrgott, Alice, du kannst dir nicht vorstellen, wie es war, als wir herausfanden …«

»Nein«, sagte ich. »Ich kann mir nicht vorstellen, wie man so dumm sein kann.«

»Es ist dein gutes Recht, wütend zu sein.«

»Danke für deine Erlaubnis.«

»Ich versuche nur zu erklären, was passiert ist, mehr nicht.«

»Ich verstehe nicht, warum Lenny *mir* die Schuld gegeben hat.«

»Er fühlte sich von dir im Stich gelassen.«

»Ich habe doch *gesagt* …«

»Ich weiß, ich weiß. Aber Lenny hat es nicht so gesehen.«

Wehmütig nickte ich und dachte an die Kämpfe, die wir ausgefochten hatten, weil ich im Klub arbeitete und er wollte, dass ich aufhöre. Er konnte nie verstehen, warum ich es brauchte.

»Er hat dich geliebt, Alice. Er brauchte dich.«

»Mein Großvater auch.« Ich starrte eine Teepfütze an der Scheuerleiste an. Jack hatte Recht. Was für ein verdammtes, grauenhaftes Chaos.

»Es war wie ein Albtraum. Danach. Als wir in Amerika waren.«

»Das hast du bereits gesagt.«

»Als er mir sagte, dass er nicht mehr mit mir zusammenarbeiten will. Im Nachhinein betrachtet, hatte sich das während unserer Reise in die Staaten entwickelt, aber damals war es so, als käme es aus heiterem Himmel. Verrat. Er war mein bester Freund, Alice, und ich hatte ihn verloren. Ich konnte es nicht glauben. Val hörte nicht auf zu betonen, dass das alles nur zum Besten sei, aber sie hat überhaupt nichts verstanden. Abgesehen von allem anderen, war es beruflicher Selbstmord. Findlater hasste den Gedanken.«

»Ich erinnere mich. Sag mir, warum du es Val erzählt hast und nicht ihm?«

»Nach der Party musste ich es.«

»Warum?«

»Ich brauchte Hilfe. Kitty hatte eine Kopie des Films. Wir mussten sie finden und loswerden, aber wir konnten wohl kaum in ihre Wohnung gehen – wir wären erkannt worden –, deshalb habe ich Val gebeten. Sie hat die Kopie geholt.«

»Wie ist sie hineingekommen? Hattest du einen Schlüssel zu Kittys Wohnung?«

Jack zögerte. Ich beobachtete ihn mit sinkendem Mut, wohl wissend, wie seine Antwort lauten würde. »Du hattest keinen, nicht wahr?«

Er schüttelte den Kopf.

»Und woher hattest du ihn?«

»Aus ihrer Handtasche.«

»Aber war die nicht im Auto? Ich meine, im Wasser?«

»Sie war im Haus. Im Badezimmer. Sie hatte sich umgezogen, erinnerst du dich? Das Bunnykostüm. Sie muss die Tasche dort vergessen haben.«

»Dann ist sie gar nicht gegangen. Hat nicht das Auto genommen.«

»Alice, es *war* ein Unfall. Wir hatten alle zu viel getrunken. Du weißt, wie so etwas passiert. Niemand hatte einen klaren Kopf. Aber niemand hätte uns geglaubt, nicht wenn er den Film gesehen hätte. Deswegen mussten wir ihn holen.«

Ich sah ihn an und dachte: Ich glaube dir auch nicht. »Warum hast du mir das alles nicht gestern Abend erzählt?«

»Wollte ich ja, aber du bist rausgestürmt.«

»Was hast du erwartet? Applaus?«

»Und heute Morgen warst du so wütend. Ich hatte Albträume.« Sein Gesicht fiel in sich zusammen, und er begann laut schluchzend zu weinen. »Ich habe geträumt, dass du Susies Asche ausgeschüttet hast und darauf herumgetrampelt bist. Es war furchtbar.«

Ich starrte ihn an. »So etwas würde ich niemals tun. Komm schon, das weißt du doch.«

Jack vergrub das Gesicht in den Händen. Seine Worte klangen abgehackt durch die Finger: »Es war – meine Schuld –, dass Susie krank wurde. Der Arzt, dieser Spezialist, sagte, sie denkt, wenn sie dünn ist, bekommt sie – *Aufmerksamkeit*. Sie hielt sich für hässlich – wenn sie hübsch wäre, würde ich sie sehen wollen – öfter zu Hause sein. Wir haben – ihr immer gesagt, dass sie hübsch ist, aber sie – hat uns nicht geglaubt – war eher wie ich, nicht wie Val und Rosie – hielt sich für das hässliche Entlein – Val muss dem Spezialisten erzählt haben, dass wir – gestritten haben – weil ich andere Frauen hatte. Kann ich ihr nicht verübeln, aber – man weiß nie, was Kinder mitkriegen, was sie – hören. Susie dachte – ihre Schuld …«

Ich legte den Arm um ihn. »Na, na … Solche Dinge, solche Gedanken – *gibt es einfach*. Es lag nicht nur an dir …«

»Das Mädchen gestern Abend, beim Friedhof.«

»Die Tramperin?«

»Ja. Einen Moment lang dachte ich … sie sah aus wie Susie, wie sie da so allein und verloren im Dunkeln stand. Wir haben einmal in der Nähe von Susies Schule gedreht, und ich bin zu einem … Hockeyspiel gegangen. Alle Mädchen spielten, nur sie stand ganz allein im Tor. Die anderen müssen ihr ihre Pullover gegeben haben, denn sie trug drei oder vier übereinander und hatte zusätzlich noch einen um die Schultern gelegt wie einen Schal. Sie war richtig eingewickelt, aber sie sah aus, als ob sie immer noch fror, und wirkte dabei so unglücklich – ich wollte zu ihr gehen, doch es war Unterricht, und sie wusste nicht, dass ich da war. Ich dachte, es wäre ihr peinlich, sie würde nicht wollen, dass ich da bin, also habe ich es gelassen. Ich bin einfach gegangen.«

»Oh, Jack, ist das traurig …« Ich strich ihm über den Rücken.

Er machte keine Anstalten, mich festzuhalten, aber wir standen dicht beieinander, und als er den Arm hob, um sich das Gesicht abzuwischen, spürte ich die Waffe an meiner Hüfte. Der Gedanke – *Schnapp sie dir* – war so überdeutlich in meinem Kopf, dass ich eine Sekunde lang glaubte, es laut gesagt zu haben, aber Jack rührte sich nicht vom Fleck. Ich fuhr fort, ihm den Rücken zu streicheln, und meine rechte Hand langsam – ganz langsam – in Richtung Tasche zu bewegen.

»Val wirft mir vor, ich hätte nie mit Susie geredet. Wüsste nicht, wie sie tickt und so. Ich habe ihr erklärt, ich sei kein Psychiater, doch sie sagte nur: Zeig Interesse an ihr. Wir hatten nicht oft Gelegenheit, allein miteinander zu reden, aber ich hatte immer noch ein Bild, das sie als Kind gemacht hatte, aus einem Buch abgemalt oder so, und als ich sie irgendwohin fuhr, fragte ich sie danach. Es war ein Pferd, das neben einem Zug galoppiert. Ich wusste nicht, ob sie sich daran erinnerte, weil es Jahre her war, aber es war das Einzige, was mir einfiel, und sie erinnerte sich und erzählte mir …«

»Was hat sie gesagt?«, murmelte ich und legte den Kopf an seine Brust. Ich hörte nicht auf, seinen Rücken zu streicheln, versuchte den Rhythmus beizubehalten, während meine rechte Hand sich zentimeterweise der Tasche näherte.

»Immer wenn sie in einem Zug saß, stellte sie sich vor, sie würde auf einem großen Pferd am Bahndamm entlang galoppieren, und das Pferd konnte Schritt halten und über Brücken und alles Mögliche springen. Sie sagte, wenn sie in den Zug stieg, gab sie ihren Gedanken eine Art … Signal, und dann tauchte das Pferd vor dem Fenster auf, und sie ließ ihren Körper im Abteil zurück und sprang auf den Rücken des Pferdes. Ich habe sie gefragt, ob sie das auch in Flugzeugen macht, weil wir ein paar Mal in den Ferien nach Spanien geflogen sind, und sie antwortete: ›Nein, Dad, blöde Frage. Pferde können nicht fliegen.‹ Und das war's eigentlich.«

»Das war süß«, sagte ich und ließ meine Finger spielerisch nach vorne zu seiner Jackentasche wandern. Ich wagte es nicht, hinunterzuschauen, damit er ja nicht bemerkte, was ich vorhatte.

»Aber ich hatte alles falsch verstanden. Susie war so aufgeregt, als sie es mir erklärte, wie früher an Weihnachten, als sie und Rosie noch klein waren. Ich hatte die falsche Frage gestellt, und ich sah ihr an, dass sie dachte, er versteht es nicht, und sie ... sie machte einfach wieder zu. Ich weiß, es klingt unbedeutend, aber für sie war es wichtig, und ich habe nicht ... konnte nicht ...«

»Oh, Liebling ...« Ich spürte den Rand der Tasche. Wenn ich jetzt meine Hand an die Waffe bekommen könnte ... »nimm es nicht ...« Zwei Finger ... drei ...

»Ich hätte sterben sollen, Alice, nicht sie. Es hätte mich treffen sollen. Du weißt nicht, wie es ist, wenn man die Straße entlangläuft und sich schlecht fühlt. Wertlos. Du schaust dich um und denkst: Was soll das alles? Es war nicht Susies Schuld, es war meine, alles war meine Schuld, und es hätte mich treffen sollen.«

»So ist es nicht, Jack. Wir alle machen Fehler, jeder.« Metall ... Nur ... die Finger ... drunter ... Jack bewegte sich ein wenig, und meine Hand rutschte weg. Ich fummelte nach der Pistole, aber ...

»Nein!« Er packte mein Handgelenk und riss meine Hand aus der Tasche.

»Aaah, Jack, nicht!« Ich versuchte, mich von ihm zu lösen, aber er war blitzartig hinter mir und drehte meinen Arm auf den Rücken.

»Das tut *weh*.«

»Gut.« Er zerrte meinen Arm noch höher. Ich wand mich hin und her, um seinen Griff zu lockern, aber meine Hüften stießen an die Arbeitsplatte, und er presste sich an meinen Rücken, klemmte mich ein, so dass ich überhaupt keine Bewegungsfreiheit hatte. Ich schlug mit meinem freien Arm nach ihm – zwecklos, versuchte zu treten und schrie, als mein Knie an die Schranktür knallte, versuchte es noch einmal und traf, aber nicht fest genug.

Mein Fuß rutschte an Jacks Schienbein ab, er strauchelte, richtete sich wieder auf, dann legte er mir seine andere Hand in den Nacken und stieß meinen Kopf nach vorn, so dass er an den hölzernen Abtropfkorb schlug. Der Schmerz war beinahe unerträglich, und jede weitere Bewegung machte ihn noch schlimmer. Ich schrie.

»Du brichst mir den Arm!«

»Geschieht dir recht.«

»Hör auf«, keuchte ich. »Bitte. Lass los.«

»Auf keinen Fall.«

Ich versuchte locker zu lassen, schloss ganz fest die Augen und biss die Zähne zusammen, versuchte alles, um den Schmerz auszuhalten, aber mein Arm schmerzte höllisch und meine Schulter brannte wie Feuer. »Du bringst mich um, *bitte* …«

Dann stieß er mich auf die Hintertür zu. Es ist ihm egal, dachte ich, er wird mich umbringen, es ist ihm egal. Bitte, lieber Gott, hilf mir, mach, dass er loslässt, mach, dass es *aufhört*. Ich hörte Eustaces Nägel auf dem Linoleum klackern und erhaschte einen Blick auf ihn. Wie eine Statue stand er an der Tür zur Diele, verwirrt, eine Vorderpfote leicht angehoben, den Kopf schief gelegt mit fragendem Blick. »*Hilf mir*!« Ich spannte die Beine an und hangelte mit der freien Hand nach dem Abtropfregal, suchte irgendetwas, das ich als Waffe verwenden konnte, aber da war nichts. Ich konnte mich nicht weit genug umdrehen, konnte nichts sehen, konnte nicht *denken*.

Jacks Knie donnerte mir in die Kniekehlen. Ich spürte, wie ich einknickte und die Beine nicht wieder strecken konnte, und einen Moment lang hing mein ganzes Gewicht an Schultern und Oberarmen, und es fühlte sich an, als würden sie zerreißen. Ich schrie weiter, aber er ließ nicht locker, sondern stieß meinen Kopf nach unten, diesmal mit mehr Kraft, weil er über mir stand, und der Schmerz war noch schlimmer. Auf Knien rutschte ich gegen die Tür und flehte ihn an aufzuhören. Gott weiß, was ich sagte, wahrscheinlich unverständliches Zeug, aber am Ende ließ er los.

»Keine Tricks.«

Mein Arm schmerzte furchtbar und war völlig unbrauchbar. Ich schüttelte einfach nur den Kopf.

»Steh auf.«

»Warte, mein Arm …«

»Sofort!« Etwas Kaltes und Hartes stieß in meinen Nacken. Die Pistole. Ich rappelte mich auf und stand ihm, meinen Arm haltend, gegenüber. Er starrte mich an, und plötzlich dachte ich, er kann sich überhaupt nicht in mich hineinversetzen. Er sieht nicht mal einen Menschen in mir. Die Pistole zielte auf meine Brust. Ich zwang mich, ihn anzuschauen und nicht die Waffe. Seine Augen waren ausdruckslos, wie braune Murmeln.

»Jack, ich bin's, Alice.«

»Ich dachte, ich könnte dir trauen. Wegen Lenny. Ich dachte, du würdest es für Lenny tun.«

»Ich bin auf *deiner Seite*, Jack. Deswegen habe ich die Polizei nicht …«

»Aber du warst auch nicht für Lenny da, oder? Nicht am Ende. Nicht, als es wichtig war. Ja, klar, die Sache mit deinem

Großvater, aber wo warst du, als Lenny dich *wirklich* brauchte? In London. Weiß Gott, mit wem du da gevögelt hast. Weiß der Himmel, warum ich dachte, du würdest mir helfen, aber du hast ja nicht mal zugehört! Du wolltest nur die hier haben«, er fuchtelte mit der Pistole herum, »damit du zur Polizei rennen kannst. Dann wäre ich weg, und du könntest weiter die beschissene Marie-Antoinette spielen. Ich wette, du hast nie über Lenny nachgedacht, geschweige denn über mich. Er wollte es dir sogar erzählen. Das von Kitty. Er wollte, dass du es weißt. Ich habe ihm gesagt, dass wir dir nicht trauen können, und ich hatte Recht, oder? Du heimtückisches *Miststück*.«

Er stieß mir die Pistole gegen die Brust und trieb mich rückwärts in Richtung Tür. Seine Augen glänzten irr.

»Ich …«

»Halt die Klappe. Mach die Tür auf.«

Meine rechte Schulter brannte wie ein Feuerball, und ich hatte das Gefühl, meinen Arm nie wieder bewegen zu können. Ich wandte mich von Jack ab und fingerte mit der linken Hand am Riegel herum. Erstickende Hitze schlug mir entgegen, als ich die Tür aufzog, und einen Augenblick lang war es ganz still auf dem Hof. Dann wurde Eustace plötzlich lebendig und raste an uns vorbei, als erwartete er, dass wir mit ihm spielen. Jack ignorierte ihn. »Wo ist der Schlüssel zu deinem Stall?«

Im Stall gibt es zwei leere Boxen. Eine davon ist mit einem Vorhängeschloss gesichert. Im Sommer, wenn Pablo und Nelson auf der Weide sind, lagere ich Heu darin.

»In meinem Schuh.« Ich zeigte auf die Gummistiefel neben der Fußmatte.

»Hol ihn.«

Mit der linken Hand schüttelte ich den Schlüssel aus dem Stiefel und hob ihn vom Boden auf.

»Raus«, sagte er. »Mach schon.« Ich ging vor ihm über den

Hof zum Stall. Eustace sprang immer noch hoffnungsvoll vor mir her. Jack will mich einsperren, dachte ich. Nur einsperren, nicht umbringen. Dann wird er verschwinden. Er wird mein Auto nehmen und wegfahren. Gut, dann bin ich eingesperrt, aber ich werde mich irgendwie befreien, oder irgendwer wird kommen, und er wird weg sein und dann …

»Schließ auf.«

Es war ein großes Schloss, dessen Riegel durch zwei Ringe auf jeder Seite der Tür verlief. Ich versuchte, es mit der rechten Hand festzuhalten, aber meine Schulter fühlte sich an wie ein Klumpen Blei, und meine Finger waren taub.

»Beeil dich.«

»Entschuldigung. Kannst du das mal halten?«

Jack kam näher, so dass sich unsere Köpfe beinahe berührten. Ich spürte die Waffe direkt unter meinen Rippen. Er hielt das Schloss, wartete, während ich es aufschloss, und trat wieder zurück. »Jetzt die Tür.«

Ich schwang die obere Hälfte auf: Heuballen vom Boden bis zur Decke.

»Was ist in der anderen?«

»Nichts. Sie ist leer.«

»Mach auf.«

Er stand hinter mir, während ich die Riegel zurückschob. Eustace strich uns um die Beine und schnüffelte auf dem Boden. Er schob sich an mir vorbei, als ich die Tür zurückzog, und brachte mich aus dem Gleichgewicht. Ich kollidierte mit Jack, spürte die Pistole an meiner Wirbelsäule und dachte einen Moment lang: Das war's. *Mach, dass er mich gleich umbringt. Bitte, lass mich nicht gelähmt sein. Alles, nur das nicht.* Ein Bild schoss mir durch den Kopf, meine Wirbelsäule zerfetzt, ein Hagel aus Knochensplittern und Klumpen von Flüssigkeit. Dann schob er mich in die leere Box. Ich prallte gegen die Wand und schwang herum. *Ich muss ihm ins Gesicht sehen. Wenn er es tut, soll er mein Gesicht sehen, mir in die Augen schauen …*

Er stand mit ausdruckslosem Gesicht auf der Schwelle. »Schick den Hund raus.« Ich bekam Eustace zu fassen und versuchte, ihn zur Tür zu zerren. Er krallte sich knurrend am Boden fest und wollte sich aus seinem Halsband befreien, während ich ihn über den Boden zog. Jack beugte sich vor, und für einen Moment berührten sich unsere Hände in Eustaces Fell. Der Hund jaulte auf, als er ihn packte und in den Hof zerrte. Lediglich verschwommen sah ich ein letztes Aufblitzen der Waffe, ehe Jack die Tür zuschlug und mich in der Dunkelheit zurückließ.

23

Ich hörte, wie er die Tore verriegelte und das Vorhängeschloss sicherte, dann Schritte, die sich über den Hof entfernten … wohin? Zum Haus, er musste ins Haus gehen. Ja. Die Hintertür quietschte, dann fiel sie zu. Ich stand in der Dunkelheit, wartete darauf, dass meine Augen sich an das dämmrige Licht gewöhnten, und lauschte angestrengt. Bestimmt würde Jack jetzt gehen. Bestimmt würde er mein Auto nehmen und wegfahren. Der Schlüssel war leicht zu finden. Er musste nur in meiner Tasche nachschauen, und die stand gut sichtbar auf der Anrichte.

Es sei denn … Was hatte er über Lenny gesagt, darüber, dass ich nicht für ihn da war … Es sei denn, er hatte die verrückte Idee, mich dafür bestrafen zu wollen. Und wo warst *du*, Jack?, dachte ich wütend. Wo warst du, als Lenny dich brauchte? Du warst sein bester Freund. Genau dasselbe hatte

Jack bei Susie getan, oder? Hatte Val die Schuld gegeben, jedem, nur nicht sich selbst, und jetzt … Er hatte gesagt, er fühlt sich schuldig und wertlos – versucht er, dasselbe mit mir zu machen, will mir die Schuld für Lenny aufladen, wo ich weiß Gott schon genug damit kämpfe.

Es muss einen Weg hier raus geben, dachte ich und zermarterte mir das Hirn. Die Tür zu der anderen Box hatte ich nicht wieder verschlossen. Hatte Jack es getan? *Denk nach*. Ich hatte gehört, wie drei Riegel zugeschoben wurden, und an jeder Box gab es drei, einen an der oberen Hälfte der Tür und zwei an der unteren. Das hieß, sie war offen. Also war das der Weg nach draußen, aber ….

Ich sah mich um. Die Trennwand zwischen den beiden Boxen ging fast bis unter die Decke, und der Spalt dazwischen war durch vier Holzpfeiler längs unterteilt. Im Augenblick war da allerdings kein Spalt, sondern eine feste Wand aus Heuballen. Dichter als Stroh, schwerer und viel schwieriger zu bewegen. Noch dazu solide gestapelt. Und leider quer, so dass ich sie nicht im Ganzen auf meine Seite ziehen konnte. Aber wenn ich sie in einzelne Teile zerlegte? Das würde ich nie schaffen, sie waren viel zu fest mit Schnur umwickelt – zu dicht gestapelt, auch hatte ich nichts, um sie durchzuschneiden. Obwohl – wenn ich meine Hand durchstecken konnte und die Schnur zu fassen bekam, konnte ich sie vielleicht zerreißen. Wenigstens eine. Dann wäre es leicht. Ich brauchte allerdings etwas, worauf ich stehen konnte. Der Wassereimer in der Ecke. Ausleeren und umdrehen. Ich schätzte die Höhe. Es könnte *gerade* reichen. Wenn ich den Ballen gleich neben der Tür nahm, könnte die Lücke groß genug werden, um hindurchzukriechen, und dann konnte ich den nächsten Ballen in die Box stoßen und hinterherspringen. Ja. Guter Plan.

Aber – ich brauchte beide Arme, um richtig anpacken zu

können. *Konzentriere dich.* Ich ballte die Finger meiner rechten Hand zur Faust und öffnete sie wieder, versuchte das Prickeln der tausend Nadelstiche zu ignorieren, dann schwang ich den Arm vor und zurück. Denk nicht daran, was geschieht, wenn du nicht rauskommst, denk nicht an Jack, denk an *gar nichts.* Nur das hier ist jetzt wichtig. Nichts anderes auf der ganzen Welt als das hier.

Vom Hof kam kein Laut. Jack musste aber immer noch im Haus sein. Warum geht er nicht?, fragte ich mich. Packen, genau, er packt, das muss ich glauben. Alles andere ist zu ... Nein. Denk nicht daran. Konzentrier dich. Wie lange bin ich schon hier drin? Fünf Minuten. Länger kann es nicht sein. Hätte ich doch meine Uhr um. Heute Morgen, als ich die Tiere versorgt habe, musste ich sie noch gehabt haben. Dann fiel mir wieder ein, dass ich sie abgelegt hatte, als ich Eustaces Napf für sein Frühstück auswusch. Es kam mir vor, als wäre das Wochen her.

Die Abendfütterung. Angenommen, ich kam nicht raus – die Tiere ... Ich stellte mir vor, wie sie warteten, während die Dämmerung in Dunkelheit überging, hungrig und verwirrt: Die Pferde mit gesenkten Köpfen geduldig auf der Weide, die Meerschweinchen auf den Hinterbeinen am Maschendraht, die Hühner unruhig im Garten, nicht im Hühnerstall. Füchse. *Eustace.* Wenn Jack ging, ohne das Tor zuzumachen, wenn Eustace weglief ... Ich sah seinen Körper im Straßengraben vor mir, leblos, mit gebrochenen Knochen, sein glänzendes braunweißes Fell blutüberströmt ...

Hör auf, befahl ich mir. Hör einfach auf. Das wird nicht geschehen. Alles wird gut. Daran musst du glauben. Konzentrier dich. Schwing deinen Arm. Vor und zurück. So ist es gut. Wird immer besser. Doch was ist, wenn Jack *nicht* geht? Wenn er beschließt, hierher zurückzukommen und ... Nein, dachte ich. Er wird sich beruhigen. Das wird er nicht tun. Aber er hatte nichts davon gesagt, dass er gehen wollte. Das war reine Spekulation. Wenn er dachte, Val würde der Polizei sagen, wo er ist … Ich hatte ihm gesagt, sie würde es nicht tun, weil *ich* es nicht getan habe, was eigentlich völliger Unsinn war. Wenn sie wusste, was auf der Party geschehen war, und in Kittys Wohnung gegangen war, hieß das nicht, dass sie sich auch mit strafbar gemacht hatte? Einbruch oder Beihilfe? Langsam. *Denk nach.*

Warum sollte Jack mich erschießen? Was konnte ich der Polizei sagen? Als Erstes, dass Kitty Jack und Lenny mit dem Film erpresst hatte, den ich sowieso verbrannt hatte … Ich konnte ihnen sagen, dass die Leiche in dem See Kitty ist, aber das hatten sie inzwischen bestimmt selbst herausgefunden. Doch wenn das Auto und sie sieben Jahre lang unter Wasser gewesen waren, welchen Beweis konnte es dann noch geben? Gut, sie waren auf Lenny gekommen – sein Wagen –, aber wie sollten sie beweisen, dass es *kein* Unfall war? Dasselbe galt für die Zeitungen. Und selbst wenn ich ihnen irgendwas zu sagen hätte, ich würde es nicht tun. Sie hatten so viel Mist geschrieben, nachdem Lenny tot war. Ich würde diese Journalisten nicht mal mit der Feuerzange anfassen. Wie auch immer, Jack und Lenny waren zu der Zeit nicht mehr unbedingt der Renner und erst recht keine Schlagzeile wert. Plötzlich fiel mir der Zeitungsausschnitt wieder ein, der am Morgen in der Post gewesen war. Jack war hereingekommen, ehe ich ihn lesen konnte. Wo hatte ich … Natürlich. Ich hatte ihn in die Tasche gesteckt. Wo er immer noch sein musste! Ich holte tief Luft und suchte mit der rechten Hand danach. Es tat weh, aber zum Glück ging es, und es gelang mir, ihn aus der Jeanstasche zu ziehen.

Es war ziemlich dunkel im Stall, doch unter der Tür drang ein bisschen Licht herein. Ich nahm den Ausschnitt mit hinüber, ließ mich vorsichtig auf alle viere nieder und glättete ihn auf dem Betonboden. Wenn ich ihn ganz dicht an den Streifen staubigen Tageslichts hielt, konnte ich die Worte gerade entziffern.

Leiche in Pornowohnung gefunden

Der Mann, der gestern in einem Apartment in Notting Hill Gate erschossen aufgefunden wurde, hieß Daniel Francis Watts. Watts, 57, war bekannt für seine Verbindungen zu Pornografiekreisen und Prostitution und arbeitete als Kameramann bei Filmen wie: »Wie geht es deinem Vater« und »Im Boudoir der Gräfin«, mit Candy Knight, Englands selbst ernannter Pornoqueen, als Hauptdarstellerin. Die Polizei hat die Untersuchung in dem Mordfall aufgenommen und das Sittendezernat eingeschaltet, da am Tatort Hardcore-Material sichergestellt wurde.

Danny Watts. Der in Lennys Adressbuch stand. Und auf der Liste der Menschen, die es verdienten, erschossen zu werden. Und der erschossen wurde. Letzte Woche.

Ruhig bleiben, sagte ich mir. Sei vernünftig. *Denk nach*. Ich las den Artikel ein zweites Mal, dann erlöste ich meine Knie und setzte mich mit dem Rücken zur Tür. Diese Filme, in denen Jack mitgespielt hatte, *Lehrerschätzchen* und dieser andere, waren auch mit Candy Knight gewesen. Wenn Danny Watts nicht nur bei den beiden, die in der Zeitung standen, sondern auch bei ihren anderen Filmen Kameramann gewesen war, kannte Jack ihn. Er hatte mich gefragt, ob ich mich an ihn erinnerte, also musste er ihn kennen. Oder von ihm gehört haben. Und natürlich, *natürlich* …

Kittys Komplize. Ich lehnte den Kopf gegen die Holzplanken und starrte auf die Dachsparren. Alles passte zusammen. Ich hatte nicht richtig nachgedacht, war zu müde, zu aufgeregt gewesen, aber sie konnte den Film unmöglich allein gedreht haben. Man muss mit einer Filmkamera umgehen können, und sie war nicht gerade die Hellste. Nicht, dass ich besonders schlau bin, aber selbst wenn sie solche Filme schon mal gemacht hatte, musste sie nicht unbedingt etwas von der technischen Seite verstehen, wohingegen Danny Watts ... es war sein *Job*.

Und wie hätte sie die Kamera bedienen sollen? Wenn sie hinter dem Spiegel positioniert war, hätte sie doch immer nach nebenan hüpfen müssen, oder? Es sei denn, es gab eine Art Fernbedienung, und das schien mir eher unwahrscheinlich. Jack hatte gesagt, sie hat das Ganze organisiert. Mit Danny Watts' Hilfe. Ich hatte rein zufällig Lenny gegenüber eine Bemerkung über einen flotten Dreier gemacht, Lenny hatte Jack davon erzählt, und Jack hatte nicht lockergelassen, bis Lenny einverstanden war, und dann waren sie direkt in die Falle gelaufen. So viel zum Lamm und der Schlachtbank.

Und *mir* hatten sie die Schuld daran gegeben. Was ist das mit den Männern? Ich meine, wenn Jack, wenn *beide* einfach mal eine Sekunde mit dem Verstand und nicht mit dem Schwanz gedacht hätten ... ich schüttelte ungläubig den Kopf. Wie konnten zwei intelligente Menschen so dumm sein? Die Erpressung hatte mit Kittys Tod nicht aufgehört. Natürlich nicht. Nachdem sie verschwunden war, gab es noch einen Grund mehr ... Selbst wenn Danny Watts nicht auf der Party gewesen wäre, hätte es nicht lange gedauert, bis er herausgefunden hätte, dass *sie* dort war und dass Lenny und Jack dort waren und dass es das letzte Mal gewesen war, dass irgendjemand sie gesehen hatte. Man musste kein Genie sein, um zu kapieren, was geschehen war. Ich stöhnte. Deswegen hatte Danny Watts – angenommen, er war es – Lenny zwei Tage vor seinem Tod in Wiltshire besucht. Nicht um ihm Pillen zu bringen, sondern um mehr Geld von ihm zu fordern.

Lenny hatte mir gegenüber nie etwas von Geldproblemen erwähnt. Er hatte nie mit mir über Geld geredet, Punkt. Ich verdiente nicht schlecht im Klub, aber er verdiente natürlich weit mehr als ich. Und als wir zusammenlebten, gab er mir oft Geld. Ich habe ihn nie darum gebeten, er gab es mir einfach. Hände voller Scheine, nie hat er sie gezählt, nie hat er mir gesagt, wofür ich sie ausgeben soll. Nicht, dass er irgendeine Vorstellung von Haushalt hatte, er machte den Kühlschrank auf und sagte immer: »Was soll das ganze Zeug da drin?« Völlig verwirrt, als erwartete er … ich weiß nicht, einen Hut oder so was zu finden. Gelegentlich fing er Streit mit mir an, weil er fand, dass ich zu viel ausgab, aber dann ging er los und kaufte eine Kiste Château d'Yquem oder ein teures Geschenk für irgendjemanden, ohne mit der Wimper zu zucken. Wir haben nie über Geld geredet. Wenn ich es recht bedenke, haben wir eigentlich über vieles nicht geredet. Und jetzt ist es zu spät dafür.

Ich zwang mich, an meinen Besuch im Cottage in Ivar zu denken, als ich ihn gefunden habe. Die Reise, das Taxi, die Suche nach ihm in den Pubs, oben im Haupthaus. »Nicht noch jemand.« Das hatte der junge Mann an der Tür gesagt. Wen hatte er gemeint? Nicht Danny Watts. Der Taxifahrer hatte nichts davon gesagt, dass er ihn zum Haupthaus gefahren hatte, nur, dass er ihn am Cottage abgesetzt und später zum Bahnhof gebracht hatte. Und wenn Danny Lenny erpresste, würde er wohl kaum seinen Besuch ankündigen, oder? Aber wenn *Jack* ebenfalls zu Lenny gefahren war …

Er hatte gesagt, dass er aus einer Zeitung von Lennys Tod erfahren habe, als er im Urlaub war, aber der Besucher musste mindestens drei Tage vorher dort gewesen sein ... Doch Jack war sauer auf Lenny, weil er ihm nichts von der Verlobung erzählt hatte, und Lenny hätte doch bestimmt etwas gesagt, wenn ... Es ergab keinen Sinn. Sie sprachen nicht einmal miteinander, weswegen sollte Jack dann den weiten Weg dorthin machen? Um zu versuchen, die Geschichte in Ordnung zu bringen? Vielleicht hatten sie gestritten, und Jack hatte ...

Nein. Unmöglich. Lenny hatte einen Abschiedsbrief hinterlassen.

Es passte einfach nicht zusammen. Und warum war Lenny mit Kitty zu dieser Party gegangen?

Ihr Tod mag ein Unfall gewesen sein, aber der Tod von Danny Watts war keiner. Und Lenny konnte nichts damit zu tun haben, so sehr er es vielleicht gewollt hätte, denn er war bereits tot.

Jack hat Danny Watts umgebracht.

Jack hat eine Pistole.

Jack ist immer noch hier.

24

Die Welt – *die Zeit* – stand still, und ich war wieder mitten in diesem großen, leeren Nichts. Diesem Nichts, dieser tödlichen Stille, in der man wahrhaft schreckliche Dinge erkennt. Ich spürte das Blut in meinen Ohren pulsieren. Den Atem in meiner Nase. Die Luft an meiner Haut. Ich werde nichts von all dem spüren, wenn ich tot bin.

»Nein!« Ich schlug meinen Hinterkopf gegen die Stallwand. Lass es nicht zu. Nicht weinen, nicht durchdrehen, und was auch immer du tust, schrei nicht, denn wenn du einmal anfängst, hörst du nie wieder auf. Denk an etwas, egal was. *Scotch, Canadian, Bourbon, Rye … Vater unser im Himmel … Irish, Gin, Wodka, Rum … Geheiligt sei dein Name …* Bleib ruhig. Sei vernünftig.

Warum? Jack war nicht vernünftig. Er war total durchgedreht. Alkohol, Tabletten, Kitty, Lenny, Danny Watts, seine Tochter. Er hatte nichts zu verlieren.

Ich *musste* hier raus! Entschlossen wischte ich mir die Nase mit dem Handrücken ab und stand auf. Ich griff nach dem Henkel des Eimers, hob ihn ein wenig an, schnappte nach Luft und wechselte ihn in die linke Hand. Ich wollte das Wasser schon ausgießen, dann überlegte ich es mir anders, trug es zum Wassertrog und goss es dort hinein. Der Trog ist aus Plastik, wasserundurchlässig. Vielleicht brauchte ich das Wasser später noch. Falls ich noch am Leben war.

WAS ICH VERDAMMT NOCH MAL SEIN WERDE, WEIL ICH NICHT STERBEN WERDE. Ich schleppte den Eimer zur Trennwand, drehte ihn um und stellte mich darauf. Auf Zehenspitzen. Ich konnte mich gerade oben festhalten und hatte keine Ahnung, wie ich an der Wand hochklettern sollte. Ich trug Stiefel, was gut war, weil sie griffig sind, aber es gab keinerlei Halt für die Füße, und mein Arm schmerzte vom Hochhalten. Vorsichtig drehte ich mich um und betrachtete prüfend den Trog: dreieckig, mit einem flachen Boden. Wenn ich ihn aus dem Ständer nahm und umgedreht unter den Eimer stellte, konnte es reichen. Es würde bedeuten, dass ich das Wasser verlor, aber was soll's.

Eine ziemlich wackelige Konstruktion. Der Eimer passte gerade eben auf den Trog, und als ich mich darauf stellte, war ich mit dem Hals in Höhe der Trennwandkante. Die Heuballen lagen wirklich dicht aneinander gepresst. Vor ein paar Monaten hatte ich die Boyles bestochen, damit sie mir halfen, das

Heu zu stapeln. Ich warf einen Blick auf mein nacktes Handgelenk. Trudy und Lee würden bald wiederkommen. Der Briefkasten war an der Vorderfront des Hauses, aber die Dorfbewohner kamen immer über den Hof zur Hintertür. Wenn ich irgendwie ihre Aufmerksamkeit erregen konnte, würden sie Fred Bescheid geben, damit er die Polizei holt, obwohl Fred, so wie ich ihn kannte, sofort persönlich herkommen würde. Aber so oder so würde ich Hilfe bekommen.

Vielleicht hatten sie es aber auch eilig und rannten schnell zur Vordertür, dann könnten sie schon da gewesen sein, und ich hatte sie nicht gehört. Blieb immer noch Ted morgen früh, bis dahin konnte allerdings alles Mögliche passiert sein. Das heißt, morgen ist Sonntag, da kommt Ted nicht. O Gott. Nicht so schlimm, weil ich morgen nicht mehr hier drin *bin*. Bis morgen bin ich hier raus und in Sicherheit, und das alles ist nur noch ein schlechter Traum. Ich schob meinen Arm zwischen die Heuballen und hakte die Finger unter die Schnur, doch die eng geschnürte, orangefarbene Plastikschnur schnitt in meine Haut und gab nicht nach, und ich konnte nicht richtig ansetzen, ohne vom Eimer zu fallen.

Gut, noch mal. Ich rückte meinen behelfsmäßigen Hocker zurecht, kletterte wieder hinauf und versuchte, das Heu aus dem Ballen zu zupfen. *Jeff*. Ich hatte ihm eine Nachricht hinterlassen. Vielleicht hatte er ... Nein, bestimmt nicht, dachte ich. Wahrscheinlich denkt er, ich bin übergeschnappt, und außerdem hört er sie vielleicht erst in einer Woche, weil er einen Auftrag hat oder in Urlaub ist oder sonst wo. Ich stöhnte. Warum hatte ich versucht, an die verdammte Waffe zu kommen? Was, zum Teufel, hatte ich mir dabei gedacht? Ich muss nicht ganz bei Trost gewesen sein. Solche Sachen klappen nur in Filmen, nicht im richtigen Leben. Im richtigen Leben sind die Menschen am Ende *tot*, dachte ich grimmig. Oder Krüppel.

Mein Glück, dass er mich nicht auf der Stelle erschossen hat. Und ich hätte ihn keinen Kognak trinken lassen dürfen. Das hat es nur noch schlimmer gemacht. Ach ja, und wie hättest du ihn daran hindern sollen?, höhnte eine Stimme in meinem Kopf.

Jetzt war es zu spät. Mach weiter, mach weiter. Langsam löste sich das Heu aus den Ballen, zuerst ein paar Halme, dann ganze Hände voll. Bald würde ich den ganzen Ballen auseinander reißen können. Ich kletterte für einen Moment von meinem Eimer, rückte beides wieder zurecht, so dass ich leichter drankam, und machte weiter. Was war mit Val? Würde sie kommen? Nicht meinetwegen. »Du hast dein Bett gemacht, und wie man sich bettet, so liegt man«, hatte sie am Telefon gesagt. Aber sie würde doch bestimmt Jack zu Hilfe kommen, wenn er in Schwierigkeiten war. Sie hatte zwar nicht so geklungen, aber vielleicht hatte sie es sich später anders überlegt, und meine Adresse stand im Telefonbuch und … *Adresse*. Ich erstarrte.

Jack hatte die Handschrift erkannt. Aber nicht, weil er die Zeitungsausschnitte geschickt hatte. Er hatte sie erkannt, *weil es die seiner Frau war.*

Jack hatte gesagt, Val wusste über Kitty Bescheid. Wenn sie die Ausschnitte geschickt hatte, dann wusste sie auch von Danny Watts. Ich zermarterte mir den Kopf. Was hatte sie eigentlich noch am Telefon gesagt? Dass ich Nerven hatte, sie anzurufen, und dass sie mir nichts zu sagen hatte. Aber sie hatte gewusst, wer ich bin, und war nicht überrascht gewesen, als ich Jack erwähnte. Doch warum schickte sie *mir* die Zeitungsausschnitte? Nicht, weil ich mit ihm geschlafen hatte – das hatten hunderte andere Frauen auch. Nein, es musste etwas mit Lenny zu tun haben … hatte Lenny …

Eustace fing an zu bellen. Es kam aus der Richtung des Vorgartens. Trudy und Lee? Ich hörte kein Hufgetrappel, aber vielleicht hatten sie die Ponys vorne am Weg gelassen. Ich stieg vom Eimer und stellte mich mit klopfendem Herzen an die Tür, wollte am liebsten laut um Hilfe rufen, hatte aber schreckliche Angst, dass Jack mich hören würde. Das Bellen wurde lauter und kam näher. Einen kurzen Moment lang gab der Hund Ruhe, und ich hörte Lees Stimme: »Schon gut, Kumpel, was ist los?«

Gott sei Dank. »Lee?«, flüsterte ich.

Lautes Gebell. Diesmal ganz nah.

»Na komm, hör auf ...«

Ich klopfte mit den Fingerknöcheln an die Tür. Eustace hörte auf zu bellen. Ich hörte seine Krallen auf dem Pflaster, als er schnüffelnd zum Stall trottete, und das Scharren von Lees Turnschuhen, der ihm folgte. Der Hund schnupperte unten am Türspalt und verdeckte mit seiner Nase den Lichtstreifen. »Was ist los, Alter, was ist da?«

»Lee«, zischte ich. »Hier.«

»Alice? Was machst du da?«

»Sprich leise.«

»Was ist los? Bist du eingesperrt?«

»Ja, Lee ...«

»Da ist ein Schloss. Hat er dich eingeschlossen?«

»Ja. Kannst du ...«

»Was hast du gemacht?«

»Nichts.«

»Meine Mum und mein Dad hatten mal einen Streit, und Dad hat Mum im Schlafzimmer eingeschlossen. Wir haben uns kaputtgelacht, aber Mum war stinksauer.«

»Lee, kannst du mich rauslassen?«

»Hier ist kein Schlüssel. Zum Schluss hat Dad sie wieder rausgelassen.«

»Lee …« *Bleib ruhig, bleib ganz ruhig.* »Es ist wirklich wichtig. Der Schlüssel. Kannst du ihn irgendwo sehen?«

»Warte … Dad hat gesagt, er hat sie nur rausgelassen, weil er sein Essen will. Hat er allerdings nicht gekriegt. Nichts zu machen. Kein Schlüssel. Alles in Ordnung bei dir?«

»Kannst du das Licht anmachen?«

»Ja, klar.«

Ich blinzelte, als warm und gelb das Licht anging. »Danke.«

»Was soll ich machen? Im Haus nachschauen?«

»Nein, warte eine Sekunde. Ist Trudy bei dir?«

»Nee, die ist weg. Ist dieser Typ noch da?«

»Ja. Lass mich kurz nachdenken, okay?«

Einen Augenblick lang war Ruhe, und ich hörte Lee auf der anderen Seite von einem Fuß auf den anderen treten und am Schloss herumspielen. Ich sah ihn vor mir, einen sonnengebräunten, für sein Alter zu kleinen, altklugen Jungen mit zerzaustem Haar und runden, blitzblanken Augen.

»Hast du Angst vor ihm, Alice?« Lees Stimme klang erwachsen, mitfühlend.

»Ja.«

»Das hört man. Du hast geheult.«

»Lee, meinst du, du kannst deinen Vater holen? Sag ihm, ich brauche Hilfe.«

»Ja, klar. Kann ich dich auch bestimmt allein lassen?«

»Ja.« Das Mitgefühl in seiner Stimme war so rührend, dass ich beinahe wieder anfing zu weinen. »Es geht mir gut«, krächzte ich.

»Ich bin nicht mit dem Pony da, Alice. Trudy ist mit ihm zurückgeritten.«

»Macht nichts, lauf einfach, so schnell du kannst.«

»Na gut. Ich bleibe auch nirgendwo stehen oder so.«

»Danke, Lee. Du hast was bei mir gut.«

»Ja … okay. Tschüs, Kumpel«, sagte er zu Eustace. Er klang wie sein Vater.

»Geh jetzt, Lee. Schnell.«

Von rechts drang Lärm herüber. Die Küchentür, die aufflog und gegen die Hauswand knallte.

Jack!

»Er hat eine Pistole.« Lees Stimme war wieder die eines Kindes, atemlos und voller Angst. Ich hörte schwere Schritte auf uns zukommen. »Eine Pistole in der Hand …«

»Lauf weg, Lee!«, schrie ich verzweifelt. »Lauf!« Ich hörte ein Handgemenge – Atmen – zerreißenden Stoff, dann einen dumpfen Aufprall, als Lees kleiner Körper gegen die Stallmauer krachte, danach seine Stimme, schrill vor Angst: »Lass mich los – ich verrate dich nicht – ich – lass mich *gehen*!«

Ich hämmerte schreiend mit den Fäusten an die Tür. »Hör auf! Lass ihn in Ruhe! Lass ihn!« Hörte, wie der Junge über den Hof rannte. »Lauf, Lee! Lauf!«

Und dann einen ohrenbetäubenden Knall.

25

Es dauerte eine Sekunde, bis es zu mir durchdrang – der Schall klang durch den Hof – *lass ihn vorbeigeschossen haben, lieber Gott, lass ihn vorbeigeschossen haben.* Ich hörte ihn nicht mehr rennen, aber vielleicht war er trotzdem entkommen. Dann verhallte das Echo, und langsamere, schwerere Schritte entfernten sich in dieselbe Richtung wie Lee, und von der Mitte des Hofes hörte ich jemanden vor Schmerzen stöhnen.

»Jack, er ist ein Kind! Um Himmels willen, tu ihm nicht weh, tu …«

Lees Schrei, durchdringend, hoch und verzweifelt, überschnitt sich mit meinem. Für einen Sekundenbruchteil war es still, dann folgte ein zweiter, furchtbar lauter Knall, als Jack noch einmal schoss. »NEIN!« Ich warf mich schreiend und heulend gegen die Tür, versuchte, das Holz mit bloßen Händen zu zerschlagen. »Er ist ein Kind, er wollte mir helfen, hat nur versucht, mir zu helfen ... o mein Gott ... Jack ... *Nein* ...« Ich brach zu einem Häufchen Elend auf dem Boden zusammen.

Ich weiß nicht mehr, wie lange ich dort hockte, den Kopf in die Hände gestützt, klagend und stöhnend ... oder was ich tat ... nichts mehr. O Gott, ich will mich nicht daran erinnern, weil man es nicht *kann*. Begreifen. Das war das Schlimmste. Schlimmer noch als der erste Schock. Die Ungeheuerlichkeit des Ganzen. Ein Teil davon zu sein. Wieder und wieder dachte ich, wenn ich doch einfach die Polizei gerufen hätte, wenn ich Ted Bescheid gesagt hätte, wenn ich versucht hätte, Trudy und Lee zu warnen, wenn ich nicht versucht hätte, an die verdammte Waffe zu kommen, wäre alles nicht passiert. Lee wäre nicht tot. Und dann dachte ich, es kann nicht wahr sein, das ist alles ein Irrtum, es ist unmöglich. Niemand konnte einfach so einen kleinen Jungen erschießen, niemand. Ich legte mich auf die Seite und versuchte, unter der Tür hindurch zu sehen. Nichts. Nur der Rinnstein.

»Lee? Antworte mir. Lee!«

An der Tür war plötzlich ein Geräusch. Eine Sekunde lang hatte ich die irrsinnige Hoffnung, dass es Lee war, doch es war der Hund, der jaulte und kratzte, weil er hereinwollte. »Eustace, ich kann dich nicht reinlassen, Baby, ich kann nicht. Wo ist Lee, Eustace? Sag mir, dass er gesund ist. Ich komme hier raus. Ich bin gleich da, ich werde ...«

Ich kletterte wieder auf meinen Eimer und zerrte an dem Heuballen, riss Stücke heraus und warf sie auf den Boden.

Der Ballen vor der offenen Hälfte der Nachbartür lag quer, aber wenn ich es schaffte, durch die Lücke, die ich hineingerissen hatte, zu greifen, konnte ich ihn in den Hof schubsen.

Ich fand mit beiden Händen Halt an dem nächstgelegenen, aufrecht gestapelten Ballen und zog einen Fuß an der Trennwand so hoch es ging, dann stieß ich mich mit dem anderen Fuß ab. Ich trat ins Leere, war auf den Schmerz nicht vorbereitet und konnte mich nicht halten. Ich *schaffte* es nicht. Einen Moment lang hing ich in der Luft, dann rutschte ich an der Wand hinunter auf den Boden. Der Eimer bremste den Fall, doch ich schlug mit dem Kreuz zuerst auf dem Boden auf, und der Aufprall war – man kann es nicht beschreiben. Es war ein Gefühl, als hätte mir jemand einen Schlag mit dem Holzhammer aufs Kreuzbein versetzt und ihn direkt bis zu meinem Kopf getrieben. Ich wand mich vor Schmerzen, wie betäubt und heulend wie ein Tier.

Ich hob den Kopf und schaute wieder an der Trennwand nach oben. Sie erschien mir riesig. Unmöglich aufzustehen, geschweige denn zu klettern. »Ich kann nicht, Eustace, ich schaffe es *einfach* nicht.«

Warum hatte ich Jack erlaubt zu bleiben? Warum hatte ich ihn nicht gleich am ersten Abend rausgeschmissen, ihm gesagt, dass er nicht willkommen ist? Weil … weil er eine Verbindung zur Vergangenheit war, zu Lenny, *und ich war es so leid, allein zu sein.* Nur um jemanden da zu haben, auch wenn es der betrunkene Jack war. Und er tat mir Leid und … *o Gott.*

Heftig warf ich den Kopf hin und her. Das kann nicht wirklich geschehen, es kann nicht sein. *Ich ertrage es nicht.* Es war so dumm, so töricht, nur wegen der Aufregung, dem Kick, den Lenny mir gegeben hatte, diesem Gefühl, das Leben sei ein einziges, großes Spiel. Wie konnte ich nur so *schwach* sein? Ich hätte ihm sagen müssen, dass er gehen soll, tat es aber erst, als es zu spät war, viel zu spät. Und jetzt lag Lee tot im Hof und Jack … *Jack* …

Was habe ich getan? Mein Gott, was habe ich getan?

Ich griff nach den Heubüscheln, die um mich herum verstreut lagen, zupfte sie zu einem notdürftigen Lager zurecht und rollte mich darauf zusammen, die Hände auf den Ohren, um Eustaces Jaulen nicht zu hören. »Hör auf, bitte hör auf. *Alles* soll aufhören.«

Ich weiß nicht, wie viel Zeit verging. Ich erinnere mich, dass ich Durst hatte und zu der Stelle kroch, wo ich das Wasser ausgeschüttet hatte, um nachzusehen, ob noch etwas davon auf dem Boden übrig war. In einer Senke am Fuß der Wand war ein kleiner Rest, zu wenig, um es mit den Händen herauszuschöpfen, so dass ich meine Finger hineinsteckte und sie ableckte. Das half ein bisschen, doch ganz unten war es trüb, und ich bekam eine belegte Zunge davon, und irgendwann fing ich an zu zittern. Ich erinnere mich, dass ich überrascht war, weil ich zitterte und nicht aufhören konnte und das Gefühl hatte, nicht ich selbst zu sein, als stünde ich neben mir. Mein Rücken tat weh, und ich war mir des Schmerzes bewusst, aber irgendwie gehörte er nicht richtig zu mir, gar nichts schien mehr zu mir zu gehören.

Ich bin nicht hier, dachte ich. Ich bin irgendwo anders. Abgeschnitten. Verschwunden.

26

Ich hörte, wie das Vorhängeschloss aufgeschlossen wurde, das Quietschen der Tür, als sie aufging, doch ich machte die Augen nicht auf.

»Alice.« Jacks Stimme an der Tür.

Ich hielt die Augen fest geschlossen und rollte mich noch mehr zusammen. Hatte keinen Willen, wollte mich nicht bewegen, nicht schreien, nicht kämpfen, gar nichts. Fühlte mich völlig leer. Wartete darauf, dass Jack hereinkam, aber das tat er nicht. Er sagte wieder meinen Namen. »Alice. Sieh mich an.« Seine Stimme klang flach.

Langsam, ganz langsam hob ich den Kopf und starrte ihn an. Er stand auf der Schwelle, eine Decke in der Hand. Da drunter ist die Pistole, dachte ich benommen. Die Decke soll den Schuss dämpfen.

Ich zog mich in eine sitzende Position hoch. Es kostete unendlich viel Kraft.

»Kannst du aufstehen?«

»Ich …« Ich fand die Worte nicht.

»Lass mich dir helfen.«

Ich starrte auf die Decke. »Es ist gut. Ich werde nicht …« Er kam auf mich zu. »Für dich«, sagte er und hielt mir die Decke entgegen, als wäre sie ein Geschenk. »Ich habe sie für dich mitgebracht.«

Keine Pistole. Er hatte die Pistole nicht in der Hand. In der Tasche. Sie ist in seiner Tasche. Er wird mich nicht umbringen. Nicht jetzt. Aber später. Später … Ich muss mit ihm sprechen. Ihn dazu bringen, dass er sich erinnert, wer ich bin. Ihm sagen … was? Sag danke. Danke für die Decke.

»Danke.«

»Hier.« Er ragte vor mir auf und legte mir die Decke um die Schultern. Ich roch Kognak. Er machte ein komisches Geräusch. Würgte. »Ich will …« Ich konnte ihn kaum verstehen. »Ich will dir nicht wehtun.«

»Du hast Lee umgebracht. Ich habe es gehört.«

Jack antwortete nicht. Ich schaute an ihm vorbei in den

Hof. Es war dunkel. Von der Küchentür fiel etwas Licht auf den Hof, und auf den Pflastersteinen war ein dunkler, flacher Umriss. Etwas war darüber gelegt. Tücher. Säcke. Lee. Jack hatte ihn mit Säcken zugedeckt.

Eustace kam um die Hausecke, sah mich, setzte sich schwanzwedelnd in meine Richtung in Bewegung, blieb plötzlich stehen und schwenkte nach …

»Nein! Eustace!« Ich wollte schreien, aber es kam nur ein Krächzen heraus. Der Hund schaute kurz zu mir herüber, dann senkte er wieder den Kopf, schnüffelte an den Säcken, steckte seine Nase darunter und … »Nein!«

Ich stand taumelnd auf, schob mich an Jack vorbei und stolperte auf den Hof. Eustace hatte Lees Kopf halb freigelegt, und ich sah sein schwarzes Haar und etwas – einen Klumpen? An der Seite, neben dem Ohr. Gelblich. Dicht. Flüssigkeit auf dem Pflaster. Eustace leckte daran. Blut? Ja, aber … das Zeug … das Zeug war … Mein Gott, es war …

»Nein! Aus! Hör auf!« Ich wollte den Hund wegziehen, doch mein Körper weigerte sich, mir zu gehorchen. »Jack, hilf mir! Um Himmels willen, tu etwas.« Dann war er neben mir und riss an Eustaces Halsband. Der Hund knurrte, wandte den Kopf und versuchte zu beißen. »Bring ihn rein, schaff ihn ins Haus.«

Eustace fletschte die Zähne, als Jack ihn rückwärts in Richtung Küche zog, hineinzerrte und die Tür zuschlug.

Ich konnte mich nicht bewegen. »Wie konntest du nur?«

»Alice.« Jack war wieder neben mir. »Komm. Ins Haus.«

»Zweimal. Du hast es zweimal getan.«

Er sagte nichts. Ich riss den Blick von Lees Kopf los und drehte mich um, um ihn anzusehen.

»Du musstest ihn nicht umbringen.«

Jack wandte den Kopf ab. »Es tut mir Leid.«

»Er war noch ein *Kind*. Warum, Jack? Warum hast du ihn getötet?«

»Es tut mir Leid ... ich ... ich bin völlig verzweifelt, Alice.«

Plötzlich war ich ganz ruhig. Der Schock wahrscheinlich. »Jack, wir müssen die Polizei rufen.«

Er starrte mich an.

»Die Polizei. Wir müssen sie über Lee informieren.«

Er schüttelte den Kopf. Ich versuchte es noch einmal. »Ich weiß, dass das Telefon nicht funktioniert, aber im Dorf ist eins und ...«

»Nein.«

»Jack, wir müssen es tun.«

»Ich habe nein gesagt und das meine ich auch.« Seine Hand wanderte zu seiner Tasche. Ich wich einen Schritt zurück.

»Okay, okay. Keine Polizei. Aber bring ihn wenigstens irgendwo hin. In den Stall. Leg ihn ins Heu. Bitte, Jack. Ich werde ... ich helfe dir.«

Er schüttelte den Kopf. »Geh ins Haus.«

»Warte.« Ich nahm die Decke von den Schultern. »Nimm die. Wickel ihn ein. Den Kopf.«

»Na gut.«

»Kannst du das Licht anlassen? Im Stall. Lass ihn nicht im Dunkeln.«

»Wenn du das willst. Geh jetzt.«

Ich sah mich nicht um. Eustace begrüßte mich stürmisch, als wäre nichts geschehen, und ich setzte mich aufs Sofa, starrte auf den Teppich und wartete auf Jack. Als er hereinkam, schaute er mich nicht an, sondern ging direkt zum Spülbecken und wusch sich die Hände. Als er sich umdrehte, sah ich einen dunklen Fleck auf seinem Jackett und seinem Hemd.

»Das ist Kaffee. Du hast den Becher nach mir geworfen, schon vergessen?«

»Wirklich?« Ich stand auf. »Ich muss die Tiere füttern.«

»Ich komme mit.«

Mühsam schleppte ich mich zur Scheune, Jack immer neben mir, und erledigte schweigend, wie ein Roboter, die abendliche Routinearbeit, und die ganze Zeit stand ein Teil von mir hinter mir und beobachtete die Szene. Beinahe bewundernd. Ein äußerst seltsames Gefühl. Es musste an der Erschöpfung liegen, denn als wir zurück in die Küche kamen, um Eustace zu füttern, war mir schwindlig, ich schwankte und war kaum in der Lage, mich aufrecht zu halten.

Ich füllte den Wassernapf für Eustace und sank auf einen Stuhl am Küchentisch. Jack zog die Vorhänge zu und setzte sich mir gegenüber. Wir starrten einander an. Ich hatte das Gefühl, nie wieder aufstehen zu können.

»Es tut mir Leid. Das mit dem Kind.«

»Lee. Sein Name ist Lee. Warum bist du nicht gegangen, Jack? Als du ... als ich im Stall war? Warum bist du nicht einfach *gegangen*?«

»Ich wusste nicht, *wohin*«, sagte er tonlos. »Das ist das Ende. Ich bin nicht nur wegen des Films hierher gekommen. Ich wollte dich wirklich sehen.«

»Warum?«

»Du glaubst wahrscheinlich, ich erinnere mich nicht mehr daran, aber als ich gestern Abend sagte, dass ich dich geliebt habe, meinte ich das ernst.«

Ich schüttelte den Kopf.

»Es tut mir Leid. Es ist alles ... außer Kontrolle. Alles. Als Susie starb, war es, als würde sie dafür bezahlen. Für alles, was ich getan habe ... sie war der Preis.« Er hielt inne, senkte den Kopf und streckte mir die Hand entgegen. »Bitte, Alice. Ich fühle mich so schuldig.«

Ich rührte mich nicht.

»Lenny und ich hatten alles: Geld, Erfolg, Mädchen, was wir wollten. Und wir hätten es auch in Amerika geschafft, wenn Lenny nicht die Nerven verloren hätte.«

»Der Film war nicht gut. Das hast du selbst gesagt.«

»Ja. Aber wenn Lenny hundertprozentig dabei gewesen wäre, hätte es gut gehen können. Er war immer durch den Wind – unsicher –, aber er konnte damit umgehen. Sogar damals, bei der Geschichte im *Fortune*, ist es gut gegangen. Und dann sitzt er im Fernsehen und erzählt jedem, dass er Alkoholiker ist ... ich habe mein Bestes getan, aber ich konnte ihn nicht stoppen, er hörte einfach nicht auf zu reden. *Himmel.*«

Er verfiel in Schweigen, und ich versuchte, mich zu erinnern. »Das war nach ... nach Kitty, oder?«

»Ja. Ein paar Monate. Du bist abgehauen, und er brach zusammen. Danach war der Teufel los. Man bat mich um einen Kommentar. Was zur Hölle sollte ich sagen? ›Es ist gut, dass wir in die Staaten gehen, weil uns in diesem Land niemand auch nur einen Pisspott geben würde?‹ Ich erklärte ihm, dass er uns ruiniert hatte. Weißt du, warum er dir die Schuld gegeben hat? Weil er damit nicht leben konnte.«

»Ich will wissen, was mit Kitty passiert ist, Jack.«

»Lenny hat sie nicht ernst genommen. Die Drohungen, meine ich. Er dachte, sie versucht es nur, glaubte, sie würde Ruhe geben, wenn er ihr ein paar Geschenke kaufte, sie wichtigen Leuten vorstellte, die ihr helfen konnten ...« Jack verdrehte die Augen. »Sie wollte Schauspielerin werden. Lenny dachte, das wäre es. Ich habe ihm immer wieder gesagt, dass es so nicht funktionieren würde, aber ich hatte keine Ahnung, dass er sie zu dieser Party mitbringen würde. Und ich wusste nicht, dass du auch da sein würdest. Das Haus war voller Menschen, wenn du dich erinnerst, und Lenny und Kitty waren mit seinem Auto unten am See.«

»Aber warum hat sie niemand gesehen? Aus dem Haus? Leute waren zum Schwimmen da unten, überall Autos ...«

»Sie waren auf der anderen Seite, hinter einem Hügel. Da gab es Bäume. Egal, ich bin erst viel später runtergegangen. Außerdem wusste ich nicht, wo sie waren. Ich war im Haus, und Lenny hat mich gesucht. Er war in einem schrecklichen Zustand. Er sagte ... Kitty hätte sich beim Knutschen im Auto den Kopf gestoßen, und er konnte sie nicht wach bekommen. Er quasselte nur davon, dass er glaubte, sie sei tot, und was er tun sollte. Herrgott noch mal, das war alles, was ich aus ihm herausbekam. Ich versuchte ihn zu beruhigen, sie war bestimmt nur bewusstlos, aber als wir da unten waren – beim Auto –, konnte sogar ich sehen, dass sie hinüber war. Ich wusste nicht, was wir machen sollten, also lösten wir die Handbremse, und dann ... das war's.«

»Ich glaube dir nicht.«

»Herrje, du hast gefragt, und ich hab's dir erzählt. Mehr war da nicht.«

»Warum warst du so sicher, dass sie tot war?«

»Alice, sie hat nicht mehr geatmet. Ich schwöre es.«

»Warum habt ihr keinen Arzt geholt?«

»Denk nur mal eine Minute nach, ja? Denk an diese Party. Die Polizei hätte einen Heidenspaß gehabt. Mehr Drogen, als du je gesehen hast. Wir hätten das Haus nie sauber gekriegt, und jeder hätte es erfahren. Die Frau hat uns *erpresst*, schon vergessen?«

»Aber du hast behauptet, ihr hattet ihr schon Geld gegeben.«

»Lenny nicht. Ich habe doch gesagt, er dachte, sie meint es nicht ernst. Ich habe ihm andauernd gesagt, dass sie es todernst meint, aber er wollte nicht hören. Er war völlig neben der Spur, Alice, du kannst es dir nicht vorstellen ...«

»Dann willst du mir also erzählen, dass es ein dummer Unfall war?«

»Ja.«

»Und dann hast du dir Kittys Schlüssel geschnappt und hast Val in ihre Wohnung geschickt, um die Kopien von dem Film zu holen?«

»Ja, wie ich es gesagt habe.«

»Und was ist mit Danny Watts?«

Jack schwieg. »*Was*?«

»Sein Name stand auf Lennys Liste.«

Jack zuckte die Achseln. »Die halbe Unterhaltungsbranche stand auf der Liste.«

»Du hast ihn erwähnt. Gestern Abend.«

»Ich dachte, du erinnerst dich vielleicht an ihn, mehr nicht. Er war nur ein Bekannter von uns.«

»Ich bin nicht von gestern, Jack. Er hat den Film gedreht.«

»Wie kommst du darauf?«

»Der Zeitungsausschnitt.«

»Welcher Zeitungsausschnitt?«

»Heute Morgen habe ich ihn bekommen. Ich habe gesagt, es sei eine Rechnung, erinnerst du dich? Du weißt, wovon ich rede, Jack. Er war wie der andere. Der, den du versucht hast vor mir zu verstecken.«

»Und da stand was über Danny Watts drin?« Er klang erstaunt. Ich habe es missverstanden, dachte ich. Falsch kombiniert. Es war nicht Val … oder … oder … *er wusste nicht, dass sie Bescheid weiß*. »Wo ist er? Gib ihn mir.«

Ich zog ihn aus der Hosentasche. Er schnappte ihn sich und las.

Als er fertig war, sagte ich: »Du hast ihn umgebracht. Erschossen. Du musst dir eine Waffe besorgt haben, du …«

»Hör mir verdammt noch mal zu, Alice! Hör mir einfach

einen Augenblick zu, ja? Ich wusste nicht, was ich tat. Als ich zu ihm gegangen bin, ja, da hatte ich eine Waffe, aber ich habe ihn nicht … Ich weiß nicht, ich war wütend. Ich meine, Monat für Monat hat er mir Geld abgenommen, und jedes Mal, wenn ich ihn sah, dachte ich: *Verflucht, warum bist du am Leben*? Was gibt dir das Recht zu leben, wenn meine Tochter tot ist?« Er senkte den Kopf und starrte wieder auf den Zeitungsausschnitt.

»Es gibt keine Gerechtigkeit. Gut, ich habe alles vermasselt, aber ich dachte … ich dachte … Irgendwas muss ich richtig machen, damit tue ich jedem einen Gefallen. Nicht gleich – ich habe einfach den Überblick verloren, aber hinterher dachte ich: *Was soll's* …« Er verstummte, dann blickte er verwirrt zu mir hoch. »Das kann sie nicht …«, murmelte er. »Sie weiß es nicht.«

»Du meinst Val?«

»Ja.«

»Sie hat die Ausschnitte geschickt, oder?«

Er nickte.

»Warum, Jack?«

»Ich weiß es nicht«, sagte er hilflos.

Wir schauten uns einen Moment lang an, dann wanderte Jacks Blick über meinen Kopf, als würde er mit jemandem sprechen, der hinter mir steht. »Ich dachte wirklich, dass wir nach der Geschichte mit Kitty in Sicherheit waren. Lenny wollte zur Polizei gehen, aber ich erklärte ihm, dass man das Auto nie finden würde. Ich redete mit ihm, Val redete mit ihm, wir sagten immer wieder, dass es ein Unfall war und wir sie eigentlich kaum kannten. Wussten nicht mal, wie sie richtig hieß, bis Val in ihre Wohnung ging – sie hat einen Brief gesehen oder so und erzählte, dass sie gar nicht Kitty hieß, sondern irgendwie anders.«

»Gail.«

»Ja, genau. Aber von Danny Watts hatten wir keine Ahnung, bis Lenny einen Anruf bekam … drei, vier Wochen nach der Party. Danny wollte wissen, wo Kitty ist, dann sagte er, er habe eine Kopie von dem Film und wir müssten zahlen. Ein Darlehen nannte er es. Wollte eine Filmfirma gründen. Sagte, wenn wir nicht mitmachen, geht er zur Polizei.

Lenny hat mich mitten in der Nacht angerufen, so habe ich es erfahren. Ich bekam kein vernünftiges Wort aus ihm heraus, aber er bestand darauf, dass er mit mir über Kitty reden musste, also bin ich zu ihm gefahren. Er musste getrunken haben, bevor Danny anrief, und er war …« Jack schüttelte den Kopf und sah mich an, als fiele ihm gerade wieder ein, dass ich da war.

»Es war ein Albtraum. Ich versuchte herauszubekommen, was Danny zu ihm gesagt hat, aber er konnte sich nicht erinnern. Oder sagte irgendwas, und fünf Minuten später behauptete er das Gegenteil. Es war erbärmlich – als würde man mit einem Kind reden. Er hatte mich kommen lassen, weil er über Danny Watts reden wollte, aber hauptsächlich schwafelte er davon, wie sehr du ihm fehlst und dass alles gut wäre, wenn du zu ihm zurückkommst und er mit dem Trinken aufhören und dich heiraten würde und alles würde wunderbar werden, und ich riss mir die Haare aus, um ihn dazu zu bringen, mir von diesem Anruf zu erzählen.

Ich habe ihm Löcher in den Bauch gefragt, um herauszukriegen, was Danny gesagt hat, doch er antwortete nicht, quasselte nur von dir, und ich wusste, dass er mir irgendwas verheimlichte. Ich meine, Danny hatte nur den Film und die Information, dass wir auf der Party waren. Lenny hätte es abstreiten können, aber er sagte ihm, dass wir zahlen würden. Hat es praktisch zugegeben. Er dachte, wir geben Danny das

Geld, und dann würde der einfach verschwinden. Er hat es einfach nicht kapiert! Wenn er nicht so besoffen gewesen wäre, hätte ich …«

»Was hast du getan?«

»Ich hab ihm erklärt, dass er ein dummes Arschloch ist und dass ich die Nase voll davon habe, ihn seit Jahren immer wieder aus dem Dreck zu ziehen. Und weißt du, was er gemacht hat? Er fing an zu heulen. Jammerte, er sei zu nichts gut, hätte alles vermasselt und ich sei wohl besser ohne ihn dran. Als wäre ich ein beschissener Wellensittich, den er fliegen lassen will.«

»Es war sein Auto. Im See.«

»Das *wusste* Danny nicht. Niemand hat uns gesehen, Alice. Das war das Dumme. Wir hätten davonkommen können. Danny wusste gar nichts, aber Lenny … Weiß der Himmel, was er zu ihm gesagt hat. Er konnte einfach die Klappe nicht halten. Immer redete er davon, dass wir zur Polizei gehen müssen, dass er dir alles erzählen will. Wenn er dich heiraten will, müsstest du wissen, worauf du dich einlässt, und so weiter …«

»Er hat mir nichts erzählt, Jack. Ich hatte keine Ahnung. Das schwöre ich.«

»In Amerika habe ich mir vor Angst in die Hose geschissen. Deswegen bin ich ihm immer nachgegangen. Er wollte nicht mehr mit mir darüber reden, und ich hatte Angst. Ich sah ihn vor mir, wie er sich in irgendeiner Bar besäuft und wer weiß wem die ganze Geschichte erzählt. Ich konnte ihm nicht trauen. Himmelherrgott, ich habe nicht mal Val erzählt, dass Danny uns erpresst.«

»Aber woher …«

»*Ich weiß es nicht*! Ich konnte es ihr nicht sagen. Nachdem sie diesen Film gesehen hat, habe ich sie angefleht, mir zu helfen, und sie sagte, wenn sie uns hilft und in Kittys Wohnung geht ... sie zwang mich, ihr zu versprechen – keine Weibergeschichten mehr. Ich musste es versprechen, wenigstens das war ich ihr schuldig, und ich sah keinen Ausweg. Sie sagte zu mir ... ich hätte ihr Leben ruiniert, und ich habe ihr versprochen, dass ich mein Leben in Ordnung bringen würde, versprach, mit in Urlaub zu fahren, nach Ägypten, sie wollte immer schon die Pyramiden sehen. Aber die Sache mit Lenny ... die habe ich ihr nie erzählt, Alice. Ich konnte es nicht.«

»Das verstehe ich nicht. Du hast gesagt, du hättest sie verlassen.«

»Habe ich auch. Als Susie krank wurde. Ich weiß nicht, was passiert ist, ich war ... ich musste weg. Ich konnte es nicht ertragen, dort zu sein, sie anzuschauen, zu wissen, dass ich nichts tun kann und alles meine Schuld ist. Ich weiß, was ich über Val gesagt habe, aber ich kam einfach nicht damit zurecht, Alice. Ich habe mich abgekapselt, doch Lenny war nicht mehr da, und es gab niemanden, mit dem ich reden konnte. Ich fühlte mich so allein und ... Ich wusste nicht, was ich tun sollte.«

»Aber du hast doch Freunde.«

»Nicht wie Lenny. Ich hatte ihn verloren, Alice. Sogar bevor er starb, war er schon jenseits von Gut und Böse. Er wollte nicht ... wollte nicht ... Es war alles so ein verfluchtes Chaos. Keine richtige Arbeit, Alice. Wie ich dir gesagt habe: hier und da ein Job. Nichts Großes. Und Danny wollte Geld, und Val rief immer an, um mir zu sagen, welche Therapien Susie brauchte: psychiatrische Behandlung, Homöopathie, Geistheiler. Von einem Quacksalber zum nächsten, und ich konnte nicht nein sagen. Dann wollte Rosie auf die Kunsthochschule gehen, und ich hatte Schulden, hatte bei Findlater Geld geliehen, konnte die Wohnung nicht mehr bezahlen.«

»Bist du deswegen zu ihr zurückgegangen? Wegen Geld?«

»Zum Teil. Und Val zuliebe. Sie wollte es. Weiß Gott, warum, aber sie wollte es.«

»Sie liebt dich immer noch, Jack.«

Er schüttelte den Kopf. »Das ist vorbei – schon lange. Meine Schuld. Aber … ach, ich weiß nicht. Ich habe diesen Traum, Alice. Es ist immer derselbe. Von Lenny, der sagt, er wartet auf mich. Er sieht so glücklich aus. Mein Gott, wie ich ihn vermisse.«

»Ich auch.«

Einen Augenblick lang war Stille, und dann sagte Jack: »Zieh es für mich an, Alice.«

»Was?«

»Das Kostüm. Ich habe es auf dem Speicher gesehen. Ich will, dass du es anziehst.«

»Das Bunnykostüm?«

»Bitte. Komm schon.« Jack packte mich am Arm und zog mich hoch.

»Warum?«, fragte ich verwirrt. »Ich kann nicht.«

»Doch, du kannst.«

»Nein, Jack, das ist furchtbar, es ist …«

»Tu es. Für mich.«

Er griff in die Tasche und zog die Pistole heraus.

Er will alles ausblenden, dachte ich. Die Vergangenheit zurückholen. In der er sicher war, erfolgreich, glücklich. Wenn er überhaupt je glücklich war.

»Hast du Kerzen?«, fragte er.

»In der Anrichte. Soll ich eine auf den Tisch stellen?«

»Ich will überall welche. Neues Spiel, Bunny Alice. Wir machen das Licht aus.«

Er lächelte. Ich muss mitspielen, dachte ich. Ich habe keine Wahl.

27

Das Badezimmerfenster war zu klein für mich! Jack sagte, er würde draußen warten, und gab mir zehn Minuten zum Umziehen. Ich hörte ihn auf dem Gang auf und ab gehen, während ich, den Mund voller Haarnadeln, vor dem Spiegel stand und die Hasenohren feststeckte. Hinter mir sah ich den Schatten eines riesigen Hasen, der von den Kerzen, die auf dem Waschbecken aufgereiht standen, an die Wand geworfen wurde. Man kann sich bei Kerzenlicht nicht schminken, jedenfalls nicht ordentlich, und meine Hände zitterten so stark, dass ich kaum den Deckel der Grundierung aufbekam, geschweige denn sie auftragen konnte. Ich muss die blauen Flecken abdecken, dachte ich. Wenn ich die Wunden nicht abdecke, wird er wissen, dass ich es nicht mal versucht habe.

Alles war da, als wir die Schachtel öffneten, sogar die Strümpfe und die Rosette mit meinem Namen drauf, aber es sah aus, als gehörte es in die Verkleidungskiste eines kleinen Mädchens. Der Schwanz war anders, als ich ihn in Erinnerung hatte – Eustace musste den schöneren gefunden haben –, der Kragen und die Manschetten waren verknittert und vergilbt. Wenigstens passt mir das Kostüm noch, dachte ich, dafür sollte ich dankbar sein. Aber die Fliege wollte nicht gerade sitzen, und ein Ohr kippte immer wieder nach vorne und wollte nicht halten. Unvorstellbar, dass dieses Outfit mir einmal das Gefühl gegeben hatte, sexy und mächtig zu sein. Ich sah aus wie ein Clown.

Im Spiegel sah ich, wie Jack die Badezimmertür aufstieß, dann spürte ich, wie er mir die Pistole an den Hals setzte. Ich schaute auf den Abfluss. Im Porzellan war ein großer Sprung. Ich glaube, der war mir vorher noch nie aufgefallen.

Er fasste mich am Kinn und drehte meinen Kopf zu sich, so dass ich ihn anschauen musste. Ich schloss die Augen und versuchte, nicht zu weinen, als er mit dem Daumenballen über die Narbe auf meiner Wange fuhr – Lennys Narbe. Dann hielt er den Lauf der Waffe an meine Schläfe.

»Sieh mich an!« Er klang launisch wie ein Kind. Ich machte die Augen auf. Sein Gesicht war ausdruckslos, und seine Pupillen waren winzig. Stecknadelköpfe.

Er ließ die Hände sinken, so dass die Pistole auf meine Taille zeigte. »Nimm eine Kerze.«

Ich tat es, und er befahl: »Dreh dich um.« Ich erhaschte einen letzten Blick im Spiegel auf mein kaputtes, herunterhängendes Ohr. Es war beinahe so, als würde ich mir selbst Lebewohl sagen. Alles schien so unwirklich. »Mach die Tür auf.« Er stieß mir die Pistole in den Rücken. »Beweg dich!«

Aus der Übung und in den Pumps wie behindert, taumelte ich vor ihm her den Flur entlang. Keine Chance, in den Schuhen wegzulaufen, dachte ich und überlegte, wie schnell ich sie ausziehen konnte.

Jack öffnete die Küchentür. Die Vorhänge waren zugezogen, und es brannte kein Licht, doch der Tisch und die Arbeitsplatte waren mit Kerzen übersät. »Weiter.«

Im Klub hat man uns immer gesagt, wir sollen an was Schönes denken, ehe wir rausgehen, aber das gelang mir jetzt nicht. In meinem Kopf existierte nur ein Gedanke.

Ich will nicht sterben.

28

Eustace trottete zu mir und schnüffelte an meinen Schuhen. Ich beugte mich hinunter, um ihn zu streicheln, doch Jack fasste mich am Ellbogen und trieb mich zum Tisch. Die Waffe knallte gegen die Stuhllehne, als er ihn heranzog und sich hinsetzte, wobei er mich nicht losließ. Unsicher, nicht wissend, was er wollte, stand ich neben ihm.

»Sag, was du immer gesagt hast.«

»Entschuldige, aber ich weiß nicht, was du meinst.«

»Im Klub«, sagte er ungeduldig. »Was du immer gesagt hast.«

»Guten Abend …«, begann ich zögernd.

»Weiter.«

»Guten Abend, ich bin Ihr Bunny Alice.« Die Worte fühlten sich fremd an in meinem Mund. Sie klangen wie blanker Unsinn.

»Und?«

Ich sah ihn ungläubig an. Er will, dass ich die ganze Nummer abziehe, dachte ich. Ihm einen Drink serviere.

»Weiter. Dafür bist du hier.«

Dafür bin ich hier.

»Okay«, sagte ich und versuchte, mich zu erinnern. »Ich brauche ein paar Sachen. Kann ich das Licht anmachen? Damit ich sie finde?«

»Wo sind sie?«

»In der Anrichte.«

Jack warf einen Blick auf die Anrichte, dann zur Hintertür und sagte: »Ich komme mit. Nimm eine Kerze.«

Er stand hinter mir, während ich nach Papierservietten und einem Aschenbecher suchte und beides auf einem Tablett arrangierte. Meine Hände zitterten, aber mein Verstand raste, als ich versuchte, mich zu erinnern, was als Nächstes kam. *Ich muss es richtig machen, so tun, als ob es echt ist. Ihn bei Laune halten. Fröhlich sein. Damit er sich entspannt.* Ich zwang mich zu einem Lächeln.

»Ich brauche eigentlich noch mehr«, sagte ich. »Aber es macht nichts, denn dieser hier geht aufs Haus.«

Er erwiderte mein Lächeln nicht. »Fertig?«, fragte er.

»Ja.«

Er gestikulierte mit der Pistole. »Du zuerst.«

Jack setzte sich wieder hin, und ich hüpfte auf Hasenart – Schwänzchen in die Höh', mit krummem Rücken und gebeugten Knien – zum Tisch und stieß an seine Schulter, als ich Servietten und Aschenbecher vor ihn hin stellte. »Entschuldige, ich bin aus der Übung.« Er starrte mich erwartungsvoll an.

»Ich muss dich jetzt bitten, deine Karte zu zeigen«, sagte ich schnell, »aber …«

»Warte.« Jack kramte in seiner Tasche und hielt mir dann etwas entgegen. Es sah aus wie eine halbe Kinokarte. »Bitte sehr«, sagte er völlig ernst.

»Was …? Oh. Ja.« Ich gab vor, sie zu lesen. »Danke, Mr. Flowers. Was möchten Sie trinken?«

»Kognak.«

»Kognak«, wiederholte ich und tat so, als schriebe ich es auf.

In der Flasche war nur noch ein Glas. Als ich mit dem Tablett an den Tisch zurückkam, hatte Jack die Ellbogen auf den Tisch gestützt und drehte die Waffe in den Händen hin und her. Ich hielt ihm das Stück Papier entgegen. »Hier ist Ihre Karte zurück, Mr. Flowers.« Er machte keine Anstalten, sie zu nehmen, also legte ich sie neben den Kognak vor ihn auf den Tisch.

Er sagte nichts. Ich war unsicher, was ich als Nächstes tun sollte, also hockte ich mich auf die Lehne eines Küchenstuhls und versuchte, die Pumps von den Füßen zu streifen, ohne dass Jack es bemerkte. Den Blick auf die Waffe gerichtet, verfiel Jack in Schweigen. Schließlich sagte er: »Wenn ich den Traum von Lenny habe und aufwache, ist es, als …« Er schüttelte den Kopf. »Ich kann es nicht beschreiben. Glaubst du, ich werde ihn je wiedersehen?«, fragte er. »Oder Susie? Du weißt schon, im …« Er verdrehte den Kopf in Richtung Decke. »Ich würde ihr … beiden … gerne sagen, dass es mir Leid tut. Du glaubst an so was, oder?«

»Ja-a, aber … ich weiß nicht genau, ob es so funktioniert.«

»Wie dann?«, fragte er klagend. »Sag's mir.« Er war wie ein Kind, das seine Mutter fragt, warum der Himmel blau ist. Wenn ich einfach weiterrede, dachte ich, ihn besänftige, kann ich ihn vielleicht überreden, mir die Pistole zu geben. Wenn ich das hinkriege, wird er tun, was ich sage, und ich komme aus dem Haus und alles wird gut.

»Also«, sagte ich vorsichtig, »ich glaube …«

In dem Augenblick hörten wir das Auto.

»Was ist das?« Jack sprang auf, und wir standen horchend nebeneinander. Das Geräusch war nah, und mein Haus ist das letzte am Weg, weit hinter den anderen. Das Auto konnte nirgendwo anders hin. Eustace wusste das auch. Bellend rannte er zur Tür.

»Schaff ihn hier raus«, sagte Jack. Der Hund knurrte protestierend, als ich ihn durch die Küche in die Diele zog und im Wohnzimmer einsperrte.

Als ich mich umdrehte, stand Jack an der Schwelle. Wir starrten einander an und lauschten auf das Auto.

Dann ging der Motor aus. Ich versuchte, mich zurückzuziehen, aber Jack drückte mir die Pistole in den Rücken und bugsierte mich zurück in die Küche. Zusammen standen wir da und beobachteten die Tür.

»Wer ist es?«

»Ich weiß es nicht.«

»*Wer ist es?*«

»Ich schwöre, ich habe …«

»Sei still.«

Das Hoftor schleifte über das Pflaster. Mir war schlecht, ich hörte Jack atmen, Schritte, die auf die Tür zukamen, ein Klopfen …

»Alice?«

Ein Mann. Fred Boyle?

Wieder ein Klopfen.

»Mach auf!« Es war nicht Fred.

Der Riegel bewegte sich. »Nicht!« Mein Schrei war nicht mehr als ein Flüstern.

»Herrgott, Mädchen, du lebst hier am Ende der Welt und schließt nicht …« *Jeff*. Es war Jeff. Die Tür flog auf. Wie ein Schnappschuss tauchte sein Bild vor mir auf, das sonnengebräunte, hübsche Gesicht mit der George-Best-Frisur, T-Shirt, Bizeps, enge Jeans. »Was zum …«

Weiter kam er nicht.

Jack schoss auf ihn.

29

Ich hatte nicht gemerkt, dass Jack die Waffe bewegte – nicht gesehen, wie er sie hob – *gar nichts* –, aber es gab eine Explosion, so laut und durchdringend, dass sie den Raum erfüllte und mich so durchfuhr, dass ich rückwärts stolperte. Jeff schwankte weder noch stolperte er. Er fiel einfach um. Gerade stand er noch an der Tür, und im nächsten Moment lag er flach auf dem Rücken.

Blitzschnell warf ich Jack einen Blick zu. Sein Gesicht war wutverzerrt, ein Fetzen Fleisch, sein Mund arbeitete, aber ich hörte nichts, der Raum um mich herum war von Lärm erfüllt. Dann war ich bei Jeff.

Das Licht auf der Veranda brannte, und ich konnte die Wunde hoch oben in seiner Brust sehen. Sie war nicht groß, doch das Blut, das daraus auf sein helles T-Shirt floss, war so rot, so leuchtend, ich hatte noch nie so etwas Leuchtendes gesehen, und mein einziger Gedanke war, dass ich es stoppen, es irgendwie aufhalten musste, damit es in ihm blieb. Ich zog ein Handtuch von der Stange am Ende der Arbeitsplatte und hielt es über ihn, aber ich wusste nicht, ob ich es draufdrücken oder was ich sonst tun sollte, und es war meine Schuld, allein meine, denn er war meinetwegen gekommen und – Jeff bewegte die Lippen. »Was ist?«

»Hilf … mir …«

»Ja …ja …« Ich sah mich nach Jack um, doch er war verschwunden.

»Krankenwagen …«

»Ja … Krankenwagen …. Hol Hilfe. Krankenhaus.« Ich schaute mich nach dem Telefon um, erinnerte mich daran, dass es kaputt war. Unmöglich, Hilfe zu holen. »Setz dich auf, du musst dich hinsetzen.«

»Nein … Krankenwagen …«

»Nicht reden.« Jeff holte Luft, und ich starrte auf die leuchtenden, schaumigen Bläschen, die aus seinem Mund kamen, und dann war ich auf den Beinen und rannte schreiend in den Hof. »Hilfe! Bitte – so helft mir doch! Einen Krankenwagen!« Noch während ich schrie, wusste ich, wie töricht es war, es gibt hier keine Nachbarn, ich konnte nirgends ein Licht sehen, aber ich wusste einfach nicht, was ich tun sollte, und ich fühlte mich so verantwortlich …

Ich ging wieder hinein. Es war kein Mut. Ich dachte nicht einmal an Jack, der war sowieso verschwunden. Nur an Jeff. Mir war klar, dass er sterben würde. Nicht weil ich mich in Medizin oder Erster Hilfe auskannte – das tue ich nicht –, aber das Blut und sein Gesicht, der Blick in sein Gesicht … Ich wusste, er würde nicht mehr lange leben, und selbst wenn es mir gelang, Hilfe zu holen, würde es zu spät sein. Alles, was ich tun konnte, war bei ihm zu bleiben. Ich kniete mich wieder neben ihn. Sein Gesicht war inzwischen grau und die Lippen violett, fast blau. Aus seiner Brust kam ein Geräusch, ein Pfeifen, und er fing an zu husten und zu spucken wie ein Ertrinkender.

Ich wischte das Blut mit Geschirrtüchern ab, aber es kam immer mehr, und es war so *rot*. Das sieht man in Filmen nie, wie rot es ist. Und ich konnte nichts tun, nur bei ihm sitzen und wieder und wieder sagen: »Es tut mir Leid, es tut mir so Leid.« Ich weiß nicht, ob er mich hörte. Er sprach nicht mehr, aber seine Augen waren noch offen, und ich holte mehr Geschirrtücher und versuchte, sie unter seinen Kopf zu legen. Dann nahm ich seine Hand, streichelte sie, berührte sein Haar. Plötzlich machte er gurgelnde Geräusche und würgte, wie ein Baby es tut, und das Blut hörte nicht auf, aus seinem Mund zu fließen … und dann … dann kam noch ein Atemzug, eine Art langes, feuchtes *Aaaah*, und es verließ ihn – der Atem, das Leben – verließen seinen Körper, und dann war er tot.

Ich ließ seine Hand nicht los. Ich wusste, dass er es nicht mehr spüren konnte, aber ich wollte nicht loslassen. Lange Zeit sah ich in sein Gesicht. Immer noch sickerte ein bisschen Blut aus seinem Mund und lief über das Kinn. Seine Augen waren offen, riesige, schwarze Löcher. Ich beugte mich hinunter und strich ihm mit den Fingerspitzen das Haar aus dem Gesicht.

»Jeff, es tut mir Leid. Du hättest nicht kommen sollen. Ich weiß, ich habe dich angerufen, aber du hättest nicht ... wirklich nicht kommen ... Es tut mir so Leid.«

Nach einer Weile holte ich noch mehr Geschirrtücher, befeuchtete sie unter dem Wasserhahn und versuchte, das Blut von seinem Gesicht und seinem Hals abzuwischen. Irgendwann mittendrin dachte ich an die Polizei: nicht anfassen – Beweise! Aber ich konnte ihn nicht einfach so auf dem schmutzigen Boden liegen lassen, weil ... Na ja, ich war mit ihm verheiratet gewesen, und was auch immer er mir angetan hatte und ich ihn erst gar nicht hätte heiraten sollen, so konnte ich ihn doch jetzt nicht allein lassen, und da war sonst niemand. Das ist der Haken, man weiß nicht, wie es ist, was man tut. Und er war so hübsch, sah so – selbst mit all den schmutzigen Geschirrtüchern um den Kopf, dem Blut und so, sah er immer noch so ... Ich konnte es einfach nicht ertragen, ihn so liegen zu lassen.

Ich wollte ein Gebet sagen und fing an zu sprechen, aber dann fiel mir ein, dass Jeff auch nicht an Gott geglaubt hatte, wie Lenny, und ich dachte, das ist nicht recht, er würde es nicht wollen, ich würde es nur für mich tun, also hörte ich auf. Ich schloss seine Augen, denn sie offen zu lassen erschien mir auch nicht richtig, holte ein Kissen vom Sofa und schob es ihm unter den Kopf, sammelte die Geschirrtücher auf und warf sie ins Spülbecken, damit es ordentlicher aussah, dann kniete ich mich wieder neben ihn, hielt seine Hand und küsste ihn auf die Stirn – eine sinnlose Geste, weil er ja tot war und es nicht spürte, aber irgendwas musste ich tun, und das war alles, was mir einfiel.

Dann hörte ich einen Mordskrach in der Diele, ein Jaulen

von Eustace – und die Tür wurde aufgetreten. »Was zum Teufel wollte er hier?«, schrie Jack mich an. Ich drehte mich um und sah ihn an. Er hielt immer noch die Pistole in der Hand und zitterte vor Wut.

»Er ist tot«, sagte ich und wandte mich ab.

»Was?« Ich hörte ein Klappern, ein Stuhl, der umgestoßen wurde, und im nächsten Moment stand Jack drohend über mir und Jeff. Ich spürte seine Wut an meinem Rücken und Kopf vibrieren wie elektrischen Strom: Jack zappelte und fuchtelte herum, als wüsste er nicht, was er mit seinen Gliedmaßen anfangen sollte. Ich blickte auf Jeff hinunter, der so still und bewegungslos vor mir lag. Leben und Tod, dachte ich. Dazwischen ist so wenig. So schrecklich wenig. Eine Bewegung, ein Atemzug. Leben und Tod, und du bist in der Mitte.

Bin ich die Nächste? Werde ich es sein? Jetzt? Ich hatte keine Angst. Das war das Seltsame – ich müsste außer mir vor Angst sein, aber innerlich war ich ganz ruhig. Gelassen.

Jacks Gebrüll schreckte mich auf. »Was hast du gesagt?«

»Er ist tot«, wiederholte ich leise.

»Wer ist er?«

»Jeff.«

»Wer?«

»Mein Mann. Exmann.«

»Verdammter Mist, was wollte er hier?«

Ich antwortete nicht.

Jack trat mit dem Fuß gegen Jeffs Arm. »Kümmere dich drum«, sagte er kalt. Dann wandte er sich ab und ging, Türen schlagend, zurück ins Wohnzimmer.

Die Hintertür stand noch offen. Ich schaute in den Hof, dann hinter mich auf die Tür zur Diele. Kein Laut. Ich wartete ein paar Sekunden mit angehaltenem Atem – *Komm nicht wieder, bitte bleib, wo du bist*. Immer noch kein Laut aus dem

Wohnzimmer. Ich rappelte mich auf, schlüpfte aus meinen Schuhen und rannte.

Jeff hatte die Scheinwerfer angelassen, sie beleuchteten den Hof und den Weg zum Tor, doch dahinter war es stockfinster. Der Kies stach unter meinen Fußsohlen, und ich handelte mir einen Schnitt ein, aber ich konnte an nichts anderes denken, als genügend Vorsprung vor Jack zu gewinnen und es bis zu meinen Nachbarn zu schaffen, die ungefähr eine halbe Meile entfernt am Ende des Weges wohnten. Ich schaffe es, dachte ich, ich muss. Vom Haus kam kein Laut, kein Geschrei. Jack weiß nicht, dass ich weg bin, er denkt, ich sitze immer noch bei Jeff, bitte, lieber Gott, mach, dass er es nicht merkt. Wenn ich nur bis zur Kirche komme, zu den Andersons ins Pfarrhaus, dann kann ich ihnen alles erklären, sie rufen die Polizei, jemand wird kommen, und ich bin in Sicherheit und es ist gut. Alles wird gut, solange ich weiter laufe. Ich muss weiter laufen, egal, wie weh es tut. Ich hörte meine Füße, meinen Atem, mein Herz, meinen ganzen Körper sagen: *Lauf, lauf, lauf …*

Ein Auto. Da war ein Auto. Ich hörte es, dann sah ich die Scheinwerfer durch die Hecke hinter der Kurve aufleuchten. Fred Boyle, es musste Fred Boyle sein. Wegen Lee. *Gott sei Dank*. Die Hände in der Seite, blieb ich mitten auf der Straße stehen. Mit blendendem Licht kam das Auto um die Kurve. Fernlicht. Ich hob die Hände, um zu winken.

Es fuhr direkt auf mich zu. »Fred!«, schrie ich. Der Wagen wurde nicht langsamer. Er hatte mich nicht gesehen. Aber er *musste* mich doch gesehen haben! Warum hielt er dann nicht?

Das Auto wurde nicht langsamer, es beschleunigte sogar noch.

Einen Moment lang stand ich wie erstarrt im Scheinwerferlicht. Lauf, befahl mir mein Verstand. *Beweg dich*! Ich tauchte zur Seite ab und landete auf dem Seitenstreifen, spürte, wie meine Schulter auf dem Boden aufschlug, wie meine Hand und das Handgelenk brannten, als sie über den Schotter rutschten, erhaschte einen Blick auf den Unterboden des Autos über mir und flüchtete mich halb kriechend, halb rollend in den schwarzen Straßengraben, während über mir der Wagen in die Hecke pflügte. Plötzlich hörte ich nur noch den Lärm des Motors, dann ein Krachen, zerspringendes Glas, Bäume, die auseinander gerissen wurden, knirschten und splitterten, dann folgte ein dünner, hoher Schrei, und ich dachte: Sie schreit, *die Hecke schreit*.

Über meinem Kopf bewegten sich donnernd, sich biegend und brechend dunkle Zweige wie ein Kaleidoskop, dann kam das Auto zum Stehen, und plötzlich war es still, keine Bewegung mehr, außer einem einzelnen Reifen, der sich ungefähr dreißig Zentimeter neben meinem Kopf drehte. Ich hörte ein Ächzen, als der Wagen sich am Abgrund bewegte. Es wird abstürzen, dachte ich, auf mir landen. Ich versuchte, mich umzudrehen und wegzukriechen, doch Brombeersträucher rissen an meinen Beinen und hatten sich in meinen Haaren verfangen, und ich konnte mich nicht befreien. Wieder schlingerte das Auto über mir und begann zu kippen, ich krabbelte in Richtung Böschung, aber ich konnte nichts sehen und ... Nein! Ein stummer Schrei. *Nein*! Nicht so.

30

Irgendwo über meinem Kopf hörte ich ein lautes Knarren, dann fiel eine Tür zu. Eine Autotür. Auto. Auto im Straßengraben. *Auf mich, es stürzt ab, es stürzt auf mich und wird mich zermalmen. WEG – ICH MUSS AUS DEM STRASSENGRABEN KLETTERN – ICH MUSS HIER RAUS.*

Ich suchte Halt an der Böschung. Dunkel, ich kann nichts sehen, warum ist es so dunkel ... muss die richtige Seite erwischen – ja – Gras, keine Hecke, gut, Gras ist gut, aber da ist etwas an meiner Seite, meiner Hüfte – Auto, es ist das Auto – nein – warte, nicht das Auto, falsche Seite, das ist Beton – hart – Sperre – für das Regenwasser, viel Regenwasser – zieh dich auf den Seitenstreifen, auf Händen und Knien, ja ... ja ...

Mit dem Gesicht nach unten lag ich auf dem Seitenstreifen. Immer noch da. Ich bin noch da. Lebe noch. Haha. *Wer hat Angst vorm schwarzen Mann? Niemand! Und wenn er kommt? Dann laufen wir!* Kalt. Warum ist mir kalt? Es ist Sommer. Weiß eigentlich nicht ... warum ich hier bin. Ich bin nicht mit Eustace spazieren gegangen. Nein. Nicht mitten in der Nacht. Das wäre dumm.

Zweige knackten. Ich sah hoch. Das Geräusch kam aus der Nähe des Autos. Mist. Jemand hat versucht, mich umzubringen. Die Andersons, da wollte ich hin, weil ... weil ... *Füße.* Hatte ich nicht eine Tür gehört? Eine Autotür? Das hieß, jemand war ausgestiegen. Wenn es die Andersons sind, spare ich mir den Weg, dachte ich törichterweise. Aber er ist der Pfarrer und würde nicht versuchen, andere Leute zu überfahren.

Unter dem Auto schimmerte Licht. Es kam von der anderen Seite. Eine Taschenlampe. Ich erkannte die Umrisse einer großen, dunklen Limousine, deren Motorhaube in der Hecke vergraben war und deren Vorderräder über dem Abgrund hingen. Das Licht verschwand für einen Augenblick, dann tauchte es am Heck des Wagens wieder auf. Ich hielt eine Hand gegen das Licht vor die Augen, konnte aber nicht erkennen, wer die Taschenlampe hielt.

Das Licht tat mir in den Augen weh. Es kam näher. Warum machten sie es nicht aus? Jetzt war es über mir, leuchtete direkt nach unten. Blendete mich so, dass ich nicht hinschauen konnte. Ich senkte den Kopf. Füße vor mir. Schuhe. Hübsch. Keilabsätze mit Riemchen. Nicht Mrs. Andersons Schuhe, dachte ich. Oder ihre Fußnägel. Sie würde ihre Fußnägel nie rot lackieren.

»Steh auf.«

Die Frau, die nicht Mrs. Andersons Füße hatte, stand ganz nah und hielt die Taschenlampe zwischen uns, und als ich aufstand, sah ich, von unten beleuchtet, in dem harten, gelben Licht ihr Gesicht. Es war bleich und hager mit dunklen Ringen unter den Augen, als wäre sie krank gewesen, eingerahmt von grauen, drahtigen Haarsträhnen. Ich kenne dich, dachte ich. Du bist die Hexe aus dem Bilderbuch, die auf dem Berg getanzt hat, nur dass du jetzt alt bist.

»Du hast mich angerufen«, sagte sie. »Das war dumm. Aber eigentlich warst du nie besonders schlau, nicht wahr?«

»Eigentlich nicht«, sagte ich, und dann verschwand die Welt um mich herum und mit ihr die Hexe.

31

Kitty schaut mich nicht an. Ich kann sie durch die Autoscheibe sehen, aber sie schaut mich nicht an. Sie weiß, dass ich hier bin, aber sie will jemand anderen, deshalb dreht sie den Kopf nicht um. Sie wartet darauf, dass ich weggehe, aber ich kann nicht, da ist etwas, was ich sie fragen muss, es ist wichtig … Ich kann ihre langen Armknochen auf dem Lenkrad liegen sehen, die skelettierten Finger trommeln, die Hasenohren hüpfen auf dem Kopf auf und ab, als lausche sie da drinnen Musik, aber ich höre nur das Trommeln der Finger, immer lauter …

Etwas drückte gegen mein Gesicht. Das Auto, die Scheibe … Nein, kein Glas, weicher. Ich öffnete die Augen. Das Trommeln war immer noch da. Etwas Rotes drückte an mein Gesicht. Das Sofa. Ich lag, in eine Decke gewickelt, auf dem Sofa. Ich war in der Küche. Meiner Küche. Die Vorhänge waren zugezogen, also musste es Nacht sein. Warum war ich nicht im Bett?

Ich sollte irgendwo anders sein … Bei den Andersons. Warum war ich nicht dort? Ich wandte den Kopf um. Am Tisch saß eine Frau und beobachtete mich. Nicht Mrs. Anderson. Die falschen Füße. Es war die Hexe aus dem Auto. Das Auto hatte mich gejagt und war in die Hecke gekracht. Ich erinnerte mich an das Rad, das sich drehend über dem Abgrund hing, die Motorhaube, die auf mich zeigte … Irgendetwas engte meine Taille ein, grub sich hinein, und die Decke kratzte auf der Haut. Ich schüttelte sie ab und sah, dass meine Schultern nackt und eines meiner Handgelenke und die Handfläche aufgeschürft waren. Das andere Handgelenk schien unverletzt, doch etwas Graues war darum gewickelt, mit einem Manschettenknopf. Küssen, dachte ich vage. Eure Manschettenknöpfe müssen sich küssen. Die Bunny-Mutter hatte das doch immer überprüft. Aber da war nichts zum Küssen. Der andere Arm war nackt. Ich musste die zweite Manschette finden, ehe ich rausging, sonst würde sie mich nicht … aber ich war nicht … konnte nicht … Ich betrachtete meine geschundene Haut, und plötzlich erinnerte ich mich daran, dass ich auf den Kies gestürzt war, als ich versucht hatte, vor dem Auto davonzulaufen. Nicht der Klub, die Andersons. Aber warum wollte ich zu ihnen? Die Frage war zu schwierig. Ich schob sie beiseite.

Das Geräusch hörte auf, aber mein Kopf schmerzte. Alles tat weh. Ich wollte schlafen. Ich bewegte mich mühsam und fragte mich, warum ich nicht bequemer liegen konnte, warum die Hexe da war, warum Kitty mich nicht anschauen wollte, warum …

»Wach auf.« Die Hexe beugte sich über mich und rüttelte an meiner Schulter.

»Tust mir weh … Lass mich in Ruhe.«

»Wach auf!«

»Nein … geh weg …«

»Komm schon, setz dich hin.«

Ich drehte den Kopf, um sie anzusehen. »Wie spät ist es?«

»Halb sieben.«

Ich schloss wieder die Augen.

»Wach *auf*.« Sie würde nicht weggehen.

»Wer bist du?«

»Weißt du das nicht? Du musst noch dümmer sein, als du aussiehst.«

Noch dümmer, als du aussiehst. Das hatte sie schon mal gesagt. Dass ich dumm bin. Als sie mir mit der Taschenlampe ins Gesicht leuchtete. Dass ich etwas Dummes getan habe. Angerufen, das war's. Ich hatte sie angerufen.

Val. Es war Val. Natürlich. Und Jack. Er war hier gewesen, und er … er … was? Val trat zurück, als ich die Beine vom Sofa schwang und aufzustehen versuchte, mir aber plötzlich schwindlig wurde und ich zurück aufs Sofa sank. Warte, sagte ich mir. Keine Panik. Gleich kannst du aufstehen.

Ich starrte auf zwei Beine, offensichtlich meine, in schwarzen Strümpfen, über die sich spinnwebartig Laufmaschen zogen. Dann betrachtete ich prüfend meine schmutzigen Handrücken. Trauerränder unter den Nägeln.

»Nettes, kleines Spielchen gespielt, wie?« Ich sah hoch. Der Raum und Val wurden wieder scharf. »Oder war es ein Techtelmechtel?«

»Ich hatte Jeans an«, sagte ich verwirrt.

»Jetzt nicht mehr.«

»Nein«, stimmte ich zu. »Jetzt nicht mehr. Wie bin ich hierher gekommen?«

»Jack hat dich getragen.«

»Ich erinnere mich nicht. Wo ist er?«

Val zuckte die Achseln. »Keine Ahnung.«

Ich sah mich in der Küche um. Die leere Kognakflasche stand auf dem Tisch, das Glas, Servietten, Kerzen auf Untertassen ... Vorsichtig fasste ich mir an den Kopf. Hasenohren. Ich zog die Haarnadeln heraus, nahm sie ab und fingerte an dem zerrissenen, schmutzigen, schwarzen Satin herum. Es waren meine. Ich hatte sie behalten, weggeräumt. *Die Pistole.* Jack hatte eine Pistole gehabt.

Plötzlich war alles wieder da: die Zeitungsausschnitte, der Film, Jack, der drohte, Eustace zu erschießen, mich in den Stall sperrte, und Lee ... und dann ... dann hatte Jack mich gezwungen, dieses Zeug hier anzuziehen, und dann ... *dann war Jeff gekommen.* Er war hier gewesen. Seine Leiche. Sie lag auf dem Boden neben der Tür. Ich hatte versucht, das Blut abzuwischen, ihn geküsst, ein Kissen unter seinen Kopf gelegt. Ich wandte mich um und sah zum Sofa. Irgendwas hatte sich verändert: Der Überwurf war verschwunden, doch fünf Kissen lagen da. So viele wie immer. Aber wo war *er*? Ich wusste, dass er tot war. Ich hatte gesehen – *gehört*, wie er starb. Jack musste ihn weggeschafft haben, doch auf dem Linoleum waren keine Spuren. Ein Leichtes, sie wegzuwischen. Vielleicht hatte Val ihm geholfen.

Ich setzte mich mit dem Kissen auf dem Schoß. Wenn Val weiß, dass Jeff tot ist, dachte ich, muss sie auch wissen, dass Jack eine Waffe hat und gefährlich ist, also ... Aber vielleicht wusste sie nichts von all dem. Vielleicht hatte Jack ihn weggeschafft, ehe sie kam. Ich beobachtete sie, wie sie den Raum durchquerte und Wasser aus dem Hahn in ein Glas laufen ließ. Sie bringt es mir, dachte ich. Wenn ich sie nicht aufrege, kann ich vielleicht mit ihr reden, ihr alles erklären. Sie überreden, zur Polizei zu gehen.

Ein paar Schritte vor mir blieb Val stehen. »Hier«, sagte sie und schüttete mir das Wasser mit einer Drehung im Handgelenk direkt ins Gesicht. Ich war zu überrascht, um mich zu ducken, so dass das Wasser mich unvorbereitet traf und mich nach Luft schnappen ließ.

Ich griff nach dem Deckenzipfel und wischte mir blinzelnd die Augen ab, viel zu verblüfft, um etwas zu sagen. Es würde nicht klappen. Die Frau hatte ihr Auto zu Schrott gefahren, bei dem Versuch, mich zu überfahren. Was auch immer sie im Scheinwerferlicht gesehen hat, dachte ich, es war nicht nur ich, es waren alle Frauen, mit denen Jack je geschlafen hatte, inklusive Kitty. Kein Wunder, dass sie Vollgas gegeben hatte.

Was hatte Jack zu mir gesagt? *Val hatte schon immer was gegen dich.* Ich gehörte zu dem anderen Teil von Jacks und Lennys Leben. Und sie gehörte nicht dazu, war ausgeschlossen. Worum ging es ihr bei den Zeitungsausschnitten? Wollte sie mich erschrecken oder verletzen? Es mir heimzahlen? Sie wusste es wahrscheinlich selbst nicht. Aber die Sache mit Kitty und Jack, der sich vor ihren Augen auflöste, sie verließ und es ihr überließ, mit Susie und Susies Tod fertig zu werden. Auch ihre Welt war zusammengebrochen.

Und doch hatte sie mich da, wo sie mich haben wollte. In diesem blödsinnigen Kostüm, in dem ich aussah, als hätte eine Katze mich erwischt. Jetzt würde sie mir bestimmt nicht zuhören.

Ich schätzte mit den Augen die Entfernung zur Hintertür ab und überlegte, ob ich an ihr vorbeikommen würde. Sie war kleiner als ich, zierlicher, aber ich fühlte mich so schwach und hatte Schmerzen. Sie sah meinen Blick. »Die ist abgeschlossen«, sagte sie höhnisch. »Und die Haustür auch. Ich weiß nicht, was für ein Spiel du spielst, aber ich habe dir ein paar Dinge zu sagen, und du wirst zuhören, egal ob es dir gefällt oder nicht.«

Okay, dachte ich und zwang mich, nicht panisch zu werden. Ich habe keine Wahl, sagte ich mir. Hör ihr zu, gib dir Mühe, dass du sie auf deine Seite bekommst. Bring sie dazu, dir den Schlüssel zu geben. Ich sah zu ihr auf, wie sie da vor mir stand mit dem leeren Glas in der Hand, und versuchte, in ihrem Gesicht zu lesen. Sie schien ganz ruhig. Kontrolliert. Ich werde Jeff noch nicht erwähnen, dachte ich. Nur keine Panik. Sag gar nichts. Warte, bis sie anfängt zu reden.

»Dein Hund stinkt.«

»Wo ist er?«, fragte ich.

»Ich habe ihn im Esszimmer eingesperrt.«

»Geht es ihm gut?«

»So weit ich sehen konnte ja.« Sie zuckte mit den Schultern, spielte einen Moment lang mit dem Glas und rollte es zwischen ihren Händen hin und her. »Weißt du, was meine Tochter zu mir gesagt hat? Sie sagte, sie sei so hässlich, dass es egal sei, was für ein Mensch sie ist, denn niemand würde sich je die Mühe machen, es herauszufinden. Das glaubte sie wirklich. Sie sagte: ›Dad weiß nicht, wie du bist. Er kennt uns alle nicht.‹ Und weißt du, woran das lag? Daran, dass er nie zu Hause war. Weil es immer irgendwo so eine ... Schlampe – wie dich – gab, die ihm *zur Verfügung* stand.«

»Es ...« gehören immer zwei dazu, wollte ich sagen, doch ich hielt mich zurück. »Es war nicht so. Ich weiß, dass du mir nicht glaubst, aber ich habe Lenny geliebt.«

»Ich habe Lenny geliebt«, äffte sie mich nach. »Aber natürlich hat diese Kleinigkeit dich nicht davon abgehalten, mit meinem Mann zu schlafen, oder?«

»Ich … ich weiß nicht, was ich sagen soll, außer … es tut mir Leid.«

»Nein, das tut es dir nicht«, sagte sie ruhig. »Es ist dir scheißegal. Ich kann mir nicht vorstellen, dass dich irgendetwas berührt, es sei denn, es ist zu deinem Vorteil, aber die Welt ist eine Auster für dich, oder du nimmst dir einfach, was du willst.«

Ich schüttelte den Kopf. »Das stimmt nicht.«

»Aber er ist nicht zu dir gekommen, oder? Er ist nicht gekommen und hat gesagt: ›Ich bin in Schwierigkeiten, hilf mir.‹ Nein, das hat er nicht. Er und Jack sind zu mir gekommen.« Sie tippte sich mit dem Finger auf die Brust. »*Zu mir*. Sie wussten, wer ihnen helfen würde. Wem sie trauen konnten. Und das warst nicht du, oder?«

»Nein«, sagte ich leise, »das war nicht ich.«

»Deswegen bin ich hier. Um Jack zu helfen. Wie ich ihm immer geholfen habe. Das ist Liebe, du dumme kleine Nutte. Ich wusste gleich, dass du zu nichts nütze sein würdest. Außer zum Vögeln, mehr war es für ihn nicht. Kein bisschen mehr als das. Du und all die anderen.«

»Val, *nicht* …«

»Nicht besonders schön, wie? Die Wahrheit.«

Sie bedachte mich mit einem verächtlichen Blick und ging zur Spüle, wo sie mit dem Rücken zu mir stehen blieb und rauchte. Ich hielt mich am Sofa fest und stand auf. »Val?« Sie drehte sich nicht um. Wackelig hangelte ich mich an den Möbeln entlang zu ihr hinüber. Sie blickte unverwandt auf den Vorhang, als könnte sie durch ihn hindurch auf den Hof sehen.

»Ich würde gerne meinen Arm abspülen«, sagte ich. »Er blutet.«

Sie trat beiseite.

Vorsichtig hielt ich meinen Arm unter den Wasserhahn und versuchte, den Dreck auszuspülen. Die Geschirrtücher, die ich für Jeff benutzt und ins Spülbecken geworfen hatte, waren verschwunden. Hatte Jack sie weggeräumt oder Val? Ich hielt den Kopf gesenkt und sah sie durch die Haare von der Seite an.

Val starrte auf die Zigarette in ihrer Hand. »Ich hatte aufgehört. Vor drei Jahren. Nach Susies Tod habe ich wieder angefangen.«

»Ich …«, sagte ich, »ich kann mir nicht vorstellen …«

»Versuch es gar nicht erst«, sagte sie. »Ich will dein Mitleid nicht.«

»Kann ich dir etwas anbieten?«, fragte ich. »Eine Tasse Tee?«

Überrascht schaute sie mich an. »Ja. Wenn du willst.«

»Nun, ich könnte jedenfalls eine gebrauchen«, sagte ich, während ich den Kocher füllte. Schweigend warteten wir darauf, dass das Wasser kochte. Ich sah aus dem Fenster. Es schien eine Ewigkeit zu dauern.

»Erst kürzlich habe ich ein Tagebuch von Susie gefunden«, sagte Val plötzlich. »Sie hat es in einer der Kliniken geschrieben, in der sie war. Das gehörte wohl zur Therapie. Hinten klebte ein Foto drin. Von dir und vielen anderen auf einer Treppe. Es war märchenhaft, leuchtende Farben, und alle lächelten. Sie hat wahrscheinlich gedacht, so muss es sein. Ich habe ihr gesagt, dass sie schön ist, aber sie hat mir nicht geglaubt. In dem Tagebuch ging es nur darum, wie hässlich sie sich fand und wie sehr sie sich hasste. Alles, was wir zu ihr gesagt haben, damit sie sich besser fühlt, stand da drin, aber völlig … verdreht. Abscheulich. Das war das Wort, das sie benutzte. *Ich bin abscheulich*. Immer wieder. *Seitenlang*. Es …«

Val zögerte, dann sagte sie: »Es hat mir das Herz gebrochen.« Wir sahen uns an, Tränen in ihren Augen, Tränen in meinen.

Ich hörte, wie die Tür in der Diele aufging, und drehte mich um. Jack stand auf der Schwelle. Ohne Waffe. Sie muss in seiner Tasche sein, dachte ich. »Komm her«, sagte er. Er meinte Val, nicht mich.

»Geh ...«, setzte ich an, doch sie blickte durch mich hindurch und ging zu ihm. Ich schaute weg, als er sie küsste – starrte die Hintertür an. Val hatte gesagt, sie sei abgeschlossen, aber man konnte es nicht erkennen. Und selbst wenn nicht – jetzt waren sie zu zweit. An beiden würde ich nicht vorbeikommen. Ich glaube, ich habe mich noch nie im Leben so allein gefühlt, so hilflos wie damals. Ich sah an meinem lächerlichen, schmutzigen Kostüm herunter und sank auf den Boden, den Rücken gegen die Spüle gestützt.

»Geht es dir gut, Schätzchen?«, fragte Jack seine Frau.

»Wo ist Jeff?«, rief ich. »Was hast du mit ihm gemacht?«

»Wer ist Jeff?«, fragte Val.

»Alles in Ordnung«, sagte Jack leise. »Hör nicht auf sie. »Alles wird gut.«

»Wie kannst du das sagen?«, schrie ich. »Du hast ihn umgebracht.«

»Was redet sie da?«, fragte Val.

»Nichts. Sie spinnt. Ignorier sie einfach.«

»Nein! Du hast ihn erschossen. Und Lee und ...« Ich bekam kein weiteres Wort heraus. »Lass mich gehen«, flüsterte ich. »Lass – mich – einfach gehen.«

Jetzt sah Jack mich zum ersten Mal an. »Nein«, sagte er. Der Deckel des Kessels fing an zu klappern. »Was ist das?«

»Sie wollte Tee kochen«, erklärte Val.

»Möchtest du welchen?«, fragte er.

»Ja«, sagte Val. »Das wäre ... Ich möchte welchen.«

»Du hast es gehört«, sagte Jack zu mir. »Mach einen Tee. Ich bin gleich wieder da.« Er löste sich von Val. »Alles okay, Liebling. Ich bin in einer Minute wieder da.« Er tätschelte ihren Hintern, verschwand in die Diele und zog die Tür hinter sich zu.

Tu, was er sagt, dachte ich. Denk nicht drüber nach, tu es einfach. Du hast keine Wahl. Val kam wieder zu mir herüber, lehnte sich mit verschränkten Armen an die Anrichte und beobachtete, wie ich aufstand und den Stecker des Wasserkochers aus der Wand zog. Heißes Wasser schwappte an den Seiten auf die Arbeitsplatte.

Ich spürte ihren Blick im Rücken, während ich Teekanne und Becher zusammensuchte und Milch aus dem Kühlschrank holte. Ich wollte sie dazu bringen, etwas zu sagen, irgendwas, nur um den Kontakt wieder herzustellen. Es muss von ihr ausgehen, dachte ich. Ich muss ihr die Führung überlassen. Darf sie nicht aufregen, sonst ruft sie Jack.

Ich sah ihre Zigaretten neben der Spüle liegen. »Hast du etwas dagegen, wenn ich mir eine nehme?«, fragte ich.

Val zuckte wieder die Achseln, kramte in ihrer Rocktasche nach dem Feuerzeug und reichte es mir. »Danke.« Ich gab es ihr zurück, und sie zündete sich ebenfalls eine an.

Sie rauchte schweigend, dann sagte sie: »Susie fand dich schön. Ich weiß es noch, es war vor ein paar Jahren, sie muss achtzehn oder neunzehn gewesen sein. Sie schaute sich Schnappschüsse an, die Jack von dir und Lenny gemacht hatte, und sagte: ›Ich würde alles geben, wenn ich so aussehen würde, aber das werde ich nie.‹ Jetzt siehst du nicht besonders gut aus, nicht wahr?«

Ich schüttelte den Kopf.

»Ich wünschte, Susie könnte dich jetzt sehen. Ich wünschte, ich könnte es ihr erzählen.«

Darauf gibt es keine Antwort, dachte ich. Ich gab ihr einen Becher mit Tee. »Nimmst du Zucker?«

»Nein. War Jack das?« Sie zeigte auf mein Gesicht.

»Ja.«

»Er hat mich nie geschlagen«, sagte sie. »*Nie*. Was ist passiert?«

»Na ja, er dachte halt, ich hätte die Polizei angerufen. Ich habe ihm gesagt, dass ich es nicht getan habe, aber er hat mir nicht geglaubt. Dann kamen zwei Kinder an die Tür, und er dachte, es wäre die Polizei und ist ... er ist einfach ausgerastet.«

»Verstehe. Wer ist Jeff?«

»Jack hat ihn erschossen.«

»*Erschossen*?« Val schüttelte den Kopf.

»Umgebracht. Er ist gefährlich, Val.«

»Unsinn. Er ist in Ordnung.«

»Er ist nicht ganz bei sich! Hat getrunken – Tabletten genommen. Als Jeff hereinkam ...«

»Du meinst deinen Mann? Den Fotografen?«

»Exmann. Er kam gar nicht bis ins Zimmer. Jack hat einfach ...«

»Warum sollte Jack *ihn* erschießen? Das ergibt doch überhaupt keinen Sinn.«

»Ich habe dir gesagt, er weiß nicht, was er tut. Und er wusste nicht, dass es Jeff ist. Er hatte keine Ahnung, nicht, als er ... Ich habe es ihm erst hinterher gesagt. Ich glaube, Jack ... Es war ein Impuls. Wie ... Als Jeff kam, war das für ihn nur ein weiteres Problem, und er ... *tat es einfach*.« Es hörte sich alles völlig verkehrt an, und ich merkte, dass sie mir kein Wort glaubte. »Jeff ist gekommen, weil ich ihn angerufen habe. Er war nicht da, aber er hat so eine Maschine, auf der man eine Nachricht hinterlassen kann ... Ich hatte Angst, Val. Jack hat das Telefon zerbrochen – mein Telefon. Deshalb bin ich zur Telefonzelle gelaufen. Von dort habe ich dich angerufen. Aus der Telefonzelle. Ich wusste nicht, was ich tun sollte. Und als ich ihm heute Morgen – gestern – erzählt habe, dass ich dich angerufen habe, ist er durchgedreht. Hat mich bedroht, gesagt, dass er den Hund erschießt, mich in den Stall gesperrt, und als Lee wiederkam …«

»Wer ist Lee?«

»Ein Junge aus dem Dorf. Zehn Jahre alt. Ich hatte ihn gebeten, Hilfe zu holen, und Jack kam heraus und … erschoss ihn.«

»Du willst mir erzählen, er hat ein *Kind* erschossen?« Val schüttelte den Kopf. »Du würdest alles behaupten, nicht wahr? Du bist diejenige, die durchgedreht ist. Ich rufe jetzt Jack.« Sie ging einen Schritt vorwärts, und ich streckte die Hand aus, um sie aufzuhalten. »Fass mich ja nicht an!« Sie schlug meine Hand weg. »Du hast mein Leben zerstört – meine Familie – du hast meinen Mann hierher gelockt und du … du …« Sie entzog sich mir und lief zur Dielentür.

»Nein!« Ich erwischte sie am Handgelenk, und sie fuhr herum, schlug um sich, spuckte, zerkratzte mir das Gesicht, während ich sie verzweifelt festhielt, damit sie nicht rausging. »Du kannst da nicht raus. Du weißt ja nicht, wozu er fähig ist. Er wird uns umbringen.«

»Lass mich los, du verrückte Ziege! Niemand hat irgendjemanden umgebracht. Das hast du dir alles ausgedacht. Lass *los*!«

»Es ist wahr!« Ich bekam ihren anderen Arm zu fassen, zog sie zu mir und klammerte mich mit aller Kraft fest. »Du musst mir glauben. Zwei – Menschen – sind tot. Lee ist im Stall, und Jeff … ich weiß es nicht. Er lag genau hier in diesem Raum, als ich weglief. Ich weiß, wie das klingt, aber ich denke mir das nicht aus, es ist die Wahrheit. Jack hat eine Pistole, und du weißt, wozu er in der Lage ist, weil du weißt, dass er Danny Watts umgebracht hat.«

Sie hörte auf, sich zu wehren und funkelte mich an. »Das weißt du«, sagte ich. »Du hast nämlich die Zeitungsausschnitte geschickt.«

»Ja«, sagte sie, »das habe ich. Ich wollte, dass du endlich erfährst, was dein geliebter Lenny so getrieben hat.«

»Na gut«, sagte ich. »Aber Lenny hat Danny Watts nicht umgebracht. Das ist nicht wichtig. Nicht jetzt. Jetzt geht es um Jack. Er ist völlig außer sich, total durcheinander wegen Susie. Er hat gesagt …«

Val riss den Kopf hoch. »Er hat mit *dir* über Susie geredet?«

»Ja.« Ich ließ ihre Hände los und trat einen Schritt zurück. »Er hat gesagt … sagte, es sei seine Schuld, dass sie krank geworden ist, und dass er damit nicht umgehen konnte, mit der Schuld, sie so zu sehen. Und deswegen ist er gegangen, trotz … Kitty … und allem, was du für ihn getan hast, er konnte nicht …«

»Mir hat er das nicht gesagt. Nichts von all dem. Er wollte nicht darüber reden. Sie war unsere Tochter, und sie *starb*, und der verdammte Kerl wollte nicht mit mir reden!« Sie schrie jetzt. Jack wird sie hören, dachte ich verzweifelt. Er wird hereinkommen, ehe ich Gelegenheit hatte, ihr alles zu erklären. »Ich weiß«, sagte ich besänftigend.

»Woher willst *du* das wissen? Du bist doch nur … nur …«

»Du kannst mich nennen, wie du willst, aber wir müssen die Polizei holen. Wir müssen, Val. Wenn wir schnell sind, können wir …«

»Aber warum sollte er mit dir reden und nicht mit mir?«

»Manchmal«, sagte ich langsam, »ist es leichter, mit jemandem zu reden, der dir, na ja, der dir nicht so nahe steht. Jemand, der dir egal ist.«

»Jack hat es *dir* erzählt«, wiederholte sie, als versuchte sie, es zu begreifen. Ihre Augen weiteten sich, und sie schlug die Hand vor den Mund. »*Mein Gott.* Du hast dich mit ihm getroffen, oder? Erzähl mir nicht, er ist aus heiterem Himmel hierher gekommen, um dich zu besuchen, eine fast vergessene Hu – erzahl mir nicht, er ist nur hergekommen, um mit dir über uns zu reden. Du hast dich die ganze Zeit über mit ihm getroffen, oder?«

»Nein. Er tauchte einfach hier auf. Vor zwei oder drei Tagen. Ich habe ihn seit Lennys Beerdigung nicht gesehen.«

»Aber warum ist er dann zu dir gekommen und nicht nach Hause?«

»Er hatte Angst. Als man Lennys Wagen gefunden hat ...«

»Aber ich wäre nicht zur Polizei gegangen. Das wusste er! Er wusste, dass ich niemals ... das wusste er doch?«

»Ich glaube, er ist einfach in Panik geraten«, sagte ich hilflos. Wie konnte ich etwas erklären, das ich selbst nicht verstand? »Er ist in einem schrecklichen Zustand, und manchmal *fliehen* Menschen einfach, oder? Sie haben das Gefühl, in der Falle zu sitzen, sie können nicht damit umgehen und ... das ist es, was hier geschieht. Deswegen müssen wir ...«

»Aber warum kommt er zu dir, wenn nicht ...«

»Nein! Ich habe es dir gesagt. Du weißt, dass das nicht stimmt«, sagte ich. »Hör mal. Wie hast du das mit Danny Watts herausgefunden? Jack hat es dir doch nicht erzählt?«

Einen Augenblick lang sah sie mich beinahe abwägend an, dann schüttelte sie den Kopf.

»Und wie ...«

»Ich habe jemanden auf ihn angesetzt. Der Name stand an der Türklingel.«

»Das verstehe ich nicht«, sagte ich plötzlich verwirrt. »Woher wusstest du, wer er war? Ich meine, dass er etwas mit Kitty zu tun hatte? Wenn Jack dir nicht davon erzählt hat ... Danny Watts hätte irgendwer sein können.«

»Ich habe seinen Namen erkannt. Er hat bei uns zu Hause angerufen. Nachrichten hinterlassen. Dann habe ich in der Zeitung gelesen, dass er umgebracht wurde, dass er Kameramann war und diese schmutzigen Filme gedreht hat. Nachdem das mit Kitty passiert war, habe ich Jack – beide – gefragt, ob noch irgendjemand in die Sache verwickelt ist. Weil ich dachte: Wie konnte sie das alles allein auf die Beine stellen? Aber sie beteuerten immer wieder, dass da niemand war, und ich musste ihnen glauben, Jack glauben, weil ...« Sie sah mich trostlos an. »Weil ich keine Wahl hatte.«

»Hör zu«, sagte ich. »Wenn du jemanden auf Jack angesetzt hast und er mich gesehen hätte, dieser Detektiv oder wer auch immer, hätte er es dir doch gesagt, oder?«

Val sah auf den Boden. Mir schoss durch den Kopf, dass es da etwas gab, was sie mir nicht sagte. Nicht jetzt, dachte ich. Später. »Dann weißt du, dass ich mich nicht mit Jack getroffen habe«, sagte ich. »Du weißt es.«

Val sah auf. »Aber du hast mit ihm geschlafen. Während er hier war.« Es war eine Feststellung, keine Frage.

Sie traf mich unerwartet, und ich zögerte eine Sekunde – den Bruchteil einer Sekunde – zu lange.

»Gib dir keine Mühe«, sagte sie müde. Der Schmerz in ihrem Gesicht war unerträglich. Es gab nichts, was ich sagen konnte. Ich war verantwortlich, das war die Wahrheit. Ich hätte nein sagen können zu Jack, aber das hatte ich nicht getan. Es war die reine Ironie, dass wir es nicht getan hatten, weil er nicht konnte, aber das konnte ich Val kaum sagen.

»Schön, dass du es lustig findest«, sagte sie.

»Nein, das ist es nicht«, sagte ich entsetzt. »Ich meinte ...«

»Ich bin nicht von gestern, weißt du. Menschen ändern sich

nicht. Frauen wie du haben meine Familie zerstört. Meine Tochter ist tot. Also steh nicht da, in diesem ... *Fummel* ... und erzähl mir, dass es nicht stimmt.«

»Jack hat mich gezwungen, es anzuziehen«, sagte ich.

»Oh, und vergewaltigt hat er dich auch, wie?«

»Nein. Ich war mit ihm im Bett. War nicht meine Idee, aber ... ich hab's getan. Deswegen ist es ebenso meine Schuld wie seine, das weiß ich. Und es tut mir Leid. Und du tust mir Leid. Wegen Susie und ... allem. Wirklich. Aber ich habe Jack nicht gebeten, hierher zu kommen, und ich bin nicht verantwortlich für sein ... sein Benehmen oder für das, was Kitty getan hat oder Danny oder dafür, dass er dich verlassen hat, als Susie krank war. Das alles habe ich nicht getan. Ich bin keine Bedrohung für dich, Val. Aber Jack ist es, und deswegen müssen wir zusehen, dass wir hier rauskommen.«

Sie verschränkte die Arme. »Warum sollte ich dir glauben?«

Nervös schaute ich mich in der Küche um. Beweise, dachte ich. Ich brauche Beweise. »Lass mich dir etwas zeigen«, sagte ich und ging zum Sofa, um das grüne Kissen zu holen. »Schau«, sagte ich und hielt es ihr entgegen. »Blut.«

»Das könnte alles Mögliche sein, Rotwein zum Beispiel. Du hast gesagt, er hat getrunken.«

»Nein. Ich habe es Jeff unter den Kopf gelegt. Als er im Sterben lag.«

Sie ging zum Fenster und zog den Vorhang zurück. Es war beinahe hell. »Tu es weg.«

Also legte ich das Kissen wieder aufs Sofa. »Hör mal«, sagte ich verzweifelt. »Selbst wenn du mir kein Wort glaubst, weißt du, dass Jack in Schwierigkeiten ist. Du weißt, dass die Polizei mit ihm über das Auto reden will, aber sie wissen nichts von Danny Watts. Ich meine, sie wissen, dass er tot ist, aber es gibt doch keine Verbindung zu Jack, oder? Gut, sie haben bei ein paar Filmen zusammengearbeitet, aber das haben hundert andere auch, und sie waren keine Freunde oder so was. Warum gibst du mir nicht einfach den Schlüssel zur Hintertür, und ich gehe zur Telefonzelle und rufe die Polizei an? Früher oder später werden sie ihn finden, und besser ... *jetzt* als ... Er braucht Hilfe, Val. Wirklich. Vor allem davonzulaufen nützt niemandem etwas.«

Ich ging zur Hintertür und probierte, ob sie offen war. Abgeschlossen, wie sie gesagt hatte. »Ich kann dir den Schlüssel nicht geben«, sagte Val. »Jack hat ihn.« Ihre Stimme war ausdruckslos. Ich hatte keine Ahnung, was sie dachte.

»Das Fenster«, sagte ich. Es war gerade groß genug für mich, um mich durchzuzwängen. »Kommst du mit?«

Sie schüttelte den Kopf, machte aber keine Anstalten, mich aufzuhalten. Ich zögerte einen Moment, dann lehnte ich mich über den Abtropfkorb, um das Fenster zu öffnen.

32

Die Tür flog auf und krachte gegen die Wand. Ich wirbelte herum. Jack stand an der Türschwelle zur Diele. Er hatte die Pistole in der einen Hand und die Urne – Susies Asche – in der anderen.

»Mein Gott ...«, hörte ich Val hinter mir wispern. »O mein Gott ...«

»Mach den Vorhang zu.«

Keine von uns rührte sich von der Stelle.

»Zumachen!«

Ich griff hinüber und zog ihn zu. Schweigend beobachteten wir, wie Jack zum Tisch ging und ganz vorsichtig die Urne in der Mitte abstellte. Er trat zurück und betrachtete sie einen Augenblick lang, dann hob er sie hoch und legte eine Papierserviette darunter. »Gut. Jetzt sind wir alle hier. Außer Lenny.«

Er hob das leere Kognakglas und tat so, als würde er trinken. »Auf die fehlenden Freunde. Und auf Rosie.« Er sah Val an. »Warum hast du Rosie nicht mitgebracht? Sie sollte auch hier sein.«

Val war vor Schreck wie gelähmt und starrte ihn aus riesigen, angstvollen Augen an. »Sie … sie wollte …«

»Was? Was wollte sie?«

»Sie wollte mit Nick irgendwo hinfahren. Ich habe nicht gedacht …«

»Nein«, sagte Jack. »Du hast nicht gedacht! Du kommst einfach hierher und lässt *meine Tochter* mit diesem miesen Typ allein. Ich will sie *hier*!«, schrie er und haute mit der Faust auf den Tisch. Val zitterte. Sie sah aus, als würde sie jeden Moment umkippen. »Da könnte alles Mögliche passieren! Sie könnte schwanger werden, Herrgott noch mal!«

»Das wird sie nicht, Jack. Sie ist erwachsen, sie weiß, was sie tut.«

»*Du* wusstest es nicht.«

Vals ganzer Körper schien zu schrumpfen, und sie drehte sich, das Gesicht in den Händen verborgen, halb zu mir um.

»Du wusstest es nicht, oder, verdammt noch mal?«, brüllte Jack. Ich legte die Arme um Val. Sie wehrte sich nicht, stand nur da und schluchzte wie ein Kind mit zuckenden Schultern.

»Schon gut«, flüsterte ich. »Schon gut …«

Jack drehte uns den Rücken zu. Ich beobachtete ihn über Vals Schulter hinweg. Er schaute sich im Raum um, als versuchte er, etwas zu begreifen. Dann wirbelte er herum und zeigte auf die Kommode neben der Tür. »Schiebt sie da rüber«, sagte er. »Ich will, dass sie vor der Tür steht.«

Jetzt wurde mir alles klar. Das war der Krach gewesen, den ich gehört hatte, als ich wieder zu mir kam. Er hatte Möbel gerückt. Barrikaden gebaut.

Die Kommode war aus Holz. Massiv. »Das schaffe ich allein nicht.«

»Sie kann dir helfen.« Der Geruch nach Schweiß, scharf und abgestanden, wie kalte, in einer Bratpfanne vergessene Zwiebeln, traf mich, als er auf uns zukam, und ich wich zurück, als er Val um die Taille fasste, sie von mir losriss und an sich presste. »Deswegen bist du doch gekommen, oder?«, rief er. »Um zu helfen. Und das wirst du auch. Mach schon, hilf Alice.« Er stieß sie weg. »*Mach schon*!«

Obwohl ich mein Bestes tat, dauerte es sehr lange, die Kommode zu verrücken. Sie war zu schwer, man konnte sie unmöglich anheben, und Val war keine große Hilfe. Sie zitterte immer noch und war zu geschockt, um mehr als mechanische Bewegungen zu machen. Jack stand einen halben Meter von uns entfernt und fuchtelte mit der Waffe herum.

Als wir fertig waren, deutete er mit dem Kopf zur Mitte des Raumes. Ich humpelte mit gesenktem Kopf, mir die Seite haltend, zum Tisch, Val folgte mir vor Jack. Jeder zog sich einen Stuhl an den Tisch und setzte sich. Niemand sagte ein Wort. Jacks Bein wippte auf und ab, während er mit der Pistole herumspielte, sie öffnete und wieder schloss, Kugeln herausnahm, betrachtete und wieder einlegte. Sein stechender, ungesunder Körpergeruch hing über dem Tisch.

Val saß mit gesenktem Kopf da und sah uns nicht an. Ich war wie betäubt – jedenfalls mein Gehirn. Mein ganzer Körper schmerzte, und ich war so schwach, dass ich nach ein paar Minuten nur noch daran dachte, woher ich die Kraft nehmen sollte, mich aufrecht auf dem Stuhl zu halten. Das Kostüm klebte an mir, und mein Kreuz und meine Beine fühlten sich an, als wären sie kurz davor, sich aufzulösen.

Mühsam hielt ich mich an der Kante des Sitzes fest und spannte die Arme an, um die Beine zu entlasten. Immer nur eine Minute, dachte ich. Eine Minute schaffe ich. Irgendjemand wird kommen, irgendwas wird passieren, wenn ich nur noch *eine einzige Minute* durchhalte.

Dann noch eine und noch eine, noch eine ... Ich weiß nicht, wie viel Zeit verging. Ich hatte meine Uhr nicht um und konnte auch bei den anderen keine sehen. Val hatte die Hände auf dem Schoß, und Jacks Uhr war unter seinem Hemdsärmel verborgen. Die andere Hand, die mit der Waffe, baumelte an seiner Seite.

Irgendwann hörte ich Pablo auf der Weide wiehern. Bald Zeit, die Tiere zu füttern, dachte ich. Wenn Jack mich lässt. Ich warf ihm einen verstohlenen Blick zu. Er schien die Urne anzustarren. Val wiegte sich mit gesenktem Kopf vor und zurück. Nach einer Weile begann sie, klagende Laute von sich zu geben, dünne, jammervolle Geräusche, wie ein verwundetes Tier. Ihre Qual stach mir mitten ins Herz, und sie hörte nicht auf zu klagen, bis ich es nicht länger ertragen konnte. Ich rutschte vom Stuhl und ging zu ihr. Jack folgte mir mit Blicken, sagte aber nichts.

Ich legte ihr die Hand auf die Schulter. »Nicht«, sagte ich. »Bitte nicht.« Sie drehte sich nicht um, aber sie wurde ruhig, und nach einer Weile hob sie die Hand und legte sie auf meine.

Pablo wieherte wieder, diesmal lauter, drängender, und wir hörten Hufe über die Weide galoppieren. Sie haben etwas gesehen, dachte ich. Auf dem Weg. »Es kommt jemand«, sagte ich.

Mit einem Klirren legte Jack die Waffe auf den Tisch, und Vals Finger umklammerten meinen Handrücken. Jack stand auf und starrte mich an. Ich erwiderte seinen Blick über Vals Kopf hinweg. »Keine Bewegung, Alice«, sagte er. Seine Stimme klang gepresst. »Denk nicht mal daran.«

Dann klingelte es an der Haustür.

33

Eustace fing im Esszimmer an zu bellen. Es klingelte wieder. Val kauerte sich auf dem Stuhl zusammen, als Jack zu uns kam. Sie ließ meine Hand los und verschränkte die Arme über dem Bauch, doch ich wusste, dass er sie nicht anrühren würde.

Ich biss die Zähne zusammen und zwang mich, ganz ruhig stehen zu bleiben, als Jack hinter mir vorbeiging, die Waffe hob und sie mir an die rechte Schläfe setzte. Ich konnte sie aus dem Augenwinkel sehen, als unscharfe, schwarze Kontur, und dahinter einen Teil von Jacks Gesicht, so nah, dass ich seinen Atem an meiner nackten Schulter spürte. Ich zuckte zusammen, als er mich mit seiner freien Hand am Rücken berührte, und es dauerte ein paar Sekunden, bis ich begriff, was er tat … er streichelte meine Haut, meinen Nacken.

Mir war schlecht. »Bitte …«, flüsterte ich. »Bitte nicht.«

»Keine Bewegung, Alice«, murmelte er in mein Ohr. »Halt einfach still.«

Wir fuhren beide zusammen, als es erneut klingelte, dreimal kurz hintereinander, gefolgt von lautem Rufen: »Alice? Bist du da drin? Mach auf!«

»Wer ist das?«, flüsterte Jack heiser.

»Lees Vater.«

»Alice!«, rief Fred. »Alles in Ordnung, Mädchen?«

»Hallo?« Eine andere Stimme, ebenfalls männlich. »Jemand zu Hause?«

»Wer ist der andere?«, zischte Jack.

»Ich glaube, es ist Mr. Anderson.«

»Wer ist das?«

»Der Pfarrer.«

Eustace gab ein letztes lautes Bellen von sich und verstummte. Fred und Mr. Anderson redeten miteinander, aber wir konnten nicht verstehen, was sie sagten. Ich konzentrierte mich so gut ich konnte, stellte mir die beiden vor, wie sie da draußen zusammen auf den Stufen standen, und versuchte, im Geiste mit ihnen Kontakt aufzunehmen. *Nicht weggehen. Helft uns. Wir brauchen Hilfe*. Stumm wiederholte ich die Worte wieder und wieder, wie ein Mantra.

Val saß nach wie vor zusammengekauert und am ganzen Körper zitternd auf dem Stuhl. Sie macht das Gleiche, dachte ich. Sie muss das Gleiche machen. Ich schloss die Augen. *Bitte, lieber Gott, mach, dass sie uns helfen. Mach, dass sie nicht weggehen. Bitte …*

Die Stimmen schwiegen. Stille, dann Schritte, die auf dem Kies an der Seite des Hauses knirschten, am Fenster um die Ecke bogen, dann ein anderes Geräusch, als sie über das Pflaster liefen. Jack verlagerte neben mir ganz leicht das Gewicht und stieß mir die Waffe an den Kopf. Wir starrten auf die Tür.

»… ganz schönes Chaos … habe das Auto gar nicht erkannt …« Mr. Andersons Stimme vor dem Fenster. »Der Wagen von Alice steht hier, auf dem Hof.«

»Ich suche meinen Jungen«, sagte Fred. »Ist seit gestern Abend nicht nach Hause gekommen. Seine Mutter ist ganz krank vor Sorge. Er war mit Trudy hier. Alice hat sie gebeten, eine Zeitung zu holen, und Trudy hat gesagt, Lee wollte sie herbringen. Wir dachten, er übernachtet bei seinem Freund, aber der hat heute Morgen angerufen und gefragt, wo Lee ist. Er ist also gar nicht dort angekommen. Deshalb bin ich hier. Das Auto … ich dachte, es hätte ihn überfahren.«

Es ist schlimmer als das. Ich spürte, wie mir die Tränen in die Augen schossen, und kniff sie fest zu.

»Nein«, flüsterte Val. »Nein, nein …«

Ihr Jammern erstarb zu einem Wimmern, als Jack eine Art Knurren tief aus der Kehle von sich gab, mich an den Haaren packte und meinen Kopf zu sich riss, so dass ich das Gleichgewicht verlor und gegen seine Brust fiel. Er rammte mir die Pistole unter das Kinn und zwang mich, den Kopf noch höher zu heben. Mein Hals tat höllisch weh. Ich werde ersticken, dachte ich, als mir der Speichel die Kehle hinunterlief.

» … muss gestern Nacht passiert sein.« Wieder Mr. Anderson. »Wenn es früher gewesen wäre, hätten wir es gehört. Muss ja einen Mordslärm machen, wenn man so in die Hecke kracht. Sie müssen auf dem Weg hierher gewesen sein. Mary hat es natürlich gemeldet, aber ich dachte mir, ich schaue lieber mal vorbei, um nachzusehen, ob alle noch heil sind.«

»Es muss jemand hier sein«, sagte Fred. »Was ist mit dem anderen Wagen? Und alle Vorhänge sind zugezogen. Trudy hat gesagt, es ging ihr nicht besonders gut.«

»Vielleicht schlafen sie noch.«

»Wie? Bei dem Lärm? Und sie würde doch die Pferde füttern, oder? Es ist nach neun.«

»Vielleicht ist sie in der Scheune?«

»Auf keinen Fall. Dann hätte sie uns gehört.«

»Egal, am besten schauen wir mal nach.« Schritte, die den Hof überquerten, bis sie außer Hörweite waren.

Ich bin hier. Helft mir. Der Schmerz breitete sich über meine Schultern und meine Brust aus. Ich schluckte mühsam, versuchte, den Druck zu lindern, aber es nützte nichts. Lass los, flehte ich Jack stumm an. *Lass los.*

Wir hörten, wie Fred sich auf dem Hof bewegte, und dann Mr. Anderson zurückkommen.

»Sieh dir das lieber mal an.«

Ich hörte Fred sagen: »Alles in Ordnung mit Ihnen?«, dann wieder ihre Schritte, die diesmal sehr schnell den Hof überquerten.

Es ist Jeff, dachte ich. Sie haben Jeff gefunden.

Ich fing an zu würgen.

34

Jack lockerte seinen Griff und stieß mich vorwärts auf einen Stuhl. Ich setzte mich, legte die Arme auf den Tisch, ließ den Kopf darauf sinken und versuchte, wieder zu Atem zu kommen.

Als ich hustend und mir die Augen reibend aufsah, stand Jack neben mir. »Sie kommen zurück.« Die Pistole stieß an meinen Hinterkopf und schob mich nach unten, bis meine Wange auf die Tischplatte gedrückt wurde. Ich konnte Val sehen, die stur geradeaus blickte. Sie wirkte erschöpft, völlig fertig, wie ein Gespenst – zwei leere Augen in einem grauen Hautsack. Jetzt muss sie es wissen, dachte ich. Sie muss wissen, dass ich die Wahrheit gesagt habe.

Wir hörten wieder Schritte, dann Freds Stimme. »*O Gott* … Mein Junge könnte da drin sein.«

»Wir wissen nicht, ob überhaupt jemand da ist.«

»Ich werde nachsehen.«

»Das überlassen wir besser der Polizei. Sie werden sowieso

jemanden wegen des Autos vorbeischicken, aber ich gehe sie anrufen. Mary ist jetzt da, also …«

»Ich werde hier nicht tatenlos rumhängen. Wenn Lee in Schwierigkeiten ist …«

»Ich glaube wirklich …«

»Alice ist jedenfalls nicht hier draußen, also wo ist sie? Und wo ist mein Junge?«

»Vielleicht ist er gar nicht …« Den Rest verstand ich nicht. Wir hörten, wie sich ihre Schritte entfernten, dann wurde das Tor geöffnet und wieder geschlossen. Stille. Sie waren gegangen.

Ich atmete tief ein … und aus. Die Polizei ist unterwegs, versicherte ich mir. Bald wird sie da sein. Sehr bald. Bleib ruhig. Halt Jack ruhig. Es ist nur noch eine Frage der Zeit … Was immer du tust, bleib ruhig.

»Wie konntest du?«, flüsterte Val. »Wie konntest du nur?« Ihr Gesichtsausdruck hatte sich nicht verändert, und sie schaute Jack nicht an. Sie schien mit sich selbst zu reden. »Der Junge. Sie hat gesagt, er war zehn Jahre alt.« Lieber Gott, dachte ich, *lieber Gott* … »Sie hat gesagt, du hast ihn umgebracht.«

»Sei still.«

»Sag mir, dass es nicht wahr ist. Du hast ihn nicht … Sag mir …« Sie klang verwirrt. »Sie hat gesagt, dass du ihn umgebracht hast und diesen Mann da draußen …«

Sie brach plötzlich ab, schoss über den Tisch, griff mit beiden Händen nach der Urne und presste sie an die Brust.

»Stell sie wieder hin«, murmelte Jack. »Lass sie in Ruhe.«

»Nein.« *Hör auf*, schrie es in meinem Kopf. *Lass sie los.*

»Willst du, dass ich sie umbringe?«, fragte Jack.

Val antwortete ihm nicht. »Bitte«, flüsterte ich. »*Bitte* …«

»Ist es das, was du willst«, schrie Jack. »Ist es das?«

Vater unser im Himmel … Vater unser … wie geht es weiter, Herrgott, ich weiß nicht, wie es weitergeht … Ich sah Vals Hand den Deckel der Urne aufdrehen, hörte ihre Armreifen am Metall kratzen, und ich dachte, ist das das Letzte, was ich jemals sehen werde? Ihre Hände? Aber was machte sie da? Was …

Sie nahm den Deckel ab.

»Nein!«, brüllte Jack. »Ich bringe sie um. Ich …«

»Hast du nicht schon genug angerichtet?« Sie stand auf, und der Deckel fiel ihr aus der Hand und klappernd zu Boden, dann spürte ich, wie die Waffe von meinem Kopf weggenommen wurde, als Jack auf sie zu raste und versuchte, ihr die Urne aus der Hand zu reißen. Sie brachte sie mit einem Schwung vor ihm in Sicherheit, er verlor das Gleichgewicht und fiel über den Stuhl. Dann war ich auf den Füßen und wich entsetzt zurück, als Vals Hände die Urne hochrissen und die Asche in einer Wolke herausflog. Sie landete auf dem Tisch und den Stühlen und legte sich in einem klebrigen Film auf das leere Glas.

»Jetzt ist es zu spät, oder?«, rief sie. »Mach schon, nimm sie dir! Da ist sie – nimm sie! Nimm, was übrig ist!«

Sie stolperte zum Sofa, setzte sich mit der leeren Urne in der Hand hin und wiegte sich vor und zurück. Sie war … ich kann es nicht beschreiben. Vernichtet. Jenseits von Tränen. Jenseits von allem. Jack saß auf dem Boden neben dem Stuhl, die Pistole hing in seiner Hand, als hätte er sie vergessen. Sein Gesicht war starr und spiegelte blankes Entsetzen wider. »Heb sie auf«, murmelte er. »Mach sie weg. Mach sie … einfach weg.«

»Wie?«, fragte ich hilflos.

»Tu es einfach.«

Ich sah mich im Raum um. Ein Tuch, ein Kehrblech, was?

Charlies Tante lag auf einem der Stühle und fiel mir ins Auge. Ich wusste kaum, was ich tat, als ich nach dem Buch griff und versuchte, damit die Asche zu einem Häufchen zusammenzukratzen, was aber unmöglich war. Sie wirbelte in die Luft und verteilte sich gleich wieder auf dem Einband, den Seiten, meiner Haut ...

Nach ein paar Versuchen legte ich das Buch hin und wandte mich mit zitternden Händen vom Tisch ab. »Ich kann das nicht«, flüsterte ich. »Es tut mir Leid. Ich kann nicht. Es ist grauenvoll. Ich kann nicht ...«

Jacks freie Hand baumelte ziellos über dem Linoleum hin und her, und er starrte darauf wie hypnotisiert. Trotz der Waffe wirkte er zahm, betäubt, beinahe wie ein Baby. Es war grotesk. »Jesus«, murmelte er. »Herr Jesus ... ich brauche was zu trinken.« Er sah auf. »Hol mir was zu trinken.«

Zögernd ging ich zum Schrank und zog die erstbeste Flasche heraus, holte ein Glas, schenkte ein – das meiste landete immerhin im Glas – und reichte es ihm.

»Was ist das?«

Ich schaute aufs Etikett. »Cointreau.«

Er zuckte die Achseln, trank und hielt es zum Nachschenken hoch.

»Herrgott noch mal, setz dich hin«, fuhr er mich an.

Tu, was er sagt, dachte ich und setzte mich langsam auf den Fußboden. Reg ihn nicht auf. Die Polizei wird bald hier sein. Sei einfach ... normal. Was ist normal?, dachte ich. Nichts ist normal. Val wiegte immer noch mit gesenktem Kopf die Urne in ihren Armen, Jack starrte das Glas an. Drei Menschen, jeder für sich in seiner eigenen Welt gefangen. Wie konnte er das tun?, fragte ich mich. Wie sind wir so weit gekommen?

»Du wärst mit Lenny glücklich geworden«, sagte er plötzlich. Seine Stimme klang zu laut, verwaschen und sentimental. Er ist betrunken, dachte ich und schaute ihn überrascht an, dann wurde mir klar, dass ich keine Ahnung hatte, wie viel er in der Nacht getrunken hatte. Der Cointreau musste seinen Alkoholpegel wieder ausgeglichen haben.

»Ja … Du wärest mit ihm glücklich geworden. Nicht wie wir.« Ich warf Val einen Blick zu, doch sie schien ihn nicht gehört zu haben. »Er war sehr nett, weißt du. Wir haben einmal meinen alten Vater mit in die Ferien genommen, vor Jahren, nachdem meine Mutter gestorben war. Nach Spanien. Nur Lenny, er und ich. Ich dachte, mein Dad würde sich freuen, weil er ein bisschen weinerlich war, und damals war es nicht üblich, im Ausland Ferien zu machen, aber es war nicht sein Ding, und ich glaube, es war alles ein bisschen zu viel für ihn.

Am zweiten Tag hat er sein halbes Gebiss im Meer verloren. Sämtliche Kinder aus dem Ort drängelten sich darum, uns beim Suchen zu helfen, aber es muss weggespült worden sein. Die ganze Woche über kamen andauernd diese Jungen mit irgendwelchen Zähnen daher, die sie ihren Großmüttern geklaut hatten, vielleicht waren es auch immer dieselben, die sie weitergaben. Keine Ahnung. Egal, es war nicht Dads Gebiss, aber wo wir hingingen, immer verfolgte uns irgendein Kind mit diesen verdammten Zähnen und wollte Geld von uns.

Ich hab zu Lenny gesagt: ›Da müssen wir was draus machen‹, aber er wollte nicht. Ich hab's immer wieder gesagt: ›Es ist spitze, echt surreal, und kein Mensch wird es wissen.‹ Er sagte: ›Dein Vater wird es wissen. Er wird denken, wir wollen ihn auf den Arm nehmen.‹

Dad hat nicht viel darüber geredet, und ich glaube nicht, dass es ihn groß gekümmert hat, aber einen Tag später wollten wir einen Ausflug machen oder so was, und er weigerte sich mitzukommen. Sagte, er wollte sein Zimmer nicht verlassen. Als wir wieder zu Hause waren, wollte ich ihm ein neues Gebiss spendieren – privat –, aber er ließ mich nicht. Wollte das Ganze nur noch vergessen.

Ich hatte nicht kapiert, wie sehr ihn die Geschichte aufgeregt hat, Lenny schon. Er war immer darauf bedacht, anderer Leute Gefühle nicht zu verletzen. Er war ein guter Mensch, Alice. Anständig. Kaputt, aber anständig.« Er stupste mich mit dem leeren Glas am Arm. »Mehr … Er war gut, aber … Hat mich ausgeschlossen … Ich konnte nicht … das hier ist ein beschissenes Zeug, Alice … du willst mich mit dem Mist vergiften.« Er hielt mir das Glas zum Nachschenken hin. »Herrje, ich wünschte, ich hätte ihn noch mal gesehen.«

»Meinst du … bevor er starb?«

»Ja. Ich hätte hinfahren sollen. Ich wusste, dass er in schlechter Verfassung war, aber ich war sauer auf ihn. Dachte, er hat alles kaputtgemacht. Das Saufen, die Sache mit Danny Watts, die Geschichte, dass er dir alles erzählen wollte. Der Polizei alles erzählen wollte. Damit konnte ich nicht umgehen. Und dann, als ich das mit euch beiden herausfand … verlobt … Verdammt, er hat es mir nie erzählt, nicht mal hinterher.«

»Dann warst du das gar nicht?«

»Wovon redest du? Was war ich nicht?«

»Du warst es nicht, der ihn besucht hat. In Ivar.«

Er schüttelte den Kopf. »Sag' ich doch, Alice. Hätte ich tun sollen. Wünschte, ich hätte es getan.«

Ich dachte zurück. *Nicht noch jemand.* Das hatte der Mann im Haupthaus gesagt. Nicht noch jemand. Vielleicht hatte er gemeint … Nicht noch eine *Frau.* Ich sah Val an. »Du warst es, oder? Du bist bei ihm gewesen.«

Sie hob den Kopf. »Ja.«

35

»Es war einen Tag, bevor wir in Urlaub gefahren sind«, sagte Val. »Wir hatten allen Grund, glücklich zu sein, Jack. Wir fuhren in Urlaub, aber du warst wie eine schwarze Wolke. Du hast dich geweigert, mit mir zu reden. Oder mit Don oder irgendjemandem. Das hat für die Mädchen alles kaputtgemacht, und ich dachte, wenn ich mit Lenny rede … Ja, ich weiß, ich habe versucht zu helfen und es hat nicht funktioniert. *Wie immer.*«

»Was hast du gemacht?«, fragte ich.

»Ich bin hingefahren.« Val schüttelte den Kopf. »Zuerst wollte Lenny mich nicht reinlassen. Ich konnte ihn durchs Fenster sehen. Er machte nichts, trank nicht mal, saß nur auf dem Bett. Es hat bestimmt zehn Minuten gedauert, ehe er an die Tür kam. Ich habe versucht, mit ihm zu reden, aber es war sinnlos. Es wäre auch nicht anders gewesen, wenn du hingefahren wärst, Jack. Er hatte aufgegeben. Ich konnte nichts tun. Ich überredete ihn, ins Bett zu gehen, saß eine Weile bei ihm, dann bin ich wieder gefahren.«

»Hast du geglaubt, dass er sich umbringt?«, fragte ich.

Val zögerte.

»Du hast es geglaubt, oder?«

»Du *nicht*?«

»Val, als ich ihn das letzte Mal gesehen habe, hatte ich schreckliche Angst. Er war so … ausfallend. Gewalttätig. Ich musste weg von ihm. Ich habe nicht geglaubt, dass er … Ich war viel zu verängstigt, zu durcheinander. Aber wenn du glaubtest – wenn du *wusstest* –, dass er es tun würde, warum bist du dann weggefahren? Warum hast du ihm nicht geholfen?«

»Und du?«

»Ich hatte keine Ahnung! Ich bin zurückgefahren, weil ich sauer war, nicht weil ich dachte, dass er sich umbringt. Du wusstest von dem Film, ich nicht. Ich wusste nur, dass er sich mit mir verlobt hatte, ohne mich zu fragen. Eine Freundin rief mich an und erzählte mir, sie hätte es in der Zeitung gelesen. Und er hat mich geschlagen, Val, mich mit dem Kopf gegen die Tür gestoßen. Was erwartest du von mir? Warum hast du keine Hilfe geholt? Einen Arzt oder … Du hättest es jemandem sagen können. Du hast es einfach geschehen lassen. Du hast ihn *sterben* lassen.«

»Ich hatte auch Angst«, sagte Val. »Nicht wie du, aber … vor dem, was er sagen könnte.«

»Über Kitty?«

»Ja. Wegen Jack.«

»Aber Jack hatte … Ich meine, es war Lenny, oder?« Ich schaute von Val zu Jack. Keiner von beiden sah mich an. »Es war Lennys Wagen, er war mit ihr auf der Party, alle hatten sie zusammen gesehen …«

Val unterbrach mich. »Danny Watts hatte den Film, schon vergessen?«

»Ja, aber *da* wusstest du es noch nicht. Du wusstest nicht mal, dass Danny Watts existiert, bis … Warte mal. Du wusstest es doch, nicht wahr? Lenny hat es dir erzählt, oder? An dem Tag.«

Val warf Jack einen schnellen Blick zu und zögerte einen Moment, dann sagte sie leise: »Ja.«

»Und zwei Jahre später, als Susie krank wurde und Jack dich verließ, hast du angefangen, ihm nachzugehen, nicht wahr? Und hast herausgefunden, wo Danny wohnt. Es war gar kein Privatdetektiv.«

»Ich musste jemanden beauftragen, die Adresse herauszufinden, aber … ja, ich bin Jack gefolgt.«

»Warum hast du mir das alles nicht erzählt?«, brüllte Jack.

»Wozu«, sagte Val ruhig.

»Wozu?«, schrie Jack. »Ich hätte hinfahren können, mit Lenny reden. Keine Ahnung. *Irgendwas.*«

»Das hätte nichts geändert.« Vals Stimme klang flach. »Er hätte es sowieso getan. Außerdem«, fügte sie abfällig hinzu, »kann man nicht gerade behaupten, dass *wir* miteinander kommuniziert haben, oder? Du hast mir nichts von Danny Watts erzählt.«

»Ich habe dir von Kitty erzählt.«

»Nur weil du meine Hilfe brauchtest.« Sie lachte bitter auf. »Deshalb habe ich nichts gesagt – weil ich an *dich* dachte. Lenny hätte es früher oder später sowieso getan. Ich dachte, es ist besser, sicherer für uns alle, wenn ich den Dingen ihren Lauf lasse.«

»Du bist doch nicht *Gott.* Du kannst nicht einfach …«, setzte ich an, aber sie unterbrach mich.

»Ich habe das hier gefunden.« Sie zog eine Kassette aus ihrer Rocktasche. »Lenny hatte einen Kassettenrecorder neben dem Bett stehen. Es ist eine Beichte. Für dich.«

Für mich. Ich schaute die Kassette in ihrer Hand an. Lennys Stimme war darauf. Die mit mir redete. Was stand in seinem Abschiedsbrief? *Gib nicht den Kamelen die Schuld, ich wollte es …* und dann die letzte, unleserliche Zeile. Ich hatte mich geirrt. Lenny wollte mir nicht sagen, dass er den Kamelen die Schuld gab, er hatte gemeint, er wollte es mir erklären und dass es auf der Kassette war …

»Warum hast du sie mir nicht gegeben?«

»Damit du damit zur Polizei gehst?«

»Ich wäre nicht …« Ich brach ab. Ich wusste nicht, was ich getan hätte.

»Ich habe den Kassettenrecorder mitgenommen«, sagte

Val. »Auf dem Weg nach Hause habe ich angehalten und die Kassette gehört.«

Ich starrte sie entsetzt an. »Warum bist du dann nicht zurückgefahren?«

Val schaute mich einen Moment lang an, dann sagte sie kraftlos: »Wenn du eine Ahnung hättest, wie mein Leben damals war, müsstest du nicht fragen.«

»Natürlich muss ich fragen! Was du da erzahlst, von wegen du wolltest Jack und Lenny helfen, und du sitzt ganz ruhig da und hörst dir eine Kassette von ihm an, auf der er sagt, dass er sich umbringen will, und dann fährst du nach Hause, ihr fahrt in Urlaub und ... und ... ich bin einfach ... Ich weiß nicht, was ich sagen soll. Wie konntest du ihn nur so sich selbst überlassen?« Zitternd sprang ich auf. »Selbst wenn dir Lenny egal war, was ist mit Jack? Was glaubst du, wie es für ihn war?«

»Ich habe es für ihn getan.«

Neben mir stand Jack torkelnd auf. »Du hast es nur für dich getan, du egoistisches Miststück.«

Val sah zu ihm auf und sagte ganz ruhig: »Ich bin nicht diejenige, die egoistisch ist. Alles, was ich getan habe, habe ich für dich getan. Und für die Mädchen. Alles.«

Jack knallte sein Glas auf den Tisch und schwankte, sich an einer Stuhllehne festhaltend, auf sie zu. »Schwester Valerie, die Märtyrerin«, knurrte er bissig. »Soll ich deinen Heiligenschein anbeten? Ist es das, was du willst?« Sie sank in die Kissen, als er auf das Sofa zu stolperte, vor ihr in die Knie ging und nach vorne fiel. Eine Hand klammerte sich um ihren Schenkel, die andere richtete die Pistole auf ihren Schoß.

»Du bist nicht nach Ivar gefahren, damit wir zusammen bleiben. Du wolltest die Trennung.«

»Das ist nicht wahr, Jack.«

»O doch, das ist es.«

»Ich wollte ihn überzeugen. Ich konnte es nicht ertragen, dich so unglücklich zu sehen. Auf der ganzen Fahrt dorthin hatte ich nur einen Gedanken: Ich musste euch wieder zusammenbringen. Aber als ich sah, in welchem Zustand er war, wusste ich *Bescheid*, Jack. Ich musste entscheiden, was das Beste für jeden war.«

»Es war nicht das Beste. Nicht für Lenny.«

»Doch, das war es. Glaub mir. Du hast ihn nicht gesehen.« Val sah mich an. »Du weißt es. Du hast ihn gesehen.«

Ich dachte an Lennys glasigen, leeren Blick. »Ja …«

»Gib nicht mir die Schuld«, sagte Val zu Jack. »Was ist mit *ihr*?«

»Aber du hattest die Kassette«, sagte ich. »Ich wusste nicht …«

Jack hob den Kopf. »Ihr seid beide schuld«, schrie er. »Ihr habt ihn im Stich gelassen. Einfach im Stich gelassen, verdammt noch mal! Sie, weil sie eine hirnlose Schlampe ist, und du«, ich sah, wie Val zusammenzuckte, als er sie mit der Waffe anstieß, »weil du immer eifersüchtig warst. Du wolltest schon immer, dass Lenny aus meinem Leben verschwindet, und da kam dir das doch richtig gelegen, oder? Du konntest sagen, dass du es für mich tust.«

»Ich bin zurückgefahren«, flüsterte ich. »Ich war noch mal da.«

Jack benutzte Vals Beine als Halt, zog sich herum und sah mich an.

»Als es zu spät war.«

»Nicht, Jack.«

»Nicht, Jack«, äffte er mich nach. »Du bist ein Nichts, Alice«, sagte er. »Frauen wie du sind uns scharenweise nachgelaufen.« Die Pistole verschwand aus meinem Blickfeld, als er sich wieder zu Val umdrehte. »Und was dich betrifft, du bist wie ein bösartiges altes Waschweib mit deinem beschissenen Strickzeug. Behauptest, es war das Beste für jeden, als ginge es um die Organisation eines verfluchten ... Sportfests ... Lenny war mein Freund, der einzige ...«

»Du hast die Kassette nicht gehört«, sagte Val. Sie hielt sie hoch. »Lennys letzte Worte. Willst du sie hören?«

»Nein!«

»Alice schon.« Sie schaute mich über Jacks Kopf hinweg an. »Oder?«

Ich schüttelte den Kopf.

»Warum nicht?«, fragte Val.

»Nicht hier«, sagte ich. »Nicht jetzt.«

»Hast du Angst vor dem, was du hören könntest? Jack schon, nicht wahr? Du hat Angst vor dem, was sie hören wird. Oder hast du ihr die Wahrheit gesagt?«

»Gib sie mir.« Jack wollte sich die Kassette schnappen, rutschte aus und brach auf Vals Schoß zusammen. Als sie die Hüften anspannte und versuchte aufzustehen, um ihn abzuschütteln, sah ich, wie die Waffe gegen die Sofalehne stieß und ihm aus der Hand fiel. Ich beugte mich vor, um danach zu greifen, doch er rollte sich zusammen, krabbelte von Vals Schoß, stieß mit mir zusammen und schleuderte mich rückwärts gegen den Tisch.

Auf allen vieren kroch ich zu der Pistole, erreichte sie ganz knapp vor Jack und fühlte sie einen kurzen Moment lang unter meiner Handfläche, ehe Val mir auf die Hand trat. Ich schrie auf und versuchte, die Hand wegzuziehen, dann rammte sie mir ihr Knie ins Gesicht. Ich fiel zur Seite, und Jacks Hand schoss vor und schnappte nach der Pistole, doch als er sich aufrichtete, stürzte sich Val auf ihn. Ihr Gewicht warf ihn um, er fiel zu Boden und riss sie mit wild um sich schlagenden Armen mit sich. Als ich wieder auf die Beine kam, sah ich über ihre Schulter hinweg kurz sein Gesicht – große, vor Erstaunen und Furcht geweitete Augen. Schützend hielt er die Hände vors Gesicht, denn Val schlug ihm so hart gegen den Arm, dass ihm die Waffe aus der Hand auf den Boden flog und unter dem Tisch in Richtung Hintertür rutschte.

Ich stürzte hinterher und erreichte die Hintertür in dem Moment, als die Pistole gegen die Kommode flog, die wir davor geschoben hatten, bückte mich, um sie aufzuheben, und spürte schon das Metall an meinen Fingerspitzen, als Val wie ein Rugbyspieler in mich hineindonnerte und mich zur Seite warf. Tretend und kratzend rollten wir auf dem Boden hin und her, dann lag ich auf dem Bauch, sie war auf meinem Rücken und versuchte, die Waffe zu ergattern. Ich spürte ihr Knie im Kreuz, dann hatte sie die Pistole, und wir lagen beide benommen und keuchend auf dem Boden. Ich machte einen Satz nach vorn, umschloss ihre Finger mit meinen, und eine Sekunde lang dachte ich, ich hätte die Pistole, aber sie schoss vor, drehte mir den Arm um, ich konnte sie nicht festhalten, mein Kopf krachte gegen die Kommode, und ich war außer Gefecht gesetzt.

Als ich die Augen wieder aufmachte, war das Erste, was ich sah, das Linoleum, ein wirres Muster aus Wellen und Flecken unter mir, wie ein See, dann tauchten verschwommen zwei fleischfarbene Säulen vor meinen Augen auf. Beine, dachte ich. Vals Beine.

Ich befühlte meinen Hinterkopf, spürte klebrige Feuchtigkeit in den Haaren, dann sah ich Blut an meinen Fingern und durch die Finger den Fußboden, der sich zu bewegen schien. Ich schüttelte benommen den Kopf und schaute zu Val hoch. Zuerst erschien mir ihr Kopf schrecklich weit weg und klein, doch dann faltete sich ihr Körper zusammen und glitt zu mir herunter, und plötzlich war ihr Gesicht nur noch eine Handbreit entfernt, und alles, was ich erkennen konnte, war Fleisch. Winzige Härchen in ihren Nasenlöchern und daneben an beiden Seiten eine Ansammlung Poren wie kleine Pocken, einen Moment lang ganz scharf, dann verschwommen, als sie sich noch näher zu mir beugte, bis ich nur noch zwei Augen erkannte, die zu einem verschwammen. Keine Wimpern, keine Farbe, nur ein großer, weicher, schwarzer Fleck. Dann zog sich das Gesicht zurück, und der Fleck war kein Auge mehr, sondern der Lauf der Waffe, ein dunkler runder O. Sie hat sie, dachte ich, sie hat die Waffe, hat sie mir mit Gewalt weggenommen, aber das war besser als Jack. Besser, als wenn Jack … Und wir könnten gehen, doch dazu musste ich aufstehen, mich vom Fußboden lösen, aber der wollte nicht stillhalten, in Wellen kam mir das Linoleum entgegen.

Ich hievte mich in eine sitzende Position. Hinter Val sah ich ein verwobenes Dickicht aus Tischbeinen und dahinter Jack, kniend, über die Sitzfläche eines Stuhls gesunken. Krachend fiel der Stuhl um, als er sich abstieß und auf allen vieren in unsere Richtung kroch, mit gesenktem Kopf, die Kassette an sich gedrückt. »Sie gehört mir.« Ich streckte die Hand aus. »Bitte, Jack …«

Er verharrte einen halben Meter vor mir und sah zu mir hoch. »Du kriegst sie nicht«, sagte er. »Niemand kriegt sie.«

»Jack …« Ich wollte danach greifen, doch Val packte mich am Arm und hielt mich zurück.

»Lass ihn.«

Jack betrachtete – betrunken blinzelnd – konzentriert die Kassette, drehte sie in den Händen hin und her, hakte schließlich einen Finger unter das Band und zog es nach und nach heraus.

»Nein«, flüsterte ich. »Bitte. Es war Lennys. Für mich …«

Jack lächelte mit kindischem Triumph in den Augen, ehe er den letzten Rest Tonband abrollte, es straff dehnte und boshaft verdrehte, bis es riss. »Das war's.« Mit einem Schlenker schleuderte er die Kassette über den Boden in meine Richtung. »Musste überlegen, was das Beste für jeden ist«, sagte er mit einer schrillen, hohen Stimme. »Das hast du doch gesagt, oder?«, fragte er Val. »Das Beste. Nun ist jeder zufrieden.« Er fing an zu lachen.

»Was hat er dir erzählt?«, fragte Val mich. »Dass es ein Unfall war?«

»Himmelherrgott«, sagte Jack. »Lenny war fertig. Er hatte es gehabt. Das hast du selbst gesagt. Besser für uns alle ...« Er schaute auf den Bandsalat in seiner Faust. »Erzähl mir nicht, dass du das geglaubt hast.«

Val kam auf die Füße und stand drohend über ihm, die Waffe in der Hand. »Ich habe es geglaubt.«

»Nein, das hast du nicht. Du hast mich damit erpresst ... dachtest, ich würde tun, was du willst. Weißt du, was Val will, Alice? *Weißt du es?*«

Ich schüttelte den Kopf.

»Soll ich es dir zeigen?« Er zog sich auf die Knie, streckte seine Hände wie Pfoten aus, machte ein eifrig hechelndes Geräusch wie ein bettelnder Hund, und vergrub sein Gesicht in ihrem Schoß. »Das will sie«, sagte er, den Kopf hin und her schüttelnd, mit gedämpfter Stimme in ihren Rock. »Das ist es doch, was du willst, oder?«

»Nicht mehr.« Val hob die Pistole und zog sie ihm hart übers Ohr. Er fiel auf den Boden und hielt sich den Kopf. »Herrje, das hat wehgetan ...«

Sie beugte sich hinunter, fasste ihn am Kragen seines Jacketts und zerrte ihn zu mir. Auf Knien schlurfend ließ er sich neben mich fallen und sank mit dem Rücken gegen die Kommode. »Hallo, Alice.« Benebelt schielte er mich an. »Armer Bunny, hast deine Ohren verloren. Mach dir nichts draus.« Sein Kopf fiel an meine Schulter. »Ich habe ein Geschenk für dich«, sagte er. »Dann wird's besser.« Er ließ den Bandsalat in meinen Schoß fallen. »Bitte sehr. Jetzt ist alles besser.«

Val türmte sich vor uns auf. »Wir können gehen«, sagte ich zu ihr. Sie schaute auf mich herab. Ihr Gesicht zeigte keine Regung.

»Alles besser«, brabbelte Jack und streichelte mein Bein. »Jetzt ist alles besser ...«

Plötzlich hörte man das tiefe, dunkle Knurren von Eustace aus dem vorderen Teil des Hauses, gefolgt von Schritten und etwas, das über den Kies geschleift wurde. Wieder ein Knurren, dann rasendes Gebell. Keine Polizei, dachte ich, wir hätten die Autos gehört. Fred. Er war nicht mit Mr. Anderson gegangen. Er war gekommen, um Lee zu suchen.

Ich schob Jack weg und wollte aufstehen. »Die andere Tür«, sagte ich zu Val. »Vorne raus. Durch die Diele.«

Val richtete die Waffe auf mich. »Nein«, sagte sie.

»Aber wir ...«

»*Nein.*«

Jack fiel wieder gegen meine Schulter. »Das Beste«, murmelte er. »Nur das Beste ...«

36

»Hast du deshalb ein Kind umgebracht?«, fragte Val. »Weil es das Beste war?«

Ich saß da wie eine Stoffpuppe, unbeweglich, mit hängenden Armen und Jacks Kopf, einem toten Gewicht an meiner Brust. Ich sollte nicht hier sein, dachte ich benommen. Das hier hat nichts mit mir zu tun. Es geht um die beiden. Ich sollte überhaupt nicht hier sein. Ich bin nur ein Körper, der Platz wegnimmt.

»Alice hat es mir gesagt.«

»Alice ...« Jack lachte erstickt auf. »Alice hat keine Ahnung, was für einen Mist sie erzählt.«

»O doch, das hat sie.« Val beugte sich hinunter und stieß mit der Pistole an seine Wange. »Sieh mich an.«

»Ich hab's dir doch gesagt«, murmelte Jack in meinen Busen. »Sie hat keine Ahnung ...«

»Sieh mich an!« Vals Stimme klang schrill und drängend. »Sieh die an.« Sie bohrte den Pistolenlauf in sein Gesicht. »Du hast gesagt, ich wollte, dass Lenny aus deinem Leben verschwindet. Du hattest Recht. Ich wusste, dass das nur geht, wenn er stirbt. Deswegen bin ich nicht zurück zum Cottage gegangen. Deswegen habe ich alles, was ich an Pillen und Alkohol finden konnte, eingesammelt und neben dem Bett verteilt, und Gott weiß, dass es genug war, um einen Elefanten zu töten. *Ich habe es getan, weil ich wollte, dass er stirbt.*«

Die Waffe zitterte in ihrer Hand nur einen Fingerbreit von Jacks Schläfe entfernt. »Ich habe immer geglaubt, dass du ohne ihn besser dran bist. Er war ständig betrunken, hat dich nur im Stich gelassen. Aber du hast es nicht gemerkt. Und selbst, als er dir die Chance gab, als er sagte, dass er nicht mehr mit dir zusammenarbeiten will – wolltest du ihn nicht gehen lassen. Erzähl mir nicht, dass du nicht erleichtert warst, als er tot war. Ich war bei dir, erinnerst du dich? Ich habe dein Gesicht gesehen und bin mir sicher, es hat dir einen Riesenspaß gemacht, unserem Karnickel hier zu erzählen, wie traurig es war und wie sehr er dir fehlt, aber ich weiß, was für eine Angst du hattest, dass er plaudern würde, sich betrinken und jemandem – sagen wir, vor laufender Kamera –

alles erzählen würde. Diese Talkshow war schon schlimm genug, und ich habe nicht vergessen, was du anschließend gesagt hast. ›Ich weiß nicht, wie lange ich das noch ertrage‹, das hast du gesagt. Ich *weiß Bescheid*, Jack. Dein Glück, dass ich die Kassette gefunden habe und nicht Danny Watts. Oder *sie*.« Val deutete gestikulierend mit der Waffe in meine Richtung. »Verstehst du nicht, Jack? Ich habe dich von ihm befreit. Oh, er hätte es sowieso getan, es war nur eine Frage der Zeit – aber wir hatten keine Zeit, oder? Weil er es *irgendjemandem* erzählt hätte.

Ich war die Einzige, der du trauen konntest, Jack. Nicht Lenny, nicht ihr, *mir*. Und du hast es nicht kapiert. Ich habe alles getan, damit es zwischen uns funktioniert, und ich dachte, ohne Lenny … Ich dachte, das könnte eine Chance sein, denn du hättest genauso gut mit ihm verheiratet sein können, angesichts der wenigen Zeit, die du zu Hause verbracht hast. Weiß der Himmel, weshalb, aber du hast von Anfang an glasklar gemacht, dass du lieber mit ihm als mit mir zusammen bist. Irgendwann habe ich sogar mal gedacht, du musst schwul sein; obwohl es weiß Gott genug Beweise für das Gegenteil gab. Sogar das hat mich nachdenklich gemacht. Und nachdem ich deinen kleinen Film gesehen habe, dachte ich, vielleicht hatte ich ja doch Recht. Hatte ich Recht, Jack? War es das, worum es ging? Ein bisschen von beidem?« Sie wandte sich an mich. »Denk mal drüber nach, dein wunderbarer Lenny ein Homo? Wie klingt das?«

»Du redest Unsinn«, knurrte Jack, »lass sie in Ruhe.«

»Jetzt bist du wieder nüchtern, wie? Du Schwein. Ich hätte ebenso gut deine Haushälterin sein können! Nach allem, was ich für dich getan habe … Was glaubst du, wie mein Leben war, Jack? Hast du irgendeine Vorstellung? Jeden Abend habe ich auf dich gewartet, und jeder wusste, was du treibst.

Und nie Urlaub. Was glaubst du, wie das ist?«, schrie sie ihn an.

»Bin ich etwa nicht bei dir geblieben?«

»Du bist bei mir geblieben, weil du dann rumvögeln und dich damit rausreden konntest, dass du zurück zu deiner Frau rennen musstest! Wir waren deine Lebensversicherung, Jack. Ich und die Mädchen. Oh, ich weiß genau, was du dachtest. Ich habe dich einmal mit Lenny belauscht. Du warst ein viel zu großer Feigling, als dass du es anders hättest machen können. Selbst nach der Geschichte mit Kitty, als du es versprochen hast, und dann wurde Susie krank, und du … du hast … Verstehst du überhaupt *irgendwas*, Jack? Einige Dinge kannst du rechtfertigen, aber einige nicht. Dass du deine Tochter im Stich gelassen hast, als sie dich brauchte, zum Beispiel. Oder einen zehnjährigen Jungen umgebracht hast.«

»Hör auf.«

»Nachdem Susie krank wurde und du weg warst, habe ich daran gedacht, die Kassette zur Polizei zu bringen, Jack. Ich habe es mir wirklich überlegt, aber ich habe es nicht getan, und weißt du, warum? Wegen der Mädchen. Du hast dir vielleicht keine Gedanken um sie gemacht, aber ich.«

»Das ist nicht wahr.«

»Nicht? Du erinnerst dich nicht, oder? Du weißt es wirklich nicht mehr. Weißt du, was er mal gesagt hat?«, fragte sie mich. »Susie war acht. Wir hatten Streit, schrien uns an und dachten, sie sei im Bett, aber sie muss noch mal runtergekommen sein. Jack hatte gesagt, er hätte mich nur geheiratet, weil ich schwanger war. Ich sagte: ›Das war ich nicht allein‹, und er erwiderte: ›Nein, es gehören zwei dazu, so einen Fehler zu machen.‹ Wir wussten nicht, dass sie da war, an der Tür stand. Zuerst dachte ich, sie kann es nicht verstanden haben, aber sie hatte es verstanden. Ich werde ihren Blick nie vergessen. Sie rannte weg – nach oben –, stolperte über ihr Nachthemd und schlug sich das Knie auf. Ich holte ein Pflaster für sie und klebte es aufs Knie und versuchte, ihr zu sagen, dass alles in Ordnung war. Daddy hat es nicht so gemeint, aber sie saß nur da, steif wie ... wie ... Holz. Ich versuchte, sie in den Arm zu nehmen, doch sie stieß mich weg, wollte nicht ›Gute Nacht‹ sagen oder irgendwas ...«

Vals Stimme erstarb. Der Schmerz in ihrem Gesicht war furchtbar. »Du weißt nicht, wie das ist«, sagte sie zu mir. »Du weißt es nicht. Susie hat es nie vergessen. Letztes Jahr, als sie zum ersten Mal im Krankenhaus war, sagte sie zu mir: ›Es ist meine Schuld, dass Daddy und du nicht glücklich seid.‹ Sagte, dass es ihr Leid tue. Sie hat sich nie geliebt gefühlt, Jack. Ich habe alles, alles getan, was ich konnte, aber du ... Du hast es nicht ein einziges Mal versucht. Nicht ein einziges Mal.«

»Ich wünschte ...«, Jack räusperte sich. »Ich wünschte, es wäre nie passiert.«

»Ist das alles, was du sagen kannst?«, schrie Val. »Mehr nicht?«

»Ja«, sagte Jack benommen. »Ja.«

Val trat einen Schritt zurück, die Waffe in der Hand. »Du Scheißkerl, Jack«, sagte sie kalt. »Du ... Scheißkerl.«

Jack deutete schwach in Richtung Tisch. »Und du. Respektierst nicht ... ihre Asche ... kannst nicht mal ... das ... Mist.«

»Du hast sie umgebracht, Jack.«

»Du hast mich angefleht ... zurückzukommen ... das hast du gesagt ... du wolltest es ...«

»Ich dachte, du brauchst mich.« Ihre Hand zitterte, als sie die Pistole auf Jack richtete. »Aber das stimmt nicht. Dir ist es egal ... Dir ist es egal.«

Plötzlich brach im vorderen Teil des Hauses ein Heidenlärm aus. Der Hund bellte hysterisch, und gleich darauf zersplitterte krachend ein Fenster. Val schaute sich wild im Raum um, die Waffe hüpfte in ihrer Hand. Jack beugte sich vor, als wollte er aufstehen, und Val machte ein paar Schritte auf ihn zu.

»Ich liebe meine Mädchen. Ich liebe Rosie …« Jack versuchte, ihr Bein zu fassen, und sie kam über uns ins Stolpern, ihre Knöchel wackelten, und einen Moment lang dachte ich, sie würde fallen, aber sie fing sich wieder und trat nach ihm. »Zurück«, schrie sie gegen das Kläffen von Eustace und erneutes Klirren an, als wer auch immer den Rest der Scheibe herausbrach. »Fass mich nicht an! Rosie hasst dich! Sie will dich nie wieder sehen. Das hat sie mir gesagt.«

»Du lügst.«

»Nein.« Val schüttelte vehement den Kopf. »Dir ist es egal, dir ist alles egal …«

Über Eustaces Bellen hinweg hörte ich, wie die Haustür aufging, Schritte in der Diele …

»Lügnerin … Schlampe …« Jacks Füße rutschten weg, als er versuchte aufzustehen. Ich klammerte mich an seinen Arm. »Hör auf, Jack, *nicht* …«

»Sie hasst dich!«, schrie Val.

Die Schritte kamen immer näher, waren jetzt vor der Tür. Val sah auf. Ihr Rock bauschte sich neben mir auf, als sie herumwirbelte. Ich sah Jeff vor mir, das Loch in seiner Brust, und ich rief zu spät: »Nicht! Komm nicht rein!«, dann wurde bereits die Tür aufgetreten, und Fred stand da, einen Spaten als Waffe in der Hand. Er sah uns an, wir sahen ihn an, und er sagte: »Mein Gott«, und Eustace fing wieder an zu bellen. Val drehte sich um, diesmal wie in Zeitlupe, richtete die Waffe auf uns, auf mich oder Jack, ich konnte es nicht erkennen, und Jack wandte sich mir zu, und sie rief wieder und wieder seinen Namen, »Jack, Jack!«, dann sagte er in mein Ohr: »Es tut mir Leid«, und verdrehte mir den Arm, so dass ich vor ihm war wie ein Schutzschild. Ich sah den Lauf der Pistole groß, schwarz und verschwommen auf mich zukommen und schloss die Augen. Wieder schrie Val etwas, und Jack riss mich nach unten, so dass ich über seinem Schoß lag.

Eine ohrenbetäubende Explosion zerriss die Luft, Jacks Körper bäumte sich auf und sackte unter mir zusammen, und dann hörte ich nur noch ein Klingen in meinen Ohren.

37

Ich weiß nicht, wie lange es dauerte. Ein, zwei Minuten mindestens, bis das Klingen nachließ und ich die Augen öffnete. Das Erste, was ich sah, war meine Hand, zur Faust geballt. Flecken waren darauf, auch auf meinem Arm, wie Sommersprossen, wo vorher keine waren, ich blinzelte und sah, dass sie nicht braun waren, sondern rot – Blut –, Jacks Blut hatte mich bespritzt, und ich dachte, ich lebe, ich bin am Leben, dann spürte ich etwas Feuchtes auf meiner Schulter, und von ganz weit weg drang Freds Stimme zu mir durch und sagte: »Dreh dich nicht um, Alice, dreh dich nicht um …«

Es klang, als würde er würgen, und ich hob den Blick und sah Vals Gesicht, weiß wie die Wand und geschockt, mit offenem Mund, und Fred sagte: »O Gott, o mein Gott …« Als ich von Jacks Schoß kroch, hörte ich wortlose, klagende Geräusche von Val, wie ein Miauen. Schwankend stand ich auf, sah, dass sie die Waffe immer noch in der Hand hielt und darauf starrte, und ich wusste, ich musste sie ihr wegnehmen und sie vor sich selbst schützen, denn ihre Verzweiflung war so furchtbar.

Sie muss ich anschauen, nicht Fred, nicht Jack, *nein, schau nicht zu Jack, dreh dich nicht um,* konzentrier dich nur auf sie, schau ihr in die Augen, damit sie die Pistole nicht ansieht.

Ich hatte keine Angst, spürte keinen Schock, nur den überwältigenden Drang, sie zu erreichen. Dann spürte ich Freds Blick auf mir, spürte, wie er uns gebannt beobachtete, aber er war irgendwo draußen, als wären wir zwei, Val und ich, durch die Intensität ihres Schmerzes zusammengeschweißt, und nichts anderes zählte. Es war nur wichtig, dass ich zu ihr durchdrang, ihren Namen sagte, irgendwas.

»Val.«

Ihre Augen, riesig, trübe und verloren, sahen mich an. Ich spürte mehr, als dass ich es sah, wie sie ihren Arm beugte und die Waffe hob, bis zum Bauch … zur Brust … *Rede mit ihr.* Mein Verstand war wie gelähmt. *Sag etwas, irgendwas.*

»Val«, wiederholte ich. Es schien eine Ewigkeit zu dauern, bis das Wort sie erreichte. »Val, es ist gut. Alles wird gut …«

Sie trat einen Schritt zurück. Ihre Hand bewegte sich und ihr Finger spannte sich am Abzug. Jetzt war die Waffe nach oben gerichtet, auf ihr Kinn. Sie blinzelte, dann kniff sie die Augen zu.

»Rosie«, sagte ich. »Deine Tochter Rosie. Was wird aus ihr?« Die Waffe zuckte an ihrem Hals. »Rosie braucht dich, Val.«

»Sie … sie …« Ihre Stimme war so leise, dass ich sie kaum verstand.

»Rosie«, wiederholte ich. »Deine Tochter. Sie braucht dich.«

Wieder ein Flüstern. »Rosie.«

Die Pistole – und Val – fingen an zu zittern, und der Lauf schlug gegen ihr Kinn.

»Denk an Rosie.«

Sie machte die Augen auf, und ich hielt ihren Blick fest, als sie langsam die Pistole sinken ließ, dann streckte ich die Hand aus und spürte, wie sie die Waffe, immer noch warm, in meine Hand gleiten ließ. Ich schloss meine Finger um den Griff und spürte, wie ihre Fingerspitzen über meine Knöchel fuhren, und ich wusste, sie suchte Halt, also wechselte ich die Waffe von der linken in die rechte Hand und gab ihr die leere Hand.

Und so blieben wir stehen, Seite an Seite, ganz ruhig und hielten uns stumm an den Händen, bis die Polizei eintraf.

Epilog

Maynard's Farm, Duck End, Oxfordshire
Freitag, 3. September 1976

Es hat geregnet. Laut Radio zum ersten Mal seit zwei Monaten. Und dann ausgerechnet am Feiertag. Dem Garten tut es allerdings gut. Leitungswasser reicht eben nicht.

Heute Morgen bekam ich mit der Post eine Kassette mit einem Briefchen.

Liebe Mrs. Jones, ich bin die Nachbarin von Valerie Flowers. Sie hat mich gebeten, Ihnen diese Kassette zu schicken. Mit freundlichen Grüßen, Felicity Manville.

Ich nehme an, sie muss die Nachbarin aus der Geschichte sein, die Lenny mir bei unserer ersten Verabredung erzählt hat – die mit dem brennenden Dildo. Offensichtlich eine engere Freundin von Val, als Jack dachte. Es ist eine selbst aufgenommene Kassette, auf der Hülle steht Donna Summer und die Songs, die drauf sind. Sie stammt bestimmt von Rosie, und Val hat sie vertauscht. Aber es ist seltsam – sie muss sie aus dem Auto mitgenommen haben, nachdem sie versucht hat, mich zu überfahren, denn sie hatte keine Tasche bei sich. Vielleicht wollte sie Jack damit verhöhnen. Sie ist nicht mit der Absicht hergekommen, ihn umzubringen, da bin ich mir sicher. Aber wenn diese Kassette das ist, was ich vermute, denn auf der Kassette selbst steht nichts drauf, dann muss die kaputte, die die Polizei hat, die mit der Musik sein. Das ist wahrscheinlich der Grund, warum sie mich nicht dazu befragt haben.

Ich liege im Bett und schaue aus dem Fenster. Eigentlich sollte ich überhaupt nicht hier oben sein. Es ist mitten am Nachmittag, und es gibt eine Menge Arbeit, aber ich werde so schnell müde. Ich habe in den letzten zwei Wochen viel Zeit im Bett verbracht. Habe geschlafen oder einfach dagelegen und nachgedacht. Hier fühle ich mich sicher. Wie als Kind, als ich Windpocken hatte. Das war auch im Sommer. Granddad hat mir nachmittags immer vorgelesen, während ich dalag, zuhörte und langsam schläfrig wurde. Die Laken waren wunderbar weiß und sauber.

Ich wünschte, er wäre jetzt hier. Ich habe versucht, ihm in Gedanken alles zu erzählen, aber ich bringe immer wieder alles durcheinander. Ich kann mich überhaupt nicht daran erinnern, wie alles zu Ende ging, bis auf die Sirenen und die Autos, lautes Rufen, Polizisten an der Tür, die auf mich zukommen, Fred hinter ihnen und Eustace, der nicht aufhörte zu bellen ... In dem Augenblick habe ich Jack gesehen. Als sie an die Hintertür hämmerten, habe ich mich umgedreht. Sie hat ihm durch den Mund geschossen. Ich meine im wahrsten Sinne des Wortes, durch die eine Wange rein und durch die andere raus. Jack war gegen die Kommode gefallen, die Beine nach vorne ausgestreckt. Sein Kopf war zur Seite gekippt, und ich konnte die Wunde sehen, da, wo die Kugel sein Gesicht durchschlagen hat. Sein Mund war nur noch ein rotes, zerfetztes Loch, aus dem Rinnsale aus Blut und Speichel auf seine Kleider tropften. Auch Hemd und Jackett waren voller Blut. So wie ich, ich merkte es nicht gleich, aber später ... Nicht nur die Spritzer auf meinem Arm, auch die Feuchtigkeit auf meiner Schulter, alles Blut. Als man mich sauber machte, habe ich es gesehen … und auf dem Boden und der Kommode, überall Blut und Zähne und Knochensplitter, die Seite seines Gesichts, die ich nicht sehen konnte, weil sie an der Kommode lehnte, war einfach … rausgeflogen. Knochen ist so hart, man glaubt es nicht … aber Teile seines Gesichts steckten in der Kommode, genau wie die Kugel …

Ich hörte Schreie von draußen: »Aufmachen, machen Sie die Tür auf!«, doch ich war unfähig, den Blick von diesem großen, roten Loch abzuwenden, das einmal sein Mund gewesen war, und das Geschrei hörte nicht auf, Eustace bellte ununterbrochen, und ich hielt immer noch Vals Hand – oder hielt sie meine, ich weiß es nicht. Ich konnte nicht loslassen, selbst als sie hereinkamen, konnte ich ihre Hand nicht loslassen.

Man sagte mir, Jack sei beinahe sofort tot gewesen. Durch die Verletzung und den Schock. Die Kommode nahmen sie als Beweisstück mit. Ich will sie nicht wieder haben. Ich will sie nie wieder sehen.

Val sagte der Polizei ohne zu zögern, dass sie Jack erschossen hatte, noch ehe sie eine Frage stellten, und sie nahmen sie mit. Fred nahmen sie auch mit. Mich brachten sie ins Krankenhaus. Ich nehme an, weil sie nicht wussten, wessen Blut es war. Als ich versuchte, mich zu bewegen, gaben meine Beine unter mir einfach nach. Ich erinnere mich daran, dass ich zur Tür geschaut und überlegt habe, ob ich es jemals bis dahin schaffe, denn die Entfernung erschien mir unendlich weit, und danach weiß ich eigentlich nichts mehr, bis wir in der Notaufnahme waren.

Die Polizei verhörte mich stundenlang. Ich erzählte ihnen von Jack und Lee und Jeff und Val und … Sie fragten nach Kitty wegen Lennys Wagen, und ich sagte ihnen, was Jack mir gesagt hatte, nämlich dass es ein Unfall gewesen war. Ich berichtete von Danny Watts und dem Film, aber ich weiß nicht, ob sie mir glaubten. Sie nahmen mich mit aufs Revier und stellten noch mehr Fragen; schließlich ließen sie mich gehen, und man brachte mich nach Hause. Mrs. Anderson war da. Sie sagte, Mr. Anderson würde meine Mum holen, damit ich nicht allein war. Er hatte die Adresse in meinem Buch gefunden. Ich weiß nicht, wie er es geschafft hat, sie zu überreden, aber sie ist jetzt unten. Zu mir nach oben kommt sie nicht oft, nur um mir Essen zu bringen. Meistens Tomatensuppe. Wenn ich noch viel davon esse, bin ich bald orange.

Ich habe keine Lust, nach unten zu gehen und mit ihr zu reden, aber ich bin froh, dass sie da ist. Irgendwann muss ich alles noch einmal durchmachen, wegen der Gerichtsverhandlung. Man hat Val des Mordes angeklagt. Das Datum steht noch nicht fest. Ich vermute, dafür ist es noch zu früh.

Im Augenblick will ich mit niemandem reden, außer mit Granddad, und das kann ich nur in Gedanken. Und mit Eustace natürlich. Er ist hier, liegt am Fenster in einem Sonnenfleck. Er verlässt das Zimmer nur, um in den Garten zu gehen, und kommt sofort zurück. Der Arzt hat mir Schlaftabletten gegeben, und Schlafen ist das Einzige, was ich im Moment will. Wenn die Träume nicht wären. Den Traum von Kitty habe ich nicht mehr, Gott sei Dank, aber die neuen sind furchtbar, alles durcheinander – von Jack, der mir etwas über Lenny erzählen will, aber nicht sprechen kann, weil sein Kiefer heraushängt. Er versucht sein Gesicht mit den Händen zusammenzuhalten, doch es rutscht immer wieder weg, und seine Stimme klingt wie eine Schallplatte, die immer langsamer wird, sein Mund zerfällt in den Mundwinkeln und löst sich schließlich in eine rote Masse auf … Auch Lee ist da, ich höre ihn schreien, aber ich bin hinter der Stalltür und kann ihm nicht helfen, weil ich eingesperrt bin, ich weiß, dass er sterben wird, und kann nicht zu ihm … Dann wache ich auf, weil ich es bin, die schreit.

Es muss laut sein. So laut, dass ich davon aufwache. Und Eustace. Mum kommt allerdings nie in mein Zimmer. Vielleicht hört sie es nicht. Gott sei Dank, denn ich will nichts erklären müssen. Doch es ist gut, dass sie da ist, wegen der Tiere. Ich habe versucht, zum Alltag zurückzukehren, aber ich habe es nicht geschafft. Ich wollte es. Ich fing irgendeine Arbeit an, und plötzlich tat ich etwas ganz anderes, ohne dass ich die erste Sache beendet hatte. Ich ließ mich treiben. Hoffnungslos.

Nur mit Mr. Anderson habe ich ein bisschen geredet. Ich hatte Angst, dass man mich des Mordes an Lee oder Jeff anklagen würde, weil meine Fingerabdrücke auf der Pistole waren. Aber als ich ihm das erzählte, erklärte er mir, dass man deswegen die Tests mit meinen Händen gemacht hatte, denn wenn ich geschossen hätte, wäre noch Pulver dran gewesen. Selbst wenn ich mir hinterher die Hände gewaschen hätte, hätte man Spuren gefunden und es beweisen können … Ich könnte es nicht ertragen, wenn Fred denkt, ich hätte seinen Sohn umgebracht. Er hat sich nicht gemeldet. Ich versuche, mir einzureden, es liegt daran, dass das Telefon noch nicht repariert ist, aber er hätte auch vorbeikommen können, und das hat er nicht getan. Ich habe versucht, ihm einen Brief zu schreiben, doch ich konnte mich nicht konzentrieren. Ich weiß nicht, was ich sagen soll. Lee ist tot, und er war noch ein Kind. Er hat sein Leben noch nicht gelebt. Er hatte nichts falsch gemacht, wollte mir nur helfen. Wenn ich ihn nicht gerufen hätte, wenn er einfach die Zeitung dagelassen hätte und gegangen wäre, würde er noch leben.

Und in der Zeitung stand gar nichts über Kitty, das ist das

Idiotische. Jack hatte nicht mal einen Blick hineingeworfen – denn man fand sie, als Fred die Möbel von der Haustür wegschob, um die Polizei reinzulassen. Da lag sie, und Trudy hatte *gute Besserung* darauf gekritzelt. Das weiß ich, weil die Polizei mich danach gefragt hat. Wahrscheinlich haben sie sie auch ausgefragt, das arme Kind.

Wieder und wieder spiele ich alles in meinem Kopf durch. Was wäre wenn, was wäre wenn … Manchmal, meistens nachts, fange ich an zu weinen und kann nicht aufhören. Manchmal bin ich nur wie betäubt.

Ich war gerade unten – Mum ist einkaufen gegangen – und habe meinen Kassettenrecorder geholt. Er steht auf dem Stuhl neben dem Bett, eingesteckt und bereit. Ich muss nur noch die Kassette einlegen und *Play* drücken, aber …

Lenny wollte, dass ich es weiß. Sonst hätte er die Kassette nicht aufgenommen, oder?

Ich weiß, wenn ich mir diese Kassette anhöre, ist es vorbei. Ich werde nicht mehr in der Lage sein, meinen Lenny so in Erinnerung zu behalten. Ich habe Jacks Geschichte über Kittys Tod nicht geglaubt – ein Unfall, weil sie betrunken waren –, aber die wahre Geschichte könnte schlimmer sein …

Lenny wollte, dass ich es erfahre. Er wollte, dass es so ist. Wie diese Sache, die ich gelesen habe: Das Leben wird nach vorne gelebt und im Rückblick verstanden, und genau so läuft es. Aber irgendwie, keine Ahnung warum, weiß ich, dass ich überleben werde. Vielleicht ist das Liebe. Für mich jedenfalls. Am Ende ist die Liebe das, was uns bleibt. Und die Hoffnung natürlich. Die Liebe und die Hoffnung.

Lenny hat nicht überlebt und auch Jack nicht, doch ich werde überleben. Es kann lange dauern, aber ich werde überleben. Ich weiß es. Doch zuerst muss ich es tun.

Ich lege die Kassette in das Gerät, und jetzt werde ich

es einschalten. Die Rädchen drehen sich. Schwaches Rauschen ... Hintergrund ... mehr ist nicht zu hören. Noch ist Zeit abzuschalten. Sie mit nach unten zu nehmen und zu verbrennen, wie ich es mit dem Film gemacht habe. Doch als ich die Hand ausstrecke, höre ich Lennys Stimme:

»*Alice ...*«

Zu spät.

»*Alice ... Ich will es dir sagen ...*« Lennys Stimme ist laut, unzusammenhängend, manchmal drängend, manchmal schweift er ab oder bricht ganz ab, und manchmal schaltet er den Recorder mitten im Satz aus und wieder ein.

»*Ich habe mich mit Kitty getroffen. Hatte nichts zu bedeuten, Jack hat es auch getan, nur zum Spaß ... Ich bin mit ihr auf die Party gegangen, wollte dich eifersüchtig machen ... der einzige Grund ... Kitty hat gesagt, sie wollte mehr ... wollte andere Mädchen mitbringen ... Hat gesagt, sie wollten sich mit uns unten am See treffen, also haben wir meinen Wagen geholt und sind runtergefahren ... Sie war allein, und da hat sie es uns gesagt ... dass sie diesen Film hat, wo wir drei drauf sind, und dass sie Geld will ...*

Wir hatten keine Ahnung, beide nicht ... haben nur rumgealbert, das Jagdfieber ausgelebt, und als sie das sagte, glaubte ich nicht ... ich fand es lustig, wir hatten getrunken, und ich fand die Idee ... Ich saß lachend unter einem Baum, und Jack fasste sie um die Taille, sie wehrte sich, und er sagte: ›Nimm ihre Beine.‹ Ich dachte immer noch ... alles nur Spaß ... dachte, Jack wollte sie ins Wasser werfen oder so, also habe ich ihre Beine gepackt, und dann sind wir alle übereinander gefallen, und ich saß auf ihr drauf, Jack war bei ihrem Kopf, er fing an, sie zu schla-

gen, und sie schrie, und ich habe irgendwas gesagt: ›Nicht so doll‹, keine Ahnung, ›du tust ihr weh, und dann will sie nicht mehr mit uns spielen‹, aber ich musste so lachen, dass ich keine Luft bekam, und Jack sagte: ›Das ist kein Spiel von ihr.‹ Sie hat versucht aufzustehen, aber er hat sie festgehalten, sie sagte, sie würde hoch zum Haus fahren, Marcus alles erzählen, und lief zum Auto, zur Fahrerseite …

Ich hing an ihren Beinen, aber sie ist eingestiegen, und das Auto sprang nicht an, was schon wieder irre komisch war, Frauen am Steuer … Ich lehnte am Auto und konnte nicht aufhören zu lachen … Jack ging ums Auto und schlug ihren Kopf aufs Lenkrad, und ich hab gesagt: ›Nicht‹, weil ich nicht wollte, dass er ihr wehtut, dann war ich plötzlich neben der Tür auf dem Boden, streichelte ihre Beine, und ihr Kopf flog vor und zurück. Ich hab ihn gebeten aufzuhören, ihn angefleht … aber dann wurde sie ganz schlaff, und Jack sagte: ›Das war's.‹ Ich hab gefragt: ›Was meinst du?‹, und er sagte: ›Wir müssen das Auto loswerden‹, weil da Blut war. Blut auf dem Lenkrad und dem Armaturenbrett, überall … und ich sagte: ›Alles okay mit ihr?‹, oder irgendwas und wollte ihr etwas zu trinken holen, aber ich muss hingefallen sein, denn das Nächste, was ich sah, war Jack mit ihrer Tasche und ihren Kleidern, und er sagte: ›Hier sind sie, die Schlampe, hier drin‹, und zeigte mir die Filme – es waren zwei –, und dann sagte er: ›Wir müssen es tun‹, und ich fragte ihn, warum wir nicht einfach die Filme mitnehmen, und er antwortete: ›Das sind bestimmt nicht die einzigen.‹

Ich schaute noch mal durchs Fenster, und da hörte ich dieses merkwürdige Geräusch, wie ein Kalb … ein Muhen … und ich machte die Tür auf, aber Jack beugte sich über mich und löste die Handbremse und sagte: ›Hilf mir schieben‹, und ich sagte: ›Sie lebt noch‹, aber er wollte nicht hören und fing an zu schieben, und das Auto rollte und hüpfte den Abhang runter, und ich sah ihr Gesicht am Fenster hin und her wackeln, ihre Hände an der Scheibe, und sagte: ›Sie ist nicht tot …‹ … sagte, ich sollte nicht so verdammt blöd sein, ›natürlich ist sie tot‹, und ich sagte: ›Nein.‹ Er sagte, ich würde halluzinieren, aber sie lebte, ich weiß, dass sie noch lebte … und kurz bevor das Auto ins Wasser rollte, konnte ich ihr … Jack sagt, ich habe es mir eingebildet, aber ich weiß …

Ich habe Albträume – ihr Gesicht an der Scheibe … unerträglich … kann nicht mehr so tun. Dachte, du bist meine Zukunft, aber jetzt kann ich nicht … Jack sagte, wir dürfen es niemandem erzählen, aber … ist jetzt auch egal … nur für Jack, wenn er … aber ich weiß, dass du nicht … Ich musste es dir sagen, Alice, und jetzt … besser ohne mich … Wir haben ihre Tasche weggeworfen, und Jack hat Val in ihre Wohnung geschickt, um die anderen Filme zu holen, aber als ich diesen Anruf gekriegt habe … er wollte wissen, wo sie ist … ein Mann, wollte Geld, er wusste von der Party, und als Kitty nicht zurückkam, muss er zwei und zwei zusammengezählt haben … hat uns gedroht … wir haben bezahlt, aber er hat uns nicht in Ruhe gelassen … Deshalb habe ich das Cottage gemietet … damit ich zum See gehen kann – dachte, ich könnte irgendwie mit Kitty Kontakt aufnehmen, machen, dass sie mich in Frieden lässt, aber hier war es noch schlimmer, die Albträume sind schlimmer, und Danny weiß …

Weiß nicht mehr … was ich ihm erzählt habe, aber irgendwas … Jack sagt, ich muss damit leben, aber ich bin ein Feigling, Alice … Ich kann nicht mit dir zusammen sein und es dir nicht sagen, aber jetzt weiß ich, dass du mich nicht willst … ich liebe dich, aber ich sehe nur ihr Gesicht vor mir … immer da, es ist … Ich liebe dich so sehr, Alice … ich liebe dich … ich liebe dich … ich liebe dich …«

Nichts mehr. Ich schalte den Recorder aus. Ich werde die Kassette nicht der Polizei geben. Das bringt niemanden zurück, und außerdem ist da noch Rosie. Ich kann es nicht tun.

Das ist meine Entscheidung, und bei der bleibe ich.

Ich beuge mich vor, spule das Band nur ein Stückchen zurück und drücke *Play*. Dann lege ich mich auf den Rücken und schließe die Augen.

Danksagung

Außerordentlich dankbar für Ratschläge, Ermunterungen und auch sonstige Unterstützung bin ich Jane Barlow, Roxy Beaujolais, PC Tony Cassidy, Laura Darby, Broo Doherty, Tim Donnelly, Ruth Gavin, Jane Gregory, Peter Guttridge, Barbara Haigh, Marilyn Lownes, David Mann, Christine Moodie, Tristan Oliver, Nigel Osborne, Lisanne Radice, Giles Radice, Derek Rimmer, Ann Sturley vom BT-Archiv, Liz Tillings, Pandora White, meinen Eltern June und William Wilson sowie Jane Wood.

Darüber hinaus danke ich den »üblichen« Verdächtigen meiner SchriftstellerkollegInnen, als da namentlich erwähnt seien: Natasha Cooper, Leslie Forbes, Manda Scott, Michelle Spring sowie Andrew Taylor.

Ebenfalls ein Dankeschön an meinen geliebten Rotschopf für all jene Dienste, die über das reine Pflichtbewusstsein weit hinausgehen, und an den Vierbeiner Freeway, der mir für Eustace sozusagen Modell gestanden hat.

RUTH RENDELL

»Ruth Rendell ist für mich die Beste.
Ihre Krimis sind vom ersten Satz an großartig.«
Donna Leon

44664

42454

44566

43812

GOLDMANN

JUNGE AUTORINNEN BEI GOLDMANN

Freche, turbulente und umwerfend komische Einblicke in die Macken der Männer und die Tricks der Frauen.

44687

43584

43619

54135